Goschamarie

Bauernsterben

Der zweite Taldorf-Krimi

D1729798

Impressum

Texte: © Copyright by Stefan Mitrenga 2019
Umschlaggestaltung: © Copyright by Stefan Mitrenga 2019
Korrektur: Claudio Kufeld, Kierspe

Verlag:
Stefan Mitrenga
Bodenseestraße 14
88213 Ravensburg
mail@stefanmitrenga.de

Druck: epubli – ein Service der neopubli GmbH, Berlin

Vorwort

Taldorf. Ein Ort wie viele andere in Oberschwaben - hätte es da nicht diese legendäre Wirtschaft gegeben. Der Gasthof „Zur Traube" befand sich im sogenannten Hinterdorf und ist bis heute über zwanzig Jahre nach seiner Schließung weit über die Landkreisgrenzen hinaus bekannt. Doch nicht als Gasthof „Zur Traube" sondern als Goschamarie.

Berühmt für riesige Vesperteller und die einzigartige Wirtin, lockte das Lokal Gäste aus dem ganzen Umkreis an.

Taldorf, einst Sommersitz der Weißenauer Mönche, wurde durch die Goschamarie zum Inbegriff für urige Geselligkeit.

Die Wirtschaft ist leider schon lange geschlossen, doch die Geschichten kursieren bis heute. Jeder, der dort war, hat seine eigenen Erinnerungen, von denen am Stammtisch bei einem kühlen Bier immer wieder gern erzählt wird.

Mein erster Taldorf-Krimi „Goschamarie – Alte Geschichten-neue Freunde" hat die Legende „Goschamarie" in die heutige Zeit mitgenommen.

Kaum ein Tag vergeht, an dem Walter und seine Freunde nicht auf ein Bier vorbeischauen. Es wird gefestet, gegessen, getrunken, gelacht und gestritten – so wie es bei der Goschamarie schon immer war. Für das Rauchverbot interessiert sich niemand und bezahlt wird bar – wenn auch mittlerweile in Euro. Doch auch in dieser Idylle passieren schlimme Dinge.

Im ersten Band hatte die kleine Gemeinde den Tod des alten Pfarrers zu verkraften. Walter und seine Freunde von der Polizei konnten den Fall gemeinsam aufklären. Ein neuer Todesfall stellt die Freunde diesmal vor eine schier unlösbare Aufgabe, während Marie ihre Liebe zur vegetarischen Küche entdeckt.

Also: kommt wieder mit! Es ist Zeit zum Einkehren!

Marie winkt euch schon zu: „Kommet rei – i hon eich a Plätzle!"

Die nachfolgende Geschichte ist frei erfunden, auch die Personen und ihre Handlungen. Eventuelle Ähnlichkeiten zu lebenden Personen sind rein zufällig.

Vorspiel

Das kleine Haus am Waldrand stand so versteckt, dass die meisten Oberzeller es gar nicht kannten. In den 1920er Jahren als Alterswohnsitz eines Bauernehepaares erbaut, hatte es auf zwei Stockwerken verteilt Stube, Küche, Schlafzimmer und Haushaltsraum. Der weitläufige Garten bot genügend Fläche zur Selbstversorgung, doch Kartoffeln, Zwiebeln und Salat waren längst einigen dekorativen Rosenbüschen und einer kleinen Rasenfläche gewichen.

Es war warm und ein kürzlich abgegangener Regenschauer sorgte für klebrige Schwüle. Das Schlafzimmerfenster des Hauses war weit geöffnet, so dass jeder die eindeutigen Geräusche hätte hören können. Doch niemand war da.

Das rhythmische Aufeinanderprallen verschwitzter Körper wurde schneller und härter, begleitet von lustvollen Rufen und ungehemmtem Stöhnen. Dann Stille.

„Du machst mich fertig, weißt du das?"

„Natürlich. Ich wollte mein Bestes geben." Ein Schmunzeln.

„Das hast du. Wirklich. Ich kann kaum glauben, wie stark du geworden bist."

„Das ganze Training muss sich ja auch irgendwann bemerkbar machen, aber ich denke, es ist jetzt genug. Ich bin bereit."

„Bist du ganz sicher? Wenn du nur an einem einzigen Punkt scheiterst, wird dein Plan nicht funktionieren."

„Ich bin bereit. Ganz sicher. Die Zeit ist reif."

„Nun gut, es ist deine Entscheidung. Wann beginnt`s?" Beide schwiegen, während sie nackt auf dem Bett lagen.

„Es hat vor über fünfundzwanzig Jahren begonnen … es beginnt nicht … es endet! Endlich werden die, die mir das alles angetan haben, dafür bezahlen. Die haben es wahrscheinlich längst vergessen, aber mich quält es bis heute. Und schau mich an! Was ist aus mir geworden? Sie leben ihre spießigen kleinen Leben mit ihren Vorzeigefamilien und sind überall gern gesehen. Es hat ihnen nie etwas ausgemacht. Ich hingegen kämpfe mit mir selbst und dem, was sie mir angetan haben … mit dieser ekelhaften Seuche." Er verzog angewidert das Gesicht, als wollte er in die Ecke spucken.

„Du weißt, dass Homosexualität keine Krankheit ist?"

„Bei mir ist es eine. Ich bin nicht schwul. Die haben mich dazu gemacht. Ich hatte keine Wahl."

„Man hat immer eine Wahl. Und du scheinst immer noch auf mich zu stehen", sagte der Ältere mit einem süffisanten Grinsen und deutete nach unten. „Da regt sich ja schon wieder was unter der Decke …"

„Hmmm …. dann gehen wir mal in die zweite Runde …"

„Vergiss es. Du hattest deinen Spaß. Jetzt bin ich dran."

Die beiden Männer tauschten die Positionen und ihr Liebesspiel begann von Neuem. Leidenschaftlich und hart, konzentriert auf den Gewinn maximaler Lust. Wieder hallten ihre Laute ungedämpft in den nahen Wald ohne gehört zu werden. Endlich kam lautstark der Höhepunkt und es folgte eine fast unnatürliche Stille.

„Wer ist der Erste?", fragte der Ältere.

„Der Frosch. Er war damals der Erste, er wird jetzt der Erste sein."

1

Ronronronron

„Oh. Hmmm…"

Ronronronronronron

„Komm schon …"

Ronronronronronronronronronron

„Ja Scheißndreckn! Jetzt mach schon!"

Ronronron

„Scheiße!"

Ronroronron

„Scheiße! Shit!"

Ronronrooooooon

„Shit! Shit! Shit"

Ronrooooonrooon

„Scheiße! Shit! Shit! Scheißndrecken!"

Rooooonrooooon …. Klick

„Himmiherrgottsakramentefixhallelujamileckstamarschscheißglumpv erreckts!!!"

Klick … Klick

Walter trommelte verzweifelt auf das Lenkrad seines alten Peugeot, doch der gab kein Lebenszeichen von sich. Natürlich hatte Walter bemerkt, dass sein Wagen in den letzten Wochen etwas schlechter angesprungen war, hatte sich aber keine echten Sorgen um das Gefährt gemacht, schließlich war es ein Peugeot. Und fast neu. Und gepflegt. Eigentlich ein super Auto, dachte Walter, also warum lief er jetzt nicht? Er machte einen letzten Versuch und drehte den Schlüssel im Zündschloss.

Klick.

Durch die vielen Startversuche war jetzt auch noch die Batterie leer.

Walter ließ sich tief in den Fahrersitz sinken und überlegte, was er tun konnte. Er hätte nur ein paar Kleinigkeiten im Lidl in Neuhaus einkaufen wollen, aber das war nicht so wichtig. Er machte sich mehr Sorgen darum, wie er sein geliebtes Auto wieder zum Laufen bringen konnte.

Bamm Bamm.

Walter erschrak zu Tode, als jemand zweimal heftig mit der Hand auf die Heckklappe schlug.

„Was soll denn der Scheiß? Wer demoliert hier mein Auto?"

Schimpfend quälte Walter sich aus dem Wagen, was wegen der niedrigen Einstiegshöhe ein wenig an einen Limbotanz erinnerte.

„Ich wollte nur sicher gehen, dass es Ihnen gut geht", beteuerte ein grinsender Eugen Heesterkamp (Oberstudienrat AD, Fächer: Biologie und Sport).

„Hab Sie bis auf die Straße vorne fluchen gehört. Was ist denn passiert?"

Walter stellte sich neben Eugen und zeigte traurig auf seinen Wagen.

„Er springt nicht an. In all den Jahren hat er das noch nie gemacht. Er war immer zuverlässig … bis heute."

„Ach, das wird schon nicht so schlimm sein", versuchte Eugen seine „Das-Glas-ist-halb-voll"-Strategie. „Sie waren doch sicher immer beim Kundendienst? Dann kann das gar nicht so teuer werden!"

Kundendienst. Natürlich hatte Walter den machen lassen. Meistens. Wann eigentlich das letzte Mal? Walter überlegte, wann er zuletzt seine Werkstatt aufgesucht hatte, bis ihm einfiel, dass er zu einer freien Werkstatt gewechselt hatte, die ein Freund in Alberskirch betrieb. Die Garantie war eh schon längst abgelaufen und dann konnte man in einer unabhängigen Werkstatt doch den ein oder anderen Euro sparen. Er würde gleich nachher seinen Freund anrufen und fragen, ob er Zeit hat. Aber erst mal musste er Eugen loswerden.

„Wie läuft es denn mit Ihren Vorbereitungen für den Halbmarathon in Lindau?", fragte Walter und wusste genau, dass er damit einen Nerv traf.

„Ach, Sie wissen doch, dass ich wegen meiner Achillessehnenreizung zurzeit gar nicht trainieren kann. Es ist sogar fraglich, ob ich bis Oktober wieder fit bin." Während er erzählte, ließ Eugen den Kopf hängen wie ein kleines Kind, dem man sein liebstes Spielzeug weggenommen hat.

„Das tut mir leid", sagte Walter mitfühlend, „aber Sie werden das schon hinbekommen. Machen Sie nur immer schön Ihre Übungen, die Sie vom Arzt bekommen haben."

„Ich bin ja gerade dabei", antwortete Eugen und zeigte auf seinen rechten Fuß. „In dem Schuh steckt die Einlage vom Orthopäden. Mit dem Ding soll ich jeden Tag eine halbe Stunde laufen. Deshalb komme ich ja hier vorbei. Jetzt bin ich dann aber froh, wenn ich wieder zu Hause bin, weil das Teil doch sehr unangenehm ist."

Schon halb im Gehen drehte sich Eugen noch einmal um.

„Wohin wollten Sie eigentlich?"

Walter war verwirrt.

„Wohin wollte ich wann?"

„Na, jetzt gerade, als ihr Auto nicht anspringen wollte."

„Nur ins Lidl nach Neuhaus. Ein paar Sachen einkaufen. Aber ist nicht so wichtig."

„Papperlapapp", konterte Eugen. „Haben Sie einen Einkaufszettel?"

Walter fingerte ein mehrfach gefaltetes Papier aus der Hosentasche und reichte es dem ehemaligen Lehrer. Der studierte die kurze Liste und steckte sie dann ein.

„Ich wollte nachher selber noch ins Lidl. Dann bringe ich Ihnen Ihre Sachen mit und Sie können sich in Ruhe um Ihr Auto kümmern. Einverstanden?"

Walter war etwas überrumpelt.

„Ja – vielen Dank. Ich bin Ihnen etwas schuldig", stammelte er.

„Aber gerne doch", erwiderte Eugen lachend. „Sie können mich ja mal zum Essen einladen. Das wäre bei uns beiden doch eh schon längst mal fällig, oder?"

Eugen lief winkend vom Hof und ließ Walter vor seiner Garage stehen. „Ist das gerade wirklich passiert?", grübelte er und suchte gedankenverloren nach seinem Handy. Er brauchte schleunigst einen Termin in der Werkstatt.

Als Walter zurück ins Haus kam, wurde er von Balu, seinem Wolfsspitz, so freudig begrüßt, als sei er tagelang weggewesen. Seit dem Tod von Walters Frau vor fast vier Jahren war der Hund Walters einziger Mitbewohner in dem kleinen Haus am Rande von Taldorf. Bis vor Kurzem hatten sie hier sehr abgeschieden gelebt, doch dann zog Liesl (eigentlich „Elisabeth") in das leerstehende Nachbarhaus und brachte etwas Schwung in Walters Alltag. Zur gleichen Zeit war der ehemalige Pfarrer des Dorfes unter seltsamen Umständen gestorben und Walter hatte den Fall mit ein paar Freunden (überwiegend Polizisten) aufgeklärt. Der anschließende Medienrummel hatte Walter sehr angestrengt, doch nun hatte sich alles wieder beruhigt und er genoss sein ruhiges Leben als Zeitungsausträger in der Gemeinde.

An Liesl hatte er sich schnell gewöhnt. Sie hatte das Nachbarhaus von ihrer Tante geerbt und war deshalb von Frankfurt nach Taldorf gezogen. Sie verstanden sich prächtig und trafen sich oft auf ein Bier oder einen Kaffee auf der Terrasse. Sie waren sogar „per du", seit Liesl Walter beim Abschlussfest geküsst hatte. Ein Kuss, der Walter bis heute verwirrte.

Im Moment allerdings vermisste er seine Nachbarin. Sie war für eine

Woche zurück nach Frankfurt gefahren, um sich mit ein paar Freundinnen zu treffen. Sie wollten wandern und ein Wellnesshotel besuchen.

Walter suchte noch immer nach seinem Handy, um endlich in der Werkstatt anzurufen und fand es auf der Kommode im Flur - mit leerem Akku. Walter hängte es mit einem Seufzer an das Ladegerät in der Küche. Er hatte das iPhone von seinen Freunden geschenkt bekommen und fand es wirklich fantastisch – nur war der Akku nach spätestens zwei Tagen leer. Walter verstand das nicht. Es lag doch nur rum! Sein altes Siemens S4 hatte zwei Wochen lang gehalten, wenn man nicht zu oft telefoniert hatte.

Er nahm den Hörer seines Festnetztelefons ab und wartete auf das Freizeichen. Er wählte die Nummer der Werkstatt aus dem Kopf.

„Faxes Garage, hallo?", meldete sich eine Stimme nach dem dritten Klingeln.

„Hey Faxe, Walter hier", rief Walter etwas lauter, da er auf der anderen Seite laute Musik im Hintergrund hörte.

„Ich brauche dringend deine Hilfe. Mein guter alter Peugeot will nicht mehr anspringen und ich habe keine Ahnung warum. Hat er noch nie gemacht!"

Die Musik auf der Gegenseite wurde leiser gedreht und man hörte Werkzeuggeräusche.

„Aber Benzin hast du schon drin, oder?"

„Natürlich nicht", empörte sich Walter, „es ist ja ein Diesel. Aber der Tank ist fast voll, falls du das meinst."

„Was passiert denn, wenn du ihn anlassen willst?", hakte Faxe nach.

„Jetzt gar nichts mehr. Ich glaube, ich habe die Batterie leergeorgelt. Hast du eine Ahnung, was das sein kann?"

„Das kann ich dir so nicht sagen, Walter. Da gibt es viele

Möglichkeiten und so ganz taufrisch ist dein 205er ja auch nicht mehr. Ich glaube, der ist Baujahr 93 … da kann alles Mögliche den Geist aufgeben. Am besten wir schleppen ihn ab zu mir in die Garage, dann kümmere ich mich darum. Einverstanden?"

Walter schluckte trocken. Abschleppen, Werkstatt, Reparatur … das würde sicher einiges kosten, aber er sah keine andere Möglichkeit.

„Also gut. Wann kommst du vorbei?"

Faxe versprach innerhalb der nächsten Stunde da zu sein. Walter bedankte sich und legte auf. Er nahm sich ein Bier aus dem Kühlschrank und setzte sich auf die Terrasse. Das brauchte er jetzt.

2

Walter saß mit seinem Bier auf einem der neuen Gartenstühle, die er erst kürzlich gekauft hatte. Balu lag zu seinen Füßen und döste, als Kitty elegant um die Ecke schlenderte. Die schlanke Tigerkatze gehörte eigentlich zur Wirtschaft im Dorf, doch sie und Balu waren beste Freunde und verbrachten viel Zeit miteinander.

„Oh, oh … Walter so früh schon mit einem Bier auf der Terrasse?" Kitty kannte Walter gut genug, um zu wissen, dass etwas passiert war.

„Ärger mit dem Auto", klärte Balu sie auf. *„Er springt nicht mehr an. Nachher kommt sein Freund Faxe und schleppt ihn ab. Ich hoffe nur, er findet den Fehler schnell und kann ihn günstig reparieren."*

Kitty verstand, was Balu meinte. Walter war durch und durch ein Schwabe und daher so sparsam wie nur möglich. Eine teure Reparatur hätte seine Laune für Tage oder sogar Wochen ruiniert.

„Ola Muchachos", grüßte Eglon, der sich zwischen den Jostabüschen hindurchzwängte. Der Kater war noch nie schlank gewesen, doch seit er bei Liesl wohnte, hatte er nochmal deutlich zugelegt.

„Walter schon beim Bier?", fragte er besorgt.

„Sein Auto springt nicht an", erklärte Balu.

„Oh, oh … hoffe es, ist nichts Schlimmes", sagte Eglon und setzte sich ordentlich neben Balu.

„Wie gefällt es dir ein ganzes Haus alleine zu bewohnen?", fragte der Wolfsspitz, der natürlich wusste, dass Liesl verreist war.

„Ist eigentlich prima. Walter sorgt ja für mein Futter, und dank der Katzenklappe kann ich kommen und gehen wie ich will. Leider hat Liesl die Schlafzimmertür zugemacht. Hätte gerne in ihrem Bett geschlafen, aber das Sofa ist auch ok. Sie hat mir da extra eine flauschige Decke hingelegt, so eine, die sich nicht elektrisch auflädt."

„*Aber vermisst du deinen Menschen denn gar nicht?*", fragte Kitty ungläubig. „*Ich brauche zwar nicht ständig einen Mensch um mich, aber hin und wieder lass ich mich schon gerne mal streicheln oder rolle mich auf ihnen ein. Fehlt dir das nicht?*"

Eglon schaute verlegen zur Seite und leckte beiläufig an einer Vorderpfote.

„*Naja, ein bisschen schon. Vor allem nachts ist es komisch allein im Haus. Wenn Liesl da ist, schlafe ich immer wie ein Stein und bekomme nichts mit. Jetzt wache ich bei jedem kleinsten Geräusch auf.*"

„*Instinkte*", sagte Kitty, „*die machen dich wachsam. Jetzt, wo du allein bist, musst du besser aufpassen. Aber hier passiert ja nichts.*"

„*Das möchte ich hoffen. Aber so ganz sicher bin ich mir da nicht.*"

„*Was meinst du damit?*", hakte die Tigerkatze nach.

„*Seltsame Geräusche mitten in der Nacht. Oft nur ganz leise, aber sie sind da!*" Während er das sagte, war Eglons Stimme leiser geworden, bis sie fast nur noch ein Flüstern war.

Balu lief es eiskalt den Rücken hinunter.

„*Ach, hör doch auf solche Schauergeschichten zu erzählen. Du willst uns doch eh nur auf den Arm nehmen! Die einzigen Geräusche, die du hier mitten in der Nacht hörst, sind Walter und ich, wenn wir uns mit den Zeitungen auf den Weg machen.*"

Eglon schüttelte energisch den Kopf.

„*Quatsch. Ihr macht nachts keine Geräusche – ihr macht Lärm! Außerdem hab ich die Geräusche zu einer anderen Uhrzeit gehört. Ich weiß doch, wann Walter aufsteht. Glaubt mir: irgendwas schleicht hier nachts um die Häuser!*"

„*Vielleicht irgendein Wildtier*", mutmaßte Kitty. „*Wildschweine haben wir genug hier in den Wäldern. Ich habe gehört, dass sie in manchen Gegenden schon bis in die Städte vordringen.*"

„*Das glaube ich nicht*", widersprach Balu. „*Vor Jahren hatte sich* tatsächlich mal ein Wildschwein in Walters Garten verirrt und das hast du deutlich gesehen. Alles war wie umgepflügt und gehört hast du das Vieh auch. Das würdest du nicht als Schleichen bezeichnen. Also war es sicher was anderes ... etwas Eleganteres. Vielleicht ein Waschbär?"

„Oder ein Wolf", warf Kitty ein. „Walter hat neulich mit Liesl darüber gesprochen, dass in ganz Deutschland wieder Wölfe unterwegs sind."

Balu stellten sich alle Nackenhaare. Auch er hatte Gerüchte gehört, dass Wölfe in der Nähe seien. Zwar war er als Hund mit dem Wolf verwandt, jedoch so weitläufig, dass der ihn als Beutetier betrachten würde. Keine sehr angenehme Vorstellung. Er schüttelte den Gedanken weg.

„Hört auf so einen Blödsinn zu reden. Friss einfach etwas weniger, Eglon, dann schläfst du auch besser und bildest dir nicht so einen Mist ein!"

„Gar nichts bilde ich mir ein", dementierte Eglon, „und das werde ich euch beweisen."

Er stand auf und reckte arrogant seinen buschigen roten Schwanz.

„Wir können ja Wetten abschließen, wen der böse Wolf als Ersten holt", sagte er leise über die Schulter hinweg und verschwand zwischen den Jostabüschen.

„Meinst du, er hat wirklich etwas gehört?", fragte Balu, als er wieder alleine mit Kitty auf der Terrasse saß.

„Warum nicht? Irgendwas ist da doch immer unterwegs, wenn man so nah am Wald wohnt. Ich würde mir aber keine Sorgen machen."

„Du hast gut reden", entgegnete der Wolfsspitz, „du wohnst ja vorne mitten im Dorf. Da wird natürlich nie ein Wildtier rumschleichen, aber hier ist das was ganz anderes!"

„Dann lass die Tür zu", antwortete Kitty genervt. „Du kannst manchmal schon ein Weichei sein. Es ist doch bisher nichts passiert! Und du hast Schiss, weil Eglon vielleicht etwas gehört hat? Reiß dich bitte etwas zusammen, bevor es peinlich wird."

Kittys Ansprache zeigte Wirkung und Balu beruhigte sich. Sie saßen noch mehrere Minuten schweigend nebeneinander, bis sie auf der anderen Seite des Hauses ein Auto hörten. Die Tiere liefen nach vorne und beobachteten, wie Walter und Faxe den alten Peugeot erst auf die Straße schoben, und dann mit einer Abschleppstange mit Faxes M-Klasse verbanden. Kurz darauf rollten beide Fahrzeuge in gemächlichem Tempo vom Hof.

„Ich schaue auch mal wieder zu Hause vorbei", sagte Kitty, während sie sich genussvoll streckte. *„Kommt ihr heute Abend in die Wirtschaft?"*
„Ich bin mir nicht sicher", überlegte Balu, *„aber nach der Geschichte mit seinem Auto wird Walter sich wohl ein paar Bierchen gönnen."*
Kitty rieb sich zum Abschied an seinem Hals und verschwand in Richtung Dorf. Balu ging zurück auf die Terrasse und legte sich ins weiche Gras. Egal was nachts passierte, im Moment schlich hier niemand herum.

3

Sein geliebter Peugeot 205 stand nun bei Faxe in der Werkstatt und wartete auf die Diagnose. Auch der KFZ-Meister hatte nicht auf Anhieb sagen können, woran es lag und Walter auf den nächsten Tag vertröstet, bevor er ihn nach Hause gefahren hatte.

Dort erwartete ihn bereits Eugen, der ihm seinen Einkauf aus dem Lidl vor die Tür gestellt hatte.

„Hab Ihre Sachen auf einen extra Zettel tippen lassen. Hier: macht siebzehn Euro und 28 Cent."

Der ehemalige Oberstudienrat reichte Walter den Kassenbon und wartete bis er seinen Geldbeutel geholt hatte. Walter nahm einen Zehneuroschein heraus, einen Fünfeuroschein, ein Zweieurostück und einen einzelnen Euro. Dann stutzte er und zog die Augenbrauen zusammen.

„Moment", sagte er und verschwand im Haus. Eugen hört ein leises Klimpern und Klappern, bevor Walter freudestrahlend wieder vor ihm stand. Er nahm ihm den Euro wieder aus der Hand und begann ihm exakt 28 Cent abzuzählen.

„Sodele", beendete Walter den Geldtransfer, „jetzt stimmt's dann auch ganz genau. Wir wollen ja nicht, dass da einer schlecht dabei wegkommt, gell?"

„Natürlich nicht", entgegnete Eugen resigniert. „Ohne die 72 Cent hätten Sie demnächst wohl hungern müssen."

Er war schon auf dem Weg zu seinem Auto, als ihm ihre Abmachung einfiel.

„Aber hungern müssen Sie ja so oder so nicht ... sie laden mich ja zum Essen ein – wie ausgemacht. Ich freue mich schon drauf!"

Walter wurde kreidebleich und stammelte ein paar nicht

zusammenhängende Worte, doch Eugen grinste nur und fuhr vom Hof.

Hatte Walter bis dahin noch Zweifel gehabt, so waren diese mit Eugen Heesterkamp verschwunden: er würde heute ganz bestimmt zur Goschamarie gehen. Nach so einem Tag halfen nur ein paar gute Freunde. Und Bier. Kurz überlegte er, ob er Liesl anrufen sollte, verwarf den Gedanken aber. Er wollte sie bei ihrem Ausflug nicht unnötig stören und es war ja nichts passiert, das einen Anruf erfordert hätte.

Walter ging die Treppe nach oben in sein Schlafzimmer und zog sich bis auf die Unterwäsche aus. Ehrfürchtig öffnete er den Kleiderschrank. Neben seiner alten Lederhose hing eine wunderschöne neue. Zwar fehlte ihr noch etwas Patina, doch sie war ein echtes Schmuckstück. Vor zwei Wochen hatte er mit seinem Freund Manni einen Ausflug an den Chiemsee gemacht und dort, in einem der berühmtesten Trachtengeschäfte Bayerns, diese einzigartige Hose erstanden. Beim Bezahlen war ihm schwindelig geworden – vierhundertfünfzig Euro musste er hinblättern, obwohl der Preis schon heruntergesetzt war. Er strich andächtig über das helle Hirschleder und atmete den frischen Gerbgeruch ein. Ein wenig verschämt betrachtete er seine alte Hose, die verloren auf ihrem Bügel hing. Sie war noch vollkommen in Ordnung, aber inzwischen drei Nummern zu groß. Als er sie das letzte Mal getragen hatte, war sie ihm bei jeder Bewegung um die Hüften geschlackert. Doch er würde sie auf keinen Fall weggeben, obwohl er nicht vorhatte wieder zuzunehmen. Von den einstmals einundneunzig Kilo waren gerade mal achtundsiebzig geblieben und er fühlte sich so fit wie schon lange nicht mehr. Als er sich anzog, wusste er, dass er an diesem Abend kalorientechnisch eine Sünde begehen würde, doch das war Walter egal. Etwas Spaß muss schließlich sein, vor allem nach einem Tag wie diesem. Eine Viertelstunde später löschte er das Licht im Flur und machte sich auf den Weg zur Goschamarie.

Balu hatte im Flur ungeduldig auf Walter gewartet und lief aufgeregt neben ihm her. Wie so oft wartete Kitty schon auf sie. Die Tigerkatze hatte die Beine unter ihren Körper geschoben und lag entspannt auf einem alten Heuballen. Ihre Augen waren soweit geschlossen, dass es aussah, als würde sie schlafen, doch tatsächlich war sie hell wach. Schon von weitem sah sie Balu und Walter kommen und setzte sich auf.

„Da seid ihr ja endlich!", rief sie erfreut. *„Drinnen ist schon wieder gut was los."* Balu begrüßte seine Freundin mit einem Nasenstupser, bevor sie Walter die Treppe hinauf folgten.

Walter öffnete die Tür zur Gaststube und freute sich über die erstaunlich gute Luft im Raum. In den Wintermonaten sammelte sich der Zigarettenqualm unter der niedrigen Decke oft derart, dass einem das Atmen schwer fiel. Doch jetzt im Sommer waren alle Fenster weit geöffnet und der Rauchernebel konnte in die Nachbarschaft entweichen. Feinstaub mal anders.

Max und Elmar saßen bereits am Stammtisch und auch die übrigen Tische waren belegt. Walter wunderte sich nicht, dass die meisten Gäste Fremde waren. Gerade in der warmen Jahreszeit kamen viele mit dem Fahrrad und legten bei der Goschamarie einen kleinen Zwischenstop ein. Nicht selten bestellten sie sich für den Heimweg ein Taxi, da sie sich nach ihrer Pause nicht mehr auf dem Fahrrad halten konnten.

„Stimmt es, dass unsere zwei Kindsköpfe heute wiederkommen?", fragte Walter, während er sich zu seinen Freunden setzte. Kitty und Balu verschwanden auf ihren Stammplatz unter der Eckbank.

„Sie haben es mal angedroht", raunte Max, „ich bin mir aber nicht sicher, ob es nicht noch zu früh ist. Als ich Theo gestern besucht habe, konnte er noch kaum laufen!"

Theo und Peter wetteten ständig um irgendetwas, nur um am Ende den Wetteinsatz, in der Regel eine Kiste Bier, gemeinsam zu trinken. Doch diesmal war ihre Wette nicht so glimpflich verlaufen.

Es hatte damit begonnen, dass Peter einen Routinetermin beim Urologen hatte, der ihm eine prächtige Verfassung in allen Belangen attestiert hatte. Damit hatte Peter am Stammtisch geprahlt, woraufhin Theo ihn zu einem Wettpinkeln herausgefordert hatte. Das Pinkelduell wurde dann kurzerhand auf einer nahen Viehweide ausgetragen. Es ging darum, den Strahl möglichst lange am Laufen zu halten. Wer zuerst eine bestimmte Markierung unterschritt, hatte verloren. Diese Markierung war ein Viehzaun. Keiner der beiden wusste, dass der Zaun noch unter Strom stand, und so war die Überraschung groß, als beiden zeitgleich der Saft ausging und ihr Urinstrahl den Draht berührte. Der Strom fuhr ihnen mit zigtausend Volt in den Unterleib und brachte ihre Hoden fast zum Leuchten. Beide lagen auf dem Boden und krümmten sich vor Schmerzen. Der Notarzt nahm sie mit ins Krankenhaus, wo sie unter anderem mit Antibiotika behandelt wurden, um eine Entzündung der Hoden zu vermeiden, die innerhalb kürzester Zeit auf die Größe von Orangen angeschwollen waren.

„Griaß di Walter! Do hosch scho mol deine zwoi Bier", begrüßte Marie Walter und stellte ihm zwei geöffnete Flaschen Bier auf den Tisch. „Wie sieht's dänn mitm Hunger aus? Bischt ja grad doch alloi do hinda, seit d'Liesl futt isch."

Walter wunderte sich nicht, dass jeder über Liesls Abwesenheit Bescheid wusste – so war das nun mal in Taldorf: der Dorffunk funktionierte immer.

„Ich nehme ein Vesper, wenn's recht ist, Marie. Und … hast du vielleicht noch zwei hartgekochte Eier?"

Marie verstand Walters Anspielung auf die zwei Wettkönige sofort.

„Aber natierlich, gern. Oier sind scho äbbs richtig guats."

Mit einem breiten Grinsen verschwand sie hinter dem Tresen, während - wie aufs Stichwort - Theo und Peter hereinkamen. Sie watschelten breitbeinig in die Gaststube, wie Cowboys nach einem harten Ritt und jeder hatte ein rundes Kissen unter dem Arm. Walter kannte diese Art von Kissen noch von seinem Onkel, der fürchterlich an Hämorrhoiden gelitten hatte. Durch das Loch in der Mitte ähnelte das Kissen einem riesigen Donut, brachte aber Menschen mit Schmerzen in einem ganz bestimmten Bereich Erleichterung.

Alle beobachteten gebannt wie Theo und Peter sich vorsichtig - fast in Zeitlupe - auf ihre Kissen sinken ließen.

„Na – ändlich sind meine zwoi Buaba wieder do", begrüßte Marie die beiden Männer und klopfte ihnen von hinten kräftig auf die Schultern.

Sie zuckten vor Schmerz zusammen und versuchten Maries grober Hand zu entkommen.

„Bitte nicht, Marie. Hör auf!", winselte Peter, dem die Luft wegblieb.

„Wa isch los? Henders it räat?", frotzelte Marie, während sie beide herzhaft umarmte und drückte. Peter und Theo stiegen vor Schmerz Tränen in die Augen, doch Marie war unbarmherzig.

„Wie ka ma au blos so an Scheißdräck macha, hä?"

Sie sah beiden streng in die Augen, dann ließ sie von ihnen ab und baute sich mit den Händen in den Hüften vor ihnen auf.

„Was darfs denn jetzt sei, ihr Pinkelprofis? Mir hettet heit verlorene Oier, russische Oier, gkochte Oier, Spiegeloier, Rieroier … oder a ganz normals Veschper …"

„Wir haben verstanden", grummelte Theo.

„Normales Vesper, ohne Eier!", ergänzte Peter. „Und zwei Kästen Bier

.... wir haben uns auf ein Unentschieden geeinigt und da zahlen nach unseren Regeln beide!"

Marie schüttelte den Kopf, als sie in Richtung Tresen lief, um die zwei Kisten Bier zu holen. Die anderen jubelten und freuten sich über das Freibier.

„Schön, dass ihr wieder da seid", begrüßte Walter seine Freunde und gab jedem vorsichtig die Hand. „Ja, das war diesmal wirklich nicht clever von uns", gestand Peter. „Aber wer konnte denn ahnen, dass auf dem rostigen Draht noch Strom drauf ist?"

„Schlimme Sache ... ei, ei, ei", flachste Max und erntete dafür von Theo einen bösen Blick.

„So, do hender dia Kischta!", schnaufte Marie und wuchtete beide Kisten auf den Stammtisch.

„Fier dia zwoi Herra it vielleicht doch an Oierlikör?"

Wenn Blicke töten könnten, dachte Walter, als er beobachtete, wie Theo und Peter die Wirtin anstarrten.

„Kommt jetzt", beruhigte Walter die Szene, „hört mal auf mit der Schadenfreude. Ich glaube, die beiden haben schon genug gebüßt. Trinken wir lieber auf das großartige Unentschieden!"

Walter nahm eine frische Flasche aus dem Kasten und öffnete sie mit Hilfe einer Zweiten. Dass er bereits zwei geöffnete Flaschen vor sich stehen hatte, war ihm egal. Er reckte sie in die Höhe und die anderen taten es ihm gleich.

„Prost!!!", tönte es fröhlich durch die Wirtschaft und lediglich die beiden hartgekochten Eier auf Walters Vesperteller, die mit einem Essiggürkchen in eindeutiger Pose angerichtet waren, sorgten noch einmal für böse Blicke.

„Das tut jetzt richtig gut mit euch hier zu sein", seufzte Walter, als er sein viertes Bier öffnete. „Hatte heute einen total beschissenen Tag."

„Was ist passiert?", fragte Elmar und zündete sich genüsslich eine

Zigarette an.

„Mein Peugeot hat mich im Stich gelassen. Zum ersten Mal. Er wollte einfach nicht anspringen. Faxe hat ihn in seine Werkstatt geschleppt und kümmert sich drum. Hoffe mal, es wird nicht zu teuer."

„Ach was", winkte Elmar ab, „du kennst doch Faxe. Der macht dir sicher den besten Preis, der möglich ist. Kannst ihn ja gleich selber fragen." Elmar zeigte zur Tür durch die Faxe gerade die Gaststube betrat.

Während die meisten Männer im Raum ihm nur einen kurzen Blick zuwarfen, stierten ihn die wenigen Frauen unverhohlen an. Faxe war nicht nur ein begnadeter Automechaniker, er war auch der fleischgewordene Traum jeder Frau zwischen fünfzehn und fünfundvierzig. Er war einen Meter neunzig groß, hatte dunkle schulterlange Haare und das markante Gesicht einer römischen Statue. Seine fast schwarzen Augen lagen tief in den Höhlen und funkelten geheimnisvoll.

Offenbar kam er direkt aus der Werkstatt, denn er trug noch seine Latzhose, darunter ein verschmiertes ärmelloses T-Shirt, das seinen muskulösen Oberkörper nur notdürftig bedeckte. Die Dreck- und Ölflecken auf seinen verschwitzten Armen zeugten von seiner harten Arbeit. Er schaute sich kurz um und kam direkt zum Stammtisch.

„Dachte ich mir doch, dass ich dich hier finde", sagte er zu Walter und setzte sich auf den Stuhl neben ihm. „Ich habe vorhin doch noch deinen Wagen auf die Bühne genommen."

Jetzt war Walter gespannt. Grundlos war Faxe sicher nicht nach Taldorf gekommen. „Und? Kriegst du ihn wieder hin?"

Faxe deutete fragend auf die Bierkästen auf dem Tisch und Walter nickte ihm aufmunternd zu.

„Alles halb so wild", beruhigte er Walter, „diese kleinen Dieselmotoren sind nicht tot zu kriegen. Das Vorglührelais ist am

Arsch. Deshalb startet er nicht. Das kann ich dir aber günstig reparieren." Er öffnete sein Bier am Rand des Bierkastens und trank mit dem ersten Zug die halbe Flasche leer.

„Was verstehst du unter günstig?", fragte Walter unsicher, da er keine Ahnung von Autoreparaturen hatte.

„Hundert für das Teil und hundert für den Einbau. Für Zweihundert Euro ist alles wie neu."

Fast hätte Walter sein Bier über den Tisch geprustet, doch er konnte es gerade noch schlucken und rang jetzt nach Luft. Er wusste, dass das mit Sicherheit ein guter Preis war, trotzdem schmerzte ihn der Gedanke, so viel Geld für eine Reparatur auszugeben.

„Aber da ist noch was", sagte Faxe beiläufig und warf dabei seine Haare über die Schulter.

Eine hübsche Blonde am Nachbartisch bekam Schnappatmung.

„Du hast keinen TÜV mehr. Seit über einem Jahr."

„Aber ich war doch bei dir zum Kundendienst und da hast du den TÜV doch gleich mitgemacht", erinnerte sich Walter.

„Das war vor drei Jahren, Walter. Seitdem habe ich deinen Peugeot nicht mehr gesehen."

Autsch. Das hatte gesessen.

„Und was machen wir da?", erkundigte sich Walter vorsichtig.

„Ich mache dir morgen das neue Relais rein, dann kannst du für Montag einen Termin beim GTÜ in der Weststadt machen."

„Krieg ich da keinen Ärger, wenn ich den Termin so überzogen habe?"

„Nee. Du wirst ne kleine Strafgebühr zahlen müssen, aber das war es dann. Außer sie haben irgendwas zu beanstanden."

Walter verstand nicht. „Was sollten die zu beanstanden haben? Der Wagen ist doch gepflegt und auch wirklich noch nicht alt!"

„Naja", druckste Faxe herum und spielte unsicher mit einer langen

Haarsträhne. „Also ich hatte ihn ja vorher auf der Hebebühne und da kam er mir an manchen Stellen ganz schön morsch vor."

„Du spinnst ja", blaffte Walter, „der ist in allerbestem Zustand. Garagenwagen, nur Handwäsche … der ist garantiert in bestem Zustand. Die könnten mir die Prüfplakette eigentlich auch direkt mit der Post schicken."

Faxe hob abwehrend die Hände und versuchte Walter zu beruhigen. „Alles klar, Walter, alles klar. Wird schon alles in Ordnung sein … sonst meldest du dich einfach bei mir. Wie gesagt: ich hab gar nicht genau hingeschaut." Damit griff er nach seinem Bier und stieß erst mit Walter und dann mit den anderen an.

Walter wusste, dass er mit solchen Dingen wie TÜV und Kundendienst nachlässig war, deshalb hatte sich früher immer seine Frau darum gekümmert. Seit sie nicht mehr lebte, hatte er viele wichtige Termine verpasst.

„Ich nehme mir noch eins, wenn's recht ist", sagte Faxe und nahm die letzte Flasche aus dem ersten Kasten. Um Platz zu schaffen, stemmte er den leeren Kasten mit einem Arm hoch und trug ihn zum Tresen. Dabei spannten sich seine wohldefinierten Muskeln unter dem viel zu kleinen T-Shirt – eine dunkelhaarige Steuerfachangestellte zwei Tische weiter vergaß für zehn Sekunden zu atmen.

„Bei meim Karra sottsch dänn au amol noch dia Brämsa gucke", sagte Marie und stellte die Vesperteller für Theo und Peter auf den Tisch.

„Kein Problem", lächelte Faxe, „komm am Samstagnachmittag einfach kurz vorbei, dann schaue ich mir das an. Aber jetzt muss ich los. Marie, was bin ich schuldig?"

„Nix. Des Bier war von dene zwoi Wettkönig. Und fiers nahocka gucksch du mir noch meim Karra."

Faxe war einverstanden und erhob sich, wobei er sofort wieder die Blicke aller anwesenden Frauen auf sich zog. Er warf die Haare zurück und verabschiedete sich in die Runde.

„Macht weiter so. Viel Spaß noch!"

Der Blonden am Nebentisch lief ein dünner Speichelfaden aus dem Mundwinkel und die dunkelhaarige Steuerfachangestellte vergaß erneut zu atmen, während ihre Freundin hysterisch applaudierte. Walter sah Faxe hinterher. „Geiler Hintern", dachte er und wunderte sich im selben Moment über seinen Gedanken.

„Warum ist der eigentlich immer noch Single?", murmelte Max und knipste das hintere Ende seiner Zigarre ab. „Die Frauen drehen alle durch, wenn er in der Nähe ist."

„Zuuuu schee isch au it guat", flötete Marie von hinten und räumte die halbleeren Vesperteller ab. Die Reste bekam jeder, in einer kleinen Tüte verpackt, mit nach Hause.

„Ich zahle dann mal", sagte Walter und holte seinen Geldbeutel heraus.

Marie kassierte und brachte unaufgefordert eine Runde Schnaps.

„Gaht aufs Haus! Nei demit!"

Da Marie den Schnaps wie immer im Sprudelglas servierte, brauchte Walter noch eine viertel Stunde bis er es leer hatte, dann verließ er gemeinsam mit Elmar und einer Tüte mit dem übrigen Rauchfleisch darin die Wirtschaft.

„Machets guat, ziernet nix, kommet wieder!", rief ihnen Marie hinterher.

Beide schwankten etwas, als sie die Stufen vor der Wirtschaft hinuntergingen, aber Walter war ja zu Fuß da und Elmar hatte es nicht weit.

Beide gingen zum Bach, um sich vor dem Nachhauseweg noch zu erleichtern.

„Ich soll dich übrigens noch von Anne grüßen", sagte Elmar über das

Plätschern hinweg. „Sie rechnet am Samstag fest mit dir. Sie meinte, diesmal seien endlich mal wieder alle da."

Anne war das Küken ihrer kleinen Ermittlergruppe, die vor kurzem den Tod des Pfarrers aufgeklärt hatte. Außerdem war sie Elmars Freundin.

„Danke! Grüß sie zurück. Ich werde kommen." Walter freute sich auf die kleine Runde, die sich immer samstags auf dem Ravensburger Wochenmarkt auf einen Kaffee traf. Leider hatte in den letzten Wochen immer jemand gefehlt, zuletzt Kripo-Hubert, dem der Blinddarm entfernt werden musste.

Er verabschiedete sich von Elmar und machte sich in Schlagenlinien auf den Heimweg. Balu und Kitty hielten vorsichtshalber zwei Meter Abstand.

„Heute hat er aber ganz schön einen sitzen", lästerte Kitty und ahmte Walters Torkeln nach.

„Lass ihn doch", lachte Balu, *„er hatte einen strengen Tag. Wenigstens scheint das mit seinem Auto ja glimpflich abzulaufen. Das hätte deutlich schlimmer kommen können."*

Dass es noch schlimmer kommen würde, konnte Balu in diesem Moment natürlich nicht wissen.

4

Das Schicksal der Welt lag in der Hand des Musikredakteurs von S4 Bodenseeradio. Ein gutes Lied kündigte einen tollen Tag an, ein schlechtes Lied war stets Vorbote von Katastrophen.

Walter glaubte fest daran. Jeden Morgen war er ein paar Minuten vor seinem Radiowecker wach und wartete gespannt auf das musikalische Orakel. Endlich sprang die Zeitanzeige auf 2.30 Uhr und das kleine Gerät erwachte zum Leben. „Küss mich, halt mich, lieb mich", trällerte Ella Endlich aus dem Plastiklautsprecher und entlockte Walter ein breites Grinsen. Er liebte dieses Lied, dessen Melodie aus dem alten Märchenfilm „Drei Nüsse für Aschenputtel" stammte, außerdem war der Refrain seit kurzem Elmars Klingelton für Anrufe seiner neuen Flamme. Anne und Elmar hatten sich über Walter kennengelernt und waren seitdem unzertrennlich, was Walter sehr freute. Er liebte es, wenn Menschen glücklich waren und wenn er ehrlich war, war er seit einiger Zeit auch auf einem guten Weg. Seit Liesl neben ihm eingezogen war, verbrachten sie viel Zeit miteinander und vieles hatte sich für Walter zum Positiven gewandelt. Er freute sich wieder auf den nächsten Tag, genoss die Treffen mit seinen Freunden und machte zum ersten Mal seit langem wieder Pläne für die Zukunft. Liesl war stets Teil seiner Pläne, deshalb schmerzte es ihn umso mehr, dass sie bereits über eine halbe Woche weg war.

Der Ausflug zu ihren Freundinnen nach Frankfurt hatte Walter überrascht, doch dass er sie so sehr vermissen würde, hätte er niemals erwartet.

Walter schwang die Beine aus dem Bett und schlüpfte in seinen Morgenmantel. Angesichts der herrschenden Temperaturen hätte er ihn nicht gebraucht, aber er hasste es, sich nackt zu fühlen. Es ist schon Donnerstag, dachte Walter, und stellte zufrieden fest, dass Liesl bereits übermorgen wieder da sein würde. Trotz der Wärme feuerte er, wie jeden Tag, seinen kleinen Herd in der Küche an und stellte Kaffeewasser auf die Platte, bevor er für Balu die Gartentür öffnete und ein wenig Nassfutter in seine Futterschale gab.

Als er fertig angezogen aus dem Bad kam, signalisierte ein leises Pfeifen, dass das Wasser kochte. Walter füllte es in seine französische Kaffeemaschine und öffnete die Haustür. Es vergingen nur wenige Sekunden bis Balu zweimal kurz bellte und Jussuf vor Walters Haus parkte.

„Gute Morge Walter", grüßte der Türke freundlich und nahm am Küchentisch Platz.

„Du bist pünktlich wie ein Uhrwerk", lobte Walter seinen Freund und goss ihm Kaffee ein.

Die beiden kannten sich seit Walter den Job als Zeitungsausträger angenommen hatte. Jussuf transportierte die Zeitungen von der Druckerei zu den Austrägern und freute sich immer über ein frühmorgendliches Schwätzchen.

„Isch Wahnsinn wie warm noch isch", seufzte Jussuf und wedelte sich mit der Hand etwas Luft zu. „Und du machsch immer noch Feuer in Ofen."

„So schmeckt der Kaffee einfach am besten", rechtfertigte sich Walter, verschwieg aber, dass er aus Sparsamkeit den Elektroherd nur ungern benutzte. „Aber sag mal Jussuf: geht heute nicht dein Deutschkurs los?"

Jussuf hatte zu seinem letzten Geburtstag von seiner Frau einen Deutschkurs an der Volkhochschule geschenkt bekommen. Seit Jahren zog sie ihn damit auf, dass jedes Kleinkind besser deutsch sprechen könne als er, doch das hatte ihn nie gekümmert. Um den geschenkten Kurs kam er nun nicht herum, zumindest nicht ohne sich größeren

Ärger mit seiner Frau einzuhandeln.

„Ach hör auf, Walter. Wozu brauch isch Kurs? Alle verstehn misch, isch versteh disch ... wozu?"

Walter verstand seine Einstellung, aber etwas zu lernen konnte nie schlecht sein.

„Jetzt warte es doch erst mal ab. Vielleicht macht es dir sogar Spaß." Jussuf verzog das Gesicht. „Das glaub isch nisch. Aber gut: sind nur zehnmal – geht vorbei. Aber sag mal: wie is das bei dir? Wann is Liesls Urlaub vorbei?"

„Morgen kommt sie wieder. Bin schon gespannt, wie es war. Seit sie weg ist, habe ich nichts von ihr gehört." Was ja eigentlich ein gutes Zeichen ist, dachte Walter, aber er hätte sich doch über ein paar kurze Nachrichten über Whatsapp gefreut. So gar nichts von Liesl zu hören, kam ihm komisch vor.

„Ich muss dann, Walter", sagte Jussuf und wischte sich den Schweiß von der Stirn, „sonst schmilzt noch der Gehirn!"

„Das Gehirn ...", verbesserte Walter, doch Jussuf winkte nur ab.

„Nach der Kurs weiß isch dann alles besser – wirscht sehn!"

Beim Rausgehen zeigte Jussuf auf die leere Garage, deren Tor offen stand.

„Wo isch dein Auto? Verkauft?"

Walter erzählte ihm kurz, was passiert war und dass er es schon heute zurück bekommen würde.

„Wenn doch nich mehr gut is, dann gehen wir zu Cousin Rafi, der besorgt dir Auto", flüsterte Jussuf verschwörerisch.

„Der Cousin, der bis vor kurzem im Gefängnis war?", fragte Walter skeptisch.

„Klar." Jussuf zuckte mit den Schultern. „Der weiß wenigstens, wie die Hase lauft."

„Wie der Hase läuft ...", verbesserte Walter.

„Ja, dem auch."

Walter verzichtete auf weitere Korrekturen und verabschiedete sich von Jussuf, der kurz darauf winkend vom Hof rollte.

Walter genoss die Ruhe der Nacht, während er von Haus zu Haus fuhr und seine Zeitungen verteilte. Begonnen hatte er in Dürnast und Alberskirch und fuhr nun über die Höh nach Wernsreute. Obwohl sich sein Handkarren fast ohne Widerstand schieben ließ, kam Walter an der Steigung ins Schwitzen. Die Straße hieß nicht umsonst „Auf der Höh". Den dreirädrigen Karren hatte er erst vor wenigen Wochen auf einem Flohmarkt gekauft. Er war ein echter Glücksgriff gewesen. Zwar stellte sich heraus, dass der Händler ihn über den Tisch gezogen hatte, doch das Gerät tat treu seinen Dienst und war für Walter ideal, da er so seinen Job als Zeitungsausträger gleichzeitig als Lauftraining nutzen konnte.

Walter lief der Schweiß in die Augen, was weniger an der Anstrengung, als an den vorherrschenden Temperaturen lag. Seit Wochen kletterte das Thermometer jeden Tag über dreißig Grad, wodurch auch die Nächte immer wärmer wurden. Der letzte Regen war verdunstet, bevor er den Boden erreicht hatte und hatte für eine schier unerträgliche Schwüle gesorgt. Auch die Wälder waren staubtrocken und so war die Waldbrandgefahrenstufe auf das Maximum gesetzt worden.

Während Walter sich weiter bergauf kämpfte, betrachtete er die Häuser, die hier in den letzten Jahren neu gebaut worden waren. Er musste zugeben, dass er nicht einen einzigen ihrer Bewohner kannte. Da sie keine Zeitung abonniert hatten, kannte er nicht mal ihre Namen. So sollte es auf dem Land eigentlich nicht sein, grübelte Walter. In der Stadt mit den Wohnblocks und den anonymen Betonbunkern war das normal, aber hier in der Gemeinde? Er nahm sich vor, in Zukunft etwas aufmerksamer zu sein und ein paar Erkundigungen über die neuen Gemeindemitglieder einzuholen.

Am Ende ihrer nächtlichen Tour erreichten sie Taldorf. Balu trottete locker voraus, während Walter die Zeitung bei Eugen Heesterkamp, der das alte Schulhaus bewohnte, in das dafür vorgesehene Rohr schob. Durch die Hecke hindurch hörte er Eugens Schildkröte in ihrer Kiste schnarchen. Sie hatten sich erst kürzlich kennengelernt und Balu besuchte Ulf, den Schildkröter regelmäßig. Genauso wie Bimbo, den Haflingerwallach, der wegen seiner schmerzhaften Arthrose in den meisten Nächten nicht schlafen konnte.

„Hey Flohfänger", bollerte Bimbo zu seiner Stalltür heraus, *„heute seid ihr aber spät dran!"*

„Müsstest du diese Runde laufen, würdest du unterwegs verenden", konterte Balu, der Bimbos Anspielung auf ihr langsameres Tempo natürlich verstanden hatte.

„Sogar nachts ist es so warm … so was habe ich noch nicht erlebt."

„Da kann ich mich auch nicht dran erinnern", bestätigte Bimbo, der stolz darauf war (fast) das älteste Tier im Dorf zu sein. Nur Eugens Schildkröter Ulf war älter.

„Sie ernten überall schon den Winterweizen. Viel früher als sonst. Und der Mais macht vielerorts am Verdursten rum und wächst nicht mehr." Balu hatte das sich anbahnende Drama auf vielen Feldern gesehen und ahnte, dass es für manchen Landwirt nach diesem Sommer nicht leicht werden würde.

„Jetzt wurde wegen der Wasserknappheit sogar das Abpumpen aus Bächen und Flüssen verboten", wusste Bimbo. *„Ich hab es neulich von Hermann gehört, als er mit seiner Frau geredet hat. Jetzt kann er seine Pflanzen mit Leitungswasser gießen, aber das kostet natürlich ein Schweinegeld. Und wenn das Wasser noch knapper wird, werden sie das auch noch verbieten. Es*

sind schon verrückte Zeiten!"

Der korpulente Wallach schüttelte frustriert den Kopf.

„Es wird schon nicht so schlimm werden", beruhigte Balu das Pferd, und freute sich, dass Bimbo heute so handzahm war. Der Haflinger war chronisch schlecht gelaunt und beschimpfte lautstark alles und jeden. Doch nicht an diesem Tag.

„Ich schau mal, dass ich nach Hause komme", sagte Balu, als Walter aufgeholt hatte. *„Da hinten dämmert es schon. Bis morgen, Bimbo!"*

Tatsächlich war bereits ein silberner Streif am östlichen Horizont über dem Hummelberg zu sehen, als Walter bei der Goschamarie den Schnaps vom Fenstersimsen nahm. Sogar der war warm, doch er leerte das kleine Glas in einem Zug.

Glücklich aber erschöpft machten sie sich auf den kurzen Heimweg und freuten sich auf den Feierabend. Keiner der beiden bemerkte das Augenpaar, das sie aus Liesls Garten heraus beobachtete.

5

Der Freitag kam ohne Überraschungen aus. Eine angekündigte Gewitterfront verpuffte harmlos und brachte keinerlei Abkühlung oder gar Niederschlag. Walter war nach dem Aufstehen direkt duschen gegangen, doch bereits nach wenigen Minuten hatte sein frisches Hemd Schweißflecken.

Am frühen Nachmittag hatte er seinen Peugeot in Faxes Werkstatt abgeholt, der jetzt wieder ohne zu zögern ansprang. Der Motor schnurrte wie am ersten Tag. Trotzdem ärgerten ihn die zweihundert Euro. Hinzu kamen am Montag noch die Kosten für den TÜV. Walter hatte tatsächlich noch einen kurzfristigen Termin bekommen. Nach Faxes Bedenken hatte er seinen 205er noch einmal gründlich untersucht, aber nichts gefunden, was ihn beunruhigt hätte – aber er war ja auch kein Mechaniker.

Am späten Nachmittag gab er den Pflanzen im Garten Wasser, die er dazu auserkoren hatte, zu überleben. Was nicht gegossen wurde, ging bei dieser Hitze jämmerlich ein. Auch bei Liesl kümmerte er sich um die wichtigsten Pflanzen. Sie hatte ihm dazu genau Anweisungen gegeben. Seinen Rasen hatte er schon längst aufgegeben - große Flächen waren bereits vertrocknet.

Während Walter gefühlte hundert Mal mit der Gießkanne durch den Garten rannte, machten es sich die Tiere am Rand der Terrasse im Schatten gemütlich.

„Wo steckt die Tigerlady?", fragte Eglon und zog eine Pfote zurück, die in der Sonne lag.

„Keine Ahnung", nuschelte Balu, ohne sich zu bewegen. *„Irgendwo im Schatten!"*

Ein Rascheln zwischen den Jostabüschen ließ beide Tiere aufblicken.

Als sie den Besucher erkannten, war die Freude groß.

„Seppi – da bist du ja wieder", rief Balu und tänzelte um den kleinen Igel herum. Eglon begrüßte ihn mit einem Kopfnicken, blieb aber auf Abstand. Ihre Beziehung war etwas schwierig.

„Hab doch gesagt, ich komme wieder. Ich wollte nur sicher gehen, dass Mandy und die Kinder gut im Osten ankommen."

Seppis Freundin Mandy hatte unter Liesls Grill vor ein paar Wochen vier kleine Igel zur Welt gebracht. Wie bei Igeln üblich, gingen nun alle ihre eigenen Wege. Mandy war den Kleinen dabei noch behilflich und hatte sie in ihre Heimatgegend im Osten des Tals gebracht. Seppi hatte sie auf diesem Weg begleitet. Seine schnelle Rückkehr bedeutete nichts Gutes.

„Ich sag's euch: es ist sooooo herrlich hier! Kein Gemecker, kein Geplärre einfach nur …", er suchte das passende Wort, *„ … Harmonie!"*

Eglon und Balu sahen sich ratlos an. Ihr stacheliger Freund war ihnen vor seiner Abreise mit seiner kleinen Familie ganz glücklich vorgekommen, dass er darunter gelitten hatte, war ihnen neu.

Seppi schlenderte zum Katzenfutter und nahm andächtig ein paar Happen.

„Alles für mich. In aller Ruhe. Ohne Streit." Bei jedem Bissen verdrehte er genießerisch die Augen.

„Du erinnerst dich aber schon daran, dass das Katzenfutter eigentlich für Katzen da ist?", stichelte Eglon, doch Seppi ignorierte ihn.

„Nach allem was deine Mandy erzählt hat, soll es da im Osten doch so schön sein", erinnerte sich Balu. *„Warum warst du dann nur so kurz dort?"*

„Du hast keine Ahnung, wie es da aussieht", sagte der kleine Igel und nahm noch einen Happen. *„Mandy hat immer von dem tollen Zusammenhalt in der Familie erzählt und den blühenden Landschaften. Hey – ich dachte, ich lerne das Paradies kennen. Aber Pustekuchen!"*

Seppi hatte sich in Rage geredet.

„Wisst ihr, warum die da im Osten so zusammenhalten? Weil sie sonst nicht überleben würden. Die blühenden Landschaften? Büsche, Wald und magere Wiesen … such da mal dein Fressen zusammen. Das ist richtig mühselig. Nie wieder gehe ich dahin."

Irgendetwas schien den kleinen Igel plötzlich am Bauch zu jucken, denn er kratzte sich ausgiebig.

„Und jetzt, liebe Freunde, gehe ich rüber unter den Grill und mache erst mal ein Nickerchen. Ohne gestört zu werden."

Seppi machte kehrt und verschwand unter einem der Jostabüsche. Zurück blieben ein verdutzter Hund und eine ratlose Katze. Igel waren nicht einfach zu verstehen.

6

Natürlich vertraute Walter Faxes Fähigkeiten als Automechaniker, trotzdem schickte er ein kurzes Stoßgebet gen Himmel, bevor er den Schlüssel im Zündschloss drehte.

Brumm.

Der Motor sprang sofort an und Walter steuerte ihn vorsichtig aus der Garage. Liebevoll tätschelte er das Armaturenbrett und strich über den Beifahrersitz.

„Von wegen morsch, tsssss", murmelte er und lächelte zufrieden, als er auf die Dorfstraße bog.

Wie fast jeden Samstag fuhr er nach Ravensburg, um sich mit seinen Freunden auf dem Markt zu treffen. Gemeinsam hatten sie vor kurzem einen Mordfall gelöst. Bei ihrem Treffen auf dem Markt hatten sie immer die neuesten Informationen ausgetauscht. Nachdem alles vorbei war, hatten sie beschlossen sich weiterhin zu treffen.

Er parkte seinen Peugeot wie immer im Bahnstadtparkhaus, da er das Parkhaus am Marienplatz nicht mochte. Es wurde entweder renoviert oder war komplett belegt.

Walter benötigte zu Fuß nur zehn Minuten bis zu ihrem Treffpunkt und hatte unterwegs noch in einige Schaufenster geschaut.

Ursprünglich trafen sie sich um neun Uhr, doch wegen der Hitze hatten sie den Termin um eine Stunde vorverlegt, bevor das Straßenpflaster sich aufheizen konnte.

Manni und Streifenkollege Hans warteten schon an Francescos Kaffeestand und winkten freudig, als sie Walter zwischen den Marktbesuchern entdeckten. Sie begrüßten sich herzlich und Walter stellte sich an, um einen Kaffee zu holen.

„Bring mir auch einen mit", rief Anne, die sich einen Weg zu ihrem

Tisch bahnte.

Walter bestätigte mit einem Nicken und bestellte bei Francesco zwei Kaffee, als Kripo-Hubert ihm die Hand auf die Schulter legte.

„Bestell mir doch auch noch einen. Ich helfe dir auch tragen", sagte er und wartete bis Walter bezahlt hatte.

Das wichtigste Gesprächsthema an diesem Morgen war Kripo-Huberts Blinddarmoperation. Er musste bis ins kleinste Detail schildern, wie die OP abgelaufen war. Zum Beweis zog er sein Hemd aus der Hose und Walter war überrascht, wie klein die Narbe war.

„Habt ihr das von der Sailer gelesen?", fragte Streifenkollege Hans, als Kripo-Hubert mit seiner Geschichte fertig war.

Alle sahen ihn nur fragend an, also sprach er weiter.

„Na, ihr erinnert euch doch an die Schwester von Pfarrer Sailer? Unser Fall?"

Alle nickten.

„Jetzt beginnt ihr Prozess. Steht heute in der Zeitung. Sogar im nationalen Teil. Sie hat es wohl nicht ganz so leicht, da ihr Firmenanwalt immer noch nicht gefunden wurde. Der ist mit dem ganzen Geld abgehauen und hat sie im Stich gelassen."

„Geschieht ihr recht", sagte Manni mürrisch. „Ich habe noch niemanden kennengelernt, der mir auf Anhieb so unsympathisch war." Bei der Erinnerung an Pfarrer Sailers Schwester stellten sich ihm die Nackenhaare auf.

„Aber ich finde, dass es am Ende doch gerecht ausgegangen ist", sinnierte Anne. „Auch für Annemarie. Zwanzig Monate auf Bewährung wegen schwerer Körperverletzung – da kann sie sich nicht beschweren."

„Das hätte auch anders ausgehen können", mischte sich Walter ein. „Hätte Dr. Vorn-Lang sich nicht eingemischt und betätigt, dass der Tod des Pfarrers nicht zwangsläufig von Annemaries Koffein verursacht sein musste, wäre es wohl zu einem anderen Urteil gekommen."

„Ja, schade um den Doktor", trauerte Anne, die Dr. Vorn-Langs Assistentin gewesen war und nippte abwesend an ihrem Kaffee.

Der Pathologe Dr. Vorn-Lang hatte sich erst vor kurzem von seiner Frau und seinem Doppelnamen getrennt und danach auch noch von seiner Arbeit. Er hatte die Pathologie aufgegeben und mit einem Schulfreund, der ebenfalls Arzt war, eine orthopädische Praxis eröffnet.

„Wie macht sich denn die Neue?", fragte Walter. Anne hatte bereits vor zwei Wochen von Dr. Langs Nachfolgerin erzählt.

„Ich muss mich erst noch an sie gewöhnen. Sie ist supernett und fachlich absolut top, aber sie hat so einen schrägen Humor. Egal wen wir vor uns auf dem Tisch haben – und da sind manchmal wirklich sehr tragische Fälle dabei – sie hat immer einen Witz parat. Und dann stehst du da vor der Leiche und kannst dir fast das Lachen nicht verkneifen. Ich muss wegen ihres Namens eh schon immer grinsen."

„Was ist mit ihrem Namen?", fragte Kripo-Hubert, der wegen seiner Blinddarm-OP Annes Erzählungen verpasst hatte.

„Du weißt doch wie Annes alter Chef hieß?", fragte Manni.

„Dr. Lang", antwortete Kripo-Hubert. „Und? Was ist daran komisch?"

„Na, daran nichts", gluckste Manni, „aber jetzt rate mal, wie die Neue heißt …"

„KURZ … sie heißt Dr. Kurz", platzte es aus Streifenkollege Hans heraus, und alle begannen laut zu lachen. Einem nach dem anderen kamen die Tränen und Walter musste nach Luft schnappen. Erst nach ein paar Minuten beruhigte die kleine Gruppe sich.

„Das tut so gut mit euch", sagte Walter und schnäuzte in sein Stofftaschentuch. „Eigentlich schade, dass wir uns zurzeit nicht öfter sehen."

„Das stimmt", nickte Streifenkollege Hans, „das war eine aufregende und spannende Zeit damals. Der Alltag kommt mir jetzt im Vergleich gerade richtig langweilig vor."

„Hey – seid vorsichtig mit dem, was ihr sagt", unterbrach Anne, „soll etwa nochmal jemand umgebracht werden, nur damit wir uns öfter sehen?"

„Natürlich nicht", beschwichtigte Kripo-Hubert, „das hat doch niemand gesagt. Aber ich fand es damals auch aufregend. Wir haben uns so gut ergänzt … und es hat Spaß gemacht."

„Und das Abschlussfest war das Allerbeste", lachte Manni und rieb sich zur Bestätigung über den Bauch. „Ich glaube, an dem Abend hab ich zwanzig von diesen genialen Grillsteaks gegessen. Dein Grillmeister hatte das perfekt im Griff."

Walter dachte auch immer wieder an diesen perfekten Abend zurück. Und an den wunderschönen Moment mit Liesl, als sie ihm das „du" angeboten und ihn geküsst hatte. Bis heute war er unsicher, ob es nur ein Freundschaftskuss gewesen war oder doch mehr bedeutete. Doch seit diesem Abend hatte Liesl keinen weiteren Versuch unternommen, sich ihm anzunähern oder gar zu küssen. Vielleicht erwartete sie ja auch, dass Walter jetzt die Initiative ergriff? Er war unsicher, was er tun sollte, denn eines wollte er auf keinen Fall: ihre wunderbare Freundschaft zerstören. Er hätte gerne mit jemand darüber gesprochen, doch der einzige, mit dem er sich ein solches Gespräch vorstellen konnte, war Liesl. Eine Zwickmühle. Walter seufzte.

„Oh weh, was hast du Walter?", fragte Anne besorgt und nahm ihn tröstend in den Arm.

„Alles ist gut", log Walter, ließ sich aber trotzdem noch ein bisschen von der hübschen jungen Frau umarmen. „Ich freue mich einfach, dass ich euch als Freunde habe. Und heute Nachmittag kommt Liesl auch schon wieder zurück."

„Stimmt, sie ist ja für eine Woche nach Frankfurt zurück, um sich mit Freundinnen zu treffen", erinnerte sich Streifenkollege Hans. „Wie lief es denn? Hast du schon was gehört?"

„Leider nein. Sie hat sich gar nicht gemeldet", sagte Walter etwas niedergeschlagen. Keiner wollte darauf etwas sagen, bis Anne ihn nochmal fest an sich drückte und auf die Wange küsste.

„Liesl hatte sicher so ein volles Programm, dass sie gar nicht dazu kam, sich bei dir zu melden. Außerdem war sie ja nur eine Woche weg – was soll da schon passieren?"

Walter teilte Annes Meinung zwar nicht ganz, wollte aber gerne an ihre Version glauben.

„Heute Nachmittag weiß ich dann mehr", sagte Walter und begann sich einzeln von seinen Freunden zu verabschieden.

„Heute hast du es aber eilig", kritisierte ihn Manni mit einem Augenzwinkern.

„Ich will auf dem Rückweg noch ins Frischeländle in Bavendorf", erklärte Walter. „Ich habe Liesl versprochen vor ihrer Rückkehr ihren Kühlschrank aufzufüllen. Bisschen Wurst und Käse, ein paar Tomaten und ein leckeres Bauernbrot."

Auf dem Rückweg zum Parkhaus wurde es bereits unerträglich heiß und Walter versuchte möglichst im Schatten zu laufen. Sein Peugeot hatte im Parkhaus unter Dach gestanden und war schön kühl, doch schon nach wenigen hundert Metern auf der Straße schien der kleine Wagen zu kochen. Durch die weit geöffneten Fenster, die Klimaanlage des kleinen Mannes, wehte immer nur neue heiße Luft ins Wageninnere. Walter fühlte sich wie in einem Hochofen, während ihm der Schweiß in breiten Rinnsalen über den Körper lief und sein Hemd an seinen Oberkörper klebte. Zu allem Übel schaltete auch noch fast jede Ampel bei Walters Annäherung auf Rot, wobei der Luftstrom zwischen den Fenstern zum Stillstand kam. Walter drückte sich mit der Nase an das altersschwache Gebläse, dass auf höchster Stufe kaum mehr produzierte als ein laues Lüftchen. An einer weiteren roten Ampel in der Weststadt hielt neben ihm ein junges Mädchen. Sie hatte alle Fenster geschlossen und schaute amüsiert auf Walter, der fast auf dem Sitz lag, um möglichst viel vom Gebläse abzukriegen. Als sich ihre Blicke trafen, versuchte Walter ein gezwungenes Lächeln, doch der Schweiß brannte in seinen Augen und als er ihn mit dem Hemdärmel weggewischt hatte, hatte die Ampel auf Grün geschaltet und das Mädchen war davongebraust.

Nach drei weiteren roten Ampeln erreichte Walter endlich Bavendorf. Er bog zum Frischeländle ein und parkte direkt seitlich an der Straße, um so schnell wie möglich aus dem Auto zu kommen. Er ließ die Fenster offen und rettete sich ohne Abzuschließen in den Schatten des Vordachs. Mit seinem Stofftaschentuch wischte er den Schweiß aus dem Gesicht.

„Hey – Ihr Auto!", rief ein mürrisch dreinschauender Frührentner. Walter vermutete, dass ihm sein Parkstil nicht gefiel und grummelte nur ein kurzes „Bin ja gleich wieder weg."

Doch der Mann gab keine Ruhe. „Schauen Sie doch! Ihr Auto – es rollt weg!"

Walter erstarrte erst und drehte sich dann panisch um. Er hatte vergessen die Handbremse anzuziehen und sein Peugeot machte sich nun selbstständig. Ganz langsam rollte er die leicht abschüssige Straße hinunter. Noch nicht einmal Schrittgeschwindigkeit. Da vor ihm kein weiteres Auto parkte, war das aber kein Problem und Walter glaubte schon an ein gutes Ende, als plötzlich die Räder ohne erkennbaren Grund einschlugen, und den 205er auf einen geparkten kleinen Geländewagen zusteuerten. Gleichzeitig wurde er aber durch den Richtungswechsel immer langsamer, bis er fast still stand. Fast. Mit einem kaum wahrnehmbaren Schubser berührte Walters Peugeot die Anhängerkupplung des SUV, der noch nicht mal wackelte.

Walter atmete erleichtert aus.

KRABAMM

Walters komplette Frontverkleidung löste sich und fiel scheppernd zu Boden. Ungläubig starrte er auf den Schaden.

„Das kann man sicher ganz leicht reparieren", mischte sich der unfreundliche Frührentner ein, als mit einem weiteren Krachen die Fahrertür aus ihren Angeln brach und neben dem Peugeot auf die Straße knallte. „Jetzt wird es wohl doch etwas teurer", mutmaßte der alte Mann und nippte genüsslich an seinem Cappuccino.

„Ist das ihr Schrotthaufen da hinter meinem Auto?", fragte ein junger Mann in Arbeitskleidung und zeigte vorwurfsvoll auf Walters Wagen.

„Das kann man sicher ganz leicht reparieren", stammelte Walter apathisch, als es erneut krachte. Doch diesmal fiel nichts ab. Die vorderen Stoßdämpfer brachen zeitgleich durch das morsche Blech, an dem sie befestigt waren und der gesamte Wagen sackte gute zehn Zentimeter nach unten. Die vorderen Radkästen standen nun auf den Rädern auf.

„Er ist von uns gegangen", murmelte der Frührentner mitfühlend.

„Mein herzliches Beileid."

„Scheißndreckn", antwortete Walter.

7

Walter stand vor Liesls Kühlschrank und räumte hektisch den Einkauf ein. Es war bereits kurz nach drei Uhr und Liesl konnte jeden Moment ankommen. Es hatte sich wie eine Ewigkeit angefühlt, bis der Abschleppwagen vom ADAC gekommen war. Der Fahrer hatte Walters Peugeot recht unsanft aufgeladen. Die Bitte, etwas vorsichtiger mit dem 205er umzugehen, hatte er mit einem verständnislosen Kopfschütteln zur Kenntnis genommen. Dann waren sie zu Faxes Garage gefahren und hatten den Peugeot etwas abseits abgeladen. Daneben hatte der ADAC-Mann einen hübschen Haufen mit den abgefallenen Autoteilen aufgestapelt. Der Anblick hatte Walter die Tränen in die Augen getrieben. Faxe, der an diesem Samstag ein Yoga-Seminar in Roggenbeuren besuchte, hatte ihm am Telefon versprochen, so bald wie möglich einen Blick auf den Peugeot zu werfen. Walter kannte sich nicht mit Autos aus, aber er befürchtete das Schlimmste.

Eglon strich um Walters Füße und miaute süß, lieb und hungrig, bis Walter ihm ein Futterbeutelchen in seinen Napf drückte.

„Eine Diät würde dir auch nicht schaden", brummelte Walter und streichelte dem dicken roten Kater den Kopf.

„Noch ein Wort und du blutest", zischte Eglon, was Walter natürlich nicht verstand.

Balu, den Walter im Garten gelassen hatte, bellte zweimal. Das eindeutige Zeichen für Besuch. Er ging zur Eingangstür und öffnete sie in dem Moment, in dem Liesl mit ihrem Toyota vor der Garage zum Stehen kam. Walter ging auf das Auto zu und versuchte, sich seine Aufregung nicht anmerken zu lassen.

„Herzlich willkommen zu Hause", begrüßte er sie, als Liesl die

Fahrertür öffnete.

Sie stieg aus und umarmte Walter herzlich.

„Es ist schön, wieder hier zu sein", seufzte sie müde, „aber diese Hitze macht einen ja fertig. Da war es im Auto, dank Klimaanlage, wirklich angenehmer."

Ihre Umarmung löste sich und Walter spürte wie kühl Liesls Haut war, als er sie flüchtig am Arm berührte.

„Funktionieren diese Klimaanlagen wirklich so gut? Dann brauchen sie aber sicher wahnsinnig viel Energie?", mutmaßte Walter.

Doch Liesl widersprach. „Gar nicht mehr. Da hat sich viel getan in den letzten Jahren. Bei meinem Toyota brauche ich nicht mal einen halben Liter Benzin mehr auf hundert Kilometer, wenn die Klimaanlage auf Vollgas läuft. Aber was reden wir über sowas? Lass uns reingehen. Wehe, du hast kein Bier kalt gestellt."

Walter trug Liesls Koffer ins Haus, während diese im Schlafzimmer verschwand und kurze Zeit später in kurzen Hosen und einem frischen T-Shirt wieder auftauchte.

„Gehen wir zu mir rüber", sagte Walter. „Meine Terrasse hat schon Schatten, außerdem liegt das Bier bei mir Kühlschrank."

Sie machten es sich mit dem eiskalten Bier auf Walters Gartenstühlen bequem.

„Jetzt erzähl mal", begann Walter. „Wie war die Woche?"

„Begonnen hat es katastrophal. Kurz vor Frankfurt hatte ich tatsächlich einen Platten und brauchte den Pannendienst. Dann hat es ewig gedauert, bis der neue Reifen drauf war, also kam ich viel zu spät im Hotel an. Die hatten dann die Küche schon zu und ich musste mich von den Erdnüssen in der Minibar ernähren. Erst am nächsten Morgen hab ich dann gemerkt, dass mein Handy leer war und ich hatte auch noch das Ladekabel vergessen. Ich sag es dir Walter: ich war sooooo wütend."

Walter musste schmunzeln. Deshalb hatte sie sich nicht gemeldet. All seine Bedenken waren umsonst gewesen.

„Und mit deinen Freundinnen war es nett?", fragte er und holte ein neues Bier aus dem Kühlschrank, da er die erste Flasche schon leer hatte. Er war mittlerweile auf die kleinen 0,33 Liter-Flaschen umgestiegen. Das hatte den Vorteil, dass das Bier leer war, bevor es warm wurde.

„Natürlich. Wir hatten unseren Spaß. Wer uns beobachtet hat, hatte sicher den Eindruck, wir sind nicht ganz dicht, aber das hat uns noch nie gestört." Auch Liesl holte sich eine zweite Flasche, obwohl sie den Alkohol bereits spürte. „Aber erzähl mal, Walter. Gibt's hier was Neues? Ein neuer Mord vielleicht?"

„Oh Gott, nein", hustete Walter, der sich an seinem Bier verschluckt hatte. „Alle sind wohlauf. Ach ja … bis auf meinen Wagen." Walter hatte seine Stimme gesenkt und blickte betrübt zu Boden.

„Dein schöner 205er?" Liesl konnte es nicht fassen. „Was ist denn passiert? Ein Unfall?"

Walter erzählte ihr die ganze Geschichte und Liesl hörte aufmerksam zu. Sie wusste, wie sehr er an dem Fahrzeug hing, das ihm so viele Jahre treue Dienste geleistet hatte.

„Hat Faxe sich denn schon bei dir gemeldet?"

Walter schüttelte den Kopf und blickte betroffen auf sein Bier.

„Da würde ich doch erst mal abwarten", frohlockte Liesl, „vielleicht ist ja alles halb so schlimm!"

Walter konnte ihren Optimismus zwar nicht teilen, doch die positive Energie tat ihm gut und er rang sich sogar ein Lächeln ab.

„Du hast natürlich Recht. Und selbst im schlimmsten Fall geht die Welt nicht unter. Ich wusste immer, dass ich mir irgendwann mal wieder ein neues Auto kaufen muss. Vielleicht ist der Tag ja gekommen."

„Weißt du was, Walter? Als kleinen Trost lade ich dich zum Essen ein."

Walter war überrascht. „Okay. Wann soll ich rüber kommen?"

„Ach was", winkte Liesl ab, „ich stelle mich nach der langen Autofahrt doch nicht an den Herd. Wir gehen zur Goschamarie. Ich muss vorher aber noch dringend unter die Dusche. Ich hol dich um sechs Uhr ab."

Noch ehe Walter etwas erwidern, konnte leerte Liesl ihr Bier, stellte die Flasche beiseite und drückte ihm zum Abschied einen Kuss auf die Wange.

„Bis später", rief sie über die Schulter, dann verschwand sie in ihrem Haus.

„Sie hat ihm gefehlt", stellte Kitty fest, die mit Balu im Schatten lag.

„Ja, sie tut ihm einfach gut", bestätigte der Wolfsspitz. *„Wegen so was hätte Walter sich früher wochenlang aufgeregt. Sein Blutdruck wäre so in die Höhe geschnellt, dass ihn jeder Arzt sofort eingewiesen hätte. Aber seit Liesl da ist, beruhigt er sich schnell wieder. Die beiden reden kurz drüber, sie spendiert eine Portion Optimismus und alles ist gut."*

8

Liesl stand pünktlich um sechs Uhr vor Walters Terrassentür. Sie hatte
so wenig Stoff am Körper, wie es vertretbar war. Das Thermometer
zeigte noch immer einunddreißig Grad an. Walter hatte sich trotz der
Hitze in seine Lederhose gequält, aber sein dünnstes Hemd gewählt.
Schwitzend liefen sie auf der Straße ins Dorf. Balu trottete hechelnd
neben ihnen her.
„Sieht ja schlimm aus", sagte Liesl und deutete auf die Wiese neben
der Straße. „Das hat sich in der letzten Woche noch mal
verschlechtert."
„Trostlos", stimmte Walter zu. „Die Bauern haben vor zwei Monaten
das letzte Mal gemäht, seitdem ist das Gras nicht mehr gewachsen. Es
ist einfach zu trocken. Selbst wenn es jetzt mal regnen würde, wäre es
für viele Wiesen zu spät – das Gras ist schon verdorrt."
Eigentlich ist die Landschaft in Oberschwaben eine der schönsten in
ganz Deutschland, doch in diesem Jahr verwandelte die Hitzewelle
die ansonsten saftig grünen Wiesen und Felder in kontrastlose braune
Staubteppiche. Kein gutes Jahr für die Landwirtschaft.

Anscheinend brauchen die Menschen bei dieser Hitze auch mehr zu
trinken, dachte Walter, als sie den vollgestellten Parkplatz vor der
Goschamarie erreichten. Die Autos nutzten kreuz und quer jeden noch
so kleinen Flecken und die Zwischenräume waren mit Fahrrädern
gefüllt. Auf der Treppe zur Eingangstür hatte sich eine Schlange
gebildet, und am Bach gegenüber pinkelten die Männer zielsicher aus
der zweiten Reihe.
„Ich fürchte, das wird heute nichts", sagte Walter betrübt. „Hier geht's
ja zu wie im Sommerschlussverkauf."
Auch Liesl starrte ungläubig auf die Massen an Fahrzeugen und die

lange Schlange am Eingang. Sie wollte gerade kehrt machen, als sie Marie am offenen Fenster entdeckte, die ihnen hektisch zuwinkte.

„Weißt du, was sie will?", fragte sie Walter, der aber nur mit den Schultern zuckte.

Kurz darauf kämpfte sich Marie durch die Schlange nach draußen und nahm Liesl bei der Hand.

„Wär jo no scheener, wenn ihr koin Platz hettet. Jetzt kommet amol mit."

Marie zog Liesl hinter sich her in die Wirtschaft, Walter und Balu versuchten ihnen zu folgen. Bis auf zwei Tische mit einem „Reserviert"-Schild war alles belegt. Walter steuerte automatisch auf die freien Plätze zu, doch Marie zog ihn zur Seite.

„Die sinn wirklich räserviert. Da kasch it nahocka", erklärte Marie, während sie Walter und Liesl vor sich her schob. Vorbei am Stammtisch, an dem ein paar ältere Taldorfer saßen. Von Walters Freunden waren nur Max und Elmar da, die in ein Gespräch mit Karle aus Alberskirch vertieft waren, der sich gerade einen riesigen Berg Schnupftabak auf den Handrücken geschüttet hatte.

An einem Ecktisch blieb Marie stehen und schaute die beiden Pärchen, die dort saßen, streng an.

„Fier eich wird's jetzt dänn go Zeit! Leertrinka, zahla, aufstanda. Auf gahts, machet Platz, jetzt kommet räate Gescht!"

Die vier Angesprochenen schauten sich verdutzt an, bezahlten aber ohne Widerspruch und machten sich auf den Heimweg. Walter musste schmunzeln, denn er wusste, dass viele der Gäste genau das von Marie erwarteten. Nach so einem Rausschmiss würden sie in einer normalen Gaststätte auf die Barrikaden gehen und sich bitter beschweren. Hier war es nur eine weitere lustige Geschichte von der Goschamarie, die sie mit Stolz weiter erzählen würden.

„Hocket eich nah", sagte Marie und wischte mit einem Abtrockner flüchtig über den Tisch. „Walter, bei dir Bier und Vesper? Und was derf i Ihne bringe, Liesl?"

„Ich nehme das Gleiche", strahlte sie. „Ich habe Hunger wie ein Bär!"

„Denn leg i no a äkschtra Gierkle drauf, it dass Sie mir hungrig Hoim ganget!"

„Für wen reservierst du denn am Samstagabend zwei Tische zur besten Zeit? Das muss ja jemand ganz besonderer sein …", fragte Walter beiläufig, denn Marie reservierte nur ungern zu den Stoßzeiten.

„Hosch recht. An bsondre Gascht kriaga ma heit. Dr King kommt, und hot glei zwoi Tisch bschtellt!"

Walter pfiff anerkennend durch die Zähne. „Schau an. Dann wird das hier wohl ein Szenelokal."

„Pffff …", schnaubte Marie, „Ka mir gschtohla bleiba där Kerle. Aber heit hend se so a Bauraträffa. Irgendwia kommet alle unsere Großbaura wohl dazua. Da ka i dänn au it noi sage."

Der „King" war der Besitzer von King Immobilien in Ravensburg und hieß mit bürgerlichem Namen Andreas König, doch niemand nannte ihn so. Sein besonderes Talent bestand darin, normales Ackerland in teuren Baugrund zu verwandeln. Er hatte die richtigen Kontakte und konnte aus fast jeder Wiese einen lukrativen Wohnpark machen. Jedem war klar, dass da nicht alles mit rechten Dingen zuging, doch bisher hatte ihm niemand etwas nachweisen können. Im Gegenteil: der King hatte zwei Unterlassungsklagen gegen einen regionalen TV-Sender und eine Zeitung gewonnen, die ihm öffentlich Bestechung vorgeworfen hatten. Der King verstand bei solchen Dingen keinen Spaß.

Als er kurz darauf die Gaststube betrat, richteten sich alle Blicke auf ihn. Schon seine Person war respekteinflößend: mit knapp zwei

Metern Körpergröße überragte er die Meisten um Haupteslänge. Unzählige Stunden im Solarium und regelmäßige Kurzstrips auf Mallorca hatten seine Haut zu dunklem Leder gegerbt, das schwarze Haar war schulterlang und zu einem Pferdeschwanz gebunden. Er erinnerte ein wenig an einen keltischen Krieger in einem billigen B-Movie.

Sein Erscheinen bei der Goschamarie konnte nur bedeuten, dass demnächst in Taldorf oder Umgebung gebaut wurde, denn der King besuchte freiwillig keine Dorfkneipe - meist war er nur in teuren Szenerestaurants anzutreffen. Dazu passten auch seine Gäste, die nach und nach eintrafen und sich zu ihm setzten. Der King hatte die größten Landwirte der Umgebung eingeladen: Hermann aus Taldorf war dabei, genauso wie Josef aus Hergottsfeld und Xavier aus Wernsreute. Aber auch Oskar, Georg und Martin waren anwesend, obwohl sie eher kleinere Höfe bewirtschafteten.

Walter wunderte sich, dass sich auch Karl-Heinz zu dieser illustren Runde gesellte.

„Wie passt denn der dazu?", fragte er Marie, als sie ihre Getränke brachte.

„Ha, dr Karl-Heinz isch doch oigentlich oiner vo dia greeschte Baura in Taldorf", erklärte sie. „Dia maischte wisset des blos it. Der hot fascht älle seine Flächana verpachtet und treibt sälber kaum me äbbes um."

Walter kannte Karl-Heinz nur durch seinen Honigverkauf. Er mochte ihn nicht, da Karl-Heinz oft etwas ungepflegt war. Auch heute hatte er wieder Essensreste im Bart kleben. Eigelb, vermutete Walter.

Zwei weitere Personen drängten sich zum Tisch des King durch. Vornweg der Anlageberater der Bank in Bavendorf, Ralf Riedesser, ihm folgte der Orts-Vincenz, der Ortsvorsteher von Taldorf. Riedesser, der Walter mit seiner dicken Brille und der geduckten Haltung immer an einen Maulwurf erinnerte, setzte sich unauffällig, während der Orts-Vincenz mit breitem Lokalpolitikerlachen das ganze Lokal begrüßte.

„Muscht wieder a Show abzieha, Vincenz?", begrüßte Marie den Lokalpolitiker und drückte ihm seinen Trollinger in die Hand, den er immer bestellte.

„Goht des heit älles wieder uff d'Gmoind? Oder zahlsch du a mohl sälber?"

„Aber nicht doch", entrüstete sich der Orts-Vincenz. „Das übernimmt heute der King .... ähm, der Herr König, meine ich natürlich. Das ist schließlich ein Info-Abend seiner Firma."

Marie sah ihn skeptisch von der Seiten an, zuckte dann aber nur mit den Schultern. „Soll mir recht sei." Sie drehte dem Orts-Vincenz den Rücken zu und kämpfte sich zum Tresen durch.

„So voll war es jetzt schon lange nicht mehr", sagte Walter, und staunte wie jeder frei gewordene Tisch sofort neu besetzt wurde.

„Aber für uns hat Marie einen Platz frei gemacht. Das war wirklich nett von ihr", lobte Liesl.

„Das ist bei Marie immer so! Wenn sie dich mag, hast du hier das schönste Leben, aber wehe sie mag dich nicht …" Walter ließ den Satz einfach offen stehen, doch Liesl ahnte, dass es ihr lieber war, dass Marie sie mochte.

„Wer ist eigentlich dieser King?", änderte Liesl das Thema.

„Dem King gehört die größte Immobilienfirma in Ravensburg", erklärte Walter leise. „Ich glaube, der hat so viel Geld wie Gott. Aber ganz hasenrein ist er nicht. Gibt immer mal wieder Gerüchte, er würde mit Bestechung nachhelfen, aber das würde niemand laut sagen … sonst hast du gleich einen Anwalt mit einer Klage am Hals."

Liesl beobachtete den imposanten Mann, der mit einem strahlend weißen Verkäuferlächeln seine Gäste einlullte. Jeder von ihnen lächelte zurück, wobei so manche dentale Insolvenz offenbart wurde. Doch eines sah man auf den ersten Blick: alle waren stolz darauf, dass der King mit ihnen an einem Tisch saß. Außer Karl-Heinz. Dem schien nur wichtig zu sein, dass alle Getränke frei waren, denn er leerte seine Biere im Minutentakt und trauerte jedem einzelnen mit einem Gedenkschnaps hinterher. Liesl vermutete, dass er in spätestens einer halben Stunde vom Stuhl fallen würde.

„Und was will dieser King mit den Bauern aus dem Dorf?", wunderte sich Liesl. „Du darfst doch in ganz Taldorf nirgends mehr bauen. Was soll dann der Immobilienfuzzie da für ein Interesse haben?"

Walter rutschte etwas näher zu Liesl und sprach noch etwas leiser.

„Schau dir doch mal die Konstellation am Tisch da drüben an! Da sind die Landwirte: die haben Grundstücke. Da ist der Ortsvorsteher: der kann beeinflussen, wo gebaut wird. Und: wir haben den Riedesser von der Bank: der kann denen gleich sagen, was sie verdienen und was für eine Finanzierung möglich ist. Eigentlich alles da, was man braucht oder? Und der King ist der, der alle zusammenbringt und am Ende einen großen Batzen Geld verdient."

Liesl konnte Walters Erklärung durchaus folgen, wollte aber nicht glauben, dass es so einfach war. „Irgendwer muss sich doch hintergangen oder betrogen fühlen, wenn da auf einmal neue Baugebiete ausgewiesen werden?"

„Sollte man meinen", lächelte Walter. „Aber genau hier kommt der King ins Spiel. Er schafft es, dass jeder am Ende zufrieden ist. Die Bauern bekommen Geld für ihr Land, die Gemeinde schafft neuen Wohnraum und hat auch sonst noch ein paar Einnahmen und der King baut seine Häuser und verkauft Wohnungen. Wenn zwischen drin jemand auftaucht, dem das nicht gefällt, dann kümmert sich der

King darum … auf die eine oder andere Weise. So läuft das seit
Jahren."

Während Liesl immer noch versuchte, das Konstrukt um den King zu
verstehen, servierte Marie die Vesperteller.

„Ihr misset entschuldiga …. hot a wäng dauret, aber isch oifach viel
los heit. Lassets eich schmecka!"

Walter und Liesl langten kräftig zu, denn der Hunger war groß.
Nebenbei versuchten sie immer wieder am Nebentisch mitzuhören,
doch der Lärmpegel war zu hoch. Nur manchmal bollerte der King
etwas heraus, das alles übertönte.

Nach einer Weile löste sich die kleine Versammlung auf und ein
Landwirt nach dem anderen verließ die Runde. Am Ende blieben nur
der King, der Orts-Vincenz und Riedesser von der Bank. Sie rutschten
enger zusammen und der King zischte leise ein paar Anweisungen.
Sein freundlicher Gesichtsausdruck war dabei verschwunden, seine
Augen fixierten den jeweiligen Gesprächspartner mit stechendem
Blick. Als Marie zu ihnen an den Tisch kam, rutschten sie sofort
auseinander und der King setzte wieder sein Vertreterlächeln auf.

„Derfs denn no was sei, oder welleter zahla?", fragte Marie, doch der
King winkte ab.

„Das machen wir heute ganz unkompliziert", sagte er so laut, dass es
jeder hören konnte. Er legte einen Zweihunderteuroschein auf den
Tisch. Marie nahm den gelben Schein in die Hand und hielt ihn gegen
das Licht.

„Sieht mr ja it sooft die Dinger", murmelte sie, „da muss i scho gnau
naluaga!"

„Mach das Marie, mach das! Und behalte das Restgeld. Wir sind fertig
hier. Danke für alles und bis bald mal wieder", sagte der King und
erhob sich. Der Orts-Vincenz und Riedesser von der Bank folgten ihm,
als führte er sie an einer unsichtbaren Leine.

„Machet's guat ziernet nix, kommet wieder", rief Marie den dreien nach, als sie Gaststube verließen. „Oder noi", korrigierte sie sich leise, „eigentlich kenntet ihr alle drei futt bleiba."

9

Walter und Liesl verließen die Wirtschaft, als die Sonne nur noch einen Handbreit über dem Horizont stand. Noch immer war es unerträglich heiß. Balu war ihr Tempo zu langsam und galoppierte voraus. Das Grollen des heranrollenden Traktors hörten Walter und Liesl schon von weitem und wichen vorsichtshalber ins Gras aus. Die Straße in Taldorf war für die aktuelle Generation von Traktoren bereits zu schmal. Hermann bremste ab, als er Walter und Liesl am Straßenrand sah, hob lachend die Hand zum Gruß und trat dann wieder aufs Gas. Der riesige John Deere reagierte sofort und stieß eine schwarze Rußwolke aus, während sein Motor aufheulte wie die Turbine eines Düsenflugzeugs.

„Der kennt auch keinen Feierabend", knurrte Liesl, als sie dem Traktor nachschaute. „Hermann war doch gerade noch bei der Goschamarie … was kann denn am Samstagabend so wichtig sein, dass er jetzt noch seinen Pflug rausholt?"

Walter beobachtete, wie Hermann hinten aus dem Dorf hinausfuhr, mit seinem Traktor die kleinen Serpentinen hinaufstürmte und oben auf einen Acker einbog.

„Hermann hat da hinten einen Maisacker", erklärte er. „Na – hätte es zumindest sein sollen. Da ist schon seit Wochen alles vertrocknet. Ich denke mal, er pflügt die Reste unter, damit er noch was einsähen kann."

Wie zur Bestätigung hörte man Hermanns Traktor wütend aufheulen und kurz darauf erhob sich eine gigantische Staubwolke, die nur langsam von der warmen Abendluft fortgetragen wurde.

„Auf ein Bier?", fragte Walter.

„Auf ein Bier!", bestätigte Liesl.

Das Bier auf der Terrasse am Ende des Tages war zu ihrem kleinen Ritual geworden. Das hatte Walter in der letzten Woche besonders gefehlt. Er wunderte sich selbst, wie schnell er sich daran gewöhnt hatte nicht mehr allein zu sein. Dabei waren sie ja nur befreundet. Wäre er gerne mit Liesl zusammen? Walter hatte sich das schon tausendmal gefragt – aber nie beantwortet. Er liebte ihre Gesellschaft, die Gespräche, die gemeinsamen Mahlzeiten und auch den ein oder anderen Ausflug, aber reichte das für eine echte Beziehung? Und: wollte er das überhaupt? Wollte sie das? Da er nicht wusste, was er tun sollte, machte er einfach weiter wie bisher, und Liesl tat es ihm gleich.

Und so saßen sie nebeneinander auf der Terrasse wie ein altes Ehepaar, das sie nicht waren und unterhielten sich über den vergangenen Tag.

„Jetzt geht es Walter wieder gut", stellte Kitty fest. *„Ich glaube, die beiden wissen selber nicht wie gut sie eigentlich zueinander passen."* Sie saßen am Rand von Walters Terrasse und Kitty kuschelte sich näher an ihren Freund.

„Du wieder", raunte Balu. *„Kannst du es nicht einfach mal gut sein lassen? Bei dir muss immer eine Beziehung dahinter stecken oder wenigstens ein bisschen Sex. Kannst du dir nicht vorstellen, dass Walter und Liesl einfach so miteinander glücklich sind?"*

„Kannst du das?" Die Tigerkatze legte fragend den Kopf schief. *„Du wartest doch auch nur darauf, dass Chiara das erste Mal läufig wird."* Chiara war eine junge, wunderschöne Border-Collie Hündin und wohnte nicht weit entfernt bei Georg, einem von Walters Freunden. Balu und Chiara hatten sich bei Walters großem Abschlussfest vor ein paar Wochen kennengelernt und besuchten sich seitdem regelmäßig.

„Das stimmt doch gar nicht!!!", beschwerte sich Balu lautstark und

erntete für sein Knurren eine scharfe Ermahnung von Walter.

„*Getroffene Hunde bellen, sagt ein Menschensprichwort!*", mischte sich Eglon ein und quetschte sich zwischen den Jostabüschen hervor.

„*Bei den Menschen gibt es auch ein Komikerduo das heißt „Dick und Doof" … du bist beides: dick und doof!*", wetterte Balu. Er war wütend. Doch wenn er ehrlich war, nicht wegen Eglons Kommentar, sondern weil Kitty recht hatte. Bisher war er der einzige Hund in Taldorf und der näheren Umgebung gewesen und hatte von einer Hündin nur träumen können. Wenn Chiara läufig würde, würde er nicht an sich halten können.

„*Gab es eigentlich in der Wirtschaft etwas Neues?*", erkundigte sich Kitty, um das Thema zu wechseln.

„*Wärst du mit reingekommen, wüsstest du es*", blaffte Balu unfreundlich zurück, was ihm sofort leid tat.

Kitty sah ihm sekundenlang in die Augen, bis der Wolfsspitz aufgab und den Kopf wegdrehte.

„*Jetzt erzähl schon*", sagte sie sanft und stupste Balu sachte an die Schulter.

Der Wolfsspitz stupste zurück und entspannte sich.

„*War ganz schön voll in der Wirtschaft*", begann er zu erzählen, „*und am Nebentisch hat dieser King so eine Art Info-Abend für die Taldorfer Bauern abgehalten. Und der Orts-Vincenz war auch dabei.*"

„*Der Orts-Vincenz?*", wunderte sich Kitty. „*Dann passiert irgendwas. Ich tippe mal, wir bekommen demnächst ein neues Baugebiet im Dorf.*"

„*Wo das denn?*", widersprach Balu, „*hier darf doch niemand bauen!*"

„*Noch nicht. Denk an meine Worte. Da steckt so viel Geld dahinter, dass es am Ende sicher so kommt.*" Kitty war sich ihrer Sache sicher, aber Balu hatte keine Lust auf eine Diskussion. Trotzdem hatte er seine Zweifel.

„*Irgendwer wird doch sicher was dagegen haben*", überlegte Eglon, der bisher nur still zugehört hatte.

Kitty schüttelte den Kopf. „*Wenn nur die Hälfte von dem wahr ist, was man über den King sagt, dann ist es keine gute Idee seine Pläne zu durchkreuzen.*"

„*Hoffentlich hält sich Walter von dem Kerl fern*", grummelte Balu. „*Nach der Aufregung um Pfarrer Sailer hat sich alles wieder so schön beruhigt. Auf neuen Ärger kann ich echt verzichten.*"

Unbewusst leckte Balu über seine mittlerweile verheilten Rippen, als ihn die alten Bilder einholten: wie er Walter im letzten Moment weggeschubst hatte und selbst über das Autodach gewirbelt worden war.

„*Ich glaube, da kannst du beruhigt sein*", holte Kitty ihren Freund in die Gegenwart zurück. „*Der King ist wohl eher an den Bauern und ihren Hektaren interessiert als an Walters Garten.*"

„*Ich traue dem Kerl nicht*", mischte Eglon sich ein. „*Der riecht nach Ärger und ich denke, wir müssen nicht lange darauf warten!*"

Sie saßen noch eine ganze Weile schweigend auf der Terrasse, während Eglons Worte in ihren Köpfen nachhallten. Wie Recht er hatte, konnte selbst Eglon nicht ahnen.

10

„Der Frosch ist tot", sagte der jüngere Mann und ließ sich erschöpft aufs Bett fallen.

Der Ältere zog einen Stuhl heran und setzte sich. Er sah, wie die Augen seines Geliebten unter den geschlossenen Lidern zuckten. Sein Atem ging stoßweise und seine blutverschmierten Hände zitterten.

„Lief alles so, wie du es geplant hattest?"

Der Jüngere nickte ohne die Augen zu öffnen.

„Und? Spürst du schon etwas? Irgendwas?", fragte der Ältere zweifelnd.

Der Jüngere hatte die Augen immer noch geschlossen, atmete tief ein und aus, wie um in sich hineinzuhören. Die Arme hatte er dabei auf der Brust gekreuzt, die Beine lagen ausgestreckt auf der dünnen Decke.

„Ja. Ich spüre, dass es begonnen hat", flüsterte er kaum hörbar. „Nicht mehr lange und ich bin endlich geheilt."

Der Ältere warf seinem Freund einen skeptischen Blick zu. Mehrere Minuten des Schweigens.

„Erzähl sie mir noch ein letztes Mal", forderte der Ältere.

„Was?"

„Die Geschichte von damals ... die Geschichte vom Frosch!"

„Also gut – ein allerletztes Mal", seufzte der Jüngere und begann zu erzählen.

Es ist einer dieser Sommer, die man nie vergisst. Gefühlt scheint die Sonne bereits seit März ohne Pause – jetzt ist August. Kurze Hose und T-Shirt sind die einzigen Kleidungsstücke, die ich anhabe – seit Wochen.

Wir haben uns am Schmehweiher zum Baden verabredet. Meine Clique und ich. Wobei „meine Clique" etwas übertrieben ist. Die anderen dulden mich,

wenn ich dabei bin, respektieren mich aber nicht. Warum auch. Das sind echt
coole Jungs. Ihre Eltern sind die größten Bauern im Umkreis und haben Geld
wie Dreck. Auch die Jungs haben Geld. Ich habe kein Geld, genauso wie
meine Eltern, die beide arbeiten gehen. Wenn ich mit den Jungs zusammen
bin, bemühe ich mich, alles richtig zu machen und ihnen zu gefallen. Es wäre
für mich das Schlimmste, wenn sie mich wegjagen würden.

Ich bin als erster am Weiher und breite mein Handtuch im Schatten eines
ausladenden Astes einer alten Weide aus. Schnell laufe ich ans Ende des
kleinen Holzstegs, der baufällig aus dem Wasser ragt und lasse meine Füße
ins Wasser baumeln. Ich bin den ganzen Weg zum Weiher barfuß gelaufen
und meine Fußsohlen brennen, als wären sie wund. Das kühle Wasser schafft
Erleichterung und ich lehne mich genussvoll zurück.

Ich höre die anderen schon lange, bevor ich sie sehen kann. Ihre Fahrräder
scheppern über den kleinen Feldweg. Sie haben Jogurtbecher kleingeschnitten
und die Streifen mit Wäscheklammern an der Vordergabel befestigt. Sie ragen
in die Speichen und klappern laut, wenn das Rad sich dreht.

„Hi Jungs", rufe ich, als sie ihre Fahrräder ins Gras legen, erhalte jedoch
keine Antwort.

Hermann, Karl-Heinz und Xavier flüstern sich etwas zu, während sie ihre
Handtücher ausbreiten. Sie legen sie über mein Handtuch, aber ich sage
nichts. Ich setze mich zu ihren Füßen ins Gras und tue so, als würde ich
dazu gehören. Dafür ignorieren sie mich.

„Was soll denn dieser Krach?", ärgert sich Hermann plötzlich, als ein Frosch
sein Quakkonzert beginnt. Die anderen beiden lachen – auch ich lache – doch
Hermann steht zornig auf und macht sich auf die Suche nach dem glitschigen
Ruhestörer. Er durchkämmt das wenige Schilfgras am Ufer und wird schnell
fündig. Mit langsamen Schritten nähert er sich dem Frosch, der
nichtsahnend weiter quakt. Die Hände zu zwei Schalen geformt, stößt er
blitzschnell vor und umschließt damit das Tier, das endlich ruhig ist.

„Da haben wir ja ein Prachtexemplar erwischt", lacht Hermann und spickelt

zwischen seinen Fingern hindurch. „Was sollen wir mit ihm machen?"

„Wir könnten mit der Schleuder auf ihn schießen", meint Xavier und hält seine selbstgebaute Steinschleuder hoch.

„Wir könnten auch eine von unseren Kippen opfern und ihn hochgehen lassen wie den anderen neulich", lächelt Karl-Heinz. Erst letzte Woche hatten sie einem Frosch eine brennende Zigarette ins Maul gestopft, an der er solange gesaugt und sich aufgebläht hatte, bis er geplatzt war.

„Neee", sagt Hermann und schüttelte sich. „Das ist mir zu viel Sauerei. Außerdem kostet es ne Kippe."

„Du könntest ihn einfach laufen lassen", sage ich leise, fast geflüstert.

Alles drei starren mich an, als hätte ich ihre Mütter verflucht.

„Wie bist denn du drauf, Ficker?", zischt Hermann aggressiv hervor. „Bist du so ein Öko? So ein … Weltretter?"

Alle drei lachen gehässig, bevor Hermann aufsteht und Xavier den Frosch in die Hand drückt.

„Halt mal. Den brauchen wir gleich noch. Ich hab da ne echt gute Idee!"

Er läuft hinter die Weide, wo ein längst vergessener Stapel mit Brettern liegt. Er schiebt einige Dielen zur Seite oder schmeißt sie herunter, bis er zwei ungefähr gleichlange gefunden hat. Er stellt das erste Brett hochkant auf und fixiert es mit ein paar Stöcken, damit es nicht umfallen kann. Mit dem zweiten verfährt er genauso, etwa fünfzig Zentimeter vom ersten entfernt, so dass eine Gasse entsteht.

„Hey Ficker", ruft er mir zu und ich hasse es, wenn er mich so nennt, „du wolltest doch schon immer mal mit meinem neuen Fahrrad fahren …"

Das war eine Feststellung, keine Frage. Und es stimmte natürlich. Hermann hatte vor kurzem dieses absolute Traumfahrrad geschenkt bekommen. Voll im Trend. Ein Bonanza-Rad. Für mich oder meine Eltern war so ein Fahrrad unerschwinglich.

„Du willst mich mit deinem Bonanza-Rad fahren lassen?", sage ich ungläubig, während mein Blick zu dem Fahrrad wandert, das nur zwei Meter *entfernt im Gras liegt.*

„Na klar, wir sind doch Freunde", tönt er jovial und legt mir die Hand auf die Schulter. Ein Ritterschlag.

„Na los, mach schon, bevor ich es mir anders überlege!"

Unsicher richte ich das Fahrrad auf und schiebe mich seitlich auf den Sattel. Ich prüfe die Griffe und den Bremshebel, rutschte mit dem Po etwas hin und her, um den besten Sitz zu finden. Die Rückenlehne des Bananensattels ist sehr weit weg vom Lenker und ich bin nicht sicher, ob ich mit diesem Rad wirklich fahren kann. Der Schalthebel, der auf der Mittelstange montiert ist steht auf „1", also sollte ich anfahren können. Ich schaue noch einmal zu Hermann, doch der winkt nur ungeduldig. Ich soll endlich fahren. Wackelig lege ich die ersten paar Meter zurück und fahre auf den Feldweg.

„Hey, wo willst du denn hin? Schön hier bleiben", rief Hermann und zeigt auf einen imaginären Punkt vor seinen Füßen.

„Du fährst schön hier durch. Rauf und runter, runter und rauf, kapiert?"
Hermann zeigte auf die Gasse zwischen den beiden Brettern.

Ich verstehe nicht, was er von mir will.

„Na los, fahr endlich oder bist zu blöd dazu, du kleiner Ficker?"
Mit hochrotem Kopf setze ich mich in Bewegung und fahre durch die Gasse. Wenden. Wieder zwischen den Brettern hindurch. Wenden. Wieder durchfahren. Wenden.

„Und jetzt machen wir es etwas spannender", ruft Hermann und nimmt den Frosch aus Xaviers Hand. Er setzt ihn genau in die Mitte der Brettergasse.

„Und los geht's. Du fährst hier solange hin und her, bis du ihn erwischst. Verstanden?"

Mir wird schlecht und schwindelig. Ich will dem Frosch nichts tun. Ich mag Tiere. Alle Tiere.

„Hast du mich nicht gehört?", schreit Hermann mich an, weil ich nicht losfahre.

„Bist du echt so ein Weichei? Nur so ein kleiner Ficker? Mit so einem muss

ich mich doch wirklich nicht abgeben!"

Tränen steigen mir in die Augen. Tränen der Wut. Tränen der Verzweiflung.

Hermann verhöhnt und beschimpft mich weiter und ich weiß nicht, was tun.

„Nenn mich nicht Ficker", brülle ich Hermann an und trete kraftvoll in die

Pedale. Ich rase zwischen den Brettern hindurch. Verfehle den Frosch.

Wenden. Wieder durch die Gasse. Tränen laufen mir übers Gesicht, ich kann

kaum etwas sehen. Den Frosch erneut verfehlt. Hermann beschimpft mich.

Wenden. Wieder zwischen die Bretter. Ich schaue nach unten. Ich sehe den

Frosch. Seine glubschigen Augen sehen mich an, als der Vorderreifen ihn

mittig überfährt. Der kleine Körper platzt unter dem Druck auf und die

Eingeweide quellen gluckernd hervor. Hermann, Xavier und Karl-Heinz

grölen vor Lachen.

„Jetzt schaut euch mal unseren kleinen Ficker an", lacht Xavier und zeigt auf

mich. Zeigt auf meine Hose.

„Das hat ihm wohl gefallen!"

Ich verstehe nicht, was er meint und schaue nach unten. Meine dünne Hose

ist im Schritt fast zum Zerreißen gespannt und man sieht deutlich meine

Erektion.

Das kann nicht sein, denke ich, eine Fehlfunktion meines Körpers. Ich springe

vom Bonanza-Rad und lasse es einfach umkippen, meine Hände verdecken

meine Erektion, als ich umständlich wegrenne.

„Ficker hat nen Ständer, Ficker hat nen Ständer", singen die drei im Chor

und treiben mich so den Feldweg entlang, bis ich sie nicht mehr hören kann.

Der Ältere erhob sich aus seinem Stuhl und setzte sich zu seinem

Freund aufs Bett. Zärtlich wischte er mit dem Handrücken die Tränen

ab, die im Kissen versickerten.

„Hast du dich zu erkennen gegeben?"

„Hmm", nickte der Jüngere. „Ich habe es ihm gesagt, während ich

über ihn drüber gerollt bin. Ich habe ihm dabei in die Augen gesehen, genauso wie damals dem Frosch."

Und ich habe mein Zeichen hinterlassen, denkt er, sagt es aber nicht.
Der Ältere hatte ihn stets davor gewarnt, irgendeinen Hinweis zu
platzieren. „Sonst erwischen sie dich garantiert", hatte er behauptet.
Aber wozu sollte das Ganze denn gut sein, wenn am Ende niemand
wusste, worum es wirklich ging.

„Dann hast du dein erstes Ziel erreicht … wer ist der nächste?"

„Die Katze", sagt der Jüngere ohne zu zögern, „natürlich die Katze!"

11

Walters Job als Zeitungsausträger war für ihn ein Traumjob. Mitten in der Nacht aufzustehen und die Zeitungen zu verteilen, war für ihn kein Problem, im Gegenteil: er genoss es. Auch bei Regen und Schnee. Mit der richtigen Kleidung war alles machbar und Walter war mittlerweile wirklich gut ausgerüstet. Die Ruhe im Dorf, wenn er von Haus zu Haus ging, entschädigte ihn für das frühe Aufstehen und so manche Wetterkapriole. Die Zeitung erschien an sechs Tagen in der Woche, doch Walter hatte den Samstag an Stephan, einen Jungen aus dem Dorf, abgegeben, der auf ein Mofa sparte. Der Sonntag war ohnehin zeitungsfrei, so dass Walter ein echtes Wochenende genießen und beruhigt ausschlafen konnte.

Liesl hatte ihm in der letzten Woche gefehlt, umso mehr hatte er den gestrigen Abend genossen. Sie hatten noch lange auf der Terrasse gesessen und sie hatte ausführlich von ihrem Kurzurlaub mit ihren Freundinnen erzählt. Dabei hatten sie viel gelacht und viel Bier getrunken. Beide waren schließlich müde und mit einem kleinen Rausch in ihren Häusern verschwunden.

Doch Walters Schlaf war unruhig gewesen. Als hätte ihn etwas gestört, jedoch ohne ihn zu wecken. Als er um kurz nach acht Uhr aus dem Bett kroch, war ihm, als hätte er sich gerade erst hingelegt. Normalerweise schlief er sonntags gerne auch mal bis um neun oder zehn Uhr, doch diesmal war an Schlaf nicht mehr zu denken. Walter fühlte sich wie gerädert. Er streckte sich ausgiebig und gähnte ausladend, während er Balu fütterte und in den Garten entließ.

„Was war das nur für eine unsägliche Nacht?", fragte Walter sich und begann seine Morgenroutine mit Kaffeekochen.

Balu war, im Gegensatz zu Walter, nicht entgangen, was in der Nacht losgewesen war. Viele Autos waren vorbeigefahren und hatten irgendwo in der Nähe angehalten. Deutlich hatte er das Zuschlagen der Türen gehört und auch vereinzelte Gesprächsfetzen aufgefangen, wenn der Wind günstig stand.

„Weißt du, woher der Lärm heute Nacht kam?", fragte er Seppi, der mit seiner spitzen Nase im taufeuchten Rasen nach Würmern bohrte.

„Kam von da oben", sagte der Igel beiläufig und deutete grob Richtung Hummelberg. *„Und da sind immer noch Menschen unterwegs. Keine Ahnung, was die da machen, aber es scheint auch Polizei dabei zu sein. Als es noch dunkel war, habe ich das Blaulicht bis hier her gesehen."*

„Oh weh", sagte Balu betroffen, *„dann ist es sicher wieder ein Unfall oben an der Kreuzung."*

Am Ende der Serpentinen am östlichen Rand des Tales trafen zwei Straßen gleichberechtigt aufeinander. Die „Rechts vor Links"-Regel war aber offensichtlich nicht mehr jedem bekannt, so dass dort regelmäßig schwere Unfälle passierten, wenn zwei Fahrzeuge mit hoher Geschwindigkeit ineinander krachten.

„Die Kreuzung hat damit nichts zu tun", sagte Kitty, als sie lautlos auf der Terrasse auftauchte. Sie begrüßte Seppi und Balu mit einem Kopfreiber und setzte sich zu ihren Freunden.

„Es ist schlimmer! Hermann hatte auf dem Acker einen Unfall. Ich denke, er ist tot."

„Woher weißt du das?", platzte es aus Balu hervor, *„warst du oben?"*

Die Tigerkatze deutete mit ihrer Nase Richtung Hummelberg und schüttelte leicht den Kopf.

„Nur in der Nähe, aber das reicht. Sie haben alles abgesperrt und ein paar Polizisten passen auf, dass niemand zu nah rankommt. Sie untersuchen die Unfallstelle noch, aber der Krankenwagen ist schon weg und hat dem Leichenwagen Platz gemacht."

„Hat jemand den Löffel abgegeben?", fragte Eglon schroff, als er um die Hausecke schlenderte und sich zu Kitty setzte. Seit er bei Liesl wohnte, war seine Laune zwar besser, aber sein Umgangston ließ immer noch sehr zu wünschen übrig.

„Hermann hatte einen Unfall mit seinem Traktor. Auf dem Acker da oben. Ein Mordsaufgebot an Polizei und so", fasste die Tigerkatze zusammen.

„Ach, deshalb der Tumult heute Nacht. Ich bin zweimal aufgewacht. Ich dachte schon, ich höre wieder Gespenster. Aber dann bin ich ja beruhigt", sagte Eglon und putzte eine Vorderpfote.

„Du bist beruhigt, wenn jemand stirbt?", kläffte Balu erregt. Als Hund war er den Menschen viel mehr verbunden als Katzen das sind, was er gelegentlich vergaß.

„Weißt du denn nicht, was das für seine Familie bedeutet? Der Hermann war doch gerade mal um die vierzig … mit Frau und kleinen Kindern. Wie kannst du da beruhigt sein?"

Eglon sah Balu verständnislos an und ließ die Barthaare nach vorne schnellen. Er wollte den Wolfsspitz nicht provozieren.

„Ganz ruhig, Brauner! Kein Grund sich aufzuregen!", säuselte er. *„Ihr alle wisst doch, dass der Tod zum Leben dazugehört. Den einen erwischt es früher, den anderen später, am Ende aber jeden. Jetzt war eben der Hermann dran. Menschen sind da eh komisch, wenn jemand stirbt. Sie tun so, als ginge das Leben nicht weiter, dabei lässt sich das Leben durch nichts aufhalten."*

„Da hast du ja Recht", lenkte Balu ein, *„aber ein bisschen mehr Mitgefühl könntest du trotzdem an den Tag legen."*

Ein Auto näherte sich vom Dorf her und Balu bellte zweimal, um den Besuch anzukündigen. Walter kannte das Signal seines Hundes und ging mit der Kaffeetasse in der Hand zur Haustür. Als er öffnete, wollte der frühe Besucher gerade an die Tür klopfen und wich erschrocken zurück.

„Na, das ist ja mal eine schöne Sonntagsüberraschung", begrüßte Walter strahlend seinen Besucher. Kripo-Hubert lächelte halbherzig und folgte Walter zögerlich in die Küche, wo es verlockend nach frischem Kaffee duftete.

„Auch ein Tässchen?", fragte Walter, der die Vorliebe seines Freundes für guten Kaffee kannte.

„Natürlich gerne", antwortete Kripo-Hubert und ließ sich erschöpft auf einen Küchenstuhl sinken. Dunkle Ränder unter seinen Augen zeigten, dass er schon länger wach war. Vielleicht die ganze Nacht.

„Was verschafft mir denn das Vergnügen?", fragte Walter, da es nicht alltäglich war, dass sein Freund einfach so in Taldorf vorbei schaute.

„Das hat mit Vergnügen leider nichts zu tun, Walter. Ich bin beruflich hier. Ein Todesfall da oben auf dem Acker. Vermutlich ein Unfall."

Walter schlug die Hände vors Gesicht. „Oh Gott, was ist denn passiert? Wieder irgendein wahnsinniger Autofahrer?"

„Nein, viel schlimmer. Es ist Hermann vorne aus dem Dorf. Er wurde von seinem eigenen Traktor überrollt."

12

Nach dem ersten Schrecken hatte Walter Liesl dazu geholt, und gemeinsam saßen sie nun auf der Terrasse und lauschten gebannt den Erzählungen ihres Freundes. Die Tiere hatten sich im Halbkreis im Gras niedergelassen.

„Was genau passiert ist, wissen wir leider noch nicht. Es gab keine Zeugen. Seine Frau Edith sagte uns, er sei gestern Abend ungefähr um acht Uhr nochmal losgefahren, um den Acker dort oben zu pflügen…"

„Das stimmt", unterbrach Walter, „er ist an uns vorbei gefahren, als wir von der Goschamarie heimgelaufen sind."

Hubert nahm Walters Bestätigung nickend zur Kenntnis und fuhr fort.

„Sie sagte, dass das durchaus normal sei. Gerade in so heißen Sommern wie diesem, nutzen die Bauern gern die etwas kühleren Abendstunden. Als Hermann dann um elf Uhr aber immer noch nicht zu Hause war, machte sie sich doch Sorgen. Zuerst ging sie zur Goschamarie, da ihr Mann dort auch mal ganz gerne hängen blieb, traf ihn aber nicht an. Also fuhr sie mit ihrem e-Bike hoch zu dem Acker am Hummelberg und fand ihn. Sein Traktor hatte ihn überrollt und ziemlich übel zugerichtet. Edith erkannte auf den ersten Blick, dass es nicht gut aussah und rief den Notarzt. Der Motor vom Traktor lief sogar noch, als der Rettungswagen eintraf. Der Arzt konnte nichts mehr machen. Sah echt schlimm aus. Tut mir sehr leid für Edith, dass sie ihren Mann so sehen musste."

Alle drei schwiegen, da jeder seinen Gedanken nachhing.

Walter dachte an die vielen schönen Momente, die er mit Hermann verbracht hatte, der auch ein Künstler an der Ziehharmonika gewesen war. Er hatte so manche Festgesellschaft zum Schunkeln gebracht und wenn er zu seinem Spiel gesungen hatte, hatten alle an seinen

Lippen geklebt.

Kripo-Hubert grübelte, wie er den Tathergang rekonstruieren sollte, da er keinerlei Zeugen hatte. Er fragte sich, ob es überhaupt Sinn machte, die Leiche zur Obduktion zu schicken. Ein Blick genügte und die Todesursache war klar, vor allem weil der Traktor noch auf Hermanns Leiche stand.

Liesl kannte Hermann zu wenig, um tief betroffen zu sein. Dafür war sie noch nicht lange genug im Dorf. Sie betrachtete den Unfall aus einer gewissen Distanz und hatte am Ende nur eine Frage:

„Wie kann man eigentlich vom eigenen Traktor überrollt werden?"

Walter und Kripo-Hubert schreckten aus ihren Gedanken hoch und verstanden zuerst nicht, was Liesl meinte.

„Na, der ist über Hermann drüber gerollt und dann direkt auf ihm zum Stehen gekommen", sagte Kripo-Hubert und merkte auf einmal selbst, wie komisch das klang. Nachdem die Frage erst mal gestellt war, schien nichts mehr wirklich zu passen. Hatte sich der Traktor wirklich unbemerkt in Bewegung gesetzt und dann Hermann von vorne überrollt? Hermann hatte in die Richtung des Traktors geschaut, als der ihn erfasst hatte, also musste er doch gesehen haben, was passierte. Und dann war das riesige Fahrzeug einfach stehengeblieben, direkt auf Hermann, nachdem es vorher ohne Grund losgefahren war.

„Ich glaube, ich muss da noch ein paar Sachen mit der Spurensicherung abklären", sagte Kripo-Hubert und stellte seine leere Kaffeetasse auf die Spüle. „Danke für den Kaffee!" Dann wandte er sich an Liesl. „Und danke für die gute Frage!"

Er verabschiedete sich und fuhr zurück an den Tatort.

Walter und Liesl blieben allein mit den Tieren auf der Terrasse. Walter wurde ganz elend, wenn er an Hermanns Frau und die zwei Kinder dachte. Er hoffte inständig, dass wenigstens alles geregelt und finanziell vorgesorgt war, ansonsten konnte bei einer solchen Tragödie schnell ein Hof verloren gehen.

„Was machen wir denn jetzt?", fragte Liesl geschockt. „Mit wem können wir denn darüber reden? Darf man denn überhaupt über so etwas Fürchterliches reden? Wie handhabt ihr das hier in Taldorf?"

Walter stand auf und streckte Liesl auffordernd die Hand entgegen. Sie griff zu und ließ sich aus dem Gartenstuhl hochziehen, bis sie direkt voreinander standen.

„Das ist ganz einfach", sagte Walter leise, „wir treffen uns bei der Goschamarie."

„War klar", sagte Balu.

„War glasklar", sagte Kitty.

„War jedem klar", sagte Eglon.

„Nur mir nicht", meckerte Seppi und verzog sich hinter einen Rosenbusch.

13

Walter, Balu und Liesl hatten noch bis um elf Uhr gewartet, bevor sie sich auf den Weg zur Goschamarie machten. Schon dieser Weg war ihnen wie der Gang zum Grab bei einer Beerdigung vorgekommen. Hermanns Tod war für beide noch nicht real und entsprechend schwankten ihre Gefühle zwischen tiefster Bestürzung und Normalität. Es passte einfach nicht.

Es war Sonntag und Walter rechnete damit, dass die meisten noch in der Kirche waren. Trotzdem waren sie nicht die ersten in der Wirtschaft.

„Mei scheh, dass ihr kommet", begrüßte sie Marie überschwänglich und lotste sie zum Stammtisch. „Hocket scho nah, i komm glei wägs am Bschtella."

Walter begrüßte Elmar und Max, die schon ein Bier vor sich hatten, und setzte sich mit Liesl dazu. Balu verschwand unbemerkt unter der Eckbank und rollte sich ein.

Zum ersten Mal saß Liesl mit am Stammtisch, doch niemand störte sich daran. Nicht heute. Kurz darauf setzten sich Theo und Karle aus Alberskirch dazu. Doch obwohl der Tisch nun rundum besetzt war, kam kein Gespräch auf.

Die Nachricht von Hermanns Tod hatte sich herumgesprochen wie ein Lauffeuer und jedem waren Trauer und Ratlosigkeit anzusehen. Erst als s'Dieterle hereinkam, wurde die Atmosphäre lockerer.

„Heit isch an schlimma Daag – do hock mr alle zämma", hatte Marie befohlen und s'Dieterle mit an den Stammtisch gesetzt. Im Gegensatz zu den anderen schien der sich ganz wohl zu fühlen und griff vergnügt nach seinem Bier.

„Ist schon komisch die Sache, gell, gell. Also das mit dem Hermann.

Ganz komisch, gell", brabbelte s'Dieterle hemmungslos drauf los und ermutigte dadurch die anderen auch etwas zu sagen.

„Ich kann es immer noch nicht glauben", seufzte Max.

„Ich hab ihn doch gestern Abend noch hier gesehen.

Und jetzt …?"

„Geht mir genauso", schloss sich Elmar an. „Was für ein fürchterlicher Unfall."

„Unfall, Unfall, gell. Hä hä hä", lachte s'Dieterle. „Soll wohl ein Witz sein, gell? Hä hä hä!"

Die meisten fanden Dieterles fröhliche Art in diesem Moment unangebracht und schauten peinlich berührt zur Seite. Doch Walter wusste genau, was s'Dieterle meinte.

„Ich kann da auch nicht so recht an einen Unfall glauben", sagte er unsicher und schaute in die Gesichter seiner Freunde. „Liesl hat mich da drauf gebracht."

Er nickte Liesl auffordernd zu.

„Nun ja", begann sie zaghaft, „ich kenne mich da ja wirklich nicht aus, aber ich habe mich eben gefragt, wie man vom eigenen Traktor überrollt werden kann. Gibt es da nicht unendlich viele Sicherheitsmechanismen, damit so etwas nicht passieren kann? Mein Auto bremst von allein, wenn etwas im Weg steht, und lenkt für mich, wenn ich auf Landstraßen unterwegs bin, und da soll ich glauben, dass ein hunderttausend Euro Traktor einfach losrollt, wenn man nicht aufpasst?"

Theo kniff die Augen zusammen, was er immer tat, wenn er angestrengt nachdachte.

„Ich kenne den Traktortyp von Hermann. Der dürfte tatsächlich nicht losrollen. Diese neuen Maschinen sind mit allen nur erdenklichen Sicherheitssystemen ausgestattet. Wegrollen geht da gar nicht, noch nicht mal am steilsten Hang."

„Und warum ist es dann trotzdem passiert?", fragte Walter, der keine Ahnung von Traktoren hatte. Um seinen eigenen uralten Traktor kümmerte sich immer Faxe, wenn es denn notwendig war.

Alle am Tisch sahen sich ratlos an. Elmar wollte einwenden, dass ein technischer Defekt immer möglich sei, hielt sich aber zurück, da es zu banal klang.

„Die einfachste Erklärung ist meistens die beste", raunte Max, der das wundervolle Talent besaß, Dinge auf den Punkt zu bringen.

„Und die wäre?", fragte Karle aus Alberskirch ungeduldig.

„Nun ja. Die einfachste Erklärung ist, dass jemand am Lenkrad saß."

Die Stille, die folgte, legte sich wie ein Vakuum über die gesamte Gaststube. Es brauchte unterschiedlich lang, bis jedem die Tragweite von Max' Erklärung klar wurde. Dann sahen sie sich irritiert an. Konnte das wirklich sein?

„Dann wäre es Mord", sprach Elmar das aus, was alle dachten. „Wer soll denn das getan haben … und warum?"

„Wenn es tatsächlich Mord war, dann wird die Polizei den Täter schon finden", sagte Walter und nahm einen großen Schluck aus seiner Bierflasche. „Mein Freund Hubert von der Kripo ist an dem Fall dran. Er war vorher bei mir und ist jetzt noch mal hoch an den Tatort. Der macht das schon, da bin ich sicher."

„Oder du kümmerst dich wieder drum", warf Theo ein.

Walter verschluckte sich und das Bier stieg ihm in die Nase, wo es brannte wie Feuer. Er bemühte sich, alles bei sich zu behalten, benötigte aber doch sein Taschentuch. Er brauchte ein paar Sekunden, dann hatte er sich wieder unter Kontrolle.

„Was hat denn das mit mir zu tun?", fragte er aufgebracht. „Nur weil ich mit meinen Freunden den Tod vom Pfarrer aufgeklärt habe, ist das doch jetzt nicht automatisch wieder meine Sache. Im Gegenteil: ich habe nicht die geringste Lust, mich da einzumischen. Erinnert ihr euch, was mir das das letzte Mal eingebracht hat?".

Die Frage war rhetorisch, doch trotzdem machte Walter eine Pause und sah jeden Einzelnen kurz an.

„Richtig. Nichts!!! Außer einem gebrochenen Fuß und jeder Menge Pressetrubel. DAS BRAUCHE ICH NICHT NOCHMAL!"

Walter hatte sich in Rage geredet und lehnte sich nun erschöpft zurück. Er trank seinen letzten Schluck Bier und winkte mit der leeren Flasche in Richtung Marie um Nachschub zu bestellen. Doch Marie vertröstete ihn und brachte eine große Platte Saitenwürste an den Tisch.

„Jetzat langet zua! Dr Sempf kommt au glei!"

Kurz darauf brachte sie zwei kleine Schälchen vom scharfen Löwensenf, die sie in der Küche frisch abgefüllt hatte und servierte einem fremden Ehepaar am Nebentisch zwei Bier.

„Entschuldigen Sie bitte", hielt sie der Mann höflich zurück.

„Das Bier ist ja lauwarm … bei den Temperaturen hätte ich aber gerne ein kaltes!"

„Oh Kerle", entgegnete Marie lachend, „wenn du bei mir a kaltes Bier willsch, muscht im Winter wiederkomma!"

Der Senf war höllisch scharf, doch während Walter Tränen in den Augen und Schweißperlen auf der Stirn hatte, langte Liesl kräftig zu und tunkte ihr Würstchen jedes Mal tief in das Senftöpfchen.

„Einfach köstlich", murmelte sie mit vollem Mund und bemerkte Walters ungläubigen Blick.

„Was? Ist es wegen des Senfs?", fragte sie.

Walter nickte. „Das könnte ich nicht", japste er und löschte das Feuer in seinem Mund mit einem Schluck Bier.

„Alles Gewöhnungssache", lachte Liesl. „Und Senf ist da sowieso harmlos, genauso wie Meerrettich. Da kannst du mit Wasser oder Bier alles wegspülen. Das funktioniert bei Chili nicht! Wenn du da mal zu viel hast, dann hilft nur ein Schluck Milch oder trockenes Brot."

Walter war egal, was bei Chili half, da er um die tückischen kleinen Schoten einen ehrfürchtigen Bogen machte.

Er nahm sich eine weitere Scheibe Brot und bemerkte, wie Marie unauffällig eine Notiz machte. Beim Brot verstand sie keinen Spaß. So günstig ihre Speisen auch waren, das Brot berechnete sie immer separat mit dreißig Cent pro Scheibe.

Tümdüm tüdeldüm dü düüü düüü …

Die Eröffnungsmelodie der ARD Tagesschau tönte aus Walters Hosentasche und ließ ihn erschrocken aufspringen.

„Entschuldigt mich kurz", sagte er und ging mit seinem Handy in der Hand nach draußen.

„Jaaaa", meldete er sich wie immer namenlos und sprach ungewollt etwas lauter, da er mit schlechtem Handyempfang rechnete.

„Jetzt schrei doch nicht so", beschwerte sich Kripo-Hubert mit ungewohnt guter Verbindung.

„Entschuldige", murmelte Walter, „was gibt's denn so Wichtiges?"

„Ich war noch mal oben am Unfallort … oder sagen wir lieber Tatort."

„Tatort? Also kein Unfall? Bist du sicher?" Walter stieg das Blut in den Kopf.

„Sehr sicher. Ein Spezialist aus der Gerichtsmedizin war da und hat es bestätigt."

„Der Mediziner kannte sich so gut mit Traktoren aus?", fragte Walter ungläubig.

„Aber nein", erwiderte Kripo-Hubert leicht genervt. „Er kennt sich mit Leichen aus. Und die hat er sich angesehen."

„Und was hat er festgestellt?"

„Dass Hermann überfahren wurde."

Walter stutzte. „Ja, aber das hast du doch schon vorher gewusst, Hubert."

„Aber nicht, dass er mindestens dreimal überfahren wurde."

Kripo-Hubert bat Walter noch diese Neuigkeit aus ermittlungstechnischen Gründen nicht gleich im ganzen Dorf zu verbreiten und Walter hatte ihm versprochen, sich daran zu halten, auch wenn es ihm schwer fiel, etwas vor seinen Freunden zu verschweigen. Als er zurück in die Wirtschaft kam, setzte er sich wieder an seinen Platz, als ob nichts gewesen wäre, doch seine Gedanken kreisten unablässig um den überrollten Hermann. Drei mal. Walter konnte es nicht fassen.

Tümdüm tüdeldüm dü düüü düüü …

Schon wieder klingelte sein Handy und Walter entschuldigte sich erneut. Er rechnete mit Kripo-Hubert, der etwas vergessen hatte und meldete sich etwas ruppig.

„Was denn noch?", blaffte er ansatzlos in sein iPhone.

„Er ist tot", sagte die Stimme auf der anderen Seite traurig.

„Natürlich", erwiderte Walter, „ich weiß doch, dass Hermann tot ist."

„Ach Hermann ist auch tot?", fragte Faxe überrascht.

Erst jetzt bemerkte Walter seinen Irrtum. „Ja. Aber wen meintest du denn?"

„Na, deinen 205er. Walter, es tut mir wirklich leid, aber da ist nichts mehr zu machen. Er ist von uns gegangen."

Die Nachricht erschütterte Walter zutiefst. Er hatte nicht glauben wollen, dass es so schlecht um seinen geliebten Wagen stand. Eine einsame Träne lief über seine Wange und tropfte auf das Retinadisplay des iPhones.

„Bist du in der Werkstatt?", fragte er mit erstickter Stimme.

„Ja. Bin vorher von meinem Yoga-Workshop zurückgekommen und hab mir angeschaut, was von deinem Wagen übrig ist."

„Dann komme ich später noch vorbei. Ich würde gerne … ", Walter wusste nicht so recht, wie er es nennen sollte. „Ich würde gerne … Abschied nehmen, wenn du weißt, was ich meine."

Faxe wusste es und versprach ihm, da zu sein.

Zurück in der Wirtschaft aß er den Rest seines Saitenwürstchens und schnappte sich ein zweites von einem frischen Teller, den Marie gerade auf den Tisch gestellt hatte.

„Wer hat denn so dringend angerufen?", flüsterte Liesl neugierig.

„Faxe war dran. Wegen meinem Auto. Da ist wohl nichts mehr zu machen." Walter ließ die Schultern hängen und schaute resigniert zur Seite. Liesl spürte seine Trauer und legte ihm mitfühlend eine Hand auf den Unterarm.

„Zwei Todesfälle an einem Tag", sagte Max traurig und keiner am Tisch empfand das als ungehörig, da die meisten von ihnen enge Beziehungen zu ihren Fahrzeugen hatten.

„Ich helfe dir ein neues Auto zu finden", sagte Liesl einfühlsam und entlockte Walter damit ein halbherziges Lächeln.

„Würdest du nachher mit mir nach Alberskirch fahren? Ich müsste sonst ja laufen ….", fragte er vorsichtig.

„Aber natürlich, Walter", strahlte Liesl. „Dann lerne ich auch mal diesen Faxe kennen. Der ist mir bisher noch nicht über den Weg gelaufen."

Stimmt, dachte Walter, und erinnerte sich an Faxes Wirkung auf Frauen. Er war gespannt, wie Liesl reagieren würde.

Unbewusst kaute er schneller auf seinem Würstchen herum und winkte Marie mit dem Geldbeutel zu, kaum dass er den letzten Bissen geschluckt hatte.

„Oh Walter! Hosch es jetzt uff oimol soooo eilig?", staunte die Wirtin und stellte ihm und Liesl ein Sprudelglas, halb voll mit Schnaps, vor die Nase. Walter seufzte, doch Liesl kam ihm zuvor.

„Oh wunderbar. Das ist nach dem Essen genau das Richtige. Danke Marie!"

Liesl hob ihr Glas in die Höhe und stieß mit Walter an, während Marie grinsend Walters Wechselgeld heraussuchte.

Sie verließen die Gaststube zusammen mit Max und Karle aus Alberskirch, die an diesem Sonntag beide noch etwas vorhatten.

Marie sah ihnen nach und winkte als sie hinausgingen: „Machets guat, ziernet nix, kommet wieder!"

14

Faxe winkte ihnen schon von weitem zu und lotste sie auf einen Parkplatz neben seiner Garage. Liesl fuhr so weit wie möglich vor, bevor sie den Motor abstellte und ausstieg. Walter war etwas schneller gewesen und stand bereits bei Faxe, der in seiner dreckigen Latzhose an einem alten Motorrad lehnte. Er wischte seine Finger an einem öligen Lappen ab und schüttelte seine Haare mit einer lässigen Bewegung nach hinten.

„Liesl – das ist Faxe. Faxe – das ist Liesl, meine neue Nachbarin", stellte er die beiden vor.

Faxe lächelte breit und schüttelte Liesls Hand deutlich länger, als sie es erwartet hatte. Dabei kam er ihr so nah, dass sie die kleinen Schweißtropfen auf seinem nackten Oberkörper schimmern sah.

„Freut mich Sie kennenzulernen … oder darf ich „du" sagen?", säuselte Faxe.

Liesl hatte ihre Hand noch immer ausgestreckt, obwohl Faxe seine längst zurückgezogen hatte. Sie starrte ihm in seine tiefliegenden dunklen Augen und rührte sich nicht vom Fleck.

„Du", sagte sie dümmlich. „Du. Du du."

„Da drüben steht er", ignorierte Faxe die peinliche Situation und lotste Walter zu seinem alten Peugeot, während Liesl mit offenem Mund zurückblieb. Sie blieben vor dem Wagen stehen, besser gesagt, vor dem, was von ihm übrig war. Walter musste tief durchatmen, um seine Tränen zurückzuhalten. Es sah aus, als hätten die abgefallenen Teile das Skelett seines 205ers freigelegt und wegen der durchgebrochenen Stoßdämpfer wirkte er klein und verletzlich.

„Und da ist wirklich nichts zu machen?", fragte Walter mit traurigem Blick, doch Faxe schüttelte nur den Kopf.

„Glaub mir, Walter: es ist Zeit, ihn gehen zu lassen. Soll ich das für dich regeln?"

Walter hatte keine Ahnung, wie man ein Auto verschrottete und war froh über Faxes Angebot.

„Das wäre wirklich nett. Weißt du, wie viel das ungefähr kostet?"

„Das geht zurzeit null auf null raus. Hängt immer vom Schrottpreis ab. Manchmal kriegst du was raus, manchmal legst du was drauf. Aktuell hebt der Schrottpreis die Kosten auf."

Wenigstens das.

„Wo krieg ich denn auf die Schnelle jetzt ein neues Auto her?", fragte Walter und dachte schaudernd an Jusufs Angebot, Cousin Rafi einzuschalten.

„Hallo? Was ist mit dir los Walter? Wo hast du deinen 205er damals gekauft?"

„Im Autohaus."

„Und warum gehst du nicht einfach wieder da hin?"

„Weil es vor zehn Jahren dicht gemacht hat."

„Oh", sagte Faxe und ging zum Kühlschrank.

„Auch ein Bier?", fragte er über die Schulter und reichte Walter eine kleine 0,33er Flasche aus dem Kühlfach, die sofort beschlug.

„Gerne", sagte Walter und griff nach der eiskalten Flasche.

„Liesl, auch ein Bier?", bot Faxe an und hielt ihr ebenfalls eine Flasche hin.

Liesl griff apathisch zu. „Du. Du du", brabbelte sie als Dank.

„Muss es denn wieder ein Peugeot sein?", fragte Faxe und suchte bereits im Adressbuch seines Handys.

Darüber hatte sich Walter bislang noch keine Gedanken gemacht, doch als er daran dachte, wie viele Jahre er mit seinem 205er glücklich gewesen war, fiel die Entscheidung spontan.

„Das wäre mir am liebsten. Dann muss ich mich auch nicht so

umstellen. Jede Automarke hat ja doch so ihren eigenen Stil."

Faxe lächelte. „Glaub mir, Walter, du wirst dich umstellen müssen." Er leerte sein Bier und ließ die leere Flasche in eine Bierkiste neben dem Kühlschrank gleiten.

„Hier die Nummer von einem Freund. Mit dem war ich gerade auf dem Yoga-Lehrgang." Er kritzelte ein paar Zahlen auf einen Zettel und reichte ihn Walter. „Der arbeitet in einem Autohaus in Friedrichshafen, das Peugeot verkauft. Schau da mal hin. Sag einfach einen Gruß von mir."

Walter nahm den Zettel und faltete ihn sorgfältig zusammen, bevor er ihn einsteckte.

„Meinst du, wir könnten da die nächsten Tage mal vorbeischauen?", fragte er Liesl, die bisher noch kein Wort gesagt hatte.

„Liesl?", hakte Walter nach, da sie nicht reagierte. Erst als er sie sanft am Arm berührte, erwachte sie aus ihrer Trance.

„Du. Du du", sagte sie und schaute Walter verwirrt an.

„Ob du mit mir demnächst mal nach Friedrichshafen ins Autohaus fahren würdest?", wiederholte er seine Frage etwas lauter. „Ich hab ja im Moment kein Auto."

Liesl hielt sich die Hand vor den Mund und räusperte sich.

„Aber natürlich Walter. Kein Problem. Wo ist denn das Autohaus in Friedrichshafen?"

Faxe erklärte den kürzesten Anfahrtweg, während Liesl an seinen Lippen hing. Walter beobachtete sie amüsiert und war gespannt, ob sie sich den Weg würde merken können. Zur Sicherheit hörte er genau zu. So kannte er wenigstens den Weg.

„Das mit Hermann ist eine üble Sache", wechselte Faxe plötzlich das Thema. „Wann ist das denn passiert?"

„Gestern Abend", antwortete Walter und erzählte ihm kurz, was er wusste. „Mein Freund von der Kripo ist sich mittlerweile auch sicher,

dass es Mord war, da der Traktor Hermann dreimal überrollt hat."
Walter bemerkte seinen Fehler in dem Moment, als er ihn beging,
dabei hatte er Hubert versprochen, genau dieses Detail nicht weiter zu
erzählen.

„Aber bitte, das muss unter uns bleiben", versuchte er die Situation zu
retten. „Ich hatte meinem Freund versprochen, nicht über die Details
zu sprechen." Walter ärgerte sich über alle Maßen und machte das
mittlerweile leere Bier für seinen Ausrutscher verantwortlich.

„Kein Ding, Walter", winkte Faxe ab. „Hier in Alberskirch fragt eh
keiner danach und ich werde es keinem auf die Nase binden."
Während Walter und Faxe sich noch über Hermann unterhielten, blieb
Liesl weiter still, trank aber wenigstens ihr Bier. Erst auf dem
Heimweg, sprach sie wieder.

„Dieser Faxe ist schon ein sehr gutaussehender Kerl", sagte sie leise.
„Und einen tollen Hintern hat er", ergänzte Walter und wunderte sich
erneut, warum er das gesagt hatte.

15

Auch die Tiere genossen den Sonntag und lagen faul auf Walters Terrasse. Walter hatte Balu zwar aufgefordert in Liesls Auto zu springen und mit nach Alberskirch zu fahren, doch als er den leidenden Blick seines Hundes gesehen hatte, ließ er ihn kurzentschlossen zu Hause. Da Balu bisher noch nie etwas angestellt hatte, wenn er allein gewesen war, vertraute Walter ihm. Dass er ihm vor wenigen Wochen das Leben gerettet hatte, spielte ebenfalls eine Rolle. Kitty war kurz darauf hinzugekommen und auch Eglon hatte sich her bemüht. Jetzt lagen alle drei flach auf den kühlen Steinen im Schatten und dösten vor sich hin.

„Was meint ihr: hilft Walter wieder bei den Ermittlungen?", nuschelte Kitty ohne die Augen zu öffnen.

„Auf keinen Fall", protestierte Balu. *„Das schafft die Polizei diesmal alleine. Das ist eine ganz normale Mordermittlung. Da brauchen die keinen, der heimlich im Dorf rumspioniert."*

„Ich weiß nicht so recht", mischte sich Eglon ein. *„Ich habe das komische Gefühl, dass Hermanns Mörder aus der Umgebung ist. Wer kennt denn sonst den Acker auf dem er überrollt wurde, und wusste auch noch, wann Hermann dort sein würde. Ein Zufall war das sicher nicht! Kripo-Hubert hat doch erzählt, dass Hermann dreimal überrollt wurde."*

„Und warum kann es deshalb kein Zufall sein?", fragte Balu.

„Weil das ein Zeichen für sehr viel Wut ist", erklärte Kitty. *„Es dürfte schon schwierig genug sein, jemanden einfach zu überfahren, aber dann wieder zurückzusetzen und noch zweimal über das Opfer zu rollen … das ist nicht normal. Das war Absicht … und ganz viel Wut oder Hass. Da muss es einen starken Auslöser geben und den gilt es zu finden. Ihr werdet sehen: Kripo-Hubert steht schon bald wieder vor der Tür."*

Balu stieß einen tiefen Seufzer aus. Er konnte die Argumente seiner Freunde durchaus nachvollziehen, und genau das war das Problem. Als Walter vor ein paar Wochen seinen Freunden bei den Ermittlungen geholfen hatte, war es am Ende wirklich gefährlich geworden, was Walter einen gebrochenen Fuß und Balu ein paar angeknackste Rippen eingebracht hatte. Das wollte Balu nie wieder erleben und doch schien alles genau darauf hinauszulaufen. Immerhin war es diesmal offiziell ein Mordfall. Bei Pfarrer Sailer musste Walter mit seinen Freunden noch heimlich ermitteln, da damals erst ein Herzinfarkt als Todesursache angenommen wurde. Bei Hermann war klar, dass er ermordet wurde und die Polizei würde alles daran setzen, den Mörder zu finden.

„Eine seltsame Mordwaffe", murmelte Kitty, und bemerkte erst, als sie die ratlosen Blicke der anderen sah, dass sie das laut gesagt hatte. *„Na, der Traktor. Findet ihr nicht, das ist eine seltsame Mordwaffe?"*

„Wahrscheinlich war gerade nichts anderes da", vermutete Eglon. *„Vielleicht war die Gelegenheit einfach günstig und der Mörder hat zugeschlagen … äh … ist losgefahren."*

„Das glaube ich nicht", überlegte Balu. *„Dann hätte er ihn angefahren oder irgendwo gegen gepresst. Das ist aber nicht passiert. Hermann ist nicht weggelaufen – nein – er blieb liegen und ließ sich dreimal überrollen. Das heißt doch, dass er entweder gefesselt war oder von Anfang an nichts mitbekommen hat. Egal wie der Mörder das hinbekommen hat: ich glaube, er hatte Hermann genau dort, wo er ihn haben wollte und der Traktor gehörte zum Plan. Der Mörder hat ihn dreimal überfahren, weil er ihn dreimal überfahren wollte."*

„Ich habe so das Gefühl, dass da eine alte Geschichte hinter steckt", vermutete Kitty.

„Wie kommst du darauf?", fragte Eglon, der sich auf das Ganze keinen Reim machen konnte.

„*Ganz einfach*", schnurrte die Tigerkatze, „*weil du die Wut, die du für so einen Mord brauchst, nicht von heute auf morgen verspürst. Da steckt etwas dahinter, das jemanden über Jahre gequält hat, und am Ende zu dieser fürchterlichen Tat getrieben hat.*"

„*Ich kann morgen früh ja Bimbo fragen. Vielleicht erinnert er sich an irgendwelche alten Geschichten. Schließlich ist er fast das älteste Tier im Dorf.*" Balu verspürte zwar keine große Vorfreude mit Bimbo zu reden, aber wenn dabei etwas herauskam, war es das allemal wert.

„*Hast du es bemerkt?*", fragte Kitty, erntete aber nur einen ratlosen Blick, da Balu keine Ahnung hatte, was sie meinte.

„*Was soll ich bemerkt haben?*", raunte er mürrisch.

„*Na ja, wir sind schon wieder mittendrin in diesem neuen Mordfall. Du, ich … und Walter. Ist schon unheimlich.*"

„*Ich weiß*", sagte Balu, „*und ich hätte alles dafür gegeben, dass das nicht passiert. Ich hoffe nur, es kommen nicht noch mehr zu Schaden – ob Tiere oder Menschen.*"

Doch Hermanns Mörder interessierte sich nicht für Balus Wünsche.

16

Der Wetterbericht hatte wiedermal von vereinzelten Gewittern gesprochen, doch in Taldorf blieb es trocken. Knochentrocken. Eine unglaubliche Dürreperiode. Walter hatte schon seit Wochen nicht nur Zeitungen in seinem Handkarren, sondern immer auch vier Flaschen Wasser. Zwei für Balu und zwei für ihn selbst. Am Ende waren die Flaschen immer leer, doch jeder Tropfen war als Schweiß bereits wieder verdunstet.

„Pause, Balu", befahl Walter bereits zum zweiten Mal in dieser Nacht und öffnete eine Wasserflasche. Für Balu füllte er einen kleinen Napf. Sie hatten gerade das Haus von Pfarrer Sailer erreicht, und beiden war etwas mulmig zumute, wenn sie an die Ereignisse rund um den Tod des Pfarrers dachten. Gerüchten zufolge stand das Häuschen zum Verkauf, andere Gerüchte besagten, die neue Stiftung des Pfarrers würde sich darum kümmern und wohltätig vermieten. Bislang stand es einfach leer. Eigentlich schade, überlegte Walter und musste auf einmal an den King denken, der für diese niedliche Immobilie sicher gutes Geld bezahlen würde. Er vermutete jedoch, dass dieser das Haus abreißen würde, um an gleicher Stelle einen hässlichen Mehrfamilienklotz zu errichten.

Nach ein paar Minuten Rast machten sie sich wieder auf den Weg und überquerten kurz darauf in Dürnast die Bundesstraße. Walter verfluchte die Politiker, die es noch immer nicht geschafft hatten, eine Ost-West-Umgehung auf den Weg zu bringen. Selbst jetzt um kurz vor fünf war das Überqueren der Straße ein gefährliches Unterfangen, da zahllose LKW, ohne Rücksicht auf Verluste, durch Dürnast bretterten. Auch die vorgeschriebenen Fünfzig wurden wie ein netter Hinweis aufgenommen, an den man sich nicht halten musste.

Auch in Dürnast konnte man sehen, wer seinen Garten bewässerte. Viele waren es nicht mehr. Bei den Meisten waren mittlerweile die Regenfässer und Zisternen leer – mit Leitungswasser zu gießen war ein teurer Luxus, den sich nur die wenigsten Schwaben leisten wollten, außerdem war es vor zwei Tagen wegen Wassermangels für Privathaushalte verboten worden.

Erstaunt blieb Walter am Garten vom alten Fritz stehen, da er eindeutig das Geräusch eines Rasensprengers hörte. Er versicherte sich, dass ihn niemand beobachtete und schlich vorsichtig um die Hausecke, um einen Blick auf den Rasen zu werfen.

Walter bekam beim Anblick des tiefgrünen Rasens in der Morgendämmerung große Augen und ignorierte die Wassertropfen, die erfrischend auf ihn herabrieselten. Es kursierte das Gerücht, der alte Fritz habe sich einen sehr tiefen Brunnen gegraben, der weit ins Grundwasser reichte. Offenbar war das kein Gerücht, aber ohne Genehmigung leider nicht erlaubt. Deshalb wohl auch die nächtliche Aktivität. Der alte Fritz wollte nicht erwischt werden.

Walter war das egal. Jeder musste selber wissen, was er riskieren wollte. Ihm persönlich wäre der Aufwand schon zu groß gewesen. Natürlich hatte sein Rasen die Dürre nicht überlebt, aber sobald es regnete, würde er innerhalb kürzester Zeit wieder nachwachsen.

Kein Lüftchen regte sich und Walter schwitzte aus allen Poren, als er Eugen Heesterkamps Haus erreichte. Er war nicht überrascht, dass ihn der ehemalige Lehrer am Eingang erwartete.

„Morgen Walter. Ich konnte nicht mehr schlafen und dachte, ich überrasche Sie."

„Ja, ist blöd mit diesem öfter müssen müssen", stichelte Walter.

„Aber nicht doch", ereiferte sich der pensionierte Studienrat, „mit der Prostata ist alles in Ordnung. Es war nur einfach zu warm. Das hält doch kein Mensch mehr aus. Wie lange hält das Wetter jetzt schon? Fünf Wochen?"

„Sieben. Es sind jetzt sieben Wochen", korrigierte Walter. „Kann mich nicht erinnern, wann wir das letzte Mal so einen Sommer gehabt haben. Ist Ihr Rasen auch schon hinüber?"

Eugen sah peinlich berührt zur Seite. „Also das muss ich Ihnen jetzt erklären: der Rasen ist bei mir ja auch gleichzeitig Untergrund für meine Yogaübungen. Und Sissi-Anna-Katharina braucht das Gras ja auch." Sissi-Anna-Katharina war Eugens Schildkröte, die aber ein Männchen war und eigentlich Ulf hieß, was Eugen nicht wusste.

„Aha", sagte Walter bestimmt, „Sie bewässern Ihren Rasen, obwohl es jetzt verboten ist."

Eugen hob beschwichtigend die Arme. „Aber bitte, Walter, das dürfen Sie niemandem sagen. Es sind doch nur dreißig Quadratmeter. Und die brauche ich wirklich. Und Sissi-Anna-Katharina auch."

Da fiel Walter das gemeinsame Essen ein, dass er Eugen für den Einkauf schuldig war.

„Aber Eugen, was denken Sie denn von mir. Meine Lippen sind versiegelt … und da sie das sind, kann ich leider auch nicht mit Ihnen zum Essen …"

Eugen erkannte die Falle, in die er getappt war, wollte aber nicht so einfach aufgeben.

„Ach kommen Sie, Walter. Gehen wir wenigstens ins Kreuz zum Mittagstisch. Das bringt Sie nicht um."

Hast du eine Ahnung, was mich das tut, dachte Walter, wollte aber auch nicht gemein sein. Sie hätten auch mittags zur Goschamarie können, doch Walter wusste, dass es zwischen der Wirtin und dem pensionierten Lehrer irgendeinen alten Streit gab, weshalb Eugen das Lokal mied.

„Also gut. Sie sagen, wann Sie Zeit haben. Montag wäre es mir persönlich am liebsten."

Eugen freute sich über seinen kleinen Sieg und winkte Walter hinterher, als dieser mit seinem Handkarren weiterzog.

„Haben die im Kreuz montags nicht Ruhetag?", rief er Walter noch hinterher, doch der grinste nur vor sich hin.

Balu war schon weitergelaufen, während Walter und Eugen sich unterhalten hatten. Vor Bimbos Stall hatte er leise gebellt, um den Haflinger zu wecken.

„Was willst du, Flohfänger?", schnaubte der Wallach und machte keine Anstalten zur Tür zu kommen.

„Hast du dich festgelegen oder bist du jetzt zu fett um aufzustehen?", stichelte Balu, woraufhin Bimbo sich aufrappelte und zur Tür kam. Seine Stalltür war in der Mitte zweigeteilt und die obere Hälfte stand immer offen, durch die er seinen massigen Kopf herausstreckte.

„Bist du hier, weil du Ärger suchst? Den kannst du haben!"
Er stieß seinen Kopf nach vorne und machte den Hals lang, dabei bleckte er seine Zähne. Für einen Moment sah es so aus, als würde er Balu in die Schnauze beißen, doch zwei Zentimeter vor Balus Nase stoppte seine Attacke mit einem lauten Rumpler gegen die Stalltür.

„Verdammte Scheiße", schimpfte Bimbo und zog seinen Hals wieder ein. *„Das hast du doch absichtlich gemacht!"*
Balu konnte sich ein Grinsen nicht verkneifen, unterließ es aber den Wallach weiter zu reizen, schließlich wollte er ja etwas von ihm.

„Alles gut, Bimbo! Was bist du denn gleich so garstig?"

„Das ist die Hitze", jammerte das Pferd. Dabei war er ständig schlecht gelaunt, die aktuellen Temperaturen machten es nur noch schlimmer.

„Bevor du kamst, hatte ich gerade einen kühlen Fleck hinten an der Mauer gefunden. Wenn ich da meinen Bauch dagegen drücke, geht es einigermaßen. Sonst ist es doch überall zu warm."

Balu musterte Bimbo, der erschöpft den Kopf auf die Kante der Stalltür legte.

„Weißt du noch, wie ich dich damals wegen Pfarrer Sailer nach ein paar Sachen aus seiner Vergangenheit gefragt habe?"

Bimbo nickte zur Bestätigung.

„Ich würde dich gerne wieder etwas fragen."

Bimbos Ohren klappten neugierig nach vorne und seine Augen blitzten interessiert auf.

„Geht es um Hermann? Ich habe gehört, was passiert ist. Also nicht direkt, aber ein paar Leute haben darüber geredet, als sie hier an meinem Stall vorbei gelaufen sind."

Balu wusste, dass er Bimbos ganze Aufmerksamkeit hatte. So launisch das Pferd war, so neugierig war es auch.

„Du weißt, dass er ermordet wurde?", hakte Balu nach.

„Ein paar Leute haben so was vermutet. Ist es jetzt sicher?"

Balu rechnete nicht mehr mit einem Angriff des Wallachs und rückte etwas näher an die Stalltür.

„Ja, es ist sicher. Ein Freund von Walter ist bei der Kripo und der war bei uns. Er hat erzählt, was da oben passiert ist, soweit es die Polizei nachvollziehen kann. Und klar ist, dass Hermann überrollt wurde. Von seinem eigenen Traktor. Dreimal!" Balu hatte das letzte Wort bewusst etwas offen betont, sodass es fast wie eine Aufforderung klang.

Bimbo verstand nicht sofort, was der Wolfsspitz ihm damit sagen wollte, und riss die Augen weit auf, als die Erkenntnis endlich kam.

„Dreimal überrollt? Das kann ja gar kein Unfall sein. Aber wer macht denn so was? Ich habe ja schon von vielen schlimmen Sachen gehört, aber das?

Das ist doch nicht mehr menschlich!"

Balu fragte sich, was der Haflinger über Menschlichkeit wusste.

„Wir glauben, dass da jemand eine wahnsinnige Wut oder sogar Hass auf

Hermann gehabt hat. Und das kommt sicher nicht von heute auf morgen. Kannst du dich an irgendeine alte Geschichte erinnern, bei der Hermann jemanden so sehr gedemütigt oder verletzt hat?"

Bimbo schwieg und legte den Kopf schief. Balu wusste, dass er das immer tat, wenn er angestrengt nachdachte, was nicht allzu oft vorkam. Der Haflinger ließ sich Zeit, schüttelte dann aber enttäuscht den Kopf.

„An etwas wirklich Schlimmes kann ich mich beim besten Willen nicht erinnern. Aber er war mit Sicherheit kein Heiliger. Schon in seiner Jugend war er ein echter Bauernbursche und hat bei jeder Gelegenheit herausposaunt, dass sein Hof der größte in der Umgebung sei und hat sich auch entsprechend großkotzig verhalten. Die Anderen waren aber auch nicht besser!"

„Welche Anderen?", hakte Balu sofort nach.

„Na, die anderen Bauernjungs. Die Herren Hoferben. Die ließen alle spüren, dass sie was Besseres waren. Die drei Wichtigsten hatten so eine Art Bande oder Clique und waren fast immer zusammen unterwegs."

Das war Balu neu. Die heutigen Bauern waren keineswegs mehr überheblich, geläutert durch den Absturz der Preise für landwirtschaftliche Produkte. Milch, Getreide, Obst, Holz … für alles wurde nur noch ein Bruchteil dessen bezahlt, was einst üblich war. Hinzu kamen immer mehr Auflagen und Investitionen in den Umweltschutz, die so manchen Landwirt an den Rand des Ruins drängten. Die rosigen Zeiten waren definitiv vorbei.

„Weißt du, wer noch in dieser Bande dabei war?"

Bimbo ließ sich erneut Zeit, obwohl er die Antwort kannte. Er genoss es, gefragt zu werden.

„Da waren immer mal wieder verschiedene Jungs dabei, aber drei waren der harte Kern. Hermann war der eine, Karl-Heinz gehörte dazu und dann noch Xavier. Die drei waren unzertrennlich."

Eine Clique von drei überheblichen Bauernjungs, überlegte Balu. Die haben sicher allen möglichen Blödsinn angestellt und garantiert fanden das nicht immer alle lustig. Wenn sie andere so herablassend behandelt haben, dann hatte das bestimmt den ein oder anderen auf die Palme gebracht, aber reicht das für einen Mord nach zwanzig Jahren? Nach fünfundzwanzig Jahren, korrigierte Balu sich in Gedanken, und verwarf die Idee. Das wäre schon sehr an den Haaren herbei gezogen.

„Danke erst mal. Mal schauen, wohin uns das führt", verabschiedete sich Balu von Bimbo, gerade als Walter aufgeholt hatte.

„Na, du alter Sauerbraten, schon wieder dicker geworden?", neckte Walter den Wallach, der sofort die Ohren anlegte und seine blanken Zähne nach vorne schnellen ließ. Vor ein paar Wochen hatte er mit einer ähnlichen Attacke Erfolg gehabt und ein Loch in Walters Hose gerissen. Das war auch der Grund, warum Walter ihn seitdem ärgerte. Doch diesmal hatte er kein Glück. Wie zuvor bei Balu stoppte sein Angriff zwei Zentimeter, bevor er Walters Pobacke zu fassen bekam. Wütend verzog er sich in seinen Stall, während Walter und Balu grinsend Richtung Hinterdorf liefen.

Anne schob den Wagen mit Hermanns Leiche in den Obduktionsraum. Das weiße Laken lag über dem Körper und hing seitlich ein Stück über den Rand hinab. Anne hatte Hermann nur zwei oder drei Mal in Taldorf gesehen, als sie mit Elmar unterwegs war. Gesprochen hatten sie nie miteinander. Trotzdem fühlte es sich anders an, wenn man den Toten gekannt hatte.

Mit einem kräftigen Stoß öffnete sich die Schwingtür zum Obduktionsraum und Dr. Kurz, die neue Pathologin, rauschte herein.

„Und los geht's! Anne, alles soweit in Ordnung? Können wir loslegen?"

Anne war überrumpelt und suchte nach Worten, was Frau Dr. Kurz falsch interpretierte.

„Jetzt machen Sie sich da mal keinen Kopf, Mädchen. Nur weil Sie den Mann flüchtig kannten, ist das jetzt kein Drama, oder?"

„Natürlich nicht", stammelte Anne, „es ist nur … komisch."

„Ja, ich weiß. Aber wir sind Profis und betrachten alles ganz objektiv."

Sie ließ den Bund ihrer Gummihandschuhe schnalzen, als sie hineinschlüpfte und zog das Laken weg.

„Das Opfer ist männlich, vierzig Jahre alt, weiß", begann Dr. Kurz ihre Untersuchung formell und diktierte alle Daten in ein Aufnahmegerät.

Anne machte auf ihre Anordnung hin verschiedene Notizen auf ihrem Tablet-PC, hielt sich sonst aber im Hintergrund. Hermanns Anblick löste in ihr tatsächlich etwas aus, das sie so bisher nicht gespürt hatte. Es kam ihr vor, als würde die Obduktion Hermann die letzte Würde nehmen, so nackt und ungeschützt wie er auf der Metallpritsche vor ihnen lag, den Handlungen einer übereifrigen Pathologin und ihrer Helferin wehrlos ausgeliefert.

„Uiuiui … den hat es aber wirklich böse erwischt", staunte Dr. Kurz, nachdem sie den Thorax mit dem typischen Y-Schnitt geöffnet hatte. Jede einzelne Rippe war gebrochen und der gesamte Bauchraum war mit Blut gefüllt, aus der Lunge war jegliche Luft entwichen und sie war unnatürlich platt.

„Da fällt mir ein Witz ein", trällerte Dr. Kurz. „Pass auf: Da kommt ein Versicherungsvertreter auf einen einsamen Bauernhof. Er trifft aber nur den zwölfjährigen Sohn an. „Ich möchte gerne deinen Vater sprechen", sagt er zu dem Buben, aber der schüttelt nur den Kopf. „Wo ist denn dein Vater?", fragt er deshalb nach. „Vom Trecker überfahren", antwortet der Bub. „Na, dann würde ich gerne mit deiner Mutter sprechen. Geht das? Wo ist die denn?" „Vom Trecker überfahren", antwortet der Bub erneut. Der Vertreter ist bestürzt und fragt weiter. „Um Gottes Willen, dann hast du doch hoffentlich ältere Geschwister oder Großeltern, die sich um dich kümmern … wo sind die denn?" „Vom Trecker überfahren", antwortet der Bub wieder. Der Vertreter ist vollkommen irritiert und hat Mitleid mit dem Jungen. „Aber dann bist du ja ganz alleine, du armer, armer Junge. Was machst du denn jetzt den ganzen Tag?" „Na, Trecker fahren", grinst der Junge und startet den Motor."

Anne konnte diesen uralten Witz in dem Moment gar nicht komisch finden, Dr. Kurz hingegen krümmte sich vor Lachen und patschte dem toten Körper mehrfach auf den blutigen Oberschenkel. Nachdem sie sich einigermaßen beruhigt hatte, schnaufte sie zweimal tief durch und machte sich wieder an die Arbeit.

„Der Gerichtsmediziner vor Ort hatte tatsächlich Recht. Sehen Sie das, Anne? Anhand der Bruchstellen der Rippen kann man genau rekonstruieren, wo der Traktorreifen über den Körper gerollt ist. Und da sieht man auch, dass er dreimal überrollt worden ist. Hat die Blutanalyse denn irgendwas ergeben, das erklären würde, warum er nicht weggelaufen ist oder sich irgendwie geschützt hat?"

Anne tippte auf ihrem Tablet den entsprechenden Menüpunkt an und studierte die Werte. „Soweit ich sehen kann, ist alles normal. Keine Drogen oder Medikamente im Blut. Nur ein bisschen Alkohol, aber weit davon entfernt, gefährlich zu sein."

„Dann muss es eine andere Erklärung geben", sagte Dr. Kurz, „und die werden wir auch finden. Haben Sie die Röntgenbilder auf dem Tablet?"

Anne nickte und rief die Röntgenbilder auf. Dank moderner Technik waren die Bilder innerhalb von Sekunden nach der Aufnahme verfügbar. Lästige Wartezeiten, während die Bilder entwickelt wurden, gehörten genauso der Vergangenheit an, wie der beleuchtete Schaukasten an dem man die Bilder zur Ansicht aufgehängt hatte.

„Das sieht wirklich schlimm aus", murmelte Dr. Kurz und sah sich die einzelnen Aufnahmen an. Durch die vielen Brüche schien es, als hätte man eine Kiste Knochen geröntgt, und keinen menschlichen Körper. Im gesamten Oberkörper war kein Fremdkörper zu entdecken, wie eine Pistolenkugel oder andere Projektile. Auch der Schädel wies nur die Verletzungen auf, die nach der grausamen Todesursache zu erwarten waren. An einer Stelle wurde Dr. Kurz stutzig.

„Haben wir den Schädel auch noch in der Seitenansicht?", fragte sie, und Anne öffnete die entsprechende Bilddatei.

Dr. Kurz hatte eine ganz bestimmte Stelle im Visier und vergrößerte den Bildausschnitt, bis er körnig wurde.

„Deshalb ist Hermann nicht weggelaufen", sagte sie mit einem wissenden Lächeln und tippte auf eine kleine Verdunklung auf der Aufnahme.

Auch Anne sah genau hin, konnte aber nichts erkennen. „Aber da ist doch nichts", sagte sie unsicher.

„Wenn man nicht weiß, wonach man suchen muss, übersieht man es", erläuterte Dr. Kurz. „Hier, sehen Sie diese kleine Verdunklung? Achten Sie nicht auf die Farbe – achten Sie auf die Struktur!"

Anne entfernte sich ein paar Zentimeter von dem Röntgenbild und ließ das gesamte Bild auf sich wirken. Und tatsächlich schälte sich eine Struktur heraus. Während die meisten Brüche des Schädels geradlinig verliefen, gab es an dieser Stelle eine eckige Abwinkelung, die fast rechtwinklig verlief. Nein, sie verlief exakt rechtwinkelig, korrigierte sich Anne in Gedanken.

Dr. Kurz sah wie Anne die Zusammenhänge erkannte. „Da haben Sie es. Ein stumpfes Trauma, verursacht durch irgendetwas Eckiges. Er wurde niedergeschlagen. Eine Latte vielleicht … hmmm … ich tippe aber eher auf eine viereckige Eisenstange. Die Waffe scheint nicht groß gewesen zu sein – ein Stück Holz wäre da wahrscheinlich abgebrochen."

Anne staunte, wie einfach die Details zu erkennen waren, wenn man nur wusste, wonach man suchen musste. Frau Dr. Kurz war ohne Zweifel sehr gut in ihrem Beruf, auch wenn sie es mit den Witzen etwas übertrieb. Jedem das seine.

Die Doktorin überflog die restlichen Röntgenbilder eher flüchtig, da sie gefunden hatte, wonach sie gesucht hatte. Überall nur Knochensplitterstücke, unfassbar dass dies einmal ein Mensch gewesen war. Hermann. Anne rief sich selbst zur Ordnung und betrachtete jedes Bild ganz ausführlich. Manchmal drehte sie eine Aufnahme um neunzig Grad oder vergrößerte Teilbereiche. Doch alles schien ganz normal, wenn man das bei diesen Verletzungen überhaupt sagen konnte. Bei einer Darstellung der unteren Wirbelsäule hielt sie inne. Etwas war seltsam. Durch den Traktorreifen war die Wirbelsäule schwer beschädigt worden, doch irgendwie passte es nicht zusammen. Wie ein Puzzle, das schon fertig war, und wieder auseinandergezogen worden war, lagen die einzelnen Wirbel herum. Ein Stück aber war übrig. Anne hatte die Knochen nicht nachgezählt, aber ihr Gefühl sagte ihr, dass dieses eine Stück da nicht hingehörte. Hinzu kam, dass es auf dem Röntgenbild deutlich heller dargestellt wurde, als die anderen Knochen. Unter der Masse an Knochenfragmenten tat es sich deutlich hervor. Anne kniff die Augen zusammen, um seine Form zu betrachten. Das konnte auf keinen Fall ein Knochenteil oder ein Wirbel sein. Die Form passte nicht. Aber was war es dann? Und wo kam es her?

„Frau Dr. Kurz – haben Sie eine Ahnung, was das hier sein könnte?" Die Ärztin folgte Annes Finger und starrte auf das kleine leuchtende Teil. Um besser sehen zu können, setzte sie ihre Lesebrille auf, die ihr bis dahin an einer Kordel um den Hals gehangen hatte.

„Hmmm … hm, hm , hm … kein Knochen", stellte sie fest und nahm wieder etwas Abstand.

„Aber was soll es denn sonst sein? Und wo kommt es her?", fragte Anne etwas lauter, als sie es gewollt hatte.

„Sehen sie diesen leichten Schatten, der sich wie eine Straße über die Röntgenaufnahme zieht? Das ist der Darm." Frau Dr. Kurz folgte mit dem Finger der kaum sichtbaren Linie und hielt an dem leuchtenden Objekt inne. „Was immer es ist: es steckt in seinem Darm. Ich würde sagen so zwei bis drei Zentimeter vor dem Ausgang."

Die beiden Frauen sahen sich einige Sekunden lang an, dann griff Dr. Kurz nach einem frischen Paar Handschuhe und streifte sie über.

„Wollen doch mal sehen, was das ist", zischte sie zwischen den Zähnen hindurch, während ihre rechte Hand auf die Suche ging. Als sie den Gegenstand ertastet hatte, musste sie die Leiche auf die Seite drehen, um das kleine Teil greifen zu können. Unbewusst streckte sie leicht die Zunge heraus, während sie konzentriert an dem Gegenstand zerrte und ihn vorsichtig herauszog. Sie hielt ihn zwischen Daumen und Zeigefinger in die Höhe, so dass auch Anne ihn genau sehen konnte. Es war eine Spielzeugfigur. Ein Frosch.

18

Kripo-Hubert quälte noch immer der Schlafmangel. Nachdem er die Nacht von Samstag auf Sonntag in Taldorf am Tatort verbracht hatte, war kaum Zeit zum Ausruhen gewesen. Erst als die Leiche abtransportiert war und die Spurensicherung alles mitgenommen hatte, was irgendwie von Belang sein konnte, war er nach Hause gegangen. Noch auf dem Weg ins Bett hatte sein Handy geklingelt, und sein Chef hatte ihn auf die Dienststelle beordert. Er hatte von dem Fall in Taldorf erfahren und meinte, er müsse sich einmischen.

Mit einem tiefen Seufzer hatte Hubert die Tür zu seinem Büro geöffnet und nur kurz einen Blick auf die Nachrichten in seiner Ablage geworfen, bevor er in das Büro seines Chefs gegangen war.

„Hallo, Hubert. Schön, dass du es noch einrichten konntest", hatte sein Chef ihn begrüßt. Beide kannten sich schon seit fast dreißig Jahren und waren auch privat befreundet.

„Das ist ja ein ganz schöner Mist, was da in Taldorf passiert ist. Überrollt vom eigenen Traktor? Und das war sicher kein Unfall?"

„Dreimal vom eigenen Traktor überrollt", hatte Hubert geantwortet. „Das war kein Unfall, Dirk."

Sein Chef hatte die Augenbrauen zusammengezogen und die Nasenwurzel massiert. Irgendetwas bereitete ihm Kopfschmerzen.

„Das wird dein Fall, Hubert", hatte er wie selbstverständlich gesagt.

Hubert war überrascht hochgefahren. „Aber Dirk, meine Fachgebiete sind Einbruch und Diebstahl. Was ist mit unseren Mord-Super-Cops? Haben die so viel zu tun?"

„Tatsächlich ist gerade nur Willy im Dienst. Der Berger ist im Urlaub und Joschka ist im Mutterschaftsurlaub … oder Vaterurlaub … oder wie man das nennt. Auf jeden Fall ist er nicht da."

„Aber dann kann's doch der Willy machen", hatte Hubert vorsichtig eingeworfen, sein Chef hatte aber sofort den Kopf geschüttelt.

„Vergiss es. Wenn ich dem noch einen zusätzlichen Fall gebe, meldet er sich mit Burnout für das nächste halbe Jahr krank. Glaub mir, Hubert: ich würde dich nicht einteilen, wenn es auch anders ginge." Er war aufgestanden und hatte ein Fenster zum Hinterhof geöffnet. Gedankenverloren hatte er eine Zigarette aus einem Softpack geklopft und angezündet. Das Rauchen war im ganzen Gebäude verboten, doch es hatte Vorteile der Chef zu sein. Außerdem war Wochenende.

„Und das ist doch eh dein Revier", hatte er mit einem wissenden Lächeln gesagt.

„Was meinst du?", hatte Hubert unschuldig nachgefragt, hatte aber geahnt, was kommen würde.

„Komm schon, verkauf mich nicht für blöd, Hubert! Dieser Mord an dem Pfarrer vor ein paar Wochen … das war sicher nicht allein der Zeitungsausträger, der den Fall aufgeklärt hat."

„Aber im Bericht steht doch …"

„Was im Bericht steht, interessiert mich einen Scheißdreck", hatte sein Chef ihn sofort unterbrochen.

„Ich kann mir ziemlich gut vorstellen, wie das tatsächlich abgelaufen ist. Aber lassen wir es doch alles so, wie es im Bericht steht. Dann bekommt auch niemand Ärger. Wenn du jetzt aber diesen neuen Fall absolut nicht haben willst, müsste ich doch nachforschen, was du gegen Taldorf hast, und ob das mit dem Pfarrer-Fall zusammenhängt."

„Also gut", hatte Hubert sich geschlagen gegeben. „Ich übernehme den Fall. Aber erst mal muss ich ins Bett."

Ohne ein weiteres Wort hatte Hubert das Büro seines Chefs verlassen und war nach Hause gefahren. Er war ins Bett gefallen, ohne einen

Wecker zu stellen. Sein Handy hatte er ausgeschaltet. Und wenn die Welt unterging: er musste irgendwann mal schlafen.

Er wachte erst am Montag um viertel nach elf auf. Zufrieden sah er auf sein Handy, das keine verpassten Anrufe anzeigte.

„Geht doch", murmelte er verschlafen und setzte Kaffee auf.

Als er mit seiner Tasse am Tisch saß, tippte er mühselig eine Nachricht für seine Freunde.

„Ratet mal, wer Hermanns Mord untersucht? Richtig! Ich! Hätte gerne eure Hilfe. Diesmal offiziell. Mein Chef weiß Bescheid. Wir sollten uns treffen."

19

Die Nachricht von Kripo-Hubert hatte Walter überrascht. Natürlich hatte er gewusst, dass Hubert bei der Kriminalpolizei arbeitet, aber so hochoffiziell war es dann doch etwas anderes. Nach einer kurzen Umfrage in der Gruppe hatten sie sich auf ein Treffen bei Walter am Dienstag um fünf Uhr geeinigt, da er ja zurzeit kein Auto hatte. Dafür hatte er Bier im Kühlschrank – auch das wussten alle. Walter hatte schweren Herzens seinen Ausflug mit Liesl ins Autohaus auf den nächsten Tag verschoben. Sie hatten vorgehabt, danach in Friedrichshafen noch eine Kleinigkeit zu essen, aber das kollidierte mit dem Besuch seiner Freunde. Das Autohaus konnte warten.

Anne klingelte als erste und brachte Leberkäswecken mit. „Das kommt bei uns doch sicher weg", lachte sie und umarmte Walter herzlich. Balu strich ihr um die Beine und ließ sich streicheln. Seine Nase hing an der köstlich duftenden Tüte.

Nur wenige Minuten später standen Manni und Streifenkollege Hans vor der Tür, ebenfalls mit einer Tüte in der Hand. „Döner für alle", strahlte Manni. „Ist doch mal was anderes als Pizza", ergänzte Streifenkollege Hans und wurde von Anne umarmt.

„Du hast ja auch keinen Freund, den du heute noch küssen möchtest", sagte Anne vorwurfsvoll, als sie den Knoblauch im Döner roch, und machte einen übertriebenen Schmollmund.

Kripo-Hubert kam als letzter und trug ein Fünfliterfass Bier unter dem Arm. Das Kondenswasser tropfte auf Walters Küchenboden, so gut war es gekühlt. „Hier soll ja keiner trocken schlucken", ächzte Hubert und quetschte das kleine Fass neben die Bierflaschen in Walters Kühlschrank.

Während sich alle um den Tisch herum verteilten und bei Leberkäswecken und Döner kräftig zulangten, schlenderte Kitty durch die offene Terrassentür.

„Da sind sie alle wieder zusammen", sagte die Tigerkatze und setzte sich neben Balu.

„Ich kann gar nicht glauben, dass das nochmal passiert. Und diesmal ist es sogar offiziell", winselte der Wolfsspitz besorgt.

Kitty verstand seine Bedenken. Auch sie war in Herrgottsfeld dabei gewesen.

„Aber diesmal ist es doch ganz anders", versuchte sie ihn zu beruhigen.

„Hubert kann sich ganz offiziell um den Fall kümmern. Die anderen liefern ihm höchstens ein paar Informationen."

„Bist du sicher? Was ich da gerade höre, klingt ganz anders", sagte Balu und zeigte mit der Nase zum Küchentisch.

Noch während sie aßen, fasste Hubert noch einmal alle Fakten des Falles zusammen, so dass alle auf dem gleichen Stand waren. „Das Gute ist: diesmal können wir alle ganz offiziell an dem Fall arbeiten. Mein Chef hat ihn mir übertragen und weiß auch über euch Bescheid. Ich denke, solange wir es nicht übertreiben, können wir tun, was wir wollen."

Walter wurde ein wenig mulmig, denn es gab zwischen ihm und seinen Freunden einen wichtigen Unterschied. „Ihr vergesst nur, dass ihr alle mit der Polizei oder ihrer Arbeit vertraut seid. Aber ich bin nur Zeitungsausträger. Ich weiß nicht, ob ich dabei sein sollte. Das mit Pfarrer Sailer war etwas anderes, aber jetzt … so ganz offiziell … ?"

„Du hast es immer noch nicht kapiert, oder?", säuselte Anne und drückte sich an Walters Seite. „Das hat doch nichts mit unserer Arbeit zu tun. Wir tun, was wir können, um diesen Fall aufzuklären. Zum einen, um Hubert zu helfen, zum anderen wegen der Gerechtigkeit.

Du kanntest Hermann doch? Würdest du ihm diesen letzten Dienst, den Mord an ihm aufzuklären, verweigern?"

Walter dachte an Hermann und wie lange er ihn kannte. Schon ewig. Ein kleiner Bauernbub mit aufgeschlagenen Knien und dreckigem Mund. Später verwegen und lautstark auf seinem Mofa unterwegs. Fleißig und gesellig, bis heute ein geschätztes Mitglied der Gemeinde. Walter hatte ihn immer gemocht.

„Natürlich bin ich wieder dabei", sagte er schließlich und ließ sich von Anne umarmen. „Aber diesmal ist jemand anders dran mit Fußbrechen!!!"

Alle stimmten ihm zu und lachten herzlich und stießen lautstark mit Huberts Bier an.

„Eigentlich war es von vornherein klar", seufzte Balu.

„Er kann einfach nicht NEIN sagen", stimmte Kitty zu und rieb sich an ihrem Freund. *„Dann müssen wir halt wieder auf ihn aufpassen. Hat beim letzten Mal doch auch ganz gut funktioniert."*

„Natürlich machen wir das", seufzte der Wolfsspitz, *„trotzdem hätte ich gut darauf verzichten können."*

20

Nachdem seine Freunde gegangen waren, hatte Walter bei Liesl angeklopft. Zu gerne hätte er mit ihr über die neuesten Entwicklungen gesprochen, doch sie war nicht da gewesen. Walter war überrascht, da sie nicht erwähnt hatte, dass sie noch etwas vorhatte, machte sich aber keine Sorgen. Er überlegte, mit wem er sonst noch reden könnte und hatte zehn Sekunden später Georg am Telefon.

„Hättest du Zeit für einen kleinen Spaziergang", fragte Walter direkt.

„Klar. Immer", antwortete Georg gewohnt wortkarg.

„In zehn Minuten am Bänkle? Mit den Hunden?"

„Ja. Bring mit, wen du willst."

Schon war das Gespräch beendet und Walter legte auf. Georg brauchte die zehn Minuten bis zum Bänkle, für Walter waren es nur zwei, höchstens drei Minuten Fußmarsch. Er nutzte die Zeit und spülte die Gläser ab, aus denen er gerade noch mit seinen Freunden getrunken hatte. Zwar besaß er eine Geschirrspülmaschine, doch die machte in einem Singlehaushalt wenig Sinn. Wenn sie endlich soweit gefüllt war, dass sich ein Spülgang lohnte, schimmelten schon die ersten Speisereste an den Tellern, und bei jedem Öffnen der Klappe strömte ein unangenehmer Geruch nach Fäulnis und Tod heraus. Als alle Gläser zum Abtropfen neben der Spüle standen, zog Walter seine neuen Laufschuhe aus dem Schuhschrank und schlüpfte hinein. Es war ein Gefühl, als trete er in ein wohlig-warmes Schlammloch. Sofort schmiegte sich der Schuh an seinen Fuß und vermittelte ein wunderbares Gefühl von Sicherheit und Laufkomfort. Sein erstes Paar Laufschuhe hatte Walter vor ein paar Wochen von Eugen geschenkt bekommen und er benutzte es noch regelmäßig. Wenn er seinen Füßen jedoch etwas besonders Gutes tun wollte, schlüpfte er in die neuen Nikes, die er sich für fast dreihundert Euro geleistet hatte. Sie waren jeden Cent wert, fand Walter, obwohl er den überschwänglichen Schwärmereien von Eugen erst nicht hatte glauben wollen.

„Balu – Abmarsch!", rief Walter und ließ die Tür hinter sich ins Schloss fallen. Der Wolfsspitz kam irgendwo aus dem Garten und lief ein paar Schritte voraus. Die Sonne brannte jetzt nicht mehr so heiß, trieb Walter aber trotzdem Schweißperlen auf die Stirn. Vor allem der steile Weg am Hummelberg war immer wieder eine Herausforderung. Walter bemühte sich die Schrittfrequenz beizubehalten und verkürzte dafür die Schrittlänge, Balu hingegen nahm die Steigung im lockeren Galopp, da er Chiaras Witterung schon in der Nase hatte.

„Hallo Chiara, schön dich zu sehen", säuselte Balu förmlich und schnupperte zur Begrüßung an der jungen Hündin.

„Ich freue mich auch, Balu! Du glaubst gar nicht, wie langweilig es manchmal bei Georg ist."

„Ist denn Pedro nicht mehr da?", erkundigte sich Balu nach dem alten grauen Kater, der, solange er denken konnte, auf Georgs Hof lebte.

„Leider nein. Ich war gerade ein paar Tage auf dem Hof, da musste man ihn einschläfern. Hatte einen Streit mit dem Fuchs. Er ist nicht gut davon gekommen." Chiara blickte traurig zur Seite und Balu bekam sofort Mitleid.

„Dann besuche ich dich eben ein paar Mal mehr … natürlich nur, wenn es dich nicht stört!"

Die Hündin blickte verlegen auf ihre Schwanzspitze, die nervös hin und her zuckte.

„Aber Balu, du weißt doch, dass ich mich immer über dich freue!"

Dem Wolfsspitz raste vor Freude das Herz und er leckte ihr zweimal über die Schnauze, bevor er sich neben sie legte.

„Schon wieder neue Schuhe?", begrüßte Georg den schwer atmenden Walter und zeigte auf die glänzenden Nikes.

„Ja. Man gönnt sich ja sonst nichts", sagte Walter und zog entschuldigend die Schultern hoch.

„Aber sie sind jeden Cent wert!"

„Das glaube ich sofort", knurrte Georg, und streckte seine Beine mit den Kuhfellclogs an den Füßen weit von sich, als er sich auf die Bank setzte. Vom Bänkle aus hatte man den perfekten Überblick über ganz Taldorf. Die einzelnen Häuser und Höfe reihten sich an der Durchgangsstraße auf, dahinter erstreckten sich die Wiesen und Obstplantagen. Nur die Folien und Hagelnetze, die die Landwirte seit einigen Jahren über die Bäume spannten, störten den Anblick.

Ein Mofa ratterte lautstark durchs Dorf und zog eine blaue Zweitaktwolke hinter sich her. Die Geschwindigkeit des Mofas bewies das Geschick des Fahrers im Umgang mit Motoren.

„Arschloch", schimpfte Walter mit zusammengezogenen Augenbrauen.

„Das ist mein Enkel", erwiderte Georg.

„Oh … also … das ist … er ist ….", rang Walter nach Worten.

„Du hast recht: er ist ein Arschloch. Aber mit Motoren hat er es echt drauf. Er kümmert sich jetzt schon um die meisten Fahrzeuge bei mir auf dem Hof." Georg erhob sich von der Bank und machte ein paar Schritte auf dem Weg. „Was ist? Brauchst du noch mehr Pause? Wir wollten doch laufen!"

Walter erhob sich und Balu und Chiara trotteten hinterher.

„Schlimme Sache, das mit Hermann", begann Walter vorsichtig das Gespräch.

Georg nickte. „Dreimal überfahren?" Es hatte sich also herumgesprochen. Walter nickte.

„Weißt du, ob er irgendwelche Feinde hatte? Also richtige Feinde, die ihm so was antun würden?"

Georg überlegte und kickte abwesend einen Stein in die Wiese. „Niemand hat nur Freunde", antwortete er ausweichend. „Gab es Leute mit denen Hermann nicht so gut klar kam? Natürlich. Würde ich einem von denen zutrauen ihn umzubringen? Nein. Schon gar nicht auf so brutale Art."

Walter erinnerte sich an das Bauerntreffen am Samstag in der Wirtschaft. „Wie verstand Hermann sich denn mit dem King? Ich habe euch Samstag bei der Goschamarie gesehen."

„Jeder versteht sich mit dem King – und – niemand versteht sich mit dem King."

Walter blieb stehen und sah Georg fragend an. „Wie soll das denn gehen?"

„Es ist nicht so einfach, Walter. Der King ist ein einflussreicher Mann. Wenn du mit ihm klarkommst, kann dir das viel Geld einbringen. Auf der anderen Seite erwartet er dafür, dass du tust, was er von dir verlangt. Du bist für ihn oder du bist gegen ihn. Einen Zwischenweg gibt es da nicht."

„Und wie war das zwischen Hermann und dem King?"

„Kompliziert. Aber ich denke, dass Hermann grundsätzlich auf seiner Seite war. Es ging am Samstag ja darum abzuklären, ob ein neues Baugebiet in Taldorf möglich ist. Der King hätte da großes Interesse und auch der Orts-Vincenz leckt sich schon die Finger. Nur Hermann und Karl-Heinz haben sich bisher quer gestellt. Bis Samstag. Da hat Hermann auf einmal zugestimmt. Wenn du mich fragst, brauchte er Geld."

„Wie kommst du darauf? Hat er etwas gesagt?", hakte Walter nach.

Georg schüttelte den Kopf. „Nein, aber ich bin selber Landwirt und weiß wie das läuft. Die neue Halle, die er für die Kälberaufzucht gebaut hat, hat ihn locker 250.000 Euro gekostet. Das hat auch der

Hermann nicht aus dem Ärmel geschüttelt. Also hat er die Halle ganz sicher finanziert. Da kämen ein paar Baugrundstücke doch ganz gelegen, um die Lage etwas zu entspannen."

Das, dachte Walter, oder der King hatte ihn auf andere Art unter Druck gesetzt.

„Wäre es vorstellbar, dass der King ihn irgendwie in der Hand hatte?", fragte Walter vorsichtig, da er wusste, was er damit andeutete.

„Vorstellbar ist das. Der Kerl hat seine Karriere im Rotlichtmilieu begonnen. Da ist man nicht so zimperlich. Und mal ganz ehrlich: wenn man lange genug sucht, findet man immer etwas, mit dem man jemanden unter Druck setzen kann."

Walter mochte den King nicht. Sein Auftreten, seine überhebliche Art, auch die Art wie er sich kleidete – alles an dem Mann widerte ihn an. Und dazu immer dieses superkünstliche Lächeln, das ihm niemand abkaufte. Doch abgesehen von Walters persönlicher Abneigung, war gegen den Mann nichts einzuwenden. Er gab sich immer höflich und sogar der Orts-Vincenz zeigte sich gern mit ihm in der Öffentlichkeit. Wenn der King wirklich etwas mit Hermanns Tod zu tun haben sollte, würde das sehr schwer nachzuweisen sein.

„Wie gut kanntest du eigentlich den Hermann?", wechselte Walter das Thema.

„Geht so. Ich bin ja eine ganz andere Generation. Mit seinem Vater habe ich früher Karten gespielt, aber der ist ja früh gestorben. Mit Hermann hatte ich dann nur noch über die Landwirtschaft zu tun. Er hat zwei Felder von mir gepachtet, übrigens auch das, auf dem er überfahren wurde."

„Weißt du, mit wem er am meisten Kontakt hatte?"

Georg antwortete ohne zu zögern. „Mit Xavier und Karl-Heinz. Die drei waren schon als Kinder unzertrennlich. Ich glaube, mit Karl-

Heinz war er die letzten Jahre nicht mehr so dicke, der hat sich ja schon ein bisschen komisch entwickelt, aber ich weiß, dass er sich mit Xavier regelmäßig getroffen hat."

Walter versuchte sich die drei Bauern als Jugendliche vorzustellen, was ihm aber nicht so recht gelang. Seine Erinnerungen an die drei waren undeutlich und schemenhaft, und ihm kamen nur Bilder in den Kopf, wie sie heute aussahen.

Ohne sich abzusprechen, hatten sie den Weg zurück ins Dorf eingeschlagen und kamen nun an Hermanns Hof vorbei, der in der Abenddämmerung seltsam verlassen wirkte. Nicht das leiseste Geräusch war zu hören. Sogar die Tiere in den Ställen verhielten sich ruhig. Das Plätschern des Brunnens auf dem Dorfplatz war das einzig vernehmbare Lebenszeichen in diesem Stillleben. Walter bekam eine Gänsehaut und beschleunigte unbewusst seine Schritte.

„Musst du aufs Klo oder bekommt der Sieger einen Preis?", fragte Georg, der ein paar Meter zurückgefallen war.

„Entschuldige", murmelte Walter. „Hermanns Hof war mir nur gerade etwas unheimlich."

„Verstehe ich. Es wird in Taldorf nie wieder so sein wie früher. Man spürt, dass einer aus dem Dorf weg ist", orakelte Georg, und machte es dadurch für Walter noch unheimlicher.

Walter musste plötzlich an den kleinen Frosch denken, den man bei der Autopsie in Hermann gefunden hatte. Anne hatte ihm ein Bild davon auf ihrem Handy gezeigt.

Es fiel ihm wieder ein, als er an die Jungbauern dachte, da der Frosch ihn an Kinderspielzeug erinnerte. Lag der Grund für den Mord an Hermann in seiner Jugend? Er hätte Georg gerne direkt danach gefragt, aber er hatte Kripo-Hubert versprochen, den Frosch nicht zu erwähnen und diesmal wollte er sich nicht verplappern.

„Wie waren denn die Jungs damals drauf?", fragte Walter.

„Ach, wie alle Kinder. Alles war noch normal. Natürlich gab es da mal Zoff und auch die ein oder andere Schlägerei, aber danach war alles wieder gut. Keine aufgebrachten Eltern, die die Nachbarskinder wegen Körperverletzung bei der Polizei anzeigten."

„Dir würde also niemand einfallen, den Hermann damals besonders auf dem Kieker gehabt hat?"

Georg antwortete nicht sofort, zuckte dann aber mit den Schultern.

„Tut mir leid, da fällt mir niemand ein, zumal die Jungs, also Hermann, Karl-Heinz und Xavier, ja auch echt gute Jungs waren. Das Einzige, was einer echten Fehde gleichkam, war der ständige Streit mit drei Bauernbuben aus Oberzell. Aber da ging es eher um die Ehre der Ortschaften, als um etwas Persönliches. Wann immer die zwei Gruppen aufeinander trafen, gab es Ärger, also sind sie sich die meiste Zeit lieber aus dem Weg gegangen. Das war für alle besser."

Die letzten Meter bis zu Walters Haus liefen sie schweigend, und jeder hing seinen Gedanken nach. Sogar am Abzweig zur Goschamarie ließen sie sich nicht beirren und standen kurz darauf vor Walters Haustür. Verwundert bemerkte Walter Eugen Heesterkamps Auto in Liesls Einfahrt.

„Was will der denn hier?", murmelte Walter, da er vermutete, dass der pensionierte Lehrer zu ihm wollte, doch da öffnete sich Liesls Haustür und der Bewegungsmelder unter dem kleinen Vordach beleuchtete Eugen, als er ins Freie trat. Er verabschiedete sich mit einer Umarmung von Liesl und fuhr winkend vom Hof.

„Hallo", rief Walter zu Liesl hinüber, doch die winkte nur kurz zurück.

„Schönen Abend euch", rief sie, und verschwand in ihrem Haus.

Walter und Georg standen vor Walters Tür und wussten nicht, was sie sagen sollten. Also sagten sie nichts. Sie verabschiedeten sich voneinander und Georg machte sich auf den Heimweg.

„Es war schön, dich zu sehen", flötete Balu und leckte zum Abschied sachte über Chiaras Nase.

„Hör auf, das kitzelt", kicherte Chiara und kniff Balu spielerisch in den Vorderlauf.

„Ich glaub, ich muss gleich kotzen", grummelte Eglon, der mit Kitty auf einer umgedrehten Obstkiste saß und das Treiben beobachtete. *„Geht es denn noch schleimiger? Balu ist ja so dermaßen weichgespült, dass es peinlich ist."*

„Jetzt lass die beiden doch", verteidigte Kitty ihren Freund. *„Sie ist noch so jung und für Balu wird sie wohl die erste Hündin. Weißt du nicht mehr, wie aufregend das damals für dich war?"*

„Das war ... das ... also ...", stotterte Eglon, der an sein unbeschreibliches erstes Mal denken musste. Er würde es niemals vergessen.

„Na also", sagte Kitty zufrieden, *„um die beiden mache ich mir keine Sorgen. Aber hast du Walters Gesicht gesehen, als Eugen aus Liesls Haus kam? Da mache ich mir Sorgen!"*

21

Walter hatte nur selten schlechte Laune. Er lebte sein einfaches, aber erfülltes Leben und war der Überzeugung, dass man zum Glücklichsein nicht viel brauchte. Er lebte jetzt schon vier Jahre allein, fühlte er sich aber geborgen und geschätzt im Kreise seiner Freunde in Taldorf.

An diesem Morgen war das anders gewesen. Es war Mittwoch, ein Tag den Walter eigentlich mochte, da er den Scheitelpunkt der Woche markierte, doch irgendetwas hatte seine Laune vom ersten Augenblick an verdorben. Auch der Musikredakteur vom Bodenseeradio hatte seinen Teil dazu bei getragen, als er Rex Gildo mit einem längst vergessenen Titel ins Programm gehievt hatte. Walter hatte genervt auf seinen Radiowecker eingeschlagen, um das Gedudel abzustellen, traf aber den Lautstärkeknopf, sodass der gute Rex erst mal lauter wurde, bevor er endgültig verstummte. Mit grimmig zusammengezogenen Augenbrauen hatte er Kaffeewasser aufgesetzt und die Tür für Balu geöffnet, doch selbst der hatte an diesem Morgen mit eingezogenem Schwanz einen Bogen um sein Herrchen gemacht. Der frühmorgendliche Kaffeeklatsch mit Jusuf war ebenfalls recht kurz ausgefallen, da Walter nur wortkarg an seiner Tasse genippt hatte.

„Wenn du nett schwätza willsch, willsch halt nett", hatte der Türke in astreinem Schwäbisch festgestellt und hatte sich wieder auf den Weg gemacht.

Auf seiner Runde war Walter in Gedanken ständig abgeschweift, und mehrere Male hatte Balu ihn leise anbellen müssen, damit er nicht vergaß eine Zeitung einzuwerfen. Er hatte sich immer wieder die Szene vorgestellt, wie Eugen aus Liesls Haustür gekommen war und fröhlich zu ihm rübergewinkt hatte. Fröhlich oder schadenfroh? Oder eher ein Gewinnerlächeln? Er hatte versucht, sich genau zu erinnern, wie Liesl gewirkt hatte, war sich aber nicht mehr sicher, was tatsächlich passiert war. Hatte sie sich von Eugen mit einer Umarmung und einem Küsschen auf die Backe verabschiedet oder hatte sie ihm einfach die Hand gegeben? Er hatte beides vor Augen, konnte aber nicht sagen, was der Realität entsprach.

Seine Laune war noch schlechter geworden, als er Eugens Haus erreicht hatte. Kurz hatte er überlegt einfach zu klingeln – der Herr Oberstudienrat A.D. war doch Frühaufsteher – und nachzufragen, was der Besuch bei Liesl gestern sollte, doch er hatte nicht den Mut dazu gehabt. Und überhaupt: was für ein Recht hatte er, sich in Liesls Angelegenheiten einzumischen? Und in Eugens? Liesl war seine Nachbarin - Eugen ein Bekannter. Die konnten tun und lassen, was sie wollten. Und trotzdem störte es ihn. Nur warum? Es nagte an ihm, kurz glaubte er an eine aufkommende Depression. Doch plötzlich hatte er eine ganz andere Idee gehabt. War es wirklich so einfach? Bin ich etwa eifersüchtig? Wegen Liesl? Die Antwort hatte er sofort gespürt, da mit der Einsicht die quälenden Gedanken sofort verschwunden waren.

Walter war verblüfft gewesen … und verwirrt. Oh Gott, wie sollte er aus dieser Misere nur je wieder herauskommen. Er war doch zu alt für solche Geschichten.

Einerseits erleichtert, da er den Grund für seine Verstimmung entdeckt hatte, andererseits ratlos, da er keine Ahnung hatte, wie es weitergehen sollte, hatte er sich auf die Stufen vor der Goschamarie gesetzt und den Schnaps genossen, den Marie ihm, wie immer, auf den Sims gestellt hatte. Walter hatte tief geseufzt. Er musste sich über einiges klar werden. Und zwar möglichst schnell.

22

Als er an diesem Mittwoch zum zweiten Mal aufwachte, war seine Laune wesentlich besser. Er wusste jetzt, was ihn beschäftigte und musste nur noch eine Lösung finden. So schnell wie möglich. Bald. Irgendwann halt.

In diesem Moment hatte er aber keine Zeit für solche Gedanken, da Liesl mit laufendem Motor vor seinem Haus wartete. Walter sah sich um und vergewisserte sich, dass er Schlüssel, Geldbeutel und Handy eingesteckt hatte, bevor er die Tür zur Terrasse zuzog. Er sah Balu, der mit Kitty unter einem der Apfelbäume auf dem verdorrten Rasen lag und döste. Er vertraute seinem Hund und ging nach vorn, um Liesl nicht länger warten zu lassen.

„Da bist du ja endlich", begrüßte sie ihn. „Ich dachte schon, du willst dich drücken." Liesl lachte, doch Walter erschrak, da sie damit ins Schwarze getroffen hatte. Er wollte sich nicht vor der Fahrt ins Autohaus drücken, sondern davor, mit ihr allein zu sein. Noch immer spürte er die Eifersucht, wenn er an Eugen dachte. Der Lehrer hatte Liesl zu Hause besucht. Einfach so. Ohne ihn zu fragen. Sie mussten darüber reden. Bald. Irgendwann. Nicht heute.

„Jetzt bin ich ja gespannt. Vielleicht habe ich ja heute Abend schon ein neues Auto", strahlte Walter und klopfte sich euphorisch auf die Schenkel.

Liesl schaute ihn skeptisch von der Seite an. „Du weißt schon, dass man ein Auto bestellen muss und dann ein paar Wochen darauf wartet?"

„Ach was", winkte Walter ab. „Wenn ich den richtigen Wagen sehe, schlage ich sofort zu und nehme ihn mit. Das war mit meinem alten 205er auch so. Liebe auf den ersten Blick!"

Liesl schaute ihn zweifelnd an, verkniff sich aber weitere Kommentare, da sie ihm die Vorfreude nicht verderben wollte.

Die Fahrt zum Autohaus dauerte länger als erwartet, da die Stadt Friedrichshafen die Autofahrer mit einigen hübschen Baustellen in guter Lage überraschte. Auf dem Parkplatz vor dem neu gebauten Autohaus standen unendlich viele Fahrzeuge, zumindest kam es Walter so vor. Er staunte beim Anblick der glänzenden Neuwagen, die es in allen Größen und Farben zu geben schien.

„Siehst du, Liesl, die haben doch alle Modelle vorrätig", triumphierte er und öffnete zuversichtlich die gläserne Eingangstür.

Der Ausstellungsraum war riesig und es roch nach Leder und neuen Autoreifen. Das Autohaus führte mehrere Marken und präsentierte in diesem Raum die erfolgreichsten Modelle. Versteckte Strahler beleuchteten die Autos perfekt.

Walter war sprachlos und irrte ohne Ziel von Fahrzeug zu Fahrzeug. Seinen 205er konnte er nirgends entdecken. Auf kleinen Plexiglastafeln waren die Ausstattungsmerkmale des jeweiligen Fahrzeugs vermerkt und auch der Preis. Walter erschrak, als er sah, wie teuer die Autos waren.

Er tröstete sich aber mit dem Gedanken, dass diese Fahrzeuge von einem teuren koreanischen Hersteller stammten und nicht von Peugeot.

„Kann ich Ihnen behilflich sein?", begrüßte sie eine junge Frau mit der Figur eines Playboy-Modells und der dazu passenden Kleidung.

„Ich habe einen Termin", nuschelte Walter und versuchte nicht ins Dekolleté der jungen Frau zu starren.

„Sehr schön", lachte die Halbnackte und führte sie an einen Empfangstresen. „Bei wem darf ich Sie anmelden?"

Walter war vom Anblick der jungen Frau wie hypnotisiert und

antwortete erst, als Liesl ihm schmerzhaft den Ellbogen in die Rippen boxte. „Wruck. Ich habe einen Termin bei Herrn Wruck", presste er heraus und warf Liesl einen empörten Blick zu.

Die junge Dame telefonierte kurz und führte sie dann zu ein paar sehr bequem aussehenden Sesseln.

„Herr Wruck ist gleich bei Ihnen. Vielleicht ein Kaffee während Sie warten?", fragte sie, doch Walter und Liesl lehnten dankend ab.

Wenige Sekunden später stand ein junger Mann vor Ihnen, und wandte sich zuerst an Liesl.

„Mein Name ist Wruck. Schön, dass Sie da sind", sagte er und schüttelte beiden die Hand. „Bitte entschuldigen Sie, dass Sie warten mussten, aber nun stehe ich Ihnen voll und ganz zur Verfügung. Sie werden sehen: Wruck Zuck haben wir ein neues Auto für Sie!" Er lachte selbstgefällig. „Sie verstehen? Wruck? Wruck Zuck?"

Er hatte den Satz ohne Punkt und Komma heruntergeleiert, als würde er ihn hundertmal am Tag aufsagen. Er machte durchaus einen sympathischen Eindruck, war für Walters Geschmack aber etwas zu schick gekleidet. Zu einer teuren Markenjeans trug er trendige Lederslipper, ein musterloses hellblaues Hemd und ein leichtes Sommerjackett. Walter schwitzte schon in seinem kurzärmeligen Hemd und fragte sich, wie der Verkäufer in dem Jackett überleben konnte.

„Sie hatten mir am Telefon ja schon gesagt, dass Sie einen Nachfolger für Ihren 205er suchen", legte der Autoverkäufer los und zeigte auf eine entfernte Ecke des Ausstellungsraumes. „Da hinten haben wir dann wohl das Richtige", betonte er und schob Walter am Arm vor sich her.

„Hab ich mir gleich gedacht, dass sie die günstigen Modelle etwas verstecken", flüsterte Walter verschwörerisch. „Diese Koreaner da vorne kosten ja ein Vermögen!"

Kurz darauf standen sie vor einem hübschen kleinen Peugeot. Knallrot. Sportlich. Elegant. Er hatte mit Walters 205er nicht die geringste Ähnlichkeit.

„Ja und?", fragte Walter irritiert. „Wo ist denn jetzt der 205er?"

Der Autoverkäufer sah ihm ernst in die Augen und zeigte auf den kleinen Wagen. „Das ist der offizielle Nachfolger von ihrem 205er. Ein 208er. Das aktuelle Modell. Gerade frisch reingekommen."

Walter starrte mit offenem Mund auf den Wagen, dann zu Liesl, dann wieder zu dem Wagen.

„Also, das ist … ähm … ja …"

„Das ist nicht ganz das, was er sucht", vervollständigte Liesl unsicher, da es Walter die Sprache verschlagen hatten.

„Etwas anderes kann ich Ihnen leider nicht anbieten", entschuldigte sich Autoverkäufer Wruck schulterzuckend. „Der 205er wird schon seit zwanzig Jahren nicht mehr gebaut. Da kann ich wirklich nichts machen."

Walter betrachtete immer noch das kleine Auto. Er löste sich von Liesl und dem Verkäufer und umrundete das Fahrzeug. Er blickte durch die heruntergelassenen Scheiben in den Innenraum und machte die Fahrertür auf und zu. Der satte Ton der zuschlagenden Tür gefiel ihm. Mit verschränkten Armen baute er sich vor dem Auto auf und studierte den Plexiglasaufsteller.

„Eigentlich ja schick. Halt kein 205er", stellte er trocken fest. „Aber ihr seid hier schon so Nostalgiker, gell?"

Autoverkäufer Wruck sah ihn fragend an. „Wie meinen Sie das?"

„Na, wegen dem Preis", lachte Walter. „Den schreibt ihr immer noch in D-Mark drauf. Finde ich persönlich ja nett, aber man muss dann halt doch erst mal rechnen."

Freundlich aber bestimmt hatte sich Verkäufer Wruck von Walter und Liesl verabschiedet, da er noch etwas anderes zu tun habe. Irgendwas halt. Auch Walters Einwand, dass mit den D-Mark sei doch nur ein Scherz gewesen, konnte ihn nicht zum Bleiben bewegen. Walter rief noch, es müsse „ein Wruck durch Deutschland gehen", aber der Verkäufer hatte diesen Kalauer wohl schon öfter gehört und drehte sich nicht mal um.

Auch die bei ihrer Ankunft so freundliche, leichtbekleidete junge Dame würdigte sie keines Blickes mehr und zog sich demonstrativ eine Strickjacke über.

„Wer kann sich denn so ein teures Auto leisten?", fragte Walter resigniert, als sie sich auf dem Heimweg befanden.

„Du", sagte Liesl mit einem Augenzwinkern, „du kannst es dir leisten. Mehr als die meisten anderen."

Ein leichtes Grinsen umspielte Walters Mund. Er hatte Liesl vor einiger Zeit Einblick in seine Finanzen gewährt. Sie hatte sich Sorgen gemacht, als er wegen seines gebrochenen Fußes nicht arbeiten konnte und Walter wollte sie nicht unnötig beunruhigen.

„Ja, schon", gab Walter zu. „Aber es muss ja nicht sein, dass man so viel Geld ausgibt. Das muss doch auch irgendwie für weniger gehen."

„Natürlich", lächelte Liesl, die Walters Sparsamkeit kannte und schätzte. „Du wirst schon eine Lösung finden. Wie immer."

„Ich glaube, der Besuch im Autohaus lief nicht gut", vermutete Balu, der Walters Körpersprache gut kannte. *„Ich hoffe, er findet wieder ein Auto. Ohne wäre schon doof. Ich habe keine Lust mit dem Bus zu fahren."*
„Das wird schon", grinste Kitty. *„Es gibt so viele Autos – da wird doch eines für Walter dabei sein. Seinen alten 205er hat er ja auch gefunden."*
„Ich würde gerne mal Bus fahren", sagte Seppi, der unter einem der Jostabüsche hervorkroch. *„Aber leider haben wir Igel nur einmal im Leben Kontakt mit einem größeren Fahrzeug."*
Die anderen Tiere wussten, was er meinte. Der immer dichter werdende Verkehr forderte auch in Taldorf seine Opfer. Meist erwischte es Jungtiere, aber auch Ältere, die in der Paarungszeit kopflos über die Straßen rannten. Die Igel hatten es dabei mit am schwersten, da sie zu langsam waren, um einem herannahenden Auto auszuweichen.
„Gibt es eigentlich was Neues von Hermann", wechselte Kitty das Thema und sah Balu in die Augen. *„Du warst doch mit Walter und Georg spazieren. Die haben doch sicher auch über den Mord geredet."*
„Also … das ist jetzt nicht ganz so einfach …", stammelte Balu unbeholfen und kratzte sich mit dem Hinterlauf am Kopf. *„Ich war vielleicht nicht immer ganz aufmerksam"*, brachte er schließlich hervor und grinste dümmlich.
„Dann war Chiara dabei", stellte Seppi schmunzelnd fest. *„In ihrer Gegenwart ist er immer so dumm wie ein Eichhörnchen!"*
Kitty und Seppi lachten, während Balu erfolglos versuchte, sich zu rechtfertigen. Er wusste natürlich, dass er in Chiaras Gesellschaft nur Augen und Ohren für sie hatte, wollte Seppis Aussage aber nicht so stehen lassen.

„Balu? Ich gehe in die Wirtschaft. Willst du mit?", unterbrach Walter die kleine Kabbelei unter den Tieren. Balu, froh über die Ablenkung, sprang auf und galoppierte mit wedelnder Rute zu Walter.

„Klar gehe ich mit", bellte er freudig.

„Warte auf mich! Ich komme auch mit!", rief Kitty.

Seppi blieb allein zurück und sah sich um. *„Schön still, wenn alle weg sind"*, sagte er zufrieden und schlenderte zu dem Unterteller mit Katzenfutter, den Walter gerade aufgefüllt hatte.

„Einer geht noch, einer geht noch rein. Einer geht noch, einer geht noch rein!" Peter stand auf seinem Stuhl und sang so laut er konnte. Walter hatte sein Gegröle schon weit vorne im Dorf gehört, und wunderte sich über seinen Freund. „Was ist denn mit dir los? Habe ich deinen Geburtstag vergessen?", fragte er lachend, während Balu und Kitty unter der Eckbank in Deckung gingen.

„Neeeee", lallte Peter mit schwerer Zunge. „Heute wird gefeiert!", rief er laut und reckte sein Bier in die Höhe.

Die anderen am Stammtisch jubelten und stießen mit ihm an.

„Prima", freute sich Walter, „aber was feiern wir denn?"

„Na, dass ich im Lotto gewonnen habe", schrie Peter, und wieder jubelten alle.

Walter setzte sich und gratulierte dem frischgebackenen Lottogewinner. Max saß mit einer riesigen Zigarre neben ihm und zauberte zufrieden kleine Rauchkringel in die Luft. „An deiner Stelle würde ich schnell noch ein Bier auf Peter trinken. So viel wird das nicht", flüsterte Max und griff zu seiner Flasche.

„Warum? Wie viel hat er denn gewonnen?"

„Zwölf Euro Fünfzig. Ein Dreier mit Zusatzzahl …"

Walter musste laut lachen, und winkte Marie, um noch schnell an der Gewinnausschüttung teilzunehmen.

„Oi Bier fier jeden gibt's auf jeden Fall. Zur Not leg i des aus", lachte Marie und schaute kopfschüttelnd zu Peter, der sich mit beiden Händen in den Schritt gefasst hatte, und unter dem Grölen der Gäste eine Runde durch die Wirtschaft galoppierte, wie ein Cowboy auf seinem Pferd - nur eben ohne Pferd. Der Elektroschmerz vom Weidezaungerät schien in diesem Moment vergessen.

„Hosch no Hunger? I hon no Tellersulza gmacht. Hon so viel Brota iebrig gkett", bot Marie an und Walter bestellte. Kurz darauf stieß er mit seinen Freunden an und genoss in großen Schlucken Peters Lottogewinn.

Kurz darauf kamen Elmar und sein Bruder Theo. Auch Theo war inzwischen wieder ohne Donut-Kissen unterwegs, lief aber noch etwas breitbeinig.

„Wo kommt ihr denn her?", fragte Max und hüllte Elmar in eine dicke Wolke Zigarrenqualm.

„Rathaus", antwortete Elmar knapp. „Heute haben die sich im Gemeinderat zum ersten Mal über das Baugebiet in Taldorf unterhalten."

„Und?", wollte Marie wissen, die mit zwei Bier auch bei Elmar und Theo die Gewinnausschüttung vornahm.

„Na ja, die sind sich noch nicht wirklich einig. Alle Gemeinderatsmitglieder, die irgendwas mit Handwerk und den Grundstücken da unten zu tun haben, sind dafür, die anderen eher dagegen. Ich denke, die müssen noch einiges klären." Sein Bruder Theo stimmte nickend zu und leerte die halbe Bierflasche in einem Zug.

„Der Arzt hat gesagt, man soll bei der Hitze viel trinken", entschuldigte sich Theo, als er Walters vorwurfsvollen Blick sah, doch der lachte nur und bot seine Flasche zum Anstoßen an.

Die Tür öffnete sich erneut und eine Gruppe von sechs Personen betrat die Wirtschaft.

„Anzugträger", seufzte Walter. „Bei dieser Hitze."

Ein Sechsertisch war nicht mehr frei und so standen die gut gekleideten Männer verloren in der Mitte der Gaststube herum. Marie gönnte ihnen ein paar Minuten des Blödaussehens, bevor sie sie begrüßte.

„Wia kann i ihne denn helfa?", fragte sie höflich, um sich alle Möglichkeiten aufzuhalten.

Der mutmaßliche Anführer der Anzugträgertruppe räusperte sich ungeschickt, bevor er stellvertretend für seine Freunde antwortete.

„Wir … äh … hätten gerne einen Tisch für sechs Personen. Aber … äh … es ist ja nichts mehr frei." Dabei blickte er Marie direkt in die Augen und focht mit ihr einen stillen Kampf aus. „Des isch … äh … jetzt aber blos … äh … a kloineres Probläm", äffte sie die Fremden nach. „Wär's dir denn au äbbes wert?", fragte sie listig und rieb an der rechten Hand den Daumen gegen den Zeigefinger.

Der Anzugträger verstand den Hinweis und zog einen Fünfzigeuroschein aus seinem Geldbeutel. „Können Sie …"

„Behalten!", beendete Marie den Satz für ihn, bevor er auf andere Ideen kam. Daraufhin führte sie die Gruppe an einen Sechsertisch, der nur mit zwei Gästen besetzt war.

„Dieterle – du hocksch jetzt a mol numm an Stammdisch. Und du Karle gosch Hoim. Kasch eh blos no in dei Glas nei triala." Die beiden angesprochenen räumten widerspruchslos ihre Plätze. Karle aus Alberskirch verließ schwankend die Gaststube und s'Dieterle quetschte sich am Stammtisch zwischen Max und Walter.

Wie s'Dieterle wirklich hieß und wo er herkam, wusste niemand. Vor ein paar Jahren war er einfach aufgetaucht und bewohnte seitdem eine halb verfallene Hütte am Ortsrand von Taldorf. Er war etwas wirr im Kopf und erzählte ständig Geschichten über Außerirdische, die sich in den Wäldern um Taldorf versteckten. Doch ansonsten war er ein freundlicher und sehr geselliger Zeitgenosse, den jeder mochte.

„Ich war heute im Autohaus", erzählte Walter in die Runde und sofort spitzten alle die Ohren.

„Und? Gleich eins mitgenommen?", fragte Elmar, der fast im Jahresrhythmus neue Autos kaufte.

„Bist du wahnsinnig", sagte Walter übertrieben entsetzt, „hast du nicht mitbekommen, was die da heute für Geld verlangen? Da geht es um riesige Beträge …. In Euro!"

Alle lachten, da sie Walters Sparsamkeit kannten, und eine Vorstellung davon hatten, wie viel Geld er bereit war auszugeben. Einfach so wenig wie möglich.

„Du hast dir wieder einen Peugeot angeschaut?", fragte Max, während er versuchte seine Zigarre erneut anzuzünden.

„Natürlich", bestätigte Walter. „Aber den 205er gibt's gar nicht mehr. Der kleinste ist jetzt der 208er. Aber der kostet knapp fünfzehntausend Euro. FÜNFZEHNTAUSEND." Walter hatte die Zahl fast buchstabiert und atmete theatralisch aus, während er den Kopf schüttelte.

„Das kann doch gar nicht sein. Der 205er hat damals zwölftausendneunhundert gekostet. Und zwar D-Mark. D-MARK. Das wären heute sechstausendfünfhundert Euro … und keine fünfzehntausend!"

Walter hatte sich in Rage geredet und ließ sich erschöpft nach hinten sinken. Seine Freunde lächelten ihn mitleidig an, da sie seine Reaktion durchaus verstehen konnten.

„So darfst du nicht rechnen, Walter", grummelte Max. „Was vor fünfundzwanzig Jahren D-Mark waren, sind heute Euro."

„Aber das gibt's doch nicht. Ich fühle mich abgezockt. Belogen und betrogen!!!" Walters Kopf war jetzt hochrot angelaufen und seine

Halsschlagader trat hervor.

„Wenn's nicht reicht, kann ich dir schon was leihen", bot sich Theo an, doch Walter hob abwehrend die Arme.

„Geld hab ich doch genug! Darum geht es doch gar nicht! Ich will einfach nicht so viel ausgeben. Für ein Auto. Ein kleines Auto."

Peter, der der Unterhaltung dank Lottogewinn, nur noch schwer folgen konnte, hob wie in der Schule den Finger.

„Aber es ischt ein neuesch Auto", lallte er und nickte, als wollte er seine eigene Aussage bestätigen. Dann legte er den Kopf auf seinen angewinkelten Arm und schlief auf dem Tisch ein.

„Was ist denn … äh … mit diesem Mann dort?", fragte der Anzugträger, als Marie die Getränke an den Tisch brachte, und zeigte auf Peter.

„Des isch unser Lottogewinner. Des hot er heit gfeiret. Morga gohts ihm wieder besser", erklärte Marie und stellte jedem sein Getränk hin.

„Oh Frau Wirtin", hielt sie der Anzugträger zurück, „äh … da ist wohl was … äh … schiefgelaufen?"

Er zeigte auf zwei der Weingläser.

„Moinsch du?", zischte Marie und stemmte die Arme herausfordernd in die Hüften.

„Aber ja … ähm … wir hatten Rotwein bestellt … ähm … keinen Weißwein!"

„Oh je, oh je, Birschle. Als ob du beim Seucha no merka dätsch, ob des an Rota oder an Weißa war." Marie schüttelte im Weggehen den Kopf. „Jetzt saufsch erscht mol dees, dänn säha mr weiter!"

An den Nachbartischen wurde gelacht und der Anzugträger gab sich geschlagen. Sogar seine Freunde winkten ab und hoben durstig ihre Gläser.

„Jetzt wird's richtig eng", rief Elmar, als Xavier die Gaststube betrat. Sein Hemd klebte ihm am Körper und Schweißtropfen glitzerten auf seiner Stirn. Mit einem Stofftaschentuch wischte er sich über die Stirn, doch sofort sickerten neue Tröpfchen nach.

„Diese verdammte Hitze geht mir so was von auf den Sack", schimpfte er und drückte sich auf den Rand der Eckbank neben den schlafenden Peter.

„Was hat er heute gefeiert?", fragte Xavier und bestellte per Handzeichen ein Bier.

„Lottogewinn", antwortete Max sachlich.

„Wieviel diesmal?" Xavier kannte Peters Feierbegeisterung.

„Um die zwölf Euro."

„Immerhin", lobte Xavier, „das letzte Mal waren es nur fünf Euro im Spiel 77 und wir haben trotzdem alle einen Schnaps bekommen."

„Du kasch heit au an Schnaps hon, wennd oin wetsch", mischte sich Marie ein und stellte Walters Tellersülze auf den Tisch.

„Ähm … entschuldigen Sie bitte, Frau Wirtin", machte sich der Anzugträger vom Nachbartisch erneut bemerkbar. „Diese Sülze sieht ja wunderbar aus … ähm … die würden wir auch nehmen … ähm sechsmal Sülze, bitte."

Marie rollte die Augen und drehte sich um. „Sulza sind aus. Ihr kennet a Veschper hon, oder ihr kennets lossa! Also – was isch?"

Die Anzugträger schauten sich ratlos an, bevor sie schulterzuckend Vesper bestellten. Ohne ein weiteres Wort drehte Marie sich wieder zum Stammtisch.

„Und wa willsch du hon, Xavier? Hetsch au gern a Tellersulz, wia dr Walter?"

Xavier schaute auf den riesigen Sulzenteller mit den eingebetteten Bratenscheiben und halben Eiern.

„Au ja, die nehme ich gern. Und ein paar Scheiben Brot dazu, bitte"

„Brot goht ekschtra", rief Marie im Weggehen, und ignorierte die ratlosen Gesichter der Anzugträger, die Xaviers Bestellung natürlich mitbekommen hatten.

Sein erstes Bier leerte Xavier fast in einem Zug und bestellte durstig ein weiteres. „Ich hab so einen Durst", hechelte er, „ich könnte ein ganzes Schwimmbad leer trinken."

„Wo kommst du überhaupt her", fragte Theo. „Deine Klamotten sehen nicht gerade nach Stall aus."

„Ich war bei Edith, Hermanns Frau … äh Hermanns Witwe", korrigierte Xavier sich schnell. „Da muss ich mich erst noch dran gewöhnen."

„Wie geht es ihr denn? Kommt sie einigermaßen klar?"

„Es geht so. Sie ist total fertig und gleichzeitig sollte sie sich um den Hof kümmern. Und dann macht die Bank noch einen Aufstand."

Walter horchte auf. „Die Bank macht Ärger?"

„Hmmmm … heute kam ein Brief von einer Bank, von der Edith noch nie etwas gehört hat. Willkinsbank … oder so ähnlich. Und die fordern von ihr fast 300.000 Euro weil Hermann gestorben ist. Sofort. Ich denke mal, da liegt irgendein Fehler vor."

Marie brachte Xaviers Tellersülze und auch die ersten Vesperteller für den Nebentisch. Xavier nahm die große Pfeffermühle und ließ sie ordentlich knirschen.

„Das ist komisch mit der Bank", sinnierte Walter. „Hermann ist doch erst seit Samstag tot. Wie kann dann heute schon ein Brief von der Bank kommen. Da stimmt doch was nicht."

„Ganz meine Meinung. Wie gesagt: das ist sicher ein Irrtum", wiegelte Xavier kauend ab.

„Meinst du, ich kann Edith demnächst mal besuchen?", fragte Walter vorsichtig. Er hatte keine Ahnung, ob Edith ihn überhaupt hereinlassen würde.

Xavier nickte. „Denke schon. Ich hatte vorhin das Gefühl, dass sie gerne jemanden zum Sprechen da hatte."

Das könnte interessant werden, dachte Walter und nahm sich fest vor, Edith möglichst bald zu besuchen.

„Weißt du denn schon mehr über das neue Baugebiet", fragte Elmar neugierig. „Wir waren heute Abend bei der Gemeinderatssitzung", er deutete auf Theo, „und da sah es so aus, als wüsste noch keiner so recht, was läuft."

Xavier legte sein Besteck in den Teller, schluckte und nahm einen großen Schluck Bier. „Sei dir sicher, dass das schon alles am Laufen ist. Wenn der King so was anpackt, dann geht nichts schief."

„Hat der denn wirklich so viele … Freunde?", fragte Walter vorsichtig, da er das Wort „Bestechung" nicht verwenden wollte.

„Wie das genau läuft, weiß ich nicht – und will es wahrscheinlich auch gar nicht wissen. Er macht das einfach sehr geschickt. Nehmen wir Taldorf als Beispiel. Jeder von uns weiß, dass hier in den nächsten Jahren garantiert kein Baugebiet ausgewiesen werden sollte. Doch plötzlich kam das Gerücht auf, dass es vielleicht doch eines geben könnte. Die Gemeinde selbst hätte Interesse an mehr Wohnraum. Und schon steht der King auf der Matte und regelt alles. Ich vermute sogar, er hat das Ganze eingefädelt, denn es ist schon sehr clever gemacht. Das geplante Baugebiet betrifft nämlich gleich vier Grundbesitzer. Da alle dabei sind, können auch alle ordentlich verdienen. Es bleibt kein Taldorfer Bauer, der sich übergangen fühlen könnte. Sogar ich komme zu einem ordentlichen Batzen."

„Meinst du, das war so geplant?", zweifelte Walter. „Das kann doch auch Zufall sein."

„Ha, Zufall. Dass ich nicht lache." Xavier zeigte mit dem Messer auf

Walter. „Wenn das Zufall ist, fresse ich nen Besen, Walter! Schau dir mal die Grundstücksverteilung in Taldorf an. Du wirst feststellen, dass die Stelle, wo das Baugebiet hinkommt, die einzige ist, an der wir alle ein Stückchen Land besitzen."

Während Xavier sich wieder seiner Tellersülze widmete, grübelte Walter über das nach, was er gerade erfahren hatte. Er nahm sich vor zu Hause ein paar Notizen zu machen, um nichts zu vergessen. Das waren sehr viele Informationen und er wusste nicht, ob davon nicht etwas mit Hermanns Tod zu tun haben könnte. Er musste das mit den anderen besprechen.

„Du musch heit nix zahla", sagte Marie und legte m'Dieterle, der ihr mit dem Geldbeutel zugewunken hatte, die Hand auf die Schulter. „Dia Azugfuzzies hend dein Platz wella, dänn sollet se au dei Bier zahla."

S'Dieterle strahlte übers ganze Gesicht, ging zum Nebentisch und schüttelte jedem einzelnen die Hand. „Vielen Dank! Danke! Bis bald mal wieder, gell, gell! Vielen Dank!"

Die Anzugträger sahen sich fragend an, nickten aber freundlich zurück.

„Wart a mol, Dieterle", rief Marie. „Jetzt hilfsch mr grad no dr Peter in Karra nei zum Hocka. Der sott glaub Hoim fahra."

Walter glaubte nicht, dass das die beste Idee war, doch schon hatten Marie und s'Dieterle Peter untergehakt, und schoben ihn durch die Tür nach draußen.

Als Walter eine gute Stunde später auf dem Heimweg an Peters Wagen vorbei kam, lag dieser laut schnarchend auf der Rücksitzbank. Die Fenster waren heruntergedreht, so dass er frische Luft bekam. Walter grinste und schlendert mit Balu und Kitty leise weiter.

„An diesem Fall sind einige Sachen seeeeehr komisch", sagte Kitty, während sie nebeneinander her trotteten. *„Mein Gefühl sagt mir, dass mehr dahinter steckt. Dieser King scheint ein ziemlich unberechenbarer Kerl zu sein."*

„Hmmmm", brummte Balu. *„Hoffentlich lässt Walter das vor allem seine Freunde von der Polizei regeln. Mit diesem King kann er es auf keinen Fall aufnehmen."*

„Muss er ja auch gar nicht", versuchte Kitty ihn zu beruhigen. *„Er sammelt ja nur ein paar Informationen. Nichts weiter."*

„Sind Katzen so vergesslich?", fragte Balu sarkastisch.

„Was meinst du damit?"

„Das letzte Mal hat es auch genau so begonnen … und am Ende lag Walter im Krankenhaus."

Kitty blieb kurz stehen und dachte über Balus Worte nach.

„Uuuuups", sagte die Tigerkatze kurz darauf.

„Ja – uuuuups!", antwortete Balu.

24

Der King lümmelte in seinem Tausendeuro-Bürostuhl und versuchte zerknüllte Papierbällchen in den Papierkorb zu werfen. Ein kleiner Basketballkorb war am Rand des Mülleimers befestigt, der jeden Treffer mit synthetischem Applaus aus einem scheppernden Lautsprecher belohnte. Er hatte die Schuhe ausgezogen und die Füße auf den Schreibtisch gelegt.

„Wo liegt das Problem Riedesser? Ich hab dir doch gesagt, dass mit den Bauern alles geklärt ist", rief er seinem Telefon im Freisprechmodus zu.

„Hermanns Frau hat mich heute angerufen", erklärte Riedesser. „Sie hat von der Bank ein Schreiben bekommen, wonach sie sofort 298.000 Euro bezahlen soll. Ihr Mann hatte wohl einen Finanzierungsvertrag unterschrieben, der im Fall seines Todes die sofortige Rückzahlung des Kredites vorsieht."

„Welche Bank macht denn so was? Davon hab ich ja noch nie gehört", nörgelte der King.

„Nun ja, ich kenne diese Bank. Ich habe Hermann den Kontakt vermittelt", erklärte Riedesser kleinlaut.

„Aber warum denn das? Du wusstest doch, was wir vorhaben. Eine fremde Bank hat uns da gerade noch gefehlt!" Der King war immer lauter geworden und schrie nun fast sein Telefon an.

„Das war vor fast drei Jahren", rechtfertigte sich Riedesser. „Hermann brauchte Geld für den neuen Stall und ich konnte ihm das nicht finanzieren, da er schon zwei große Kredite bei uns laufen hat. Er hat mich gefragt, was es noch für Möglichkeiten gibt, und ich hab ihn zu dieser Bank geschickt. Die machen das online und sind … na ja, sagen wir … etwas toleranter, was die Sicherheiten angeht. Dafür nehmen sie höhere Zinsen. Und haben manchmal auch seltsame Verträge, wie wir jetzt sehen."

„Du willst sagen, diese Forderung von fast 300.000 Euro ist rechtens?", fragte der King ungläubig.

„Genau das. Und wenn Edith das Geld nicht auftreiben kann, reißen die sich den ganzen Hof unter den Nagel. Und natürlich auch das ganze Land."

Eine paar Sekunden sagte keiner von beiden etwas.

„Das darf auf keinen Fall passieren. Du musst ihr das Geld besorgen. Egal wie", forderte der King.

„Das geht nicht", jammerte Riedesser. „Meine Bank konnte Hermann das Geld damals schon nicht geben, wie soll das denn jetzt gehen, wo er tot ist, und der Hof eine ungewisse Zukunft hat?"

„Das ist mir doch scheißegal. Du regelst das! Zur Not strecke ich die Kohle halt selber vor. Das Wichtigste ist, dass dieser Deal nicht platzt. Ich habe schon zu viel in dieses Baugebiet investiert. Die Überzeugungsarbeit bei den Gemeinderatsmitgliedern war nicht gerade billig, und da gibt keiner was zurück, wenn es am Ende nicht klappt."

„Ich werde sehen, was ich machen kann, aber ich bin nicht optimistisch." Man konnte hören, wie unwohl sich Riedesser fühlte, doch das interessierte den King nicht.

„Wenn das wegen dir schief geht, packe ich dich an den Eiern und lasse dich von der Schussenbrücke baumeln." Er tappte mit der Ferse auf das Telefon und beendete damit das Gespräch. Ein weiterer Papierball fand den Weg ins Ziel und sorgte für Konservenjubel.

„Alles beschissene Amateure", zischte er und klappte den Laptop zu, der vor ihm auf dem Schreibtisch stand. Morgen würde er sich über diese seltsame Online-Bank informieren, und wenn die wirklich versuchten sich in seine Geschäfte einzumischen, sollten sie ihn mal kennenlernen. Schließlich war er der King.

Riedesser hielt noch immer das Telefon in der Hand. Er hatte damit gerechnet, dass der King über die Neuigkeiten wenig erfreut sein würde, doch das interessierte ihn wenig. Für ihn lief alles nach Plan. Er ging zum Kühlschrank und schenkte sich ein Glas Wein ein.

„Was für ein wundervoller Tag."

25

Sieben. Walter zählte noch einmal nach, kam aber wieder auf die gleiche Zahl. Sieben. Für zwei reicht das, aber sobald ein Dritter kommt reicht es nicht, dachte Walter. Er musste wohl oder übel Bier einkaufen, doch das war gar nicht so einfach ohne Auto.

Auto.

Walter schluckte trocken. Der Besuch im Autohaus war ein einziger Reinfall gewesen. Während der gesamten Zeitungsrunde am Morgen hatte er gegrübelt, was es noch für Möglichkeiten gab, doch außer Rafi, Jussufs Cousin, fiel ihm nichts ein. Doch soweit war er noch nicht.

Resigniert mixte er sich eine Apfelschorle und setzte sich auf die Terrasse. Im Glas setzten sich Fruchtstücke ab, ein Zeichen dafür, dass der Saftbeutel bald leer war. Zum Glück dauerte es nicht mehr lang bis zur Apfelernte, denn er hatte nur noch zwei volle Beutel im Keller. Walter wunderte sich, wo Balu steckte, den er vor ein paar Minuten in den Garten gelassen hatte. Der Wolfsspitz schien wie vom Erdboden verschluckt. Vielleicht besucht er Chiara, dachte Walter mit einem Lächeln. Die beiden schienen sich bestens zu verstehen. Gut so.

„Miauuuuuuuuuuuiiiiiiiiiiiiiiiiidiiiiiilliiiiiiiii", kreischte es plötzlich von Liesls Grundstück herüber.

Walter sprang auf und verschüttete Apfelschorle auf seine Hose. Das Geräusch ging durch Mark und Bein. Es klang wie ein gequältes Tier, das seinen Schmerz herausschreit.

„Eglon", rief Walter besorgt und stürmte in Liesls Garten. Vielleicht war der dicke rote Kater ja in einem gekippten Fenster eingeklemmt, oder hatte sich an etwas scharfem verletzt.

„Miauuuuuuuiiiiiiiiiiiidiiiiii", tönte es erneut, wenn auch etwas tiefer.

Walter riss die Hintertür auf und stürmte in Liesls Küche.

Leer.

„Miauuuuuuuuuuuiiiiiiiiiiiiiiiiidiiiiilliiiiiiii". Wieder das Geräusch. Aus dem Wohnzimmer.

Walter rannte um die Ecke - und prallte mit Eugen zusammen.

Walter schüttelte den Kopf und sah den ehemaligen Lehrer grimmig an. „Was wollen Sie denn hier?", fragte er missmutig, und sah sich, auf der Suche nach der Ursache des Geräuschs, im Zimmer um.

„Ich bin zu Besuch", erklärte Eugen ruhig. „Und was führt Sie hierher?"

Walter war irritiert und schaute hilfesuchend zu Liesl, die er in der Ecke neben der Stereoanlage entdeckte.

„Ja, was gibt's denn Walter?", fragte sie fröhlich und sah ihn erwartungsvoll an.

„Da … da … war so … ein fürchterliches Geräusch", erklärte Walter etwas außer Atem. „Es klang fürchterlich. Animalisch. Ich habe befürchtet, es wäre etwas mit Eglon!"

„Miauuuuuuuiiiiiiiiiiidiiiiilliiiii"

„Genau", rief Walter, „genau dieses Geräusch war es. Furchtbar, oder? Wo kommt das denn her?"

„Aus meiner Stereoanlage", lächelte Liesl. „Eugen hat mir eine CD mitgebracht und da haben wir gerade mal reingehört."

„Eine CD mit so einem Krach drauf bringen Sie mit?", fragte Walter an Eugen gewandt und schüttelte verständnislos den Kopf.

„Aber das ist doch kein Krach", rechtfertigte sich Eugen. „Das ist Klassik. Die Caprice Nr. 5 von Paganini!"

„Ach, die mit den Sammelbildchen?", fragte Walter, und erntete einen irritierten Blick von Eugen.

„Paganini. Der Komponist", erklärte Liesl leise. „Das mit den Sammelbildchen ist Panini." Sie konnte sich ein Grinsen nicht verkneifen und drehte an der Stereoanlage. „Vielleicht habe ich es mit der Lautstärke etwas übertrieben, da zerren die Boxen dann doch ganz schön."

„Aber nicht doch, meine Liebe", kam Eugen ihr zu Hilfe, „Ihre Boxen klingen ganz wunderbar. Walter hat einfach kein geschultes Ohr für diese wunderbare Musik."

„Meine Liebe", dachte Walter, er nennt sie „meine Liebe". Sofort spürte er wieder das eifersüchtige Ziehen in der Magengegend.

„Dann war da wohl einiges verstimmt, als die CD aufgenommen wurde. Kommt ja schon mal vor. Und wenn man dann immer nur die billigsten Aufnahmen kauft …" Walter ließ den Satz offen und erfreute sich an Eugens empörten Gesicht.

„Also hören Sie mal. Das ist keine …", setzte Eugen an, doch Walter ignorierte ihn.

„Auf jeden Fall ist dann ja alles geklärt, zumindest was den Lärm angeht."

„Paganini", protestierte Eugen.

„Wie auch immer", sagte Walter auf dem Weg zur Tür. „Ich habe noch zu tun."

Ohne sich noch einmal umzudrehen, verschwand er in den Garten und ließ Eugen und Liesl im Wohnzimmer zurück.

„Muss ich das jetzt verstehen?", fragte Eugen unsicher.

„Alles in Ordnung, Eugen", sagte Liesl nachdenklich. „Ich bin mir nicht ganz sicher, aber ich glaube, ich weiß, was hier das Problem ist."

„Ich geh dann mal wieder. Ich muss nachher noch zur Physio. Meine Achillessehnenreizung wird einfach nicht besser", sagte Eugen und ging Richtung Tür.

„Das tut mir leid", sagte Liesl und umarmte ihn zum Abschied. „Ich wünsche Ihnen eine gute Besserung."

„Danke. Irgendwann muss es ja besser werden."

Walter stand in seiner Garage und verrichtete unnötige Arbeiten an seinem Rasenmäher. Eigentlich war er in der Garage, um einen guten Blick auf Liesls Haustür zu haben. Er beobachtete, wie Eugen sich flüchtig von Liesl verabschiedete und mit seinem VW Bus davon fuhr. Er schaute nur aus dem Augenwinkel hinüber, zuckte aber erschrocken zusammen, als er Liesls Blick begegnete. Sie stemmte die Arme in die Hüften und kam direkt auf ihn zu.

„Wir müssen reden, Walter. Sofort!", sagte sie bestimmt und ging in Richtung Terrasse.

Walter folgte ihr ohne ein Wort zu sagen.

Auf der Terrasse angekommen, lief Liesl ohne zu fragen in die Küche und holte zwei Bier aus dem Kühlschrank. Eines gab sie Walter und setzte sich schwungvoll auf einen der Gartenstühle. Walter war etwas unsicher, was er tun sollte, setzte sich dann aber Liesl gegenüber.

„Was hast du für ein Problem mit Eugen?", fragte sie direkt und sah Walter dabei in die Augen.

„Ich … also … ich habe doch kein Problem mit Eugen", stotterte Walter. „Abgesehen davon, dass er ein Lehrer ist, dass er meint, er hat immer Recht, dass er glaubt die Welt retten zu können …"

„Walter!", rief Liesl und unterbrach ihn damit. „Hör auf damit."

Walter sah betreten auf seine Hände in seinem Schoß und zippelte verlegen an dem Etikett der Bierflasche.

„Da geht es doch eigentlich um was anderes, oder?", fragte Liesl vorsichtig und hielt ihm die Flasche zum Anstoßen hin.

Walter stieß seine Flasche zögernd dagegen und nahm einen großen Schluck. Und noch einen. Und noch einen.

„Sagen wir mal so: ich mag es nicht, wenn Eugen bei dir drüben auftaucht", sagte er vorsichtig.

„Und?", fragte Liesl unbeeindruckt.

„Na, es ärgert mich, wenn er etwas mit dir unternimmt … so wie am Dienstag … und heute."

„Und?", fragte Liesl erneut.

„Was und? … ich mag das halt irgendwie nicht. Es stört mich … also es stört uns … also finde ich zumindest."

Beide schwiegen einige Sekunden, bevor Liesl sich zu Walter vorbeugte und ganz leise fragte: „Bist du etwa eifersüchtig?"

Sie erhielt keine Antwort, doch Walters Gesichtsfarbe war Antwort genug. Von der einen Sekunde auf die andere war er puterrot angelaufen und schaute ausweichend zur Seite.

„Das muss dir nicht peinlich sein Walter", lächelte Liesl und beugte sich noch weiter vor. „Ich finde das eigentlich sogar ganz süß." Sie legte ihm die Arme um den Hals und küsste ihn zärtlich auf den Mund. Walter hielt wie versteinert seine Bierflasche fest und hörte auf zu atmen.

Erst als Liesl von ihm abließ, saugte er gierig Luft in seine Lungen, wie ein Ertrinkender, der an die Wasseroberfläche durchbricht.

„Ähm … also … ja", stotterte Walter unbeholfen.

„Psssst", zischte Liesl und legte ihm einen Finger auf die Lippen. „Sag jetzt einfach nichts. Dafür ist es noch zu früh. Ich bin dafür, dass wir es langsam angehen, ok? Ich wollte dir nur klar machen, dass du dir keine Sorgen machen musst. Hast du das verstanden?"

„Ja", antwortete Walter mit kehliger Stimme und versuchte sich zu entspannen. Liesl brauchte ebenfalls ein paar Minuten zum Nachdenken, und so schwiegen sie gemeinsam.

„Hey – hallo? Niemand da? Hallo?" Seppi trippelte unter Walters Stuhl hindurch zum Futternapf, wobei er die beiden Menschen völlig ignorierte. Eglon zwängte sich zwischen den Jostabüschen hindurch und setzte sich zu ihm.

„*Hier war gerade Showtime*", gurrte er mit süffisantem Unterton.

„*Wie meinst du das?*", fragte Seppi schmatzend.

„*Na, knutschi knutschi knutschi!*"

„*Bääääh!*" Der kleine Igel war angewidert. „*Bei den Menschen sieht das immer aus, als wollten sie sich ins Gesicht beißen. Fürchterlich.*"

Eglon lachte. „*Dafür markieren sie nicht an jeder Ecke ihr Revier.*" Jetzt lachte auch Seppi.

„*Geht das etwa gegen mich?*", fragte Balu, der um die Hausecke kam.

„*Aber nicht doch*", log Eglon. „*Aber du hast was verpasst: Walter und Liesl haben sich ins Gesicht gebissen.*"

„*Was???*", rief Balu entsetzt.

„*Na – sie haben geknuuuuuuutscht*", sagte Seppi und streckte seine kleine Zunge heraus.

Balu war erleichtert. „*Ach so. Ich dachte etwas Schlimmes wäre passiert. Dass die beiden sich küssen, war doch höchste Zeit.*"

„*Dein Mitgefühl zeigt, dass du dich da mittlerweile auch ganz gut auskennst*", stichelte Eglon. „*Wo wir gerade dabei sind: du kommst nicht zufällig von Chiara?*"

Balus Reaktion genügte als Antwort, doch er versuchte erst gar nicht zu leugnen. „*So ist eben der Lauf der Natur*", sagte er gleichgültig, und fügte hinzu: „*Und wer sagt denn, dass man nicht auch mal Spaß haben darf?*"

Niemand widersprach und so saßen alle schweigend nebeneinander. Tiere und Menschen.

26

Hans-Peter hatte Tiere schon immer gemocht. Leider hatten ihm seine Eltern Haustiere verboten und so blieb es bei gelegentlichen Kontakten auf der Straße oder im Park. Heute hatte er mehr Tiere um sich, als er sich jemals erträumt hatte, dabei hatte alles ganz anders begonnen.

In der Schule hatte er von Anfang an Probleme gehabt, weshalb ihn seine Eltern nach der Hauptschule direkt in eine Schreinerlehre geschickt hatten. Er erwies sich als über die Maßen talentiert und beendete seine Lehre als Jahrgangsbester. Er wurde von seinem Ausbildungsbetrieb übernommen und zog nach kurzer Zeit mit Petra - der Tochter seines Chefs - zusammen.

Alles ging rasend schnell. Kaum wohnten sie zusammen, war Petra auch schon schwanger und es wurde geheiratet. Als Petra dann einen gesunden Jungen zur Welt brachte, war ihr Vater glücklich, denn er sah in dem Kleinen einen potentiellen Nachfolger für die Firma. Leider erwies sich Petra nicht als leidenschaftliche Mutter und Hausfrau, und so schaukelte Hans-Peter so manches Wochenende das schreiende Baby in den Schlaf, während seine Frau auf Partys unterwegs war.

Eigentlich wunderte er sich nicht, als sie ihm eines Tages verkündete, sie wolle die Scheidung. Ein junger Zahnarzt aus Friedrichshafen wurde sein Nachfolger und Hans-Peter war wieder allein.

Er war gerade einundzwanzig und ertrank in Selbstmitleid und billigem Bier. Kurz nach der Trennung von Petra legte ihm sein Noch-Schwiegervater und Chef nahe, die Firma zu verlassen, da die Situation ja schon blöd sei. Ohne ein einziges Wort strich er seinen letzten Lohn ein und verschwand.

Die nächsten Monate verbrachte er damit, seine Ersparnisse zu versaufen. Als sein Konto leer war, verkaufte er seine Möbel bei ebay—Kleinanzeigen, und schließlich auch den Laptop, mit dem er die Anzeigen eingestellt hatte.

Eines Morgens stand er in seiner leeren Wohnung und trank den letzten Schluck aus einer Wodkaflasche. Er war warm, da er den Kühlschrank auch verkauft hatte. Es war nichts mehr von Wert vorhanden, außer einer alten Matratze, die auf dem Boden lag.

Er sah sich in seinen vier Wänden um, die das Heim für seine Familie hätten sein sollen. Nach ein paar Minuten schüttelte er den Kopf und verließ die Wohnung. Für immer.

Er streifte stundenlang ziellos durch die Gegend, bis er an einem bunten Zirkuszelt vorbeikam. „Balotelli" stand in großen farbigen Buchstaben auf einem Banner, das quer über das Zelt gespannt war. Es roch nach gebrannten Mandeln und klebriger Zuckerwatte. Die zwei Verkaufswagen waren geschlossen genauso wie das Kassenhäuschen. Über dem Brett mit den Eintrittspreisen hing ein handgeschriebener Zettel: „Junger Mann zum Mitreisen gesucht! Bewerbung hier direkt vor der Vorstellung um 20 Uhr."

Warum eigentlich nicht, hatte Hans-Peter sich damals gedacht, und war am Abend ans Kassenhäuschen gekommen. Madame Balotelli – in der Truppe fürs Hand- und Kartenlesen zuständig – hatte ihn persönlich eingestellt, und so begann Hans-Peter seine zweite Karriere.

Zuerst zog er durch die Städte, in die der Zirkus als nächstes reiste, und kündigte sein Kommen mit Plakaten und Flyern an. Schnell schätzte man ihn aber für sein handwerkliches Geschick, so dass er, nach nicht einmal einem halben Jahr, Opa Balotelli ablöste, der bis dahin für Instandhaltungen und Reparaturen zuständig war.

Er hatte ein wunderschönes Leben und genoss seine Freiheit in vollen Zügen. In fast jeder Stadt, die sie bereisten, hatte er ein Mädchen, legte sich aber nie fest. Nach fast zwei Jahren auf Tour ergab es sich, dass Martha, eine Balotelli-Enkelin, in den Familienzirkus einsteigen wollte und einen Partner brauchte. Sie entschied sich für Hans-Peter, der daraufhin das Messerwerfen erlernte. Auch hier half ihm seine geschickte Art, und nur wenige Monate später zierte er mit Augenklappe als „Der einäugige Messerwerfer" die Werbeplakate. Tatsächlich erlangte er mit Martha und ihrer spektakulären Nummer einen gewissen Ruf und sie wurden mehrfach für lukrative Abendveranstaltungen gebucht. Einmal sogar für eine Fernsehsendung.

Eine, dank fehlender Krankenversicherung, nur minimal behandelte Bindehautentzündung, machte dem einäugigen Messerwerfer aber schließlich einen Strich durch die Rechnung. Denn: natürlich war er bis dahin nicht wirklich auf einem Auge blind gewesen, sondern hatte durch einen Spalt in der Augenklappe recht gut sehen können. Bis zu diesem Tag. Es zeigte sich, dass das Messerwerfen für echte Einäugige nicht empfehlenswert ist. Nur mit Mühe konnten die Ärzte Marthas Hand retten.

Hans-Peter kehrte der Manege den Rücken und kümmerte sich wieder um die Reparaturen. Doch dann verabschiedete sich eines Tages der jüngste der Balotelli-Brüder, der sich bis dahin um die Tiere gekümmert hatte, um sein Glück als Profifußballer zu versuchen. Hans-Peter war begeistert, als man ihm den Posten des Tierpflegers anbot. Es zeigte sich, dass er ein ausgesprochen gutes Händchen für Tiere hatte. Die acht Hängebauchschweine liefen ihm hinterher wie eine Entenfamilie, die drei Elefanten durchsuchten mit ihren sich windenden Rüsseln liebevoll seine Hosentaschen nach Leckerlies, und die Pferde wieherten freudig, wenn er Heu austeilte. Nur Kimba, der alte Löwe, mochte ihn nicht. Doch Kimba mochte niemanden, darum machte Hans-Peter sich keine Sorgen.

Sein bester Freund unter den Tieren war Sidney, das vier Jahre alte Kapuzineräffchen. Madame Balotelli hatte am Anfang versucht Hans-Peter zu einem Handleser auszubilden, wozu natürlich erhebliche Mengen bewusstseinserweiternder Drogen notwendig waren. Das Kiffen hatte Hans-Peter besonders gut gefallen, und so blieb er dabei. Mit der Zeit kannte er in jeder Stadt die besten Verkäufer, und in die Städte, in denen es nichts zu kaufen gab, brachte er selbst einen kleinen Vorrat mit, und bediente die unterversorgte Kundschaft, was über die Jahre zu einem einträglichen Nebengeschäft wurde. Sidney, das Kapuzineräffchen hatte Hans-Peter oft beim Kiffen beobachtet. Er hatte gesehen, wie der große Mensch entspannt in die Kissen sackte, nachdem er ein paarmal tief an der Tüte gezogen hatte. Kapuzineräffchen haben ein großes Talent zur Nachahmung, und so lernte Sidney schnell, wie man sich einen Joint dreht und ihn raucht. Seitdem verbrachten sie viele Abende zu zweit im Elefantenkäfig, jeder mit einem dicken Joint zwischen den Fingern. Hans-Peter hatte irgendwo gelesen, dass Polizeihunde den Elefantengeruch nicht ausstehen konnten, daher fühlte er sich zwischen den Dickhäutern sicher. Auch wenn er und Sidney manchmal ordentlich zugedröhnt waren, erledigte Hans-Peter seine Arbeit gewissenhaft und zuverlässig. Meistens jedenfalls.

Beim Zeltaufbau halfen immer alle mit, egal welche Aufgabe sie im Zirkusalltag hatten. Gerade hatten sie ihr Zelt auf einem Grundstück direkt an der Bundesstraße in Neuhaus aufgeschlagen. Vermutlich zum letzten Mal, denn das Grundstück, das seit vielen Jahren brachlag, war endlich verkauft. Schon in wenigen Monaten würde am gleichen Fleck eine nagelneue Fabrikhalle stehen.

Hans-Peter bedauerte das, denn in der Umgebung kaufte er bei einigen Jungbauern das beste Gras. Er hoffte, dass sie für den Zirkus einen geeigneten Platz in der Nähe finden würden.

27

Sie hatte es schon wieder getan. Sie hatte ihn schon wieder geküsst. Egal, was er tat und wohin er ging, ständig schweiften Walters Gedanken zu diesem Moment ab. Der erste Kuss, bei ihrem großen Fest vor ein paar Wochen, galt ja nur der Verbrüderung – dem „du". Diesmal war es anders gewesen. Auch diese Andeutung: „wir lassen es lieber ruhig angehen", verwirrte ihn. Was sollte er denn jetzt angehen? Und wie ruhig?

Schon während der Zeitungsrunde verfolgten ihn diese Gedanken, als er dann endlich wieder im Bett lag, hinderten sie ihn am Einschlafen. Er stand um halb zehn auf, hatte aber gefühlt keine fünf Minuten die Augen zugemacht.

„Du siehst ja fürchterlich aus, Walter", begrüßte ihn Liesl aus ihrem Garten heraus, als er sich mit seinem Kaffee auf die Terrasse setzte.

„Na, rate mal, wer daran Schuld hat", wollte Walter sagen, stattdessen hob er freundlich die Hand.

„Schlecht geschlafen. Es ist einfach zu warm."

Liesl kaufte ihm die Notlüge ab und setzte sich zu ihm.

„Ich fahre gleich nach Oberteuringen ein paar Kleinigkeiten besorgen. Soll ich dir vom Weissenbacher einen Kasten Bier mitbringen?"

„Bring zwei mit", antwortete Walter. „Es kommt doch immer wieder Besuch vorbei, außerdem ist es noch so heiß – das macht durstig. Was sagt eigentlich der Wetterbericht?"

Liesl nestelte an ihrem Handy herum, schüttelte kurz darauf aber resigniert den Kopf. „Es bleibt so heiß. Dazu noch eine ganz geringe Gewitterneigung. Da kommt nichts."

Walter dachte an das Frühjahr zurück und erinnerte sich an dieses ausgedehnte Sturmtief. Sturmtief Ingrid. Ja, das könnten wir jetzt brauchen, überlegte Walter. Aber wo waren die Sturmtiefs, wenn man sie benötigte? Wo war Ingrid jetzt?

„Dann nehme ich den leeren Kasten mit und bringe zwei neue", trällerte Liesl und lief Richtung Garage, in der Walter sein Leergut aufbewahrte. Walter erinnerte sich, dass dort eigentlich auch ein Auto stehen sollte. Noch so eine Baustelle, um die er sich dringend kümmern musste.

Er winkte Liesl nach, als sie davonfuhr, dann holte er seine Kettensäge und die Waldkleidung. Waldarbeit machte den Kopf frei.

Als er drei Stunden später nassgeschwitzt aus dem Wald zurück kam, ging es ihm deutlich besser. Zwei frische Kästen Bier standen vor seiner Haustür und Walter füllte die Lücken in seinem Kühlschrank. Dann kümmerte er sich um die Wäsche, eine Arbeit, die früher immer seine Frau Anita erledigt hatte. Nach ihrem Tod kam irgendwann der Moment, als Walter die letzte saubere Unterhose aus der Schublade nahm. Daraufhin hatte er sich die Bedienungsanleitung der Waschmaschine sorgfältig durchgelesen (Walter bewahrte alle Anleitungen in einem Ordner auf) und mit alten Socken einen ersten Versuch gestartet. Nach und nach hatte er sich auch an empfindlichere Kleidungsstücke gewagt, und mittlerweile füllte er die Trommel, ohne nachdenken zu müssen. Auch wusste er jetzt, dass man dem Hinweis „Achtung! Nur Handwäsche!" unbedingt Beachtung schenken sollte. Diese Erkenntnis kam für eines seiner Lieblingsleinenhemden allerdings zu spät.

Nach einer schnellen Dusche zog er seine Lederhose an und rief nach Balu, der nach dem Waldausflug erschöpft auf der Terrasse döste, und machte sich auf den Weg zur Goschamarie.

„Schee, dass do bischt", begrüßte ihn Marie und zeigte auf den Stammtisch.

„Mit deene boide kasch nämlich nimme viel afanga!"

Am Tisch saßen Elmar und der Orts-Vincenz. Elmar in seiner Musikantenuniform, der Orts-Vincenz im dunklen Anzug. Beide grinsten Walter bierselig an.

„Harter Tag?", fragte Walter und setzte sich zu seinen Freunden.

„Schtändle gschpielt", nuschelte Elmar und zündete sich umständlich eine Lord an. Eine zweite verbrannte unbeachtet im Aschenbecher.

„Wir waren beim Willi. Der hat heute seinen achtziger."

„Und nnn gutnnn Schnaps hat der", fügte der Orts-Vincenz hinzu und nahm schwankend einen Schluck aus seiner Flasche.

„Walter, a Veschper und Bier?", rief Marie vom Tresen aus und Walter bestellte mit einem erhobenen Daumen.

„Was sagt eigentlich Anne dazu, wenn du so ramponiert nach Hause kommst?", erkundigte sich Walter.

„N-n-nix", antwortete Elmar. „I-i-ich komm ja nischt nach Hause! Gell Vincenz?" Er klopfte dem Ortsvorsteher kräftig auf die Schulter, der gerade mit geschlossenen Augen eine Kneipenmeditation begonnen hatte.

„Natürlisch … natürlisch. Wir bleiben hiiiiier. Für immer!"

Die Tür zur Gaststube wurde geöffnet und zwei hübsche junge Frauen kamen herein. Sie setzten sich an einen Nebentisch und sahen sich unsicher um. Kurz darauf kam Marie an ihrem Tisch.

„So ihr zwoi Hasa. Wa hettet ihr denn gern?"

„Nun ja", sagte die größere der beiden zögerlich, „ich weiß nicht, ob das geht, aber wir hätten gerne etwas Vegetarisches."

Jetzt kommt's, freute sich Walter, und rechnete fest mit einem frechen Spruch von Marie. Doch sie überraschte ihn.

„Gar koi Problem", säuselte sie. „Mir hend au a vegetarisches

Veschper. Soll i des bringa?"

Die beiden Frauen bestellten erfreut das Vesper und für jede ein Glas Wasser.

Im Vorbeigehen zog Walter Marie kurz an ihrer Schürze.

„Was soll denn das jetzt?", flüsterte er. „Seit wann machst du so Vegetarierzeugs?"

„Des isch gar it so schwierig", grinste Marie. „I loss oifach s Rauchfloisch und dia Blutwurscht weg. Dänn bleibt blos no d'Läberwurscht und d'Lioner. Dafier gibt's a Oi und a Gierkle eckschtra."

„Aber das ist doch nicht vegetarisch", sagte Walter.

„Ha noi – aber des wisset die jo it. Und bisher hotts no jedem gschmeckt."

Marie verschwand lachend hinter dem Tresen um Walters Bier zu holen.

„Wie heischt ihr denn, ihr Haschen?", nahm Elmar undeutlich Kontakt mit den Frauen auf.

Die beiden schauten sich unsicher an, bevor die größere mit den Schultern zuckte und antwortete.

„Ich bin Bea und das ist meine Freundin Sonja. Wir sind erst vor kurzem hergezogen und probieren gerade alle Kneipen durch. Ist nett hier. Wirklich."

„Herzlisch willkmmn in unsrr Gemeinde", begrüßte nun auch der Orts-Vincenz, in seiner offiziellen Funktion, die beiden Neubürgerinnen. „Isch hoffffe, sss gefällt eusch bei unnns."

Beide nickten irritiert und drehten sich weg. Sie steckten die Köpfe zusammen und tuschelten leise.

Walter konnte sich ein Grinsen nicht verkneifen, als Marie kurz darauf das vegetarische Vesper servierte und die beiden Frauen hungrig zulangten. Als Marie ihm seinen Vesperteller vorsetzte, packte er das

Rauchfleisch gleich in eine Papiertüte, die er in der Jacke hatte, da die Portion einfach zu groß war. Anne würde sich freuen.

„Sie sind auch Vegetarier?", fragte die kleinere der beiden Frauen und zeigte auf Walters Teller.

„Manchmal", antwortete Walter und schmierte sich dick Leberwurst auf eine Scheibe Brot.

Er hatte die Scheibe noch nicht aufgegessen, als plötzlich Anne neben ihm stand.

„Was machst du denn hier?", fragte Walter überrascht und verschluckte sich fast.

„Ich dachte, ich muss mal nach meinem Freund schauen", lachte Anne und zeigte auf Elmar, der, aus Solidarität zum Orts-Vincenz, jetzt ebenfalls die Augen geschlossen hatte.

„Woher wusstest du, wo er steckt?"

„Das war nicht so schwer zu erraten. Außerdem hatte ich einen Spion."

Walter verstand nicht, was sie meinte.

„Du hast doch auch ein Smartphone, das Fotos machen kann", begann Anne zu erklären. „Elmar hat seins so eingerichtet, dass Bilder sofort in seiner Cloud gespeichert werden und für jedes seiner Geräte zur Verfügung stehen. Er hat hier in der Wirtschaft vorhin ein Selfie von sich und dem Orts-Vincenz gemacht und ich war zu Hause und habe etwas auf Elmars iPad angeschaut. Plötzlich sehe ich, dass ein neues Foto hochgeladen wurde, und hab es mir angeschaut. Dann wusste ich, dass er nicht mehr beim Ständchenspielen war, sondern hier in der Wirtschaft."

Walter hatte das mit der Cloud nicht verstanden, gab sich mit der Erklärung aber zufrieden. Kurz fragte er sich, ob es Elmar wohl recht war, dass Anne alle seine Bilder sehen konnte, aber er hatte ja nichts zu verbergen.

„Hier – ich gebe es dir lieber gleich", sagte Walter und gab Anne das verpackte Rauchfleisch.

„Oh danke! Wegen dir werde ich noch kugelrund", lachte sie und umarmte Walter.

„Aber jetzt", sagte Anne laut und erhob sich, „jetzt muss der Elmar nach Hause!"

„Neiiiin, der Elmar musch noch niiicht nach Hause", nuschelte Elmar mit geschlossenen Augen.

„Doch, der Elmar muss jetzt nach Hause!" Anne war hinter ihren Freund getreten und schob ihm die Arme unter den Achseln hindurch, um ihn aufzurichten.

„Soll ich dir helfen?", fragte Walter amüsiert, doch Anne schüttelte den Kopf.

„Geht schon. Ist ja nicht das erste Mal. Gell, Elmar?"

„Neiiiin, der Elmar musch noch niiicht nach Hause", lallte Elmar erneut, hatte aber jetzt wenigstens die Augen geöffnet.

Anne führte Elmar zur Gaststube hinaus und kam zurück, um sich von Walter zu verabschieden. Dann brachte sie den Orts-Vincenz zum Auto, der die Augen noch zu hatte.

„So a guats Mädle", säuselte Marie. „Wär hett denkt, dass unser Elmar amol soo an netta Haas abkriakt."

„Was Besseres hätte ihm nicht passieren können", stimmte Walter zu.

„Ich hoffe nur, er versaut es nicht. Dafür hat er nämlich ein echtes Talent." Marie nickte und verschwand hinter dem Tresen.

Als Walter aufgegessen hatte, bezahlte er, und trank den obligatorischen Schnaps. Er stieß mit den beiden Vegetarierinnen an, die mit ihrem Schnaps etwas überfordert waren.

„Der ist sogar Vegan", beteuerte Walter, und leerte sein Glas.

Er verabschiedete sich von den beiden Frauen und auch von Marie.

„Ich gehe morgen wieder nach Ravensburg auf den Markt. Da gehe ich lieber etwas früher ins Bett."

Die beiden Frauen hatten tapfer ihren Schnaps geleert und verließen mit Walter die Wirtschaft.

„Machets guat, ziernet nix, kommet wieder", rief Marie ihnen nach.

28

Obwohl er am Vorabend direkt ins Bett gegangen war, spürte er immer noch den Schnaps. Eigentlich war er froh, nicht selber Autofahren zu müssen, andererseits fühlte er sich zwischen den ganzen Menschen nicht wohl. Es war nicht so, dass er andere Menschen nicht mochte, aber zu viel Körperkontakt auf engem Raum war ihm einfach unangenehm.

Walter raufte sich die schweißnassen Haare und versuchte zwischen den anderen Fahrgästen nicht aufzufallen. Der Bus, mit dem er zum Marienplatz fuhr, war gut gefüllt. Die meisten wollten, wie er, auf den Markt. Eine alte Dame stieg in der Weststadt zu und setzte sich ohne zu fragen neben ihn. Ihr Parfüm erinnerte ihn an Mottenkugeln und vergorenen Lavendel. Walter rutschte unbewusst ein paar Zentimeter näher ans Fenster, was die alte Dame als Einladung betrachtete sich noch breiter zu machen. Walter fragte sich, wo in diesem Bus die Kotztüten waren.

Als er am Marienplatz den Bus verließ, blieb er einen Moment stehen und genoss die frische Luft. Der Duft nach Essensresten und Diesel war allemal besser als das hochinfektiöse Mikroklima des Busses. Auf dem Weg zu Francescos Kaffeestand kam er an den musizierenden Inkas vorbei. Er hatte sie lange nicht gesehen. Er vermutete, dass auch peruanische Musikanten hin und wieder Urlaub machten. Offensichtlich hatten sie die Zeit genutzt, um ihr Repertoire zu erweitern. Gerade gaben sie einen Anden-Remix von Abbas Super Trouper zum Besten, den Walter gar nicht schlecht fand. Immer noch besser als dieser Panini, oder wie der hieß.

Walter hatte den Kaffeestand schon fast erreicht, als er sich erneut durch eine Gruppe Schaulustiger kämpfen musste. Einige Artisten jonglierten mit brennenden Keulen und Ringen und entlockten ihren Zuschauern immer wieder ein „aaaah" oder „uuuuuh". Am Rand saß ein junger Mann mit einem Äffchen auf der Schulter, das Seifenblasen machte. Ein großes Plakat verkündete, dass die Artisten zum Zirkus Balotelli gehörten, der zurzeit in Neuhaus und dann später auf dem Weingartener Festplatz gastierte. Gar nicht weit weg, dachte Walter, und überlegte, wann er das letzte Mal einen Zirkus besucht hatte. Er konnte sich nicht erinnern. Vermutlich als Kind.

Als er sich endlich einen Weg durch die Menge gebahnt hatte, warteten seine Freunde schon auf ihn.

„Entschuldigt bitte", sagte er schnaufend, „aber heute ist die Hölle los!"

„Haben wir gesehen", lachte Anne und umarmte ihn zur Begrüßung. „Manni! Walter ist da!", rief sie Manni zu, der gerade in der Schlange für Kaffee anstand. Mit einer kurzen Geste signalisierte er, für Walter einen Kaffee mitzubringen, der dankbar in seine Richtung nickte.

„Bei der Hitze leert es sich hoffentlich früher", sagte Streifenkollege Hans. „Sobald wir über die dreißig Grad kommen, verschwinden alle."

„Soll mir nur recht sein", knurrte Kripo-Hubert. „Dann passiert schon weniger." Er sah übernächtigt aus und hatte dunkle Augenringe. „Bei dieser Hitze drehen irgendwie alle durch. Erst dieser Traktormord in Taldorf und jetzt auch noch die Messerstecherei mit unserem OB."

Walter hatte in den Nachrichten davon gehört. Irgendein Verrückter hatte am Abend zuvor in der Innenstadt mit einem Messer herumgefuchtelt und mehrere Passanten verletzt. Ausgerechnet dem Ravensburger OB, auf dem Heimweg von einem parteisubventionierten Umtrunk, gelang es, den Mann zu stoppen.

„Wisst ihr wie der OB das hinbekommen hat?", fragte Kripo-Hubert.

„Er hat dem Typen einfach zugerufen „Leg das Messer hin!" … und glaubt es oder nicht: genau das hat er gemacht." Hubert schüttelte den Kopf und verzog das Gesicht.

„Danach war natürlich die Hölle los. Dabei haben fast alle auf dem Revier Urlaub. Jetzt ratet mal, wer auch diesen Fall bearbeiten darf …" Kripo-Hubert antwortete selbst, indem er mit beiden Händen auf sich zeigte.

„Dann hast du wegen Hermanns Tod noch gar nichts unternommen?", fragte Walter zurückhaltend, da er seinen Freund nicht kritisieren wollte.

„Nicht viel, nein", gab Kripo-Hubert kleinlaut zu. „Ich bin noch nicht einmal dazu gekommen seine Witwe zu befragen. Ehrlich Leute: mir rennt im Moment einfach die Zeit davon."

„Aber du hast doch die offizielle Erlaubnis, dass wir helfen dürfen. Wir machen das gern, wenn das für dich in Ordnung ist", bot Manni an, und zeigte dabei mit der Hand in die Runde. „Walter und ich könnten doch zu der Witwe gehen. Hinterher erzählen wir dann, was dabei rauskam."

„Da ist noch etwas", meldete sich Walter zu Wort. „Anscheinend hat Edith, also Hermanns Witwe, Probleme mit irgendeiner Bank, die plötzlich viel Geld von ihr will." Walter erzählte in aller Kürze, was er von Xavier erfahren hatte. „Da sollten wir doch mal nachhaken. Geld war schon immer ein gutes Mordmotiv."

Kripo-Hubert stimmte ihm zu, teilte sich aber selber für diesen Punkt ein, da für einen Konteneinblick eine richterliche Verfügung erforderlich ist.

„Hans – du könntest dich mal schlau machen, ob so was mit dem Traktortyp früher schon mal vorgekommen ist. Nur zur Absicherung. Nicht, dass wir uns jetzt hier reinhängen, und der Traktor macht das öfter." Hubert wandte sich Walter zu. „Du könntest ein bisschen im Dorf rumfragen, ob es nicht noch irgendein anderes Motiv gibt. Aus deinen Erzählungen habe ich schon herausgehört, dass du seine Frau für unschuldig hältst. Aber vielleicht ist er ja fremdgegangen oder hatte Spielschulden … irgendwas. Hak da bitte nochmal nach, wenn du mit Manni zu der Witwe gehst. Denk dran: diese Frau kann bestimmt Traktor fahren!"

Das stimmte natürlich, doch Walter wollte das nicht glauben. Er kannte Edith nicht wirklich gut, aber dass sie ihren eigenen Mann dreimal mit dem Traktor überrollte, war einfach unvorstellbar. Und wenn sie wegen etwas anderem sehr wütend war? Er musste an die liebe Annemarie denken, die vor kurzem maßgeblich am Tod des alten Pfarrers mitgewirkt hatte. Der hätte man auch keine Gewalttat zugetraut, doch dann sah sie ihre Familie in Gefahr, und ihr Schutzinstinkt hatte die Kontrolle übernommen. Walter nahm sich vor, bei Edith aufmerksamer zu sein. Man konnte nie wissen. Und sie konnte tatsächlich Traktor fahren.

Immer wieder ging ihm auch die kleine Figur durch den Kopf, die sie in Hermanns Enddarm gefunden hatten. Die musste doch irgendetwas bedeuten. Ein Frosch? Im Hintern?

„Mit Edith hast du natürlich Recht, Hubert. Manni und ich kümmern uns darum. Trotzdem geht mir etwas anderes nicht aus dem Kopf. Dieser blöde kleine Frosch. Anne: wie weit war der in Hermann drin?"

„Ungefähr drei Zentimeter", antwortete Anne ohne zu zögern.

„Dann können wir doch als gesichert annehmen, dass der Frosch hinten … also … äh von hinten … äh da eingeführt wurde und nicht verschluckt wurde und durch den ganzen Körper gewandert ist."
Anne und auch die anderen nickten.

„Dann ist dieser Frosch ein Hinweis. Der Mörder hätte das nicht tun müssen, aber er wollte es. Er wollte, dass wir diesen Frosch finden und daraus etwas folgern. Aber was, zum Teufel? Soll das eine Art

Visitenkarte sein, oder will er uns damit sagen, warum Hermann sterben musste?"

Walter blickte in die Runde, doch keiner hatte eine zündende Idee.

„Diese Figur erinnert mich … hmmm", begann Anne zögerlich, während sie sich das Bild des Frosches vor Augen führte, „also es erinnert mich irgendwie an … Spielzeug."

„Der Gedanke kam mir auch schon", griff Walter Annes Idee auf. „Könnte so ein Spielzeug nicht darauf hindeuten, dass das Motiv für den Mord in Hermanns Jugend liegt, oder werden wir da jetzt zu psychologisch."

„Die Idee ist nicht schlecht", ging Kripo-Hubert dazwischen. „Es könnte aber auch nur Zufall sein. Der Mörder wollte ein Zeichen hinterlassen und nahm das, was er gerade zur Hand hatte. Vielleicht hat sein Sohn den Frosch am Tag davor aus einem Kaugummiautomaten gezogen – wir wissen es nicht. Behaltet die Idee im Hinterkopf, aber versteift euch nicht darauf."

„Mir kommt das ganz schlüssig vor", flüsterte Anne in Walters Ohr. „Lass uns da nachher noch mal drüber reden."

Sie blieben bei ihrer Aufgabenverteilung: Manni und Walter sollten mit Edith sprechen, Streifenkollege-Hans sich nach vergleichbaren Todesfällen umhören und Anne sich um die Tierfigur kümmern. Sie waren guter Dinge, denn durch die Genehmigung von Huberts Chef konnten sie diesmal alle offiziell an der Ermittlung teilnehmen. Leider hatte nicht jeder einen Polizeiausweis, warf Walter ein, aber alle meinten, das sei ja nun wirklich kein Problem, da sie ja fast immer in Gruppen unterwegs seien.

Einer nach dem anderen machte sich auf den Heimweg, denn die Hitze brachte die Luft über dem Kopfsteinpflaster bereits zum flirren.

Anne hakte sich bei Walter unter und lief ein Stück mit ihm die Marktstraße hinunter.

„Wo hast du geparkt?", fragte sie, und bereute die Frage, als sie Walters grimmiges Gesicht sah.

„Mein Wagen ist kaputt, schon vergessen? Ich bin mit dem Bus hergefahren. Was für eine Tortur. Aber wenigstens sind die Busse heute klimatisiert. Zu meiner Jugend gab es das nicht, da bist du im Bus schier geschmolzen, wenn die Sonne draufgeknallt hat."

„Dann bin ich jetzt dein Taxi", frohlockte Anne und stupste Walter in die Seite. „Ich stehe im Bahnstadt Parkhaus."

Annes Mini Cabrio hatte im untersten Parkdeck gestanden und keine Sonne abbekommen. Als sie einstiegen, reichte sie Walter ein Capy.

„Das brauchst du, sonst hast du ganz schnell nen ordentlichen Sonnenbrand auf dem Kopf", sagte sie streng und setzte ihr eigenes Capy auf. Ihren Pferdeschwanz fädelte sie geschickt durch das Loch an der Rückseite.

Als sie das Parkhaus verließen, traf Walter die Sonne mit voller Gewalt. Während sie langsam fuhren, war die Hitze schier unerträglich und Walter wünschte sich, Anne hätte angehalten und das Dach geschlossen und die Klimaanlage auf volle Leistung gestellt. Doch kurze Zeit später genoss er den Fahrtwind, während sie flott über die Landstraße Richtung Taldorf fuhren.

„Hast du Elmar und den Orts-Vincenz noch gut nach Hause gebracht?", erkundigte sich Walter.

„Es ging so", lachte Anne. „Als wir den Orts-Vincenz abgeladen haben, haben die beiden Jungs mir noch ein Ständchen gesungen. Ich fand es nett, aber die Nachbarn haben die Fenster aufgerissen und sich beschwert."

Walter freute sich, dass Anne Elmars Ausschweifungen mit Humor nahm. Einige seiner früheren Freundinnen hatten das anders gesehen und solange an ihm herumgenörgelt, bis er sich von ihnen trennte.

„Das mit diesem Spielzeugfrosch lässt mir keine Ruhe. Das hat irgendwas zu bedeuten", griff Walter ihr Thema vom Markt wieder auf. „Wahrscheinlich ist es für den, der es weiß, ganz offensichtlich, aber für mich erschließt sich da bisher gar nichts."

„So ist es doch immer", sagte Anne. „Wenn man das Geheimnis kennt, fragt man sich im Nachhinein, wie man nur so doof sein konnte. Ich denke, wir wissen einfach noch zu wenig über die Zusammenhänge und kennen auch Hermann nicht genug. Und da er ein Spielzeug im Hintern hatte, denke ich, wir sollten uns vor allem mal über seine Jugend schlau machen."

„So ein bisschen was hab ich ja schon herausgefunden", sagte Walter bescheiden, und erzählte Anne, was er von Georg und Xavier erfahren hatte.

„Hmmm …", grübelte sie und schob die Unterlippe nach vorne.

„Diese kleine Bande, oder wie wir das nennen sollen, mit Hermann, Karl Heinz und Xavier … wer könnte uns über die noch etwas erzählen? Wir bräuchten mehr Infos von damals … aus ihrer Schulzeit!"

„Der alte Herr Soyer", platzte es aus Walter heraus. „Der war ewig Lehrer in der Grundschule in Taldorf. Er wurde vor ein paar Jahren pensioniert, aber es würde mich wundern, wenn er auch nur einen seiner Schüler vergessen hätte."

„Prima", freute sich Anne. „Und wo finden wir diesen Herrn Soyer?" Walter musste kurz überlegen, aber meinte dann sich zu erinnern, dass er zuletzt in Bitzenhofen gewohnt hatte.

„Ich werde das überprüfen", versprach Anne und fuhr auf Walters Hof. „Zur Not muss mir halt Hubert helfen."

Anne umarmte Walter zum Abschied aus ihrem Sitz heraus und drückte ihm einen Kuss auf die Wange. Er konnte ihr gerade noch das Capy auf die Rücksitzbank werfen, bevor sie winkend davonfuhr.

„Muss ich da jetzt eifersüchtig sein?", fragte Liesl, die aus ihrem Garten kam.

Walter verstand den Wink mit dem Zaunpfahl und wurde rot. „Aber natürlich nicht. Du weißt doch, dass Anne nur eine gute Freundin ist."

„Und du fühlst dich nicht mal ein kleines bisschen geschmeichelt, dass sich so ein hübsches junges Mädchen für dich interessiert?", hakte Liesl nach.

„Ich … also … naja … so ein bisschen schon. Aber wirklich nur ein bisschen. Ich denk mir doch nichts dabei", beteuerte Walter.

„Dann denk daran, wenn du mich das nächste Mal mit Eugen siehst. Da denke ich mir nämlich auch nichts dabei." Liesl zwinkerte Walter zu und ließ ihn verdutzt stehen.

„Ich denke, ich habe es kapiert", flüsterte er und ging lächelnd ins Haus.

29

Den Sonntag hatte Walter sich freigenommen. Weder im Garten noch im Haushalt war etwas zu tun gewesen, und so hatte er sich mit einem Buch auf die Terrasse gesetzt. Er hatte vor kurzem auf einem Flohmarkt das Lebenswerk von Rita Mae Brown gekauft, und drei der Bücher bereits gelesen. Er hatte sie bei Eugen gekauft, was ihn erst etwas geärgert hatte, doch mittlerweile liebte er die kurzen aber unterhaltsamen Krimis. Eugen würde das niemals erfahren.

Gegen Abend hatte sein Handy eine Nachricht von Manni angezeigt. Er würde am nächsten Tag vorbeikommen, um mit ihm zu Edith zu gehen. Sie einigten sich auf fünfzehn Uhr, so dass Walter ausgeschlafen war und der Termin noch in Mannis Arbeitszeit lag.

Manni parkte überpünktlich vor Walters Haus und kam direkt auf die Terrasse.

„Bist du bereit?", fragte er Walter, der ihn erwartet hatte.

„Es geht so", sagte Walter unsicher. Er wusste nicht, was auf ihn zukam und hatte keine Ahnung, was er Edith sagen sollte.

Manni spürte seine Unsicherheit und legte ihm die Hand auf die Schulter. „Lass mich nur machen. Ich hab das schon öfter gemacht. Wir kriegen das hin."

„Weiß Edith denn Bescheid, dass wir kommen?"

Manni nickte. „Hab sie heute Vormittag angerufen. Sie erwartet uns."

Sie ließen das Polizeiauto auf Walters Hof stehen, um nicht zu viel Aufmerksamkeit zu erregen. Balu hatte sich geweigert im Garten zu bleiben und Walter hatte ihn ins Haus sperren müssen.

Auf dem kleinen Spaziergang ins Vorderdorf sprachen sie den geplanten Verlauf des Gesprächs noch einmal durch. Beruhigt stellte

Walter fest, dass er eigentlich nur freundlich lächelnd daneben sitzen musste. Er hoffte, dass das auch so bleiben würde.

„Was soll das eigentlich mit Vorderdorf und Hinterdorf? Die paar Häuser sind zusammen genommen ja noch kein richtiges Dorf", erkundigte sich Manni.

Walter erklärte ihm, dass im Gemeinderat vor langer Zeit beschlossen worden war, das Dorf in seinen zwei Teilen zu belassen.

„Was das bringen soll, weiß keiner, aber daher kommt diese große Baulücke."

Als sie an Bimbos Stall vorbei kamen, reckte dieser den Kopf heraus und legte die Ohren an.

„Der ist aber unfreundlich", bemerkte Manni.

„Er hasst sein Übergewicht und ist deshalb angefressen", sagte Walter und schenkte dem Haflinger, der nun garstig die Zähne bleckte, keine weitere Beachtung.

Vor Hermanns Haustür sammelten sie sich kurz. Walter wollte gerade klingeln, als die Tür geöffnet wurde. Ein Mann mit einem Kapuzineräffchen auf der Schulter kam heraus, begleitet von Hermanns Witwe.

„Es tut mir wirklich sehr leid, Hans-Peter, aber ich habe keine Ahnung, welchen Mais Hermann für euch vorgesehen hatte. Schau auf dem Feld nach, das ich dir beschrieben habe. Vielleicht erkennst du eure spezielle Sorte ja. Dann kannst du ihn selber abernten. Sag mir, wenn du Hilfe brauchst."

Edith umarmte den Mann, wobei das Äffchen teilnahmslos an seinem Kragen baumelte.

„Geht es dem Affen gut?", fragte Manni, der dessen glasigen Blick bemerkte.

„Er ist unterzuckert", behauptete Hans-Peter. „Dann ist er immer so lethargisch."

Er hob die Hand zum Gruß und steuerte auf einen kleinen Transporter mit der Aufschrift „Zirkus Balotelli" zu.

„Ich wusste, den kenne ich", sagte Walter. „Ich hab ihn auf dem Markt mit den anderen Artisten vom Zirkus gesehen."

Während Walter noch grübelte, was der Zirkus mit Hermann zu tun hatte, bat Edith sie ins Haus.

„Tut mir leid. Es ist alles etwas unordentlich im Moment, aber ich habe so viel um die Ohren, da komme ich nicht zum Aufräumen." Sie schob ihre Gäste durch den Flur in die geräumige Küche, die alles andere als unordentlich aussah.

„Möchtet ihr etwas trinken?", fragte sie, doch beide lehnten ab.

„Edith, wir sind heute hier, um mit dir über Hermanns Tod zu sprechen", begann Walter zögerlich. „Es ist mittlerweile sicher, dass es kein Unfall war, und da ergeben sich zwangsläufig ein paar Fragen. Sicher auch ein paar unangenehme. Nimm es meinem Freund bitte nicht übel. Das ist Manni. Er hat dich heute Morgen angerufen. Er ist von der Polizei und wird dir die Fragen stellen."

Edith sah kaum auf, nickte aber. Sie sah übernächtigt aus. Dunkle Ringe unter den Augen verrieten, dass sie nicht viel geschlafen hatte.

„Zunächst einmal vielen Dank, dass Sie Zeit für uns haben", begann Manni. „Ich möchte Ihnen mein aufrichtiges Beileid aussprechen." Wieder ein Nicken.

„Haben Sie irgendeine Idee, was da oben auf dem Acker passiert sein könnte?"

Edith schaute still auf ihre Hände, die müde auf dem Tisch lagen. Dann zuckte sie mit den Schultern.

„Eigentlich nicht." Sie atmete tief durch und hob den Kopf. „Im ersten Moment war ich einfach nur schockiert, und da glaubte ich noch, dass es ein Unfall war. Aber jetzt … ich weiß nicht …wer würde ihm denn

so etwas antun? Glauben Sie mir: ich habe die letzten Nächte wach
gelegen und gegrübelt, wer das getan haben könnte, aber es fällt mir
niemand ein."

Manni ließ ihr ein paar Sekunden Pause, bevor er weiter fragte. „Hatte
er denn irgendwelche Feinde, geschäftlich oder privat, von denen Sie
wissen?"

Edith stand auf und ließ sich an der Spüle ein Glas Leitungswasser
einlaufen. Sie trank es in einem Zug leer.

„Er hatte nicht nur Freunde, das weiß ich. Aber da ging es immer nur
um Kleinigkeiten. Um einen Pachtvertrag, um ein Durchfahrtsrecht,
Grundstücke, deren Vermessung ungenau war … solche Dinge. Aber
da war nichts dabei, weshalb man jemanden … jemanden …
umbringen würde!"

Sie schluchzte und vergrub ihr Gesicht in einem Stofftaschentuch, das
sie aus ihrer Strickjacke gezogen hatte.

„Gab es vielleicht finanzielle Probleme?", fragte Manni vorsichtig.

„Wie meinen Sie das?"

„Wir haben gehört, dass eine Bank sehr … sagen wir einmal …
unkonventionelle Forderungen gestellt hat."

Edith schien überrascht. „Das spricht sich ja schnell rum", sagte sie
verärgert. „Aber es stimmt. Letzten Mittwoch kam ein Schreiben von
einer Willkins-Bank. Über die hatte Hermann die Finanzierung für
den neuen Stall gemacht. Er hat diese Dinge immer allein geregelt,
und ich habe keine Ahnung, warum er nicht bei unserer Hausbank
finanziert hat. Na, auf jeden Fall haben die geschrieben, dass der
Vertrag mit Hermanns Tod hinfällig wäre, und dass der komplette
Betrag innerhalb von vierzehn Tagen zur Rückzahlung fällig sei – plus
einer Konventionalstrafe. Insgesamt fast dreihunderttausend Euro."

Manni und Walter sahen sich erschrocken an. Keiner von beiden
konnte sich vorstellen, dass ein derartiges Vorgehen legal war.

„Was passiert, wenn du das Geld nicht zurückzahlen kannst?", fragte Walter.

„Dann pfänden sie den Hof und alles was dazu gehört", antwortete Edith kurz.

Walter wunderte sich. Er hätte in Ediths Antwort etwas mehr Verzweiflung erwartet, doch sie schien durchaus gefasst.

„Und du kannst das Geld einfach auftreiben?", hakte Walter nach.

Zum ersten Mal in diesem Gespräch zeigte Edith ein leichtes Lächeln.

„Das muss ich gar nicht. Der alte Pfarrer hilft mir."

Walter und Manni starrten sie an. Der alte Pfarrer? Pfarrer Sailer?

„Wie soll das gehen? Pfarrer Sailer lebt nicht mehr", sagte Walter.

„Er nicht, aber seine Stiftung", erklärte Edith. „Nachdem am Mittwoch der Brief von dieser Willkins-Bank gekommen war, kam am Freitag von Pfarrer Sailers Stiftung ein Schreiben. Sie hätten den Vertrag abgelöst, und ich wäre den Betrag nun ihnen schuldig. Allerdings ohne Strafzahlung und Zinsen. Mit einer Laufzeit von fünfundzwanzig Jahren. Ein Geschenk des Himmels."

Manni und Walter fehlten die Worte. Sie hatten mitbekommen, dass der größte Teil von Pfarrer Sailers Vermögen verwendet worden war, um eine Stiftung zu gründen, hatten aber seitdem nichts mehr davon gehört.

„Und das ist rechtlich abgesichert?", fragte Walter verblüfft.

Edith lief zu einer Kommode und zog einen Brief aus der obersten Schublade.

„Lies es selber", forderte sie ihn auf und reichte Walter den Umschlag.

Das Kuvert war hochwertig, ebenso das gefaltete Briefpapier darin.

Walter überflog das Schreiben und reichte es an Manni weiter.

„Hast du vorher schon mal mit der Stiftung zu tun gehabt?", fragte Walter.

„Nein. Wenn ich ehrlich bin, wusste ich gar nicht, dass es sie gibt. Ich habe auch niemanden um Hilfe gebeten, oder mich an irgendwen gewandt. Dafür war gar keine Zeit … dieser Brief kam einfach so."

Manni gab das Papier an Walter zurück, der sich die Unterschrift noch einmal genau ansah.

„Das wurde von einem Anwalt unterschrieben. Dr. Werner Dietrich. Kennst du den?"

Edith schüttelte nur den Kopf und streckte die Hand nach dem Schreiben aus.

„Es ist mir auch egal, wer dahinter steckt. Für mich ist das die Rettung in letzter Sekunde. Dreihunderttausend … wo hätte ich die denn hernehmen sollen?"

„Gab es denn keine Lebensversicherung?", erkundigte sich Manni vorsichtig.

„Die gab es schon", sagte Edith verächtlich, „aber von der gibt es im Todesfall gerade mal hundertzwanzigtausend. Und bis die bezahlen dauert es noch. Durch die neue Sachlage halten die sich erst mal mit der Auszahlung zurück. Die Leiche ist ja noch nicht mal freigegeben."

Manni nickte. „Um nochmal auf den Mord zurückzukommen …", begann er, doch Edith zuckte bei dem Wort „Mord" so heftig zusammen, dass er nicht weitersprach. Erst als sie sich beruhigt hatte und ihm direkt in die Augen sah, sprach er weiter.

„Nun also, auf dem Feld … wo es passiert ist. Hat es mit dem Ort irgendetwas Besonderes auf sich? Vielleicht eine Geschichte aus Hermanns Jugend?"

Edith schaute ihn irritiert an. „Wie meinen Sie das? Was soll das mit seinem Tod zu tun haben?"

Walter wusste, worauf Manni hinauswollte. „Edith, wir vermuten, dass der Mord an deinem Mann vielleicht etwas mit einer Geschichte von früher zu tun hat."

Manni schaute Walter scharf an.

„Wie kommt ihr denn darauf?", fragte Edith neugierig. „Habt ihr irgendwas gefunden, das darauf hindeutet? Auf dem Acker vielleicht?"

Walter wusste, dass er Manni in eine unangenehme Lage gebracht hatte. Er konnte nun wählen: Edith belügen oder von dem Frosch erzählen.

„Spielte in Hermanns Leben ein Frosch eine Rolle?", tastete Manni sich vor.

Edith verstand nicht. „Ein Frosch? Also das Tier?"

Manni nickte.

„Also … da weiß ich jetzt nicht, was ich sagen soll", stotterte Edith.

„Er hatte ja mit allerlei Tieren zu tun … überall hier … aber ein Frosch … wie kommen Sie darauf?"

„Es ist so, dass wir am Tatort einen kleinen Frosch gefunden haben. Ganz klein. Einen Spielzeugfrosch. Aus Plastik."

„Was?" Edith war fassungslos.

„Ihr habt da auf dem Acker einen Frosch gefunden? Habt ihr nichts Besseres zu tun, als die Erde nach verlorenem Spielzeug zu durchsuchen?"

„Er war nicht in der Erde." Manni wurde rot.

„Na, wo denn sonst? In Hermanns Tasche, in seiner Hose?" Edith begann hysterisch zu werden.

„Nun ja … der Frosch … er war in Ihrem Mann. In seinem Rektum …"

Edith brauchte einen Moment, um diese Nachricht zu verarbeiten. Ihre Augen weiteten sich.

„Sie meinen, mein Mann hatte einen Frosch im Arsch?", rief sie ungehalten und sprang vom Tisch auf.

„Wenn Sie es so formulieren wollen: ja. Er hatte einen Spielzeugfrosch im Arsch. Er wurde ihm da hineingesteckt."

Walter sah wie Edith zwischen Lachen und Weinen schwankte und legte ihr beruhigend die Hand auf die Schulter.

„Edith, das ist unsere beste Spur. Wenn dir dazu irgendetwas einfällt, müssen wir das wissen!"

„Ich habe doch keine Ahnung. Wenn ich etwas wüsste, glaub mir, ich würde es euch sagen."

Sie sackte resigniert auf ihren Stuhl und verbarg das Gesicht in den Händen.

Walter und Manni ließen ihr Zeit, doch sie sagte nichts mehr.

Manni erkundigte sich noch, wie Hermanns Erbe geregelt sei. Edith versicherte ihm, dass es keine Probleme gäbe. Sie hatten sich schon vor Jahren gegenseitig als Alleinerben eintragen lassen.

Sie verabschiedeten sich von Edith und standen schon vor der Tür, als Walter sich noch einmal umdrehte.

„Dieser Typ vom Zirkus, der vorhin bei dir war … woher kannte Hermann den?"

Edith zuckte mit den Schultern. „Weiß ich nicht. Der kommt schon seit ein paar Jahren. Hermann hat extra für ihn einen speziellen Elefanten-Mais angebaut, den er jeden Herbst abholt. Hermann hat gesagt, dass der Zirkus super bezahlt, also soll es mir recht sein. Wenn er den Mais jetzt selber erntet, bekomme ich wenigstens noch ein paar Euro in die Kasse."

„Warum hast du nach dem Typ vom Zirkus gefragt?", fragte Manni auf dem Weg ins Hinterdorf.

„Weil ich den hier noch nie gesehen habe. Und irgendwie kommt er mir komisch vor. Hast du schon mal was von Elefanten-Mais gehört?"

Manni, der mit Landwirtschaft noch nie etwas zu tun hatte, schüttelte den Kopf.

„Aber das heißt nichts. Ich kenne mich da beim besten Willen nicht aus. Aber eins kann ich dir sagen: das Äffchen auf seiner Schulter war nicht unterzuckert."

„Wie meinst du das?", fragte Walter überrascht.

„Den Gesichtsausdruck kenne ich vom Streifendienst nur allzu gut. Auch wenn ich ihn hier zum ersten Mal bei einem Affen gesehen habe. Der war nicht unterzuckert - der war total bekifft."

30

Als sie wieder bei Walter waren, setzten sie sich mit einem Bier auf die Terrasse. Balu musste nicht den beleidigten Hund spielen, denn er war wirklich gekränkt. Walter hatte ihn nicht mitgenommen und dazu noch im Haus eingesperrt. Eglon und Kitty hatten im Garten auf ihn gewartet, während er ihnen lautstark sein Leid geklagt hatte.

„Was ist mit Balu los?", fragte Manni, der bemerkte, dass der Wolfsspitz sie ignorierte.

„Er ist beleidigt, weil ich ihn eingesperrt habe", antwortete Walter, der seinen Hund kannte.

„Aber das renkt sich wieder ein. Jetzt lass uns Kripo-Hubert anrufen, damit wir nichts vergessen."

Walter legte sein Handy auf den Tisch und stellte es auf Freisprechen. So konnten alle mithören. Auch die Tiere.

Als Hubert sich meldete, fasste Manni das Gespräch mit Edith zusammen, nur hin und wieder ergänzte Walter ein paar Details.

„Das habt ihr gut gemacht", sagte Kripo-Hubert, als Manni fertig war.

„Das mit der Bank und mit der Stiftung klingt allerdings ziemlich dubios."

„Wie meinst du das?", fragte Walter.

„Na, habt ihr schon mal von einer Bank gehört, die so schnell reagiert? Die brauchen doch sonst für eine Überweisung drei Tage. Die konnten noch gar nicht wissen, dass Hermann gestorben war. Die Leiche ist ja noch nicht mal freigegeben. Und dann diese Stiftung, die einfach so alles für Edith regelt. Die wiederum konnte nichts von dem Schreiben dieser seltsamen Bank wissen. Also das ist schon sehr komisch."

Walter nickte nachdenklich, konnte sich aber keinen Reim darauf machen.

„Manni hat Edith ja von dem Frosch erzählt … also das geht auf meine Kappe", gestand Walter. „Ich habe ihn da reinmanövriert."

„Halb so wild", wiegelte Kripo-Hubert ab, „ihr musstet sie danach fragen. Hin und wieder müssen wir auch etwas preisgeben, um Ergebnisse zu erzielen."

„Nur dass es in diesem Fall eine Sackgasse war", raunte Walter frustriert.

Die Tiere hörten aufmerksam zu, um nichts zu verpassen. Kitty und Eglon lagen links und rechts neben Balu, der Walter nach wie vor mit Missachtung bestrafte.

„Wie lange willst du das durchziehen?", erkundigte sich Eglon.

„Solange es notwendig ist", grummelte Balu. *„Wenn er bei diesem Fall immer ohne mich loszieht, kann ich ihn nicht beschützen."*

„Aber Manni war doch bei ihm. Der passt doch auch auf ihn auf", warf Kitty ein. *„Und schau mal genau hin. Da an Mannis Schulter…"*

Balu hob den Kopf und sah zu Manni. Der Polizist trug tatsächlich ein Schulterholster mit seiner Dienstwaffe darin.

„Okay, okay", gab Balu nach, *„Manni passt sicher gut auf Walter auf. Aber er hätte mich ja nicht gleich wegsperren müssen … nach allem, was wir gemeinsam durchgemacht haben."*

Kitty spürte, dass ihr Freund es nicht mehr ernst meinte und stupste ihn sanft in die Flanke.

„Hast du gehört, was sie Kripo-Hubert über den Frosch erzählt haben", kam Kitty auf den Mordfall zurück. *„Sie glauben jetzt auch, dass das Mordmotiv irgendetwas mit Hermanns Vergangenheit zu tun hat."*

„Da sind wir doch schon früher draufgekommen", erwiderte Balu. *„Da ist aber etwas, das mich viel mehr verwirrt."* Kitty und Eglon schauten ihn fragend an.

„Was bitteschön ist Elefanten-Mais. Das hab ich ja noch nie gehört!"

„Vielleicht eine spezielle Sorte nur für Elefanten", mutmaßte Eglon, *„Katzenfutter ist ja auch was anderes als Hundefutter."*

„Ich hab auch noch nie was davon gehört, das könnte aber auch daran liegen, dass wir hier nicht so wahnsinnig viele Elefanten haben."

Die Tiere lachten, und sogar Balu hatte seinen Groll auf Walter vergessen.

Als es an der Tür klingelte, schreckten alle auf, Menschen wie Tiere. Balu hatte seine Vorwarnung nicht etwa vergessen, er hatte einfach keinen Besucher gehört. Sofort holte er das mit zwei Bellern nach.

„Jetzt brauchst du auch nicht mehr anzuschlagen", nörgelte Walter und ging zur Eingangstür.

„Ich dachte, ich schaue mal vorbei", begrüßte ihn Faxe, nachdem er geöffnet hatte. „Komme ich ungelegen?"

„Nein, nein", versicherte Walter und führte Faxe durchs Haus auf die Terrasse.

„Das ist mein Freund Manni von der Polizei … und das ist Faxe aus Alberskirch, der Automechaniker meines Vertrauens", stellte er die beiden vor.

Sie gaben sich die Hand und Faxe zog sich einen Gartenstuhl hinzu.

„Schicke Knarre", sagte Faxe, mit Blick auf Mannis Schulterholster.

„Schöne Haare", entgegnete der Polizist und wunderte sich im selben Moment, warum er das gesagt hatte. Faxe nickte nur.

„Was führt dich her?", fragte Walter und drückte Faxe ein eiskaltes Bier in die Hand.

„Mein Kumpel vom Autohaus hat mich angerufen", sagte Faxe und schleuderte mit einer gekonnten Bewegung seine langen Haare nach hinten. „Er meinte, es sei nicht so gut gelaufen …"

„Nicht so gut gelaufen? Hast du eine Ahnung!" Walter wurde lauter.

„Die wollen einen abzocken. Das sind utopische Preise für ein kleines

Auto!"

Faxe grinste seine Bierflasche an und legte eine Plastiktüte auf den Tisch.

„Rauchfleisch?", fragte Walter, doch Faxe schüttelte den Kopf.

„Schau mal rein, Walter. Das sind die aktuellen Prospekte und Preislisten von ein paar Automarken. Ich habe die Modelle rausgesucht, die für dich in Frage kommen."

Walter nahm neugierig ein Prospekt zur Hand. Volkswagen. Er blätterte interessiert durch die Hochglanzseiten, bis zur Preisliste.

„Das ist doch… also … das glaub ich ja nicht. Der ist ja noch teurer … und sieht dazu noch nicht mal gut aus."

Hastig nahm er einige andere Prospekte und blätterte schnell bis zur Preisübersicht. BMW, Toyota, Mazda, Mercedes, Citroen …

„Schau dir das an, Manni", rief Walter und hielt seinem Freund die Preislisten unter die Nase. „Das kann doch gar nicht wahr sein, dass die alle so teuer sind."

„Das ist das Problem, wenn man nur alle zwanzig Jahre ein neues Auto kauft", sagte Manni, „du bist bei den Preisen einfach nicht auf dem Laufenden."

Faxe nickte zur Bestätigung. „Das Angebot, dass dir mein Freund gemacht hat, war echt ein Schnäppchen. Für weniger wirst du nichts bekommen."

„Hast du vielleicht noch eine Idee", wandte sich Walter hilfesuchend an Manni.

Der griff in sein Schulterholster und legte seine Dienstwaffe auf den Tisch. „Wenn du es damit versuchen willst, nur zu. Mit einer Knarre kriegst du im Autohaus abartige Rabatte."

Walter und Manni sahen sich kurz in die Augen, dann lachten beide schallend los.

„Du bist ein Blödmann, Manni", rief Walter.

„Und du ein Geizhals!"

Sie stießen an und Walter lehnte sich entspannt zurück.

„Ich werde wohl nicht drumherumkommen ein paar Euro zu investieren", sagte er einsichtig. „Ohne Auto bin ich hier in Taldorf echt aufgeschmissen."

„Du könntest dich auch nach einem guten Gebrauchten umschauen", gab Faxe zu bedenken. „Da kannst du richtig Glück haben."

„Oder auch richtig Pech", hielt Walter sofort dagegen. „Ich kenne mich mit Autos überhaupt nicht aus. Da kann mich jeder Viertklässler über den Tisch ziehen."

„Wenn du möchtest, gehe ich gerne mit dir ein paar Fahrzeuge anschauen, und sag dir, ob sie was taugen", bot Faxe an, doch Walter schüttelte den Kopf.

„Ich habe noch nie ein gebrauchtes Auto gekauft, aber vielleicht muss sich das ändern. Ich überlege es mir. Danke für dein Angebot!"

„Lass dir damit Zeit, Walter. Ich habe einen guten Gebrauchtwagenhändler an der Hand. Rafi ist zwar ein Schlitzohr, aber wenn man ihn kennt, macht er gute Preise."

Walter überlegte, ob es Zufall war, dass Faxes Gebrauchtwagenhändler den gleichen Namen hatte, wie Jussufs Cousin.

Sie tranken ihr Bier leer, dann verabschiedeten sich Manni und Faxe gleichzeitig. Walter erwog kurz, noch kurz bei Liesl zu klingeln, ließ es aber bleiben, da er früh zu Bett gehen wollte.

Er verräumte die leeren Flaschen und setzte sich mit einem frischen Bier und Rita Mae Brown in seinen Gartenstuhl. So musste ein Tag ausklingen.

31

„Siehst du – alles hat ein Ende nur die Wurst hat zwei", sagte Jussuf, nachdem Walter ihm ausführlich von den letzten Tagen erzählt hatte. Da Jussuf in Berg bei Ravensburg wohnte, hatte er wenig mit Taldorf zu tun, und Walter konnte mit ihm über alles reden.

„Was macht eigentlich dein Deutschkurs?", fragte Walter interessiert.

„Is soweit ganz gut. Hat isch jetzt erst zweimal. Aber is spannend. Lehrerin macht viel mit deutsche Lieder und mit Sprichworte."

„Ihr müsst deutsche Lieder singen?", wunderte sich Walter.

„Nee. Nur hören und nachsprechen. Verdammt isch lieb disch, isch lieb disch nisch … verstehst?"

„Es heißt: verdammt ich lieb dich, ich lieb dich nicht …"

„Eh – ich hatte erst zweimal, ok? Sei nisch so kritisch, Walter!"

Jussuf grinste Walter an und nahm einen großen Schluck Kaffee.

„Dann ist mit deiner Liesl auch wieder alles gut?", verlagerte Jussuf das Thema.

„Aber ja. Wir haben uns ausgesprochen."

„Verliebe verlorn, vergässa verzeihn", setzte Jussuf an, doch Walter winkte ab.

„Da ist alles in Ordnung, glaub mir. Außerdem ist sie nicht „meine" Liesl. Sie ist einfach nur meine Nachbarin … ", versuchte Walter sich herauszureden, doch Jussuf grinste nur breit.

Als Walter ihm von seinem missglückten Ausflug ins Autohaus erzählte, wurde Jussuf nachdenklich.

„Wird schon irgendwie gut", beruhigte er Walter. „Für dich schiebe ich die Sterne weiter …", stimmte Jussuf im Ton eines Muezzins an.

„Zur Not gehen wir doch zu Rafi."

Schon wieder dieser Name, dachte Walter.

„Das kann ich nicht machen, Jussuf. Ich habe doch Freunde bei der Polizei", versuchte Walter sich herauszureden.

„Cousin Rafi hat auch Freunde bei die Polizei … gute Freunde kann niemand trennen … sonst wär er doch immer noch in Knast", sagte Jussuf und stellte seine Tasse in die Spüle. „Überlegst du dir, Walter!" Für ihn war damit alles geklärt und er machte sich auf den Weg, um vier weitere Austräger mit Zeitungen zu versorgen.

„Du sollst stille Wasser nicht vor Abend loben", flüsterte er Walter im Gehen geheimnisvoll zu. Walter fragte sich, ob der Volkshochschulkurs wirklich sein Geld wert war.

Walter war gut gelaunt auf seiner Zeitungsrunde unterwegs. Diese frühen Stunden waren immer noch die einzig erträglichen des Tages. Balu erging es mit seinem dicken Fell nicht anders und trabte munter vorweg. Zwei frühe Jogger erschreckten sie, als diese mit Stirnlampen bestückt durch die Dunkelheit hoppelten. An Sport war tagsüber nicht zu denken.

Als sie gegen Ende ihrer Runde zu Eugens Haus kamen brannte am Eingang bereits Licht.

„Scheißndreckn!", fluchte Walter, der keine Lust auf ein Gespräch mit dem pensionierten Lehrer hatte.

„Einen wunderschönen guten Morgen", trällerte Eugen schon aus zehn Metern Entfernung und ignorierte mit seiner Lautstärke den Schlafwunsch der Nachbarn.

„Heute ist der Tag der Tage", jubilierte Eugen und hielt Walter einen Tablett-PC unter die Nase.

Walter musste einen Schritt zurücktreten, da er ohne Brille sonst nichts erkannte.

„Das Kreuz ist im Internet?", fragte er staunend, als er die Überschrift der Seite entziffert hatte.

„Und nicht nur das", triumphiert Eugen, „die haben sogar die Karte für den Mittagstisch drin. Schauen Sie hier: heute gibt es ein Puten Cordon Bleu."

Walter hatte nicht vergessen, dass er Eugen noch ein Essen schuldete, doch er verzog das Gesicht. Er mochte keinen warmen Käse. In Kässpätzle war er gerade noch in Ordnung, doch am Fleisch wollte er nichts davon wissen. Und er mochte auch keine Pute. Nicht ideal.

„Wollen wir nicht einen anderen Tag nehmen? Ich hab's nicht so mit warmem Käse und Pute."

„Ach, da können Sie sicher umbestellen oder von der Karte was kommen lassen", widersprach Eugen.

Prima, dachte Walter, von der Karte kostet es aber den normalen Preis.

„Ich hole Sie um zwölf Uhr ab, dann kriegen wir sicher noch einen Platz." Eugen ließ Walter keine Chance zu antworten, nahm seine Zeitung direkt aus Walters Wagen und verzog sich gut gelaunt ins Haus. Mit einem tiefen Seufzer akzeptierte Walter sein Mittagstischschicksal und machte sich auf den Weg ins Hinterdorf. Er wusste, wo ein Schnaps auf ihn wartete.

„Da wäre ich gern dabei", lachte Ulf, der Schildkröter, als Balu ihm von dem Gespräch der beiden Männer erzählte. Der Wolfsspitz war in Eugens Garten geschlichen und hatte seinen Freund geweckt.

„Ich lieber nicht", grinste Balu, der genau wusste, welchen Albtraum dieses Essen für Walter bedeutete. *„Ich glaube, allein der Gedanke, dass er für Eugens Essen bezahlen soll, macht ihn verrückt."*

„Aber immerhin gehen sie nur zum Mittagstisch. Das ist, glaube ich, wirklich günstig. Aber mal was anderes", Ulf kroch etwas näher zu Balu, *„ich habe gehört, es gibt einen neuen Mord im Dorf?"*

„Fang du nicht auch noch an", blaffte Balu. *„Jemand hat Hermann mit dem*

Traktor überfahren. Und nun rate mal, wer unbedingt wieder bei der Untersuchung mitmischen muss?"

Ulf ahnte die Antwort und schüttelte den Kopf.

„Walter kann es einfach nicht lassen."

„Eher seine Freunde. Wenn ich das richtig mitbekommen habe, haben sie ihn überredet. Als wäre der Zeitungsausträger von Taldorf der wichtigste Mann", sagte Balu resigniert.

„Nun ja", sagte Ulf zögerlich, *„das letzte Mal war es ja auch so."*

„Mir wäre es trotzdem lieber gewesen, er hätte sich diesmal rausgehalten."

Ulf biss in den Rest einer Banane. *„Bäh!!!! Diese Scheißbananen. Ich kann sie nicht mehr sehen."* Er spuckte das Stück wieder aus und wandte sich einem halbreifen Apfel zu.

„Versprich mir nur eins Balu: wenn es wieder ein Abschlussfest mit leckerem Essen gibt, holst du mich dazu!"

Der Wolfsspitz musste grinsen, als er an Eugens dummes Gesicht dachte, der seinen Schildkröter bei den anderen Tieren auf Liesls Terrasse entdeckt hatte.

„Ist versprochen, Ulf", rief Balu und rannte Walter hinterher, der schon fast bei der Goschamarie war.

32

Walter war noch nie in einem VW-Bus mitgefahren und fühlte sich wie im Führerhaus eines LKW. Beim Einsteigen hatte er sich umständlich hochziehen müssen.

„Ganz schön hoch, nicht wahr", bemerkte Eugen, der Walter beim Hineinklettern beobachtet hatte.

„Man hat die perfekte Übersicht am Lenkrad und kann weit vorausschauen."

„Wenn man's braucht", sagte Walter nur und freute sich über Eugens verärgerten Gesichtsausdruck.

Am Kreuz angekommen, fuhren sie hinter die Wirtschaft, um einen der begehrten Schattenparkplätze zu ergattern. Tatsächlich waren noch einige Lücken frei, doch die meisten waren für Eugens VW-Bus zu klein. Endlich parkte er mühselig rückwärts ein. Beide mussten sich durch die halbgeöffneten Türen ins Freie quetschen, da der Abstand zu den Nachbarfahrzeugen so gering war.

„Ein kleineres Auto ist manchmal sehr geschickt", stichelte Walter, doch Eugen ignorierte ihn.

Der Biergarten war erst halb belegt und sie setzten sich an einen Tisch mit Blick auf die Tür zur Küche. Walter war schon öfter zum Mittagstisch hier gewesen, wenn es auf seinem Weg gelegen hatte. Vor dem Umbau hatte es nur ein paar Tische auf der Straßenseite im Freien gegeben, doch nun bot der neue Biergarten, vom Lärm der Bundesstraße durch das Gebäude abgeschirmt, einen gemütlichen Platz fürs Mittagessen.

„Des sind aber seltene Gescht", rief Claudia erfreut, als sie Walter und Eugen erblickte. Die junge Wirtin kam an ihren Tisch geeilt und verteilte die Tageskarte. „Derf i denn schomol s'Trinka aufnämma?"

Eugen lehnte sich entspannt zurück und bestellte ein Radler, Walter nur ein Wasser. Als sie auf die Getränke warteten, sah sich Walter im Biergarten um. In einer Ecke sah er ein paar alte Bekannte: Riedesser von der Bank, der King und der Orts-Vincenz. Die schienen mittlerweile beste Freunde zu sein. Als sie Walter bemerkten, grüßten sie still und steckten ihre Köpfe wieder zusammen.

„Da geht es sicher wieder um das neue Baugebiet", mutmaßte Eugen, der die drei ebenfalls gesehen hatte.

„Dann scheint es aber Probleme zu geben. Die sehen nicht glücklich aus", vermutete Walter, da die drei recht mürrisch aussahen.

„Oi Radler, oi Wasser, bittscheee", säuselte Claudia, als sie die Getränke servierte. „Wie henders mitm Ässa?"

„Ich nehme das Puten Cordon Bleu mit den Kroketten", bestellte Eugen sofort.

„No a Sipple vorweg, oder an Salat", bot die geschäftstüchtige Wirtin an.

„Nein. Nix Suppe, nix Salat", ging Walter dazwischen, um die Rechnung so niedrig wie möglich zu halten. „Und ich nehme auch das Puten Cordon Bleu. Aber … ähm könnte ich da was umbestellen?"

„Ja klar. Koi Probläm", sagte Claudia freundlich.

„Also … dann hätte ich gerne Pommes anstatt der Kroketten, ok?"

„Natierlich!"

„Und wo wir gerade dabei sind … ich … ähm hab's nicht so mit Pute. Könnte ich Schweinefleisch haben?"

„Natierlich. Koi Probläm!" Claudia packte die Tageskarten weg und wollte mit der Bestellung in die Küche gehen.

„Ach, noch was", hielt Walter sie zurück. „Dann lass doch bitte auch den Käse und den Schinken weg. Also gar keine Füllung. Einfach nur paniert. Das passt dann schon."

Kommentarlos verschwand die Wirtin Richtung Küche, und Walter ahnte, dass er den Bogen etwas überspannt hatte.

„Wenn ich das richtig verstanden habe, hätten sie doch einfach ein paniertes Schnitzel von der Karte bestellen können", wandte Eugen ein, doch Walter schüttelte den Kopf.

„Auf keinen Fall. Das steht mit dreizehn Euro vierzig auf der Karte. Jetzt bekomme ich es zum günstigen Mittagstischpreis."

Während sie auf ihr Essen warteten, rief der King die Wirtin zum Zahlen. Er übernahm breit lächelnd die gesamte Rechnung und verschwand kurz darauf in seinem schwarzen AMG Mercedes. Auch Riedesser war plötzlich verschwunden. Der Orts-Vincenz brach ebenfalls auf und kam zu Walter und Eugen an den Tisch.

„Ich wollte mich nur noch mal bei dir bedanken, Walter."

Walter blickte erstaunt auf. „Ach – wofür denn?"

„Na dafür, dass du mich neulich nach der Goschamarie nach Hause gefahren hast."

Walter stutzte. „Das war ich aber gar nicht."

„Nicht?", fragte der Orts-Vincenz, und man sah, dass es ihm peinlich war.

„Verdammt", nuschelte er, „dann war es wohl doch schlimmer, als ich gedacht hatte. Ich dachte, du hättest mich gefahren."

Walter musste grinsen. „Das war Anne. Elmars Freundin. Die hat euch beide nach Hause gebracht. Du musst dich bei ihr bedanken."

Der Orts-Vincenz zog die Augenbrauen hoch und nickte übertrieben.

„Natürlich – die Anne. Jetzt fällt es mir auch wieder ein." Er klopfte sich theatralisch auf die Stirn und wandte sich zum Gehen.

„Dann werde ich mich bei ihr erkenntlich zeigen. Vielleicht ein paar Blumen …"

„Vergiss die Blumen, schenk ihr ein ordentliches Stück Rauchfleisch. Vertrau mir!", rief Walter ihm nach.

Das Essen war vorzüglich. Eugen genoss sein Cordon Bleu, Walter sein paniertes Schnitzel. Während des Essens kam kein Gespräch auf, was Walter aber nur recht war. Er hatte keine Lust auf irgendwelche Oberlehrersprüche.

Als Claudia ihre leeren Teller abräumte, verlangte Walter sofort die Rechnung, um nicht eine Minute länger mit Eugen verbringen zu müssen, als unbedingt notwendig.

„Goht des zämma?", fragte die Wirtin und schaute Walter fragend an.

„Ja, leider", knirschte er, und fummelte umständlich seinen Geldbeutel aus der Hosentasche.

„Dänn machts siebzeah Eiro achzig", verkündete Claudia und hielt Walter den Beleg hin.

Walter nestelte in seinem Portemonnaie herum und legte schließlich das Geld auf den Tisch.

„Stimmt so", sagte er gönnerhaft und erhob sich.

„Kommet au amol wieder", rief ihnen die Wirtin hinterher, „und viela Dank für dia zwanzig Cent Trinkgeld!"

Bis kurz vor Dürnast saßen sie schweigend nebeneinander, doch angesichts des gerade erlittenen finanziellen Verlustes wollte Walter Eugen noch etwas ärgern.

„Wie läuft's denn mit der Achillessehne", probierte er ein Wortspiel, doch zu seiner Enttäuschung lächelte der Lehrer.

„Prächtig! Ich stehe ja eigentlich nicht so auf Medikamente, aber jetzt war ich doch beim Orthopäden. Der hat mir zwei kleine Spritzen in die Sehne gerammt und alles ist wieder gut. Eine Woche muss ich mich noch schonen, dann kann ich wieder voll angreifen."

„Dann sind sie bis zum Halbmarathon in Lindau fit?"

„Ganz bestimmt. Bis dahin bin ich in Höchstform!"

Schlagartig war Walters Laune im Keller. Ihm graute davor, dass

Eugen womöglich einen guten Platz bei dem Lauf belegte, da er dann wochenlang damit herumprahlen würde.

Walter bedankte sich bei Eugen fürs Fahren und stieg aus.

„Das sollten wir unbedingt mal wieder machen", rief ihm Eugen noch nach, doch Walter drehte sich nicht mehr um.

„Besser du erfährst nicht, was ich von der Idee halte", murmelte er und schloss die Eingangstür hinter sich.

33

Die beiden Männer hatten sich zwei Tage nicht gesehen und der Jüngere hatte für diesen Abend eindeutige Pläne gehabt.

„Zu heiß", hatte sein Freund abgelehnt, und so saßen sie nebeneinander auf der alten Hollywoodschaukel anstatt sich verschwitzt unter den Laken zu wälzen.

„Du hinkst mit deinem Zeitplan hinterher", sagte der Ältere sachlich.

„Kann ich was dafür? Wer kann denn mit so einem Wetter rechnen?"

„Du könntest einen anderen Ort wählen, einen, wo du genug Wasser hast."

„Nein", sagte der Jüngere zornig, „es wird alles so passieren, wie ich es geplant habe. Der Zeitpunkt ist nicht so wichtig, aber der Ort."

„Warst du seit dem Frosch mal wieder im Dorf?"

Der Jüngere nickte.

„Und? Wie ist die Stimmung?"

Ein zufriedenes Lächeln breitete sich über dem Gesicht des Jüngeren aus.

„Die sind alle total aus dem Häuschen. Haben keine Ahnung, dass das erst der Anfang war. Sobald es mal regnet und genug Wasser da ist, ist die Katze dran."

„Die Geschichte mag ich besonders gern. Erzähl sie mir noch mal."

Der Jüngere schloss die Augen und lehnte sich zurück.

Wir haben ausgemacht, dass wir uns wieder am Schmehweiher treffen, wie so oft. Doch diesmal ist es anders. Ein Wolkenbruch hat in der vergangenen Nacht alle Wiesen aufgeweicht, auf den Wegen stehen riesige Pfützen. Ich habe meine Sandalen an, die schon nach wenigen Schritten im Gras total durchweicht sind.

Hermann und Xavier sind schon da und schnitzen mit ihren Schweizer

Taschenmessern sinnlos an irgendwelchen Stöcken herum. Sie haben ein kleines Feuer entfacht und werfen die Späne hinein, die rauchig verbrennen. Ich möchte mich hinsetzen, doch Xavier weist mich zurück.

„Dein Platz ist hier." Er zeigt mit seinem Stock auf eine Stelle am Feuer. Als ich mich setze, verstehe ich, warum er diesen Platz für mich ausgesucht hat. Der stechende Rauch des Feuers zieht genau in meine Richtung und brennt in Augen und Hals. Natürlich sage ich nichts, versuche nicht zu husten, was mir fast gelingt.

Das Geräusch eines Zweitaktmotors kündigt Karl-Heinz an. Er hat mal wieder das Mofa seines Vaters genommen, obwohl er noch gar keinen Führerschein hat. Er stellt das Mofa auf dem Weg ab, da es in der matschigen Wiese umkippen würde. Auf dem Gepäckträger hat er einen Kartoffelsack festgezurrt.

„Ich hab uns was mitgebracht", grölt er. „Ein Geschenk von meinem Vater!" Er lässt den Sack unsanft vor uns in die Wiese fallen. Im Sack bewegt sich etwas. Er entknotet die Schlinge und öffnet den ihn. Vier kleine Katzenbabys krabbeln unsicher auf die Wiese und miauen herzerweichend.

„Wie süß", rufe ich und knie mich zu den Tierbabys.

„Du bist ja auch ganz ein Süßer", sagt Karl-Heinz, und zwinkert den anderen zu. „Du darfst dir eins aussuchen und ihm einen Namen geben." Ich kann es kaum fassen und nehme ein Kätzchen nach dem anderen auf den Arm. Ein ganz schwarzes fühlt sich bei mir besonders wohl und rollt sich sofort schnurrend ein.

„Blacky", sage ich. „Dieses hier soll Blacky heißen."

„Da ist unser Ficker ja mal richtig kreativ", ruft Xavier. „Eine schwarze Katze Blacky zu nennen, ist schon eine tolle Leistung." Er zielt mit seinem Stock und haut Blacky auf den Kopf, der vor Schmerz laut miaut und in meinen Armen Schutz sucht.

„Lass ihn doch in Ruhe", schimpfe ich in Richtung Xavier und wehre einen zweiten Schlag mit dem Unterarm ab.

„Wieso denn?", fragt Karl-Heinz, „die Viecher kommen doch sowieso nicht durch."

Ich verstehe nicht, was er meint.

„Schau nicht so dumm, Ficker. Das sind Katzenwaisen. Mein Vater hat vorhin ihre Mutter mit dem Kreiselmäher erwischt. Die werden jämmerlich verhungern."

Die drei Jungs lachen über mich, als ich Blacky voller Mitleid streichle.

„Kann man denn da gar nichts machen?", frage ich traurig.

„Na klar", sagt Karl-Heinz. Er ist aufgestanden und wirft einige große Steine in den Sack. „Wir können dafür sorgen, dass es schnell geht." Er lacht, während er weitere Steine hineinwirft. Dann greift er ein Kätzchen nach dem anderen und steckt sie in den Sack. Als letztes entreißt er mir Blacky.

„Sind auch nur dämliche Herbstkätzchen. Die taugen zu nichts."

Er schwingt den Sack über dem Kopf, wie ein Cowboy das Seil beim Lassowerfen. Xavier und Hermann feuern ihn bei jeder Runde an.

„Hey, hey, hey, hey!"

„Hör auf! Um Himmels, willen lass das!", rufe ich panisch, doch Karl-Heinz nimmt mich gar nicht wahr.

Plötzlich zählen sie rückwärts.

„Fünf … vier … drei … zwei … eins …. Hey!"

Karl-Heinz lässt den Sack los und er fliegt einige Meter weit, bevor mit einem großen Platsch im Weiher landet und sofort untergeht.

„Nein, nein, nein", wimmere ich. Ich überlege, ob ich die Kätzchen noch retten könnte, doch ich weiß wie tief der Weiher an dieser Stelle ist. In dem trüben Wasser wäre es unmöglich sie rechtzeitig zu finden.

Tränen laufen mir übers Gesicht, doch die Jungs lachen sich halbtot. Ich verstehe nicht, was sie so toll finden, bis ich spüre, dass es wieder passiert ist. Die Beule in meiner dünnen Hose ist nicht zu übersehen. Ich halte eine Hand vor meinen Schritt und renne los, rutsche in der matschigen Wiese aus und lande mit dem Gesicht hart in einer flachen Pfütze. Ich schmecke Brackwasser

und Blut in meinem Mund und spucke ins Gras. Xavier, Karl-Heinz und
Hermann lachen immer noch. Als ich den Weg erreiche, renne ich so schnell
ich kann. Ich ignoriere die Pfützen, die unter meinen Sandalen hochspritzen
und laufe immer weiter bis ich das Gelächter nicht mehr höre.

„Warum machst du es nicht am Schmehweiher?", fragte der Ältere.
„Das ist doch der Originalort und der hat genug Wasser."
Sein Liebhaber blickte starr vor sich hin. „Es muss genau vor ihren
Nasen passieren. Sie sollen es sehen und spüren. Der Weiher ist mir
zu weit weg. Die Katze stirbt im Dorf, dort wo sich alle sicher fühlen."
„Dann hoffe ich für dich, dass es bald regnet", sagte der Ältere und
ging Richtung Haus. „Möchtest du mitkommen? Es ist gar nicht so
heiß, wie ich dachte … ."
Der Jüngere verzog einen Mundwinkel zu einem schwachen Lächeln
und folgte seinem Freund ins Haus.

34

Liesl kam schweißüberströmt aus ihrem Garten. Ein paar harmlose Schleierwolken hatten die Sonne verdeckt, und sie hatte die Gelegenheit genutzt um Unkraut zu jäten.

„Wer braucht eigentlich diesen beschissenen Giersch?", fluchte sie und ließ sich neben Walter auf einen der Gartenstühle fallen.

„Ich habe irgendwo gelesen, die Blätter der jungen Pflanzen seien als Salat ganz lecker", sagte er und holte unaufgefordert Bier.

„Das tut gut", flüsterte Liesl und nahm einen großen Schluck.

„Warum kann man aus Giersch kein Bier machen, dann fände ich ihn auch gut. Auf den Salat verzichte ich."

„Thema Essen: Ich war heute mit Eugen beim Mittagstisch im Kreuz", erzählte Walter.

Liesl setzte ihre Flasche ab und hob interessiert eine Augenbraue.

„Es war sogar ganz nett", log Walter, doch Liesl durchschaute ihn.

„Es war für dich vielleicht nicht so schlimm wie erwartet, aber ganz sicher nicht nett!"

„Nein wirklich … es war … ja … irgendwie …"

„Hör auf Walter", lachte Liesl. „Ich finde es ja schon schön, dass ihr euch nicht an die Gurgel gegangen seid. Das reicht doch schon."

„Wir könnten auch mal ins Kreuz. Der neue Biergarten ist toll geworden. Der Orts-Vincenz war auch da. Mit dem King. Und dem Riedesser von der Bank."

„Versuchen die immer noch dieses Baugebiet in Taldorf durchzuboxen?", fragte Liesl beiläufig.

„Keine Ahnung. Wahrscheinlich schon. Mir ist das eigentlich egal, solange sie nicht vor meiner Haustür bauen."

„Könnte doch auch passieren. Hier ist ne Menge Platz."

Walter verschluckte sich an seinem Bier.

„Jetzt hör aber auf", hustete er, „hier hinten ist doch alles Landwirtschaft. Da kann keiner bauen."

„Vorne im Dorf ist auch alles landwirtschaftliche Fläche – noch." Liesl beobachtete Walters Reaktion, der davon nichts wissen wollte.

„Wenn hier gebaut wird, dann nur über meine Leiche", sagte Walter wütend.

„Sag das nicht so laut", zischte Liesl, „einer ist schon tot."

„Aber das hat doch nichts mit der Bauerei im Vorderdorf zu tun", regte Walter sich auf.

„Bist du dir da ganz sicher?"

Kitty und Balu hatten den beiden interessiert zugehört.

„Liesl ist ganz schön clever", lobte die Tigerkatze. *„Walter hat in dieser Geschichte noch etwas Scheuklappen auf, dabei sollte er sich gut in alle Richtungen umschauen."*

„Meinst du wirklich, es geht bei diesem Fall ums Bauen?", fragte Balu ungläubig.

„Ich hab keine Ahnung, aber die Möglichkeit besteht", sagte Kitty. *„Komisch ist, dass das alles zur selben Zeit passiert. Der Mord an Hermann, das neue Baugebiet. Ich glaube einfach nicht an Zufälle."*

„Na, ihr zwei Faulpelze", sagte Eglon, der aus Liesls Garten kam.

„Das sagt der Richtige. Du bist doch gerade erst vom Sofa gefallen", kläffte Balu, doch der rote Kater ließ sich nicht provozieren.

„Ich wollte noch mal raus, bevor das Gewitter kommt", orakelte er und schaute zu den Schleierwolken am Himmel.

„Du spinnst ja! Da kommt nichts", sagte Kitty spöttisch und blickte ebenfalls nach oben.

„Glaub es oder glaub es nicht: da kommt ein Gewitter. Und zwar ein heftiges. Ich kann das spüren."

„Und das, obwohl es nichts mit Futter zu tun hat?", lästerte Balu und rollte mit den Augen.

„Ich glaube auch, dass ein Gewitter kommt", mischte sich Seppi ein, der unter einem der Jostabüsche hervorkroch. *„Ich merke das an den Würmern. Die spüren, dass es bald regnet und kommen nach oben. Ich denke, ich bekomme heute noch ein Festmahl."*

Balu konnte sich nicht daran gewöhnen, dass sein Freund Würmer liebte und zog angewidert seine Schnauze kraus.

„Du solltest mit deinem Wurmorakel zum Zirkus gehen. Wäre sicher ein Erfolg", zog er Seppi auf.

Ein weit entferntes Donnergrollen ließ die Tiere aufhorchen.

„Ich geh dann schon mal rein", sagte Eglon gelassen und schlenderte Richtung Haus.

„Ich warte auf die Würmer", frohlockte Seppi und begann mit seiner Nase an verschiedenen Stellen im Rasen zu bohren.

„Sieht aus, als hätten die beiden recht", sagte Kitty mit Blick zum Horizont. *„Ich glaube, ich gehe vorsichtshalber auch mal nach Hause."* Sie verabschiedete sich von Balu mit einem Nasenstupser und hüpfte elegant über die kleine Mauer.

„War das gerade ein Donner?", fragte Walter und sah suchend zum Himmel.

„Ich glaube schon", sagte Liesl und zeigte auf Balu. „Balus Freunde sind auch schon weg. Vielleicht spüren die etwas …"

„Du hast recht. Eventuell kommt diesmal ja wirklich etwas Regen bei uns an. Lass uns alles gewitterfest machen."

Gemeinsam stellten sie Walters Gartenstühle in den kleinen Geräteschuppen und verzurrten alles, was wegfliegen konnte.

„Jetzt kann das Gewitter kommen", sagte Liesl.

Und das Gewitter kam.

35

Innerhalb von wenigen Minuten hatten sich gigantische Wolkentürme
aufgebaut und den Himmel verdunkelt. Obwohl es erst kurz vor acht
Uhr war, schalteten sich in Taldorf die sensorgesteuerten
Straßenlaternen ein. Der Wind, der von Westen ins Tal blies, legte mit
jeder Minute an Intensität zu. Schon hörte man vereinzelt Geklapper,
wo der Sturm etwas umwarf oder wegwehte. Lange schien es, als
würde der Regen wieder vorbeiziehen, doch dann fielen die ersten
Tropfen.

Anders als bei einem gewöhnlichen Regenschauer begann es nicht mit
einem leichten Nieseln. Einige fette Tropfen platschten als Vorboten in
den Staub, bevor die Hölle losbrach.

Von der einen Sekunde auf die andere stürzte eine Sturmflut vom
Himmel, so dicht, dass man kaum die Hand vor Augen sehen konnte.
Regen und Sturm tobten mit unglaublicher Wucht und Lautstärke.
Blitze zuckten im Sekundentakt und erhellten wie Blitzlichter die
Landschaft.

Dann ließ der Regen etwas nach, als wollte er verschnaufen. Und der
Hagel kam.

Die ersten Körner waren klein, von der Größe eines Kirschkerns. An
ihrem Trommeln auf den Dächern hörte man, wie sie anwuchsen. Als
sie so groß waren wie Tischtennisbälle, begannen sie Fenster zu
durchschlagen und Beulen in Autos zu hämmern.

Der Lärm war ohrenbetäubend.

Die Hagelkörner sammelten sich und verstopften, zusammen mit
abgeschlagenen Blättern und Ästen, Gullis und Abläufe. Das
nachlaufende Wasser sprudelte über die Öffnungen hinweg und fand
neue Wege.

Die wochenlange Trockenheit hatte die Böden hart wie Beton werden lassen, und das Wasser blieb an der Oberfläche anstatt zu versickern. Bäche entstanden, wo nie Bäche gewesen waren.

Der Hagel hörte so plötzlich auf, wie er begonnen hatte und erneut setzte Starkregen ein.

Auf einem Hof oberhalb von Taldorf waren alle Zuläufe zu Kanalisation und Zisterne längst verstopft. Die gewaltigen Wassermengen, die von den Dächern drängten, liefen auf die Straße und verwandelten die Kellenbachsteige, die hinunter ins Tal führte, in einen reißenden Fluss, der im unteren Bereich sogar den Friedhof nicht verschonte.

Das Wasser kam nun von überall und suchte sich seinen Weg. Goschamaries Herrenklo, der Bach, der normalerweise friedlich vor sich hin plätscherte, war über die Ufer getreten und überschwemmte den Parkplatz vor der Wirtschaft. Sonst eher kraftlos, brachte er nun Zweige und Äste mit und verteilte sie zwischen den Autos, deren Besitzer hilflos an den Fenstern der Wirtschaft standen und das Treiben beobachteten.

Taldorf war nun im Zentrum des Gewitters und der Donner folgte den Blitzen ohne Zeitverzögerung. Dabei wurden die Donnerschläge von den umliegenden Hügeln reflektiert und hallten wie Kanonenschüsse durchs Tal. An manchen Stellen fanden die Blitze ein Ziel und spalteten jahrhundertealte Bäume, die ächzend alles unter sich begruben. Vereinzelte Flammen wurden vom Regen sofort gelöscht.

In einem neu gebauten Haus im Hinterdorf stand der Besitzer am Fenster und beobachtete das vorbeirauschende Wasser. Er wusste, dass gerade die meisten Keller im Dorf vollliefen, und freute sich über seine Entscheidung, auf einen Keller zu verzichten. Als das Wasser wenige Minuten später durch seine verzogene Eingangstür in den

Flur drückte, war auch seine Freude verflogen.

Nur wenige Meter von ihm entfernt, füllte sich gluckernd eine stillgelegte Güllegrube, die in den letzten Wochen bis auf den Boden ausgetrocknet war, und gab so einem Teil der Wassermassen ein Zuhause.

Und dann, so plötzlich wie es angefangen hatte, war das Unwetter vorbei. Der Regen versiegte schlagartig und der Sturm verstummte. Die Wolken rissen von Westen her auf und die untergehende Sonne warf flache Strahlen auf ein Bild der Verwüstung.

Eine unheimliche Stille lag über dem Tal. Die Straßen waren an vielen Stellen von herabgebrochenen Ästen und umgestürzten Bäumen blockiert. Dort, wo das Wasser aus den Wiesen geströmt war, überzogen Schlammlawinen den Asphalt und machten ein Durchkommen unmöglich. Der Hagel lag noch immer zentimeterdick über allem und gab dem Bild einen fast friedlichen Anschein.

36

Walter hatte das Unwetter zusammen mit Balu in der Küche verbracht. Als er glaubte, dass kein weiterer Regen oder Hagel kam, öffnete er vorsichtig die Tür zum Garten. Sie lag auf der wetterabgewandten Seite. Zum Glück. Die massiven Hagelkörner hätten ihren Glaseinsatz mühelos durchschlagen.

Walter betrachtete im schwachen Licht des Sonnenuntergangs seinen Garten. Besser gesagt: was davon übrig war. Hagel bedeckte den ausgedörrten Rasen, seine Apfelbäume waren vollständig entlaubt, die halbreifen Äpfel lagen weit verteilt auf Eis.

„Scheißndreckn!", flüsterte Walter und ging ein paar Schritte hinaus. Auch Liesl war in den Garten gekommen und starrte bestürzt auf den Schaden.

„Ist bei dir alles in Ordnung?", fragte Walter über die Jostabüsche hinweg, die ebenfalls fast ihr gesamtes Blattwerk eingebüßt hatten.

„Mir geht's gut", antwortete Liesl mit einem Kloß im Hals. Angesichts der Verwüstung war sie den Tränen nahe.

„Aber mein Garten ist fertig!"

Walter ging hinüber und nahm sie in den Arm. Vom Vorderdorf her hörten sie die ersten Sirenen. Die Feuerwehr rückte an und würde wohl die ganze Nacht mit dem Auspumpen von Kellern und mit Aufräumarbeiten beschäftigt sein.

„Warst du schon im Keller?", fragte Walter erschrocken, da er selbst noch nicht nachgeschaut hatte.

Liesl erschrak ebenfalls, und beide verschwanden in ihren Häusern.

Als Walter im Keller das Licht einschaltete sah er, dass der ganze Boden nass war. Das Wasser war dagewesen. Aber auch wieder abgeflossen. Sein alter Naturkeller hatte einen eingebauten Abfluss, durch den das Wasser wieder nach draußen gelangt war. Da das immer mal wieder vorkam, hatte Walter alles in Regalen stehen, außer Reichweite des Wassers.

Er war beruhigt, da er wusste, dass Liesls Keller genauso beschaffen war.

Als Liesl zu Walter auf die Terrasse kam, schob er mit dem Besen Hagel und Blätter in die Wiese. Die Eiskörner tauten nur langsam, und sorgten für eine angenehme Kühle.

„Ich könnte jetzt was Härteres vertragen", sagte er in Liesls Richtung. Sie nickte stumm und holte die Gartenstühle aus dem Schuppen, während Walter eine Flasche Schnaps und Gläser auf den Tisch stellte.

Balu schlich besorgt durch Liesls Garten und hatte die Nase am Boden. Am Grill bellte er leise und wartete auf eine Anwort.

„Ich komme gleich", antwortete Seppi. *„Ich muss nur noch … diesen … lästigen Mitbewohner … loswerden!"* Seppi schnaufte hörbar und es klapperte etwas unter dem Grill.

„Verschwinde endlich!", rief Seppi, und ein zerzaustes Eichhörnchen hüpfte aus seinem Nest.

„Als der Hagel kam, hat sich das Vieh einfach bei mir einquartiert! Was für eine Frechheit!", schimpfte der Igel und kroch unter dem Grill hervor.

„Na – wie ich es euch gesagt habe! Heute ist Festtag", jubelte er und lief auf die nächste Pfütze zu, in der sich dutzende Würmer kringelten.

„Wenigstens einer hat was von dem Unwetter", sagte Eglon gleichgültig, als er aus Liesls Haus kam. *„Glaubst du mir jetzt, dass ich Gewitter fühlen kann?"*

Balu hatte keine Lust dem roten Kater recht zu geben und sprang zurück auf Walters Grundstück, wo Walter und Liesl gerade den zweiten Schnaps einschenkten.

Die meisten im Dorf waren mit einem blauen Auge davon gekommen, allerdings waren viele Keller vollgelaufen. Wer ihn gut abgedichtet hatte, hatte nun das Pech, dass das Wasser, das durch die Oberlichter eingedrungen war, nicht mehr ablaufen konnte. Überall waren kleine Gartentauchpumpen im Einsatz, da die Feuerwehr nicht allen gleichzeitig helfen konnte. Zudem waren sie mit schwerem Gerät dabei die Hauptzufahrtsstraße nach Taldorf freizulegen. Zwei riesige Eschen waren auf die Straße gestürzt und hatten Teile der Leitplanken mitgerissen.

Die Gäste bei der Goschamarie hatten den Abend unbeschadet überstanden, im Gegensatz zu ihren Autos, die alle vom Hagel gezeichnet waren. Doch da man am Wetter nichts ändern konnte, und der Schaden schon angerichtet war, blieben die meisten und tranken auf den Schreck noch das ein oder andere Bier. Auch der King war mit Riedesser von der Bank dort gewesen. Sie saßen mit Karl-Heinz und Xavier zusammen, und zuckten beim Einsetzen des Hagels nur mit den Schultern. Wozu gab es Versicherungen.

Mit einigen Bier zu viel kamen Peter und Theo auf die unnötige Idee noch einen Wettstreit im Armdrücken zu veranstalten. Das Kräftemessen fiel zur Enttäuschung der anderen Gäste allerdings unerwartet kurz aus: Peter knallte bei der zweiten Runde seinen Ellbogen so hart auf die Tischplatte, dass sein Schleimbeutel platzte. Den Rest des Abends presste er, mit schmerzverzerrtem Gesicht, einen Eisbeutel auf das Gelenk.

Trotzdem leerte sich die Wirtschaft früher als sonst. Viele wollten zu Hause noch nach Unwetterschäden schauen. Als einer der letzten wankte Karl-Heinz die Stufen vor der Eingangstür hinab. Er stellte sich an den Bach und wollte sich erleichtern, bis er bemerkte, dass er bereits knöcheltief im Wasser des über die Ufer getretenen Baches stand. Kopfschüttelnd packte er wieder ein und schwankte davon.

Kitty beobachtete von ihrem Strohballen aus, wie Karl-Heinz in Schlangenlinien nach Hause torkelte. Sie machte sich aber keine Sorgen, da der Landwirt nur ein paar hundert Meter entfernt wohnte. Sie war die letzte, die Karl-Heinz lebend sah.

37

Jussuf kam fast zwanzig Minuten zu spät.

„Och, was für Scheiß", schimpfte er in seine Kaffeetasse.

„Vorne Hauptstraße ist gesperrt. Feuerwehr ist mit Kettensäge da.
Isch hab gedreht und bin über Adelsraute gefahren."

„Adelsreute", korrigierte Walter beiläufig und goss Milch in seinen
Kaffee. „Das war ja aber auch ein Weltuntergangswetter gestern."

„Aber nett überall. Drumrum war gar nicht so schlimm. Nur hier in
Taldorf ist Katastrophe."

„Das war Dagmar!", sagte Walter.

„Wer isch Dagmar?"

„Sie haben es vorhin im Radio gesagt: das Sturmtief hieß Dagmar. Es
war sogar ein Orkan. Die Schäden sind wohl riesig."

Jussuf legte die Stirn in Falten. „Warum heißt schlechtes Wetter
eigentlich immer wie Frau?"

„Tut es ja gar nicht", lächelte Walter. „Das wechselt jedes Jahr. Dieses
Jahr haben die Tiefs weibliche Namen und die Hochs männliche.
Nächstes Jahr ist es dann andersrum."

„Und das war Dagmar?"

Walter nickte. „Fällt dir dazu kein Lied ein?", fragte er grinsend.

Jussuf überlegte. „Vielleicht … Über dem Wolken, muuuss die Freiheit
doch grenzenlos sein …"

„Lass es", lachte Walter, „es ist eigentlich zu tragisch, um darüber
Witze zu machen. Ich hoffe mal, es ist überall bei Sachschaden
geblieben."

„Dei Wort in Gottes Hals", brachte Jussuf subtil ein Sprichwort an.

„… in Gottes Ohr … es heißt „Dein Wort in Gottes Ohr"", korrigierte
Walter.

„Eh … egal … Hauptsach Körperteil."

Für viel Tratsch blieb an diesem Tag keine Zeit, da Walter Jussufs Verspätung aufholen musste. Viele Abonnenten im Dorf legten Wert darauf, die Zeitung früh morgens im Briefkasten zu haben. Auch die anderen Austräger warteten auf Jussufs Lieferung, so dass auch er sich beeilte. Als er vom Hof fuhr, winkte er zum Seitenfenster hinaus und Walter machte sich daran die Zeitungen in seinen Handkarren zu packen.

Auf seiner Runde bekam Walter einen guten Überblick über das Ausmaß der Schäden – Dagmar hatte ganze Arbeit geleistet. Wie Jussuf gesagt hatte, war nur ein schmaler Streifen verwüstet. Je weiter man von dieser Schneise wegkam, desto geringer waren die Schäden. Alberskirch war durch das Wetter zweigeteilt: unterhalb der Durchgangsstraße hatte der Hagel gewütet, oberhalb hatte kein Baum ein Blatt verloren, als wäre die Straße eine geheime Wettergrenze. Walter kam auch an Faxes Garage vorbei, wo sein alter 205er traurig auf seinen Abtransport wartete. Die Werkstatt lag unterhalb der Wettergrenze. Zusätzlich zu den bereits vorhandenen Blessuren hatten die Hagelkörner tiefe Dellen in das Dach des Peugeot geschlagen und die Windschutzscheibe hatte einen langen Riss. Walter musste beim Vorbeilaufen die Tränen unterdrücken.

Als er seinen Zeitungswagen die Hummelbergstraße nach Taldorf hinabschob, musste er um drei Einsatzfahrzeuge der Feuerwehr herummanövrieren. Die Männer arbeiteten mit ihren Kettensägen noch immer an den umgestürzten Eschen.

„Schon wieder wach?", rief Walter Eugen zu, der im Jogginganzug vor seiner Haustür stand. „Sie haben wohl das Essen gestern Mittag nicht gut vertragen …"

„Ach was", erwiderte der pensionierte Lehrer, „die Verdauung passt.

Aber erst dieses Unwetter und jetzt die ganze Zeit die Kettensägen … wer soll denn da schlafen?"

Walter verstand und zeigte auf Eugens Haus. „Hat Dagmar bei Ihnen etwas beschädigt?"

„Wer?", fragte Eugen verwirrt.

„Das Orkantief heißt Dagmar", erklärte Walter.

Eugen nickte. „Nein, soweit ich bisher feststellen konnte nicht. Das Dach hat gehalten und mein VW-Bus war in der Garage. Zum Glück. Mit dem Wasser hatte ich auch kein Problem, weil mein Haus etwas höher liegt. Im Keller ist alles trocken geblieben."

„Das Unwetter kam aber auch verdammt schnell. Ich hoffe, es konnte sich noch jeder rechtzeitig in Sicherheit bringen", sagte Walter, während er Eugen seine Zeitung in die Hand drückte.

„Ich war noch im Garten, als ich den ersten Donner gehört habe und bin reingerannt, um die Fenster zu schließen. Als ich fertig war, fing es schon an zu regnen, da bin ich noch mal raus und habe Sissi-Anna-Katharina geholt. Die liegt immer noch auf meinem Sofa. Es scheint ihr gut zugehen."

Walter grinste bei der Vorstellung, wie Eugen mit der Schildkröte unter dem Arm durch den Regen rannte. Er zeigte auf ein kahles Gerippe in Eugens Garten.

„Ihren Golden Delicious hat es aber auch richtig erwischt."

„Was für eine Schande", nickte Eugen traurig. „Ich hab ihn geschnitten, ich hab ihn gespritzt – in zwei, drei Wochen hätte ich ernten können. Alles kaputt."

Walter konnte Eugen verstehen und dachte an seine eigenen Apfelbäume. Dieses Jahr würde es keinen Apfelsaft geben. Scheißndreckn!

Im Vorderdorf war bereits jeder auf den Beinen. Keller wurden ausgepumpt, umgestürzte Bäume zersägt und Schlamm zur Seite geschoben. Alle arbeiteten fleißig und still vor sich hin, froh, dass nicht mehr passiert war.

Otto, ein weißhaariger Rentner, stand vor seinem entwurzelten Apfelbaum, der gerade von zwei Feuerwehrleuten zur Seite gezogen wurde.

„Es ist doch nicht alles schlecht an so einem Unwetter", erklärte er Walter lächelnd, der ihn nur fragend ansah.

„Meine Frau sagt mir schon seit zwei Jahren, ich soll den alten Baum endlich fällen. Jetzt hat sich das erledigt."

Auch Marie war mit ein paar Nachbarn dabei den Parkplatz vor der Wirtschaft frei zu räumen. Am Schlimmsten war der Schlamm, den der Bach in den Hof gespült hatte. Er war so schwer, dass die Schaufelstiele sich bogen.

„Oh Walter!", rief Marie, und wischte sich ein paar Schweißtropfen von der Stirn. „I hon dein Schnaps no gar it gricht!"

„Das musst du doch auch nicht", winkte Walter ab, doch Marie war schon auf dem Weg in die Wirtschaft. Sie brachte eine ganze Flasche und ein Tablett voller Gläser.

„Kommet! Mir machet jetzt alle awäng Pause!"

Die Helfer ließen die Schaufeln fallen und kamen erschöpft zur Eingangstreppe, wo Marie großzügig einschenkte. Sie stießen gemeinsam an und viele nutzten die Unterbrechung um Durchzuschnaufen und den überlasteten Rücken zu dehnen.

„Des hemmer au no it verläbbt", sinnierte Marie mit Blick über ihren Hof. „I bin ja scho a alte Goiß, aber i ka mi itt an so a Wätter erinnra."

S'Dieterle war ebenfalls unter den Helfern und füllte fröhlich sein Schnapsglas auf. „Schlimmes Wetter, gell! Ja, schlimmes Wetter! Viel kaputt und viel Arbeit. Keine Blätter mehr auf den Bäumen, gell."

„Du sagsch es, Dieterle", seufzte Marie und setzte sich auf die unterste Stufe der Treppe. „Bin blos froh, dass d'Wirtschaft a wäng heher liggt, sonscht wär's ganz Scheiße. Aber so isch der Seuch bloß in Keller nab gloffe. Vorna nei und hinda naus. Blos dr Dräck sotti da dunda denn amol zsamma fäga."

Auch Maries Keller war uralt und, wie bei Walter, mit einem Abfluss versehen.

„Sind denn nach dem Wetter alle gut heimgekommen?", erkundigte sich Walter.

„Denk scho. Mir hends ausghockt und hend denn no ois drunka. War trotzdem friah Schluss."

Die meisten hatten ihren Schnaps leer und gingen wieder an die Arbeit. Nur s'Dieterle genehmigte sich grinsend noch ein drittes Glas.

Balu hatte sich zu Kitty auf den Strohballen gequetscht, der auf der Oberseite trocken geblieben war.

„Taldorf schafft es heute sicher in die Zeitung", mutmaßte Kitty. *„Alle reden davon, dass es das schlimmste Unwetter war, dass sie je erlebt haben."*

„Guck dich um", sagte Balu und zeigte mit der Schnauze auf die Helfer, die schon fast den gesamten Schlamm entfernt hatten. *„Bis morgen Mittag sieht es hier aus wie immer!"*

„Bis auf die Pflanzen …", sagte Kitty und ließ ihren Blick schweifen. Die vielen Bäume, die den Parkplatz der Wirtschaft umringten, hatten ihr Laub verloren. Ein uralter Walnussbaum auf einem der Nachbargrundstücke sah besonders trostlos aus. Der Hagel hatte sein Laub abgeschlagen, aber die unreifen Nüsse hatten das Bombardement überstanden, und baumelten, wie Weihnachtskugeln, einsam an den Ästen. Ein Weihnachtsbaum in Grau.

„Wie wär's mit einem Rundgang durchs Dorf?", fragte Kitty, und stupste

Balu mit der Nase an.

„*Vielleicht später*", antwortete der Wolfsspitz müde, „*ich brauche auch erst mal ne Pause. Wir werden schon nichts verpassen.*"

Balu sprang auf und folgte Walter, der schon losgelaufen war.

Als er sich zu Hause auf seiner Decke einrollte, hatte er das unbestimmte Gefühl, dass er doch etwas verpasste.

38

Die Sturmschäden in seinem Garten hatten Walter nicht ruhig schlafen lassen. Er wusste, wie viel Arbeit ihn erwartete, und so war er schon um kurz nach neun Uhr wieder aufgestanden. Widerwillig hatte er sich einen Laubrechen gegriffen und begonnen die abgefallenen Blätter und Äpfel zusammenzuschieben. Nicht ein einziger Apfel war hängen geblieben. Nur der Baum, der direkt am Haus stand, sah noch gut aus. Im Schutz des Gebäudes war er weitgehend von Dagmar verschont geblieben, doch bei genauerer Betrachtung fand Walter auf den Äpfeln ebenfalls Hageleinschläge. Für ein paar Liter Apfelsaft sollten sie reichen.

Ping.

Walters Handy meldete sich mit einer Nachricht von Anne.

„Schon wach?", fragte sie.

„Leider", tippte Walter.

„Ich habe die Adresse von Lehrer Soyer."

Den hatte Walter ganz vergessen. Es wäre sicher interessant mit dem Pensionär über Hermann und seine Freunde zu sprechen.

„Heute um zwei?", fragte Walter.

„Passt!", antwortete Anne sofort.

„Soll ich dich holen oder holst du mich", fragte sie mit einem grinsenden Emojy.

„Ha ha", antwortete Walter ohne Emojy. „Bis später!"

Walter seufzte tief. Natürlich hatte er Annes Anspielung auf sein Autodebakel verstanden, aber so wie die Dinge gerade liefen, wusste er nicht, wie er jemals ein neues kaufen sollte. Es kam immer etwas dazwischen. Es ärgerte ihn, dass er für alles einen Fahrer brauchte. Gott sei Dank hatte er Liesl. Liesl. Er sah zu ihrem Haus hinüber, doch sie war nirgends zu sehen. Wenn er mit seinem Garten fertig war, würde er in ihrem weiter machen. Wenigstens alles zusammenrechnen, dann konnte er das Grüngut auf seinen kleinen Hänger laden und am Samstag mit dem Traktor zum Gartenmüll nach Bavendorf fahren.

Hans-Peter hatte wieder einmal Glück gehabt. Er war direkt nach dem Gespräch mit Hermanns Witwe zu dem beschriebenen Maisfeld gefahren und war fündig geworden. Kunststück – er wusste ja, wonach er suchen musste. Dadurch war er dem Unwetter zuvor gekommen, das die Pflanzen höchstwahrscheinlich vernichtet hätte. „Du warst ein echter Fuchs, Hermann", hatte er geflüstert, als er die hochgewachsenen Marihuanapflanzen geerntet hatte. Hermann war nicht der erste, der seine illegale Pflanzung in einem Maisfeld versteckt hatte, aber er war cleverer als die meisten. Während andere mitten im Maisfeld ein sauber abgegrenztes Beet anlegten, das von Drogenfahndern im Hubschrauber sofort entdeckt wurde, hatte Hermann die Pflanzen mit normalen Maispflanzen im Wechsel gesetzt. Von weitem und von oben entstand der Eindruck, der Mais wäre an dieser Stelle etwas kleiner oder von Unkraut durchzogen. Wer nicht direkt davor stand, hatte keine Chance etwas zu entdecken. Er hatte einhundertvier Pflanzen geerntet und bereitete sie nun zum Trocknen vor. Jeweils vier Stück schnürte er zu einem Bündel zusammen und hängte sie an eine Leine, die er in dem leeren Transporthänger des Zirkus' gespannt hatte. Bis zum Zeltabbau in zwei Wochen würde niemand hierher kommen. Der Wagen war alt und seine Wände längst nicht mehr dicht, wodurch er für Hans-Peters Zwecke ideal war, denn zum Trocknen brauchten die Pflanzen ein Dach und viel Luft.

„Du könntest mir ruhig etwas helfen", rief er seinem Äffchen zu, doch Sidney machte keine Anstalten sich von seinem gemütlichen Platz inmitten der Pflanzen zu erheben.

„Eigentlich hast du Recht. Kein Grund zur Eile!"

Er setzte sich an die offene Luke des Wagens und drehte sich mit dem frischen Gras einen perfekten Joint. Sidney kam an seine Seite und meckerte ihn penetrant an, bis er ihm Blättchen und Füllung gab. Hans-Peter staunte immer wieder, wie geschickt der kleine Affe war. Mit seinen winzigen Fingern baute er die größten Tüten. Für Konsumenten, die kein Gras, sondern fertige Joints kaufen wollten, erledigte Sidney diese Arbeit. Dass er den ein oder anderen Joint selbst rauchte, betrachteten beide als seine Bezahlung.

Sie ließen die Beine baumeln und beobachteten den Verkehr auf der vielbefahrenen Bundesstraße, die nur wenige Meter entfernt verlief. „Boah",staunte Hans-Peter, „das ist der beste Stoff seit Langem!" Bewundernd hob er den Joint vors Gesicht und pustete eine satte Wolke aus, was Sidney sofort nachmachte. Verklärt schaute er auf die vielen Autos, die vorbeifuhren und entdeckte eine bildhübsche Blondine in einem Mini Cabrio. Die würde mir auch noch gefallen, lächelte er. Neben der Blondine saß ein älterer Mann. Vermutlich ihr Vater, dachte Hans-Peter. Er wusste nicht warum, aber er kam ihm irgendwie bekannt vor. Das liegt sicher an diesem geilen Gras, dachte Hans-Peter, und nahm einen weiteren tiefen Zug.

39

Anne hatte Walter pünktlich abgeholt, und nun standen sie vor einem hübschen Einfamilienhaus mit gepflegtem Vorgarten. Walter drückte auf den Klingelknopf unter dem getöpferten Namensschild.

Vermutlich das Geschenk einer Abschlussklasse.

Es dauerte eine Weile, bis sie hinter der Tür die Geräusche des Schlüssels hörten.

„Ja bitte?", sagte Herr Soyer durch die halbgeöffnete Tür.

Walter erkannte den alten Lehrer sofort, auch wenn er einige Kilos zugelegt hatte. Sein Gegenüber dagegen, hatte keine Ahnung, wer vor ihm stand.

„Wir würden mit Ihnen gerne über jemanden sprechen", preschte Anne mit ihrem schönsten Lächeln vor.

Herr Soyer zog die Augenbrauen zusammen. „Nein danke!", sagte er grimmig. „Ich bin Katholik und werde das auch bleiben. Versuchen Sie es drüben bei der alten Borg – die ist fast blind und dement. Die macht überall mit."

Er wollte die Tür wieder schließen, doch Walter schob seinen Fuß in den Türspalt.

„Herr Soyer, erkennen Sie mich denn nicht? Ich bin's … der Walter …"

Der pensionierte Lehrer zog die Nase kraus, um besser sehen zu können. Offensichtlich benötigte er eine Brille.

„Walter? Ach schau an: der kleine Walter aus Taldorf!", rief er freudig. „Dass ich dich mal wieder sehe! Aber sag mal: warum machst du denn bei so was hier mit?" Er nickte missbilligend zu Anne.

„Aber nicht doch. Wir wollen mit Ihnen nicht über Gott reden, sondern über ein paar ihrer früheren Schüler."

„Ach so", lachte Herr Soyer, wobei sein ganzer Bauch mithüpfte. „Na, dann kommt mal rein."

Er ließ sie ein und führte sie zwei steile Treppen nach oben, bis auf den Dachboden.

„Ich war gerade am Basteln und muss weitermachen, bevor der Kleber trocknet."

Der gesamte Dachboden war mit einer riesigen Landschaft bedeckt. Berge, Täler, Flüsse, Häuser, Straßen … und natürlich Schienen.

„Diese H0-Eisenbahn ist meine große Leidenschaft", sagte er stolz und streute grünes Pulver auf eine freie Stelle. „Ich habe ja viel Zeit, seit ich nicht mehr unterrichte. Aber jetzt erzählt mal: um was geht es?"

Während Herr Soyer noch einige Wiesen begrünte und Bäume anklebte, erzählten Anne und Walter von Hermanns Tod und ihren Vermutungen.

„Ich hab es in der Zeitung gelesen", murmelte der alte Lehrer, als sie geendet hatten. „Hermann war bei mir in der Grundschule … alle sechs Jahre!"

Walter schaute irritiert, doch Herr Soyer lachte nur. „Er war nicht dumm, der Hermann, aber stinkend faul. Dann dauert es halt etwas länger."

„Wir hatten gehofft, Sie könnten uns etwas mehr über Hermann – und vor allem auch seine Freunde von damals erzählen", sagte Anne.

„Jaja, natürlich. Ich erinnere mich an die Bande, als wäre es gestern gewesen. Hermann, Karl-Heinz und Xavier – die drei Alphamännchen in Taldorf. Man hat sie jahrelang nur zusammen gesehen. Gute Jungs, wirklich gute Jungs … aber halt Bauernbuben."

„Wie meinen Sie das?", hakte Anne nach.

„Nun ja, damals war auf dem Land alles noch ein bisschen einfacher. Da war manches in Ordnung, was heute bei der Polizei landen würde. Hermann – der ist sicher schon mit zehn oder zwölf Traktor gefahren.

Einmal war er damit sogar in der Schule. Oder Xavier … der war eigentlich immer mit dem Mofa seines Vaters unterwegs – natürlich ohne Führerschein. Irgendeiner von den Jungs hatte auch ein Luftgewehr. Damit haben sie Jagd auf Vögel und Ratten gemacht. Wie gesagt: heute unvorstellbar, aber damals ganz normal."

Walter dachte an den Frosch, den sie Hermann gefunden hatten. Auch ein kleines Tier.

„Hat sich da mal jemand drüber aufgeregt?"

Herr Soyer überlegte ein paar Sekunden und fummelte einen entgleisten Wagon wieder auf die Schienen.

„Nicht, dass ich wüsste. Die drei waren ja auch nicht die einzigen, die so unterwegs waren. Alle Kinder waren zu der Zeit hauptsächlich draußen zum Spielen und haben ganz ähnliche Sachen gemacht."

„Sie sagten vorher „die drei Alphamännchen"", fragte Anne. „Gab es da mal Probleme?"

„Wenn ja, dann weiß ich nichts davon", antwortete Herr Soyer sofort. „Die drei Jungs waren die Söhne der größten Bauern und damit ganz oben in der Hackordnung. Hatten die mal jemanden auf dem Kieker, war das nicht lustig. Aber wie gesagt: ich kann mich an nichts Konkretes erinnern."

Walter versuchte sich die drei Jugendlichen vorzustellen, wie sie durchs Dorf zogen und ihren Spaß hatten. Er konnte nicht glauben, dass sie dabei immer unter sich geblieben waren.

„Hatten die drei denn niemals noch jemand anderen in ihrer Bande dabei? Das muss ihnen auf die Dauer doch auch langweilig geworden sein?"

Herr Soyer nickte. „Klar waren da auch andere, aber die haben nie richtig dazu gehört. Es gab viele, die gewollt hätten, und sie haben sich auch immer mal wieder jemand rausgepickt. Und ich glaube, sie haben diese Mitläufer ganz gerne ausgenutzt."

„Wie meinen Sie das?", fragte Walter.

„Na, sie haben sie benutzt. Haben sie Süßigkeiten mitbringen lassen oder Zigaretten. Oder die mussten irgendwelche Mutproben machen. Ich hab es nur am Rande mitbekommen, als sich andere Eltern über zerrissene Hosen und fehlende Sachen beschwert haben."

„Sind die drei später auch noch zusammen geblieben?", wollte Anne wissen.

„Ja. Nach der Grundschule waren sie zusammen in Oberzell in der Hauptschule. Haben da auch ihren Abschluss gemacht. Dann sind sie alle drei auf die Landwirtschaftsschule. Ha … da fällt mir was ein …"

Herr Soyer krabbelte verblüffend geschickt aus seiner H0-Landschaft heraus und öffnete einen alten Schrank an der Giebelseite. Er war bis oben hin mit Ordnern und kleinen Kartons gefüllt.

„Wo ist es nur, wo ist es nur", murmelte er, während seine Hände in den Kartons wühlten.

Schließlich gab er auf.

„Das ist jetzt schade", sagte er und wischte sich über die Stirn. „Die drei haben mir mal ein Foto von sich geschenkt. Ein Polaroid. Da sind sie vielleicht so dreizehn … vierzehn Jahre alt, und machen eine richtig coole Pose. Das war an irgendeinem See. Aber ich finde es gerade nicht."

Er ging noch einmal zum Schrank und nahm mehrere Ordner heraus, schüttelte dann aber den Kopf.

„Wenn Sie das Foto finden, würden Sie uns dann Bescheid sagen?", fragte Walter.

„Natürlich gerne. Wenn euch das hilft."

Sie tauschten Telefonnummern aus und gingen gemeinsam nach unten.

„Es war schön, dich mal wieder zusehen, Walter", verabschiedete sich Herr Soyer. „Und es war mir ein Vergnügen dich kennenzulernen, hübsches Fräulein."

Anne strahlte und deutete schüchtern einen Knicks an.

„Hey, Sie!" Grölte es vom Nachbargrundstück. „Sie dürfen auch gerne zu mir kommen. Ich habe Kekse. Frisch gebacken!"

„Ich würde ablehnen", flüsterte Herr Soyer. „Bei der alten Borg kommt ihr unter ner Stunde nicht wieder weg."

„Nein, danke! Ein andermal vielleicht", rief Walter über den Zaun hinweg. Die alte Borg drehte sich knurrend um und ging fluchend Richtung Eingangstür. Unter ihrer schmutzigen Schürze trug sie weder Hose noch Unterwäsche. Walter erhaschte einen Blick auf ihren wabbeligen Hintern.

„Ich werde blind – oh mein Gott – ich werde nie wieder sehen können", rief er Anne entsetzt zu, die vor Lachen kaum das Zündschloss fand.

40

Als sie Taldorf erreichten, grinste Anne immer noch. Sie fuhr langsam, denn die Aufräumarbeiten waren noch in vollem Gange. Immerhin war die Straße wieder frei. Sie begegneten vielen Leuten und Walter grüßte jedes Mal freundlich aus dem Cabrio heraus.

„Schau mal – jetzt ist auch die Polizei da", sagte Anne und zeigte auf einen Streifenwagen mit laufendem Blaulicht.

„Muss nicht schlimm sein", entgegnete Walter. „Die Polizei hat ja viele Aufgaben. Nehmen wahrscheinlich nur den Schaden auf."

„Ein Bier auf der Terrasse?", lud Walter Anne ein, die dankend annahm.

Walter öffnete die Tür und dachte an Balu, den er im Garten gelassen hatte. Er machte die Hintertür auf und rief nach ihm.

„Balu – ich bin wieder da!"

Normalerweise antwortete der Wolfsspitz mit freudigem Gebell, doch es blieb ruhig. Walter runzelte die Stirn und ging mit zwei Bier auf die Terrasse.

„Ist Balu abgehauen?", fragte Anne und nahm ihre Flasche entgegen.

„Keine Ahnung. Eigentlich kann ich mich auf ihn verlassen … er wird schon auftauchen."

Sie stießen an und sprachen darüber, was sie bei Herrn Soyer erfahren hatten.

„Klingt, als wären die Jungs ganz normale Jugendliche gewesen", sagte Walter nachdenklich. „Vielleicht denken wir in die falsche Richtung, und der Mord hat nichts mit ihrer Vergangenheit zu tun."

„Aber womit hat er dann zu tun?", fragte Anne.

„Na, vielleicht doch mit dem neuen Baugebiet. Wir sollten unbedingt mal mit dem King sprechen. Wenn einer weiß, was da läuft, dann er."

„Sieht der King so aus, als würde er anderen Leuten Frösche in den Arsch schieben?", erwiderte Anne skeptisch. „Ich kann mir das nicht vorstellen. Und vor allem: wenn der Dreck am Stecken hätte, würde er alles dafür tun, dass es keiner mitkriegt und nicht die Leiche auf einem Acker liegen lassen. Da gibt es bessere Möglichkeiten."

Das leuchtete Walter ein. Doch wenn sie den King ausschlossen und auch die Jugendzeit von Hermann, was blieb dann? War es ein Beziehungsdrama? Walter glaubte nicht, dass Hermann fremdgegangen war. Also vielleicht ein Überfall? Viel Geld hatte Hermann auf dem Acker sicher nicht dabei gehabt. Da hätte es sich eher gelohnt, den Traktor zu stehlen, doch der war noch da. Ein willkürlicher Mord durch einen kranken Psychopathen? Möglich – aber noch unwahrscheinlicher.

Walter erläuterte Anne seine Überlegungen, die bestätigend nickte. „Ich hab mir gerade das Gleiche gedacht. Wir wissen bisher einfach zu wenig, um weiterzukommen. Ich finde, wir sollten uns nochmal mit den anderen treffen, um alle Erkenntnisse zusammenzutragen."

Es klingelte.

Walter erschrak, da er sonst von Balu vorgewarnt wurde, doch von dem fehlte immer noch jede Spur. Er entschuldigte sich bei Anne und ging zur Tür.

„Was wollt ihr denn hier? Könnt ihr Gedankenlesen?", rief Walter überrascht, als er sah, wer vor seiner Haustür stand. „Anne und ich hatten gerade davon gesprochen, dass wir uns unbedingt alle treffen sollten und schon seid ihr da!"

„Und wir haben noch jemanden mitgebracht", sagte Kripo-Hubert und ließ Balu vorbei, der sofort schwanzwedelnd um Walter herumhüpfte.

„Da bist du ja, mein Freund", freute sich Walter und ging die Knie, um seinen Hund ordentlich zu verwuscheln.

„Aber jetzt kommt doch rein", sagte er zu seinen Freunden, die durch das Haus zur Terrasse liefen und von Anne begrüßt wurden.

Nach der ersten Freude über den Besuch, fragte sich Walter doch, warum Kripo-Hubert, Manni und Streifenkollege Hans vor seiner Tür auftauchten.

„Was führt euch her?", fragte er. „Habt ihr einen Ausflug gemacht?"

„Das ist leider dienstlich", sagte Kripo-Hubert ernst und setzte sich auf einen der Gartenstühle, die Walter eilig aus dem Schopf geholt hatte.

„Bei dem Unwetter heute Nacht ist jemand ums Leben gekommen."

„Oh mein Gott!", rief Walter bestürzt. „Wer?"

„Du kennst ihn Walter … es ist Karl-Heinz. Man hat ihn tot in seiner Güllegrube gefunden."

Walter war sprachlos. Karl-Heinz. Tot!

„Wisst ihr schon, was passiert ist?", fragte Walter schockiert.

„Nein. Ein Nachbar hat uns heute Nachmittag angerufen. Er war von Balus Gebell genervt und ging nachsehen, was los ist. Er fand deinen Hund und seine Katzenfreundin vor der Güllegrube. Karl-Heinz lag bewegungslos mittendrin. Er hat ihn gleich rausgezogen, aber da war nichts mehr zu machen."

Walters Gedanken rasten. Konnte das Zufall sein? Noch ein Bauer tot? Noch einer aus der alten Bande?

„War es diesmal ein Unfall?"

Kripo-Hubert räusperte sich. „Auf den ersten Blick würde ich sagen ja. Aber das haben wir bei Hermann auch gedacht. Ich möchte mich nicht festlegen, bevor er in der Pathologie war."

„Hat denn niemand etwas mitbekommen?", mischte sich Anne ein.

Diesmal ergriff Manni das Wort. „Wir haben die Nachbarn befragt, aber niemand hat etwas bemerkt. Marie hat uns erzählt, dass Karl-Heinz einer der letzten war, die nach dem Unwetter die Wirtschaft verlassen haben. Er hatte wohl ganz schön getankt, konnte sich aber noch auf den Beinen halten. So einigermaßen, wenigstens."

Balu lag mittlerweile vor Streifenkollege Hans, den er besonders mochte, und ließ sich den Bauch streicheln. „Du solltest deinem Hund und seiner Freundin ein paar Extraleckerlies geben. Die beiden haben immerhin die Leiche gefunden."

Obwohl er auf dem Rücken lag, gab Balu ein zustimmendes „Wuff" von sich und ließ sich weiter streicheln.

„Wo ihr schon mal da seid, können wir doch unsere bisherigen Erkenntnisse zusammentragen", sagte Walter und blickte fragend in die Runde. „Wir haben bei Herrn Soyer nämlich auch ein bisschen was erfahren."

„Klar", nickte Kripo-Hubert, und übergab, mit einer einladenden Handbewegung, das Wort an Manni.

Manni räusperte sich kurz und trug dann alle Fakten vor, die sie bisher vorweisen konnten. Als er geendet hatte, herrschte Stille. Dann erzählte Anne von ihrem Besuch bei Lehrer Soyer.

Als alles gesagt war, hatte jeder von ihnen ein schlechtes Gefühl, da sie außer ein paar Vermutungen nichts vorzuweisen hatten – außer dem Frosch, den sie in Hermann gefunden hatten.

„Wann kommt Karl-Heinz in die Pathologie?", überlegte Anne laut.

„Die Spurensicherung müsste demnächst durch sein, dann wird er abtransportiert", antwortete Kripo-Hubert. „Warum?"

„Bei Hermanns Autopsie hat Frau Dr. Kurz festgestellt, dass er niedergeschlagen wurde. Wenn sie jetzt bei Karl-Heinz gezielt danach sucht, könnten wir schnell ein Ergebnis bekommen."

„Und ein Blick in den Enddarm könnte auch nichts schaden", ergänzte Walter.

„Oh Gott, bitte, lass es einen Unfall sein", seufzte Kripo-Hubert. „Dirk – mein Chef – macht mir sonst die Hölle heiß."

„Könnten wir vom Revier noch Unterstützung bekommen?", fragte Manni.

Kripo-Hubert schüttelte resigniert den Kopf. „Alle im Urlaub oder krank. Dirk hat mir ja schon erlaubt, euch mit einzubeziehen … da seht ihr mal, wie verzweifelt er ist. Wir haben nur Glück, dass die Medien sich bisher nicht für den Fall interessieren. „Landwirt vom eigenen Traktor überrollt" … das ist denen nicht groß genug. Wenn wir jetzt aber herausfinden, dass die Tode von Hermann und Karl-Heinz zusammenhängen, wird sich das schlagartig ändern."

Walter wusste was passierte, wenn die Medien ins Spiel kamen. Nach Pfarrer Sailers Tod war er selbst ins Rampenlicht geraten und hatte das ganze Theater am eigenen Leib erlebt.

Streifenkollege Hans rutschte unruhig auf seinem Stuhl herum und hob die Hand. „Ähm … nur falls es interessiert: ich sollte mich doch beim Hersteller des Traktors nach ähnlichen Unfällen umhören … um es kurz zu machen: es gab keinen ähnlichen Fall, außer einem vielleicht. Aber da hatte der Landwirt das Gaspedal mit einem Stock blockiert, damit der Traktor im Schritttempo weiterfuhr, während er vorweg lief, um alte Zaunpfosten zur Seite zu räumen. War natürlich eine Schwachsinnsidee … und auch seine letzte."

Damit fällt das auch weg, dachte Walter, aber dank des kleinen Spielzeugfrosches, war ihnen das eh schon klar.

Dass Hermann ermordet wurde war keine Frage mehr. Jetzt mussten sie so schnell wie möglich herausbekommen, was mit Karl-Heinz passiert war.

„Wir brauchen zeitnah das Autopsieergebnis von Karl-Heinz. Vorher brauchen wir gar nicht weitermachen", stieß Kripo-Hubert hervor und klopfte sich auf die Schenkel. „Anne, kannst du Dr. Kurz darum bitten, unseren Fall vorzuziehen?" Anne nickte.

„Anne gibt Vollgas bei der Autopsie, und wir anderen kümmern uns um die Fakten, die wir haben. Walter, Manni und Hans – ihr bleibt an der Geschichte mit den Jungs dran. Versucht alte Geschichten auszugraben, fragt wen ihr wollt … und geht nochmal zu diesem alten Lehrer. Vielleicht findet er das Foto ja doch noch.“

„Und was machst du?“, fragte Anne.

„Ich kümmere mich um den King. Wenn der etwas mit unserem Fall zu tun hat, finde ich es heraus.“

Nachdem jeder leer getrunken hatte, löste sich die Runde auf, und Walter war wieder allein.

„Darf ich?“, fragte Liesl aus ihrem Garten heraus und schob sich zwischen den entlaubten Jostabüschen hindurch.

„Natürlich“, freute sich Walter. Der Tod von Karl-Heinz beschäftigte ihn mehr, als er zugeben wollte. Liesl war eine willkommene Abwechslung.

„Ich hab gehört, was passiert ist“, begann Liesl. „Möchtest du darüber reden?“

Walter zog die Schultern hoch. „Eigentlich nicht. Das Ganze ist so … bedrückend. Erst Hermann und jetzt auch noch Karl-Heinz … eigentlich möchte ich davon nichts hören.“

„Dann lass uns über andere Dinge reden“, sagte Liesl und nahm Walter einmal kurz in den Arm. „Wie läuft es mit deinem Auto?“

Walter stöhnte auf und ging Bier holen.

„Wir finden die Leiche und keiner kümmert sich um uns“, meckerte Balu. *„Streifenkollege Hans hat doch was von Leckerlies gesagt … wo sind die denn jetzt?“*

„Du klingst schon wie Eglon. Immer nur Futter im Kopf“, entgegnete Kitty. *„Ich glaube, die haben jetzt erst mal andere Dinge zu tun.“*

Sie setzte sich zu ihrem Freund und reinigte ausgiebig ihre Pfoten.

Zwischen den Ballen klemmte immer noch Dreck von ihrem Ausflug ins Dorf.

„Es war schon unheimlich wie Karl-Heinz da im Wasser lag", sagte Kitty und schüttelte sich bei dem Gedanken.

„Er wurde auch ermordet, oder?", vermutete Balu.

„Da war Blut im Wasser, das habe ich gerochen. Es kam aus einer kleinen Wunde am Hinterkopf. Wie soll er sich denn da selber verletzt haben? Wäre er hingefallen, hätte es ihn irgendwo vorne erwischt. Nein – ich bin mir ziemlich sicher, dass Karl-Heinz auch getötet wurde."

Zwei Morde in etwas mehr als einer Woche. In Taldorf. Balu erschauderte. Irgendwer brachte die Menschen in ihrer Nachbarschaft um, und sie hatten keine Ahnung wer.

„Weißt du, was mir am meisten Sorgen macht?", fragte er Kitty.

„Hmmm?"

„Das der, der das getan hat, eventuell noch nicht fertig ist."

41

Annes Nachricht kam am nächsten Vormittag, als Walter noch schlief. Frau Dr. Kurz hatte bei Karl-Heinz die gleiche Verletzung am Hinterkopf gefunden wie bei Hermann, vermutlich war sie sogar mit der gleichen Waffe zugefügt worden. Außerdem fand sich in der Nähe des Darmausgangs wieder eine Spielzeugfigur. Diesmal eine Katze. Auch die Todesursache war geklärt: die ganze Lunge war voll Wasser gewesen - Karl-Heinz war in seiner Güllegrube ertrunken. Ansonsten schien die Leiche unversehrt. Die Autopsie war aber noch nicht abgeschlossen.

Walter las die Nachricht auf seiner Terrasse mit einem Kaffee in der Hand. Also zwei Morde. Auf Grund der Tierfiguren konnte man wohl von demselben Mörder ausgehen. Walter bekam Gänsehaut. Ein Mörder, der zwei Menschen getötet hatte, weilte unter ihnen. Er hatte keinen Zweifel, dass der Täter aus der näheren Umgebung stammte. Doch was war das Motiv? Er hatte irgendwo gelesen, dass die meisten Morde aus Liebe oder wegen Geld verübt wurden. Geld … steckte doch dieser Immobilien-King dahinter. Eventuell würden sie darauf noch heute Nachmittag eine Antwort bekommen, denn Kripo-Hubert hatte den Mann auf die Polizeiwache bestellt.

Balu bellte zweimal.

Noch bevor die Türklingel läutete stand Walter auf und öffnete die Eingangstür.

„Hallo Walter", grüßte Faxe, „hast du zwei Minuten Zeit?"

Walter nickte und bat seinen Gast herein.

Faxe war mit dem Fahrrad gekommen. Seine langen schwarzen Haare hatte er unter dem Helm zu einem Pferdeschwanz gebunden, der zwischen seinen Schultern neckisch auf und ab wippte.

„Tolle Haare", säuselte Walter, und fragte sich sofort, warum er das gesagt hatte.

„Danke", nahm Faxe das Kompliment entgegen, ohne darauf einzugehen. Er setzte sich auf einen der Stühle am Küchentisch und nahm den Fahrradhelm ab.

„Das mit dem Unwetter war schon der Hammer", seufzte er. „Alle Autos, die bei mir standen haben Hagel abbekommen. Schöner Mist."

„Na, wenigstens da hatte ich Glück", sagte Walter mit einem wehmütigen Lächeln.

„Inwiefern?"

„Ich hab ja kein Auto mehr. Also habe ich auch keinen Hagelschaden."

Faxe sah ihn fragend an. „Hast du den 205er denn schon abgemeldet?"

„Nee – dazu war noch keine Zeit. Und bevor du fragst: ich habe auch nichts Neues in Aussicht."

„Hmmm … dann habe ich eine gute Nachricht für dich."

„Was meinst du?", fragte Walter interessiert.

„Wenn dein Peugeot noch nicht abgemeldet ist, ist er immer noch versichert. Wenn du den Hagelschaden meldest, bekommst du Geld von der Versicherung."

Walter blieb die Luft weg. „Das ist nicht dein Ernst … er ist doch nur noch ein Schrotthaufen."

„Schon", erklärte Faxe, „aber jetzt ist er ein Schrotthaufen mit Hagelschaden. Und das ist versichert. Ich vermute zwar, dass du nur noch den Restwert bekommst, aber ein paar hundert Euro werden es schon sein."

Walter konnte sein Glück kaum glauben. „Und wie läuft das jetzt?"

Faxe lächelte. „Melde den Schaden einfach deinem Versicherungsmensch und sag, der Wagen steht bei mir. Dann schicken die einen Gutachter, und du bekommst deine Kohle."

Das war Musik in Walters schwäbischen Ohren und er vergaß, dass es noch Vormittag war.

„Das feiern wir mit einem Bierchen", rief er, und war schon auf dem Weg zum Kühlschrank, als Faxe ihn zurückhielt.

„Geht leider nicht. Ich hab gleich eine Yogastunde. Aber ein andermal gern wieder. Ich wollte dir nur das mit der Versicherung sagen."

Als Faxe weg war, überlegte Walter was er mit diesem Donnerstag anfangen sollte. Pläne hatte er keine. Er hätte einkaufen sollen, hatte aber immer noch kein Fahrzeug. Die Liste für Lidl hing an seinem Kühlschrank und wurde immer länger. Es war bitter, wie aufgeschmissen man ohne Auto auf dem Land war. Die lückenhafte Busverbindung machte es schon schwierig nach Ravensburg und zurück zu kommen, zum nähergelegenen Lidl in Neuhaus war es noch viel komplizierter, da der Ort schon im Landkreis Bodenseekreis lag. Er dachte an Eugens Hilfe, und was daraus geworden war. Das durfte sich nicht wiederholen. Er würde Liesl fragen.

„Du hast nicht im Ernst Andreas König aufs Revier bestellt?", zischte Kripo-Huberts Vorgesetzter, kaum dass er das Büro betreten hatte..

„Ich habe ihn ja nicht verhaftet, Dirk", erklärte er vorsichtig. „Es ist nur so, dass wir in Taldorf jetzt zwei Morde haben, und beide Opfer hatten etwas mit dem King zu tun. Da gibt es einfach ein paar Fragen, die geklärt werden müssen."

Sein Chef fuhr sich mit den Fingern durch die Haare und kippte das Fenster, bevor er sich eine Zigarette anzündete.

„Du leitest diese Ermittlung", sagte er zum Fenster gewandt, „das heißt: wenn du Scheiße baust, klebt die an deinen Schuhen!"

„Ich werde vorsichtig sein", versprach Kripo-Hubert, der genau wusste, dass an dieser Stelle die Politik ins Spiel kam. Er hatte keinen

Zweifel, dass der King den Bürgermeister auf einer Kurzwahltaste hatte.

„Ich freue mich, dass Sie für uns Zeit gefunden haben, Herr König", sagte Kripo-Hubert wenig später förmlich, und bedeutete seinem Gegenüber Platz zu nehmen.

„Die Polizei – dein Freund und Helfer", schleimte der King. „Wenn ich irgendetwas für Sie tun kann, ist es mir eine Ehre."

„Herr König, es geht um die Morde in Taldorf."

„Die Morde? Plural?", fragte er ungläubig. Das Ergebnis der Autopsie war noch nicht an die Presse durchgedrungen.

„Richtig. In der Nacht des Unwetters ist ein weiterer Mord geschehen. Karl-Heinz wurde tot aufgefunden."

„Verdammte Scheiße", fluchte der King leise.

„Wir wissen, dass Sie mit beiden Opfern zu tun hatten. Geschäftlich. Können Sie uns dazu irgendetwas sagen?"

Die überbordende Freundlichkeit des Immobilienhändlers war mit einem Mal verschwunden. Er zeigte mit dem Finger auf Kripo-Hubert.

„Wenn Sie glauben, ich hätte etwas mit den Morden zu tun, ist dieses Gespräch sofort beendet!"

„Aber nicht doch", ruderte Kripo-Hubert zurück. „Wir erhoffen uns von diesem Gespräch nur ein paar Einsichten in die Leben der Opfer. Man hat Sie mit den beiden in der Öffentlichkeit gesehen, offensichtlich zu geschäftlichen Anlässen …"

Der King schaute Kripo-Hubert mehrere Sekunden misstrauisch an.

„Ich möchte festhalten, dass ich alles, was ich sage, freiwillig zu Protokoll gebe. Wenn mir etwas zu persönlich wird oder etwas Teile meines Geschäfts betrifft, die nicht für die Öffentlichkeit bestimmt sind, können Sie mit meinem Anwalt reden."

Er lehnte sich selbstgefällig zurück und verschränkte die Arme.

„Schön. Also nochmal: sie wurden mit Hermann und Karl-Heinz in der Öffentlichkeit gesehen. Waren das geschäftliche Treffen?"

„Sie meinen das Meeting bei der Goschamarie? Ja, natürlich war das geschäftlich."

„Worum ging es?", hakte Kripo-Hubert nach.

„Pfff …", schnaubte der King, „das ist ja nun wirklich kein Geheimnis. Und dafür interessiert sich die Kripo?"

„Herr König, bitte", drängte Kripo-Hubert.

„Na schön. In Taldorf soll gebaut werden. Die Verhandlungen mit den Grundstücksbesitzern, also Hermann, Karl-Heinz und Xavier waren anfangs etwas schwierig, doch letztendlich waren wir uns einig."

„Wie kam es zu dieser Einigung?"

„Ich möchte es so formulieren: wir haben die Anreize etwas verstärkt", sagte der King und lächelte verschlagen. Kripo-Hubert hatte keinen Zweifel, dass es einfach nur um Geld ging.

„Wenn sich alle einig waren, was passiert jetzt, nachdem zwei der Landwirte tot sind?"

Der King beugte sich vor und legte die Hände auf den Tisch.

„Nicht viel. Es gibt Vorverträge und die sind auch für die Erben bindend. Wenn sich jetzt jemand querstellt, werde ich auf diesen Vereinbarungen bestehen."

„Das heißt, Sie sind nicht erfreut über die neue Situation?", hakte Kripo-Hubert nach.

„Nicht erfreut? Na, Sie haben eine Ahnung! Scheiße ist das! Kriege ich das Baugebiet durch? Natürlich! Aber wenn jetzt irgendwer blöd tut, verzögert sich das Ganze. Ich weiß: Sie als Beamter haben davon keine Ahnung, aber in der freien Wirtschaft ist Zeit wirklich Geld! Da geht es schnell mal um ein paar hunderttausend Euro!"

Der King hatte sich in Rage geredet und seine Halsschlagader trat deutlich hervor. Kripo-Hubert beschloss die Anspielung auf seinen

Beamtenstatus zu ignorieren und gab sich verständnisvoll.

„Das ist natürlich schwierig. Hatten Sie denn im Vorfeld mit jemandem zu tun, der das Baugebiet verhindern wollte? Umweltschützer vielleicht?"

„Nicht in Taldorf", antwortete der King ohne zu überlegen. „Tatsächlich war das eines der wenigen Projekte, bei dem ich mich mal nicht mit dem BUND herumschlagen musste. Im Ortschaftsrat und im Gemeinderat gab es ein paar Miesepeter, aber die gibt es immer."

„Geht es um viel Geld?", tastete sich Kripo-Hubert vor, wurde aber sofort abgeblockt.

„Auf diese Frage werde ich nicht antworten, aber lassen Sie es mich so formulieren: kleine Fische interessieren mich nicht."

Kripo-Hubert sah, dass er in dieser Richtung nicht weiter kam und änderte das Thema.

„Waren Sie der Initiator dieser ganzen Verhandlungen?"

„Ich füge zusammen, was zusammen passen muss. Bei den Verhandlungen geht es häufig um viel mehr: Wünsche der Beteiligten, ihre Möglichkeiten und natürlich auch die Finanzierung. Da habe ich Riedesser von der Bank. Der kümmert sich um den lästigen Papierkram. Hat er auch in diesem Fall gemacht."

Kripo-Hubert zog verwundert die Augenbrauen hoch. „Ich dachte Herr Riedesser arbeitet auf der Bank als normaler Anlageberater?"

„Eine Verschwendung von Ressourcen", lächelte der King überheblich. „Der Riedesser hat früher ganz andere Projekte gemanagt. Dass er jetzt hier am Kassenschalter sitzt, ist eigentlich unvorstellbar."

Kripo-Hubert notierte sich, dass sie auch mit Riedesser sprechen mussten und klappte seinen Notizblock zu.

„Ich bedanke mich, dass Sie Zeit für uns hatten, Herr König!"

Er reichte ihm zum Abschied die Hand.

Der King setzte wieder sein Geschäftslächeln auf und ging zur Tür.

„Wenn Sie noch Fragen haben, dürfen Sie mich gerne anrufen. Wenn ich aber das nächste Mal hierher kommen soll, brauchen Sie einen Haftbefehl!"

Kripo-Hubert schaute dem großen Mann hinterher und hoffte, ihn nicht noch einmal befragen zu müssen.

42

Liesl hatte ihm gerade seinen Einkauf gebracht und Walter räumte die verderblichen Lebensmittel in den Kühlschrank. Seine Schulden hatte er sofort beglichen – auf den Cent genau.

„Wir haben schon lange nicht mehr zusammen gegessen", sagte Liesl, mit einem leichten Vorwurf in der Stimme.

Walter blickte in die Luft, als müsse er nachdenken. Er wusste, dass sie Recht hatte.

„Ich wollte nachher zur Goschamarie … du kannst gern mitkommen." Liesl schaute ihn schief an. „Du weißt genau, was ich meine. Wir zwei sollten mal wieder zusammen essen. Ich koche uns was Schönes …"

Walter hob entschuldigend die Hände. „Können wir das verschieben? Nach allem, was passiert ist, würde ich wirklich gern in die Wirtschaft. Vielleicht erfahre ich noch etwas."

„Wer nicht will, der hat schon", sagte Liesl kühl. „Dann esse ich meine Spaghetti mit Meeresfrüchten eben alleine."

Sie wusste genau wie gerne Walter dieses Gericht mochte und genoss sein bestürztes Gesicht.

„Ach, mach doch einfach ein bisschen mehr. Aufgewärmt schmeckt es eh viel besser. Wenn es ordentlich durchgezogen ist. Wäre für morgen Mittag doch perfekt", lächelte Walter unbeholfen.

Liesl warf ihm einen strengen Blick zu und verschränkte die Arme vor der Brust.

„Dann darfst du gespannt sein, ob etwas für dich übrig bleibt", sagte sie mit einem leichten Grinsen, zum Zeichen, dass sie ihm nicht böse war. „Viel Spaß in der Wirtschaft!"

Auf dem Weg ins Hinterdorf schaute sich Walter die umliegenden Häuser und Gärten an. Vom Unwetter war kaum mehr etwas zu sehen, nur in den Beeten sah es nach dem Hagel noch sehr trostlos aus. Balu lief gemütlich an seiner Seite und hielt die Nase in die Luft. Das viele Wasser sorgte für ganz andere Gerüche. Der natürliche leicht modrige Duft wurde an vielen Stellen von starkem Schimmelaroma überdeckt. Nach dem Regen hatte fast den ganzen Tag wieder die Sonne geschienen und die Luftfeuchtigkeit hatte fast hundert Prozent erreicht. Es war nur erträglich, da es nicht mehr so heiß war.

Der Bach vor der Goschamarie führte immer noch mehr Wasser als normal, doch es bestand keine Gefahr mehr, dass er über die Ufer trat. In einer Ecke des Parkplatzes lagerten die abgebrochenen Äste, die die Helfer zu einem fast drei Meter hohen Haufen aufgestapelt hatten. Elmars Fliesenleger Bus parkte direkt vor der Treppe und Walter lachte erstaunt auf, als er das neue Logo auf der Seitenwand sah. Er erkannte das Symbol, das Superman in den Filmen der 80er auf der Brust getragen hatte, nur hatte Elmar das große „S" durch ein „E" ersetzt. Logisch. Darunter stand in geschwungenen Buchstaben „Ob Norden Süden, Osten, Westen - Elmars Fliesen sind die besten!" Kopfschüttelnd lief Walter die Stufen zur Treppe hinauf, während Balu sich zu Kitty unter das Vordach setzte.

Als er in die Gaststube kam, sprang Anne vom Stammtisch auf und hüpfte Walter entgegen.

„Das ist ja mal ne Überraschung", freute sich Walter, „du am Stammtisch?"

„Ausnahmsweise", strahlte Anne. „Elmar muss morgen auf einen Junggesellenabschied, also gehen wir heute zusammen weg."

Walter begrüßte seine Freunde und setzte sich zwischen Anne und Max.

„Na, prima", grummelte Max, „da sitzt mal ein hübsches Mädel neben mir, dann quetscht du dich dazwischen."

„Wundert mich, dass ihr sie überhaupt mit an den Stammtisch sitzen lasst", erwiderte Walter. „Ist ja eigentlich eine Männerrunde."

Max zog an seiner Zigarre und grinste. „Wenn ich zwischen Elmar und seiner Freundin wählen müsste, hätte mein alter Freund ganz schlechte Karten." Er lachte. „So eine hübsche Frau schickt man nicht weg."

Natürlich hatte Max Recht. Selbst in der verwaschenen Jeans und dem Hardrockcafé T-Shirt war Anne ein Hingucker.

Theo und Peter saßen betrübt auf der anderen Seite des Tisches und spielten teilnahmslos an ihren Bierflaschen herum.

„Was ist denn mit euch los?", fragte Walter. „Schon wieder Streit gehabt?"

„Schön wär's", sagte Peter resigniert und hielt seinen bandagierten rechten Arm in die Höhe. „Schleimbeutel. Beim Armdrücken geplatzt. So ein Mist. Ich bin vier Wochen außer Gefecht."

„Gibt es was Neues von Karl-Heinz", fragte Max, der natürlich schon von dem Leichenfund gehört hatte.

Walter zögerte, da er nicht wusste, was er verraten durfte, doch Anne nickte ihm über den Tisch hinweg aufmunternd zu.

„Es ist zwar noch nicht offiziell, aber spätestens Morgen steht es wohl eh in der Zeitung: Karl-Heinz ist ebenfalls ermordet worden."

Alle starrten Walter an, als hätten sie diese Tatsache nicht schon längst erwartet.

„Zwei tote Bauern in ein paar Tagen", rechnete Max, „da hat irgendeiner was gegen unsere Landwirte."

In diese Richtung hatte Walter noch gar nicht gedacht, fand den Gedanken aber eher abwegig.

„Hat die Polizei denn schon einen Verdacht?", fragte Peter.

Walter zuckte mit den Schultern. „Der zweite Mord ist ja gerade erst passiert. Das dauert schon ein bisschen. Aber ich habe gehört, sie verfolgen verschiedene Spuren."

Alle am Tisch wussten, dass Walter bei den Ermittlungen half und waren enttäuscht nicht mehr zu erfahren.

„Griaß di Walter", begrüßte ihn Marie, die ihn erst jetzt entdeckt hatte.

„Bier und Veschper?", fragte sie und rieb mit einem alten Abtrockner kurz über den Tisch.

„Ja gerne. Aber mach bitte eine kleine Portion."

„So an Scheiß fang i nemme a. I bring dir oifach a Veschper – wia immer!"

Die kurze Unterbrechung durch die Wirtin hatte von den Morden abgelenkt und andere Themen wurden diskutiert.

„Du, Walter", flüsterte Anne und rutschte etwas näher an ihn heran.

„Der Hans hat was über diese Spielzeugfiguren herausgefunden."

Walter neigte seinen Kopf, um sie besser verstehen zu können.

„Er hat sie ganz genau unter die Lupe genommen – im wahrsten Sinne des Wortes – und auf der Unterseite winzige eingeprägte Logos gefunden. Und weißt du was: diese Figuren stammen aus einer ganzen Serie, die Ende der achtziger in Überraschungseiern versteckt waren."

Walter fehlten die Worte. Überraschungseier? Wo sollten sie diese Morde denn noch hinführen?

„Waren die selten?", fragte er, da er gehört hatte, dass manche Überraschungseifiguren begehrte Sammlerstücke waren.

„Wohl nicht", sagte Anne achselzuckend. „Hans will das noch in den Tauschbörsen und bei ebay genauer prüfen, aber sieht nicht danach aus."

„Trotzdem haben wir damit doch wieder einen guten Hinweis", überlegte Walter.

Anne sah ihn fragend an.

„Na, das weist doch wieder auf die Vergangenheit hin. Auf die Zeit vor rund fünfundzwanzig Jahren. Figuren aus Überraschungseiern … das wirkt so … so … kindlich."

Anne begriff. „Stimmt. Da fällt mir ein: hat sich Herr Soyer schon bei dir wegen dem Foto gemeldet?"

Walter schüttelte den Kopf, doch bevor er antworten konnte, platzte Elmar in ihr Gespräch.

„Walter, hast du eigentlich mein neues Super-Logo auf dem Auto gesehen?", sagte er stolz. „Da hab ich mich selbst übertroffen."

Anne schlug die Hände vors Gesicht. „Das ist soooo peinlich!", flüsterte sie Walter zu. „Er hat sich sogar T-Shirts mit dem Logo drucken lassen. Wie alt ist der Kerl eigentlich? Fünfzehn?"

Doch Elmar strahlte Walter nur glücklich an.

„Es ist … äh … also es ist … AU!" Anne hatte Walter vors Schienbein getreten.

„Es ist … sehr auffällig", antwortete Walter und rieb sich die schmerzende Stelle.

„Siehst du Anne: Walter findet es auffällig … und das ist bei Werbung das Wichtigste. Wie bei dieser unsäglichen schwäbischen Müsliwerbung: die findet auch keiner toll - aber jeder kennt den Namen. Darauf kommt es an."

Anne schaute grimmig zu Walter, der entschuldigend die Schultern hob.

„Du bist morgen auf einem Junggesellenabschied?", lenkte Walter ab.

„Oh ja – das wird ein Fest! Ein Fliesenlegerkollege aus Ailingen ist dran. Da lassen wir es noch mal ordentlich krachen!"

„Aber er will sich auch ein bisschen zurückhalten", warf Anne ein, doch ihr unsicherer Blick zeigte, dass sie selbst nicht daran glaubte.

„Sodele – do hommers Veschper für dr Walter", säuselte Marie und stellte Walters Essen auf den Tisch. Walters Augen wurden groß, da die Bitte um eine kleinere Portion, Marie offenbar nur zusätzlich motiviert hatte ordentlich draufzupacken.

„Das sieht ja aus wie eine Henkersmahlzeit", posaunte Theo über den Tisch. Sein Lachen erlosch sofort, als er die versteinerten Gesichter seiner Freunde bemerkte. An die zwei Toten hatte er nicht gedacht.

„Das war doch gar nicht so gemeint", entschuldigte er sich. „Marie – bring mal eine Runde Schnaps auf mich. Wer so unüberlegt daherredet, dem muss man die Gosch ausspülen."

„Wer erbt eigentlich beim Karl-Heinz?", kam Max zu ihrem alten Thema zurück. Er schaute in die Runde, bekam aber keine Antwort.

„Hatte der überhaupt Familie?", überlegte Peter laut. „Seit zuletzt seine Mutter gestorben ist, habe ich auf dem Hof niemanden mehr gesehen. Von Geschwistern habe ich auch noch nie gehört."

„Vielleicht hatte er ein Testament", warf Anne ein. „Er könnte alles einer alten Jugendliebe vermacht haben."

„Oder seinere Lieblingswirtin", ging Marie dazwischen, die den Schnaps brachte. „Dänn hätt dr Stammtisch bis ans End alles frei!!!" Sie hoben ihre Schnapsgläser und brachten einen Toast auf die verstorbenen Freunde aus.

„Auf die, die nicht mehr da sind!"

Walter beobachtete seine Freunde und wunderte sich über die ausgeglichene Stimmung. Bei Hermanns Tod, vor wenigen Tagen, hatte sich noch tiefe Betroffenheit breit gemacht. Lag es daran, dass Karl-Heinz eher ein Einzelgänger war? Ohne Familie? Oder war es einfach nur die Gewöhnung? Walter bezweifelte, dass man sich wirklich an den Tod gewöhnen konnte, doch wenn er an sich und seine Freunde dachte, konnte er eine gewisse Routine nicht leugnen.

„Entschuldigen Sie, Frau Wirtin", hörte Walter einen jungen Mann sagen, der mit zwei Freunden am Nebentisch saß.

„Wir haben gehört, Sie haben einen hervorragenden vegetarischen Vesperteller?", fragte er Marie.

„Nadierlich", antwortete die Wirtin grinsend.

„Dann bitte für jeden ein Bier und die vegetarische Vesperplatte!"

„Koi Problem, kommt glei", rief Marie und verschwand in der Küche.

43

„Und da war wirklich wieder Viech im Arsch", fragte Jussuf
ungläubig.

Walter nickte. Er hatte Jussuf von den neuesten Vorfällen erzählt.

„Uralte Figuren aus Überraschungseiern. Das ist doch verrückt oder?"

„Klingelingeling, klingelingeling, jetzt kommt der Eiermann …",
setzte Jussuf an, verstummte aber sofort, als er Walters Blick sah.

„Ihr lernt immer noch mit Liedtexten?", fragte Walter.

„Ja. Und mit Sprechwörter."

„Sprichwörter", korrigierte Walter, was Jussuf ignorierte.

„So bizzele erinnert an Mafia", überlegte der Türke.

„Wie meinst du das?"

„Na, die haben in Film auch immer so Namen. „Die Ratte", „Das
Frettchen", „Der Geier" … hier ist doch ähnlich. „Der Frosch", „Die
Katze" … ist nur irgendwie … niedlicher."

Stimmt, dachte Walter. Was, wenn die Tierfiguren nicht willkürlich
ausgewählt waren? Wenn der Mörder die Tiere seinen Opfern aus
einem bestimmten Grund zugeordnet hatte.

„Welche Eigenschaften würdest du einem Frosch zuordnen?", fragte
Walter.

Jussuf überlegte. „Große Augen, glitschelig, große Sprünge … wenig
Haare!"

Walter dachte an ähnliche Dinge.

„Das klingt nicht, als würde es zu einer Person passen", grübelte er.

Die Eigenschaften von Katzen passten besser, aber es musste ja für
beide Tiere stimmen.

„Warum nicht?", widersprach Jussuf. „Kennst du kein kleine Mann
mit große Augen, schleimige Verhalten, der immer Großkotz macht …

und Glatze hat."

„Nein", stutze Walter. Jussufs Argumentation war gar nicht schlecht.

„Oder es hat mit dem Viecher selber zu tun", dachte der Türke weiter.

„Hat Hermann mal Frosch gehabt? Oder Karl-Heinz vielleicht Katze?"
Das müsste herauszufinden sein, überlegte Walter, doch das würde
warten müssen.

„Es wird Zeit", sagte er zu Jussuf und stellte die leeren Tassen in die
Spüle.

„Reisende soll man nicht anhalten", sagte Jussuf mit erhobenem
Zeigefinger.

„Aufhalten, Jussuf, man soll sie nicht aufhalten!"

„Isch übe noch!"

Auf seiner Zeitungsrunde kam Walter sofort ins Schwitzen. Die
Temperaturen waren nach Dagmar zwar noch etwas niedriger als die
letzten Wochen, doch die Luftfeuchtigkeit blieb unerträglich.

„Scheiß Schwüle", schimpfte Walter und wischte sich mit seinem
Stofftaschentuch den Schweiß von der Stirn. Sie waren erst in
Wernsreute, doch er war schon durchgeschwitzt bis auf die
Unterhose. Er blickte zu den Bäumen auf, die den Wegrand säumten,
und schüttelte den Kopf. Verrückt. Hier hatte das Wetter kaum
Spuren hinterlassen. Die ausladenden Äste der alten Eichen streckten
sich wie eh und je über die Straße.

In Alberskirch machte Walter kurz bei seinem Peugeot halt. Das Dach
sah nach dem Hagel aus wie das vernarbte Pickelgesicht eines
Teenagers. Auch die Motorhaube. Er nahm sich vor den Schaden noch
heute bei seiner Versicherung zu melden. Zwar konnte er sich nicht
vorstellen, dass da viel zu holen war, aber jeder Euro zählte,
schließlich musste er demnächst in ein neues Fahrzeug investieren.
Eigentlich ein guter Zeitpunkt, um bei der Bank vorbeizuschauen,

überlegte Walter. Er ließ sich regelmäßig über die Entwicklung seiner Anlagen informieren, hatte sich jetzt aber schon länger nicht mehr darum gekümmert. Er hatte nun eine Vorstellung davon, was ein neues Auto kosten würde, und wusste, dass er das nicht aus der Portokasse bezahlen konnte. Und er brauchte ein Auto, dringender denn je. Dass Liesl ihm mit den Einkäufen half, war zwar toll, aber er hasste das Gefühl abhängig zu sein. Mobilität bedeutete Freiheit und Walter hatte nicht vor auch nur ein bisschen davon einzubüßen.

Eugens Haus war noch vollkommen dunkel, trotzdem näherte sich Walter vorsichtig, da ihn der pensionierte Lehrer in der Vergangenheit schon ordentlich erschreckt hatte. Balu hingegen galoppierte voraus und wuffte einmal leise vor Bimbos Tür.

„Und täglich grüßt das Wolfsspitztier", nörgelte der Haflinger und streckte seinen massigen Kopf zur Stalltür heraus.

„Warum muss ich mich eigentlich immer mit dir rumschlagen? Kann nicht mal ne rassige Stute vorbeikommen"

„Als ob du mit einer Stute noch etwas anfangen könntest", stichelte Balu.

„Du bist ein Wallach, schon vergessen?"

Bimbo legte kurz die Ohren an, bleckte aber nicht die Zähne. *„Nur dass du es weißt: dass ich nicht kann, heißt noch lange nicht, dass ich nicht will! Davon haben die Menschen leider keine Ahnung, wenn sie dir die Eier abschneiden."*

„Es gibt Neuigkeiten", sagte Balu, dem das Thema peinlich war. *„Karl-Heinz wurde ebenfalls ermordet!"*

Jetzt hatte er Bimbos ganze Aufmerksamkeit und er erzählte ausführlich, was er bei dem Gespräch zwischen Walter und Jussuf gehört hatte. Das prägnanteste Detail hob er sich bis zum Schluss auf.

„Und stell dir vor: Karl-Heinz hatte ebenfalls ein Tier im Hintern … eine Katze."

Der Wallach hob überrascht die Augenbrauen. *„War es Eglon?"*

Balu brauchte einen Moment, dann begann er schallend zu lachen, und auch Bimbo bollerte lauthals los, was ein bisschen nach einer Lungenentzündung im Endstadium klang.

„Aber mal im Ernst", setzte Balu an, als er sich halbwegs beruhigt hatte. *„Hast du eine Idee, was das mit den Tieren soll?"*

„Frosch und Katze? Nein", antwortete der Haflinger. *„Wenn ich an Hermann und Karl-Heinz denke fallen mir Rinder ein, Kühe, Bienen, Ziegen …"*

„Wer hatte denn mal Ziegen?", unterbrach Balu.

„Na, Karl-Heinz. Der hat schon alles Mögliche probiert. Aber bestimmt nicht Frösche und Katzen. Das waren früher auf den Höfen eh Tiere ohne Wert. Gezählt hat nur was Geld einbrachte – da gehören die nicht dazu. Ich erinnere mich daran, dass die Jungs sich hinten am Bach mal mit Fröschen beworfen haben. Einfach aus Spaß. Die wenigsten Frösche haben das überlebt. Aber das interessierte niemand."

„Hätte es zu der Zeit schon den Tierschutz gegeben wie heute, wäre das sicher anders ausgegangen", vermutete Balu.

„Klar. Auch bei den Katzen. Früher, als man sie noch nicht sterilisiert hat, gab es regelmäßig Katzenplagen. Die wurden nicht eingesammelt und ins Tierheim gebracht … sie wurden erschossen oder schon als Babys ertränkt."

„Keine guten Zeiten für einige von uns", sagte Balu nachdenklich, als er sich das Gemetzel vorstellte.

Walter erreichte schwitzend Bimbos Stall und wunderte sich die beiden Tiere so friedlich nebeneinander zu sehen. Selbst zu ihm war der Haflinger freundlich und Walter streichelte ihm den Kopf.

„Ich bin froh, dass die Menschen heute besser mit uns Tieren umgehen", grunzte Bimbo glücklich und genoss die Streicheleinheiten.

Als Walter und Balu weiterzogen, schaute ihnen der Haflinger noch lange nach. Er würde es nie zugeben, aber er freute sich jeden Morgen auf den Besuch der beiden. Ein Pferdeleben kann so langweilig sein.

44

„Und der hat wirklich gesagt, sie bezahlen den Hagelschaden?",
fragte Liesl erstaunt, während sie Walter einen dampfenden Teller mit
Meeresfrüchtespaghetti servierte. Walter hatte mit seinem
Versicherungsmensch telefoniert und war überrascht gewesen, als
dieser sofort zugesagt hatte, in den nächsten Tagen einen Gutachter
zu schicken. Sie hätten nach Orkan Dagmar schon einige
Schadensmeldungen vorliegen und Walters Peugeot sei natürlich
gegen Hagelschaden versichert.

„Hmmm …", nuschelte Walter mit den ersten Nudeln im Mund.
„Ischt verschischert!"

„Was sind denn das für Manieren", lachte Liesl, freute sich aber über
Walters Appetit. Natürlich hatte sie am Vorabend genug gekocht, dass
es für ihr gemeinsames Mittagessen reichte.

„Dann kannst du das Geld von der Versicherung ja als Anzahlung für
deinen Neuen nehmen", schlug Liesl vor, doch Walter winkte ab.

„Ich hab dir doch erzählt, was die kosten. Wahrscheinlich reicht das
nicht mal für einen Satz Reifen."

„Wenn dich das Geld so reut, dann schau dich doch mal nach einem
Gebrauchten um. Immer nur rumsitzen und meckern hilft auch
nichts."

„Du wieder", nörgelte Walter zurück. „So ein Autokauf will wohl
überlegt sein. Erst recht bei einem Gebrauchten. Ich bin noch nicht
soweit, dass ich zu Jussufs Cousin gehe. Dieser Rafi ist eine ganz
zwielichtige Person. War schon im Gefängnis."

„Sagtest du „Rafi"?", fragte Liesl erstaunt. „Als ich Kripo-Hubert
gefragt habe, wo er seinen schicken Audi A6 her hat sagte er:
„Natürlich von Rafi". Meinst du das ist derselbe?"

Walter verschluckte sich an einer Garnele und prustete in seine Serviette. Anscheinend kaufte halb Ravensburg seine Autos bei Jussufs Cousin.

„Wie gesagt: so weit bin ich noch nicht … aber ich werde es mir überlegen."

Damit war das Thema für Walter erst mal vom Tisch und er widmete sich ganz seinen Spaghetti.

Tümdüm tüdeldüm dü düüü düüü …, meldete sich Walters iPhone mit der Tagesschau.

„Soyer hier", meldete sich der Lehrer, als Walter entsperrt hatte.

„Ich wollte nur sagen, dass ich das Foto gefunden habe. Das mit den drei Jungs drauf. Noch interessiert?"

„Das sind ja mal gute Neuigkeiten", rief Walter erfreut. „Wann kann ich es abholen?"

„Ich bringe es vorbei. Dann komme ich auch mal wieder nach Taldorf. War schon lange nicht mehr da. Passt es in einer halben Stunde?"

Walter bejahte und legte auf.

"Das war der alte Lehrer", erklärte er Liesl. „Er hat das Foto, das Hermann, Karl-Heinz und Xavier ihm damals geschenkt haben, gefunden. Er kommt nachher her."

„Dann schau mal, dass alles schön ordentlich ist, wenn dein alter Lehrer kommt. Nicht, dass du nachsitzen musst."

Liesl schaute Walter lächelnd hinterher, als er hektisch nach Hause lief.

Manche Dinge ändern sich eben nie.

45

„Das war's", sagte Dr. Kurz zufrieden und schloss den Reißverschluss des Leichensacks. „Was geht da eigentlich vor in Taldorf?", fragte sie Anne. „Müssen wir mit weiteren Leichen von dort rechnen?"

Anne hob die Schultern. „Wenn ich das wüsste … ich wäre froh, wenn nicht."

„Der eine überfahren, der andere ertränkt … wenn wir nicht die Tierfiguren hätten, würde ich keinen Zusammenhang vermuten. Aber so …"

„Sie haben eine weitere Probe ans Labor geschickt", bemerkte Anne, und blickte von ihrem Tablet-PC auf. „Haben Sie noch was gefunden?"

Frau Dr. Kurz nickte. „Irgendeine gelartige Substanz. In der Nähe des Rektums. Sah ein bisschen wie eine Creme aus. Die im Labor werden das schon rauskriegen."

Anne steckte die Begleitpapiere für Karl-Heinz in eine Hülle und legte sie ans Fußende des Leichensacks.

„Zum Thema „Ertrinken" fällt mir doch gerade noch ein Witz ein …", säuselte Dr. Kurz.

Oh nein, dachte Anne und verdrehte die Augen. Die Autopsie von Karl-Heinz war bisher ohne Kalauer ausgekommen, und sie hätte gerne auch weiter darauf verzichtet. Doch Frau Dr. Kurz legte schon los:

„Ein Schotte macht mit seiner Frau eine Seereise. In einem Sturm läuft das Schiff auf ein Riff und sinkt. Alle an Bord ertrinken – nur der Schotte wird gerettet. Nach zwei Jahren erhält er vom zuständigen Amt eine Nachricht: „Die Leiche ihrer Frau wurde geborgen. Überwuchert mit Austern und vielen anderen Muscheln." Der Schotte antwortete sofort: „Muscheln und Austern verkaufen – Köder sofort wieder auslegen!""

Frau Dr. Kurz klopfte sich bereits während des letzten Satzes lachend auf die Schenkel.

„Verstehen Sie, Anne? Köder wieder auswerfen!!!"

Anne schaute zur Decke und zählte bis zehn. Eigentlich fand sie den Witz gar nicht so schlecht, nur der Zeitpunkt war wie immer der falsche.

Das Telefon klingelte.

„Dr. Kurz, Pathologie", meldete sich die Ärztin.

„Remtsma hier aus dem Labor. Haben Sie KURZ Zeit?"

Frau Dr. Kurz hörte natürlich die Anspielung auf ihren Namen, was sie hasste. Ihre Augen verengten sich zu Schlitzen.

„Was haben sie für mich, Kurmark?", sagte sie kühl.

„Remtsma", beschwerte sich der Anrufer.

„Hören Sie: ich habe KURZ für sie Zeit – dann interessiert es mich nicht, welche Zigarette sie sind."

Der Anrufer gab sich geschlagen. „Die letzte Probe, die Sie uns gegeben haben … die Analyse ist abgeschlossen."

Stille.

„Ja und?", zischte Dr. Kurz gefährlich. „Muss ich Ihnen alles aus der Nase ziehen, Rothändle?"

„Nein. Natürlich nicht. Nein", versicherte Remtsma. „Es handelt sich um ein Gleitgel. Sogar ein ziemlich extravagantes. Mit Erdbeeraroma."

Frau Dr. Kurz verzog angewidert das Gesicht. „Erdbeer? Wer gibt sich denn so was? Lavendel, Sandelholz, Rosenduft … das könnte ich verstehen. Aber Erdbeer?"

„Ähm …", Remtsma räusperte sich, „wir konnten auf Grund der speziellen Zusammensetzung den Hersteller feststellen, und der meinte, es sei unter Homosexuellen derzeit DER Renner."

Dr. Kurz war sprachlos, was nicht oft passierte.

„Ich danke Ihnen, Lord", sagte sie und legte auf.

„Wissen Sie, ob Karl-Heinz vielleicht schwul war?", fragte sie Anne, doch die schüttelte den Kopf.

„Dann hat Hubert noch eine weitere Frage zu klären. Ist ja nicht mein Problem."

46

Herr Soyer parkte seinen alten Opel Kombi direkt vor Walters Haus. Er hörte Balu bellen und kurz darauf öffnete Walter die Tür, ohne dass er geklingelt hatte.

„Herr Soyer, schön, dass Sie da sind", begrüßte Walter den alten Lehrer und schüttelte ihm die Hand.

„Kommen Sie doch rein", lud Walter ein, doch Herr Soyer zögerte.

„Hättest du vielleicht Zeit für einen kleinen Sparziergang", fragte er. Walter sah auf die Uhr. „Klar. Kann ich meinen Hund mitnehmen?" Wie aufs Stichwort stürmte Balu zur Tür heraus und umtänzelte den Gast freudig.

Herr Soyer lachte und fuhr Balu durchs Fell. „Das ist aber ein schöner Kerl", lobte er den Wolfsspitz, der daraufhin an seiner Hand leckte. „Natürlich kann der mitgehen."

Nachdem Walter seine neuen Laufschuhe angezogen hatte, liefen sie gemeinsam Richtung Dorf.

„Hier lang", befahl Herr Soyer, und schlug den Weg Richtung Appenweiler ein. Walter wunderte sich über die Auswahl, da sie auf dieser Strecke ausschließlich auf der Straße laufen mussten. Doch Herr Soyer lief unbeirrt voran.

„Haben Sie lange nach dem Foto suchen müssen?", fragte Walter.

„Hmmm", brummelte der Lehrer. „Es ist unglaublich, was sich über die ganzen Jahre angesammelt hat. Aber wiedermal zeigt sich, dass es gut ist, nichts wegzuschmeißen."

Walter wartete darauf, dass Herr Soyer ihm das Bild zeigte, aber der lief nur stur geradeaus.

„Darf ich es sehen?", fragte er vorsichtig.

„Alles zu seiner Zeit, Walter. Alles zu seiner Zeit."

Sie erreichten die Rechts-vor-Links-Kreuzung oberhalb von Taldorf. Sie ließen zwei Autos vorbei und bogen dann links ab, Richtung Adelsreute. Walter fragte sich, wo dieser Spaziergang hinführen sollte. Herr Soyer machte nicht mal den Versuch einer Erklärung, also folgte Walter ihm, Balu immer an seiner Seite.

Weitere Autos rasten vorbei und sie mussten mehrmals ins Gras ausweichen, da die Straße so schmal war. Die Route hatte nicht nur den Nachteil, dass sie auf der Straße laufen mussten, es gab auch keinerlei Schatten. Walter hatte in den letzten Monaten eine gute Kondition aufgebaut, der alte Lehrer hingegen schnaufte bereits wie ein Walross. Sein weißes Hemd klebte ihm am Körper und ließ das Unterhemd durchschimmern.

„Sollen wir mal ne Pause einlegen?", fragte Walter besorgt, doch Herr Soyer winkte ab.

„Sind gleich da", schnaufte er und stapfte keuchend weiter.

Es ging schnurgerade bergab, dann folgte eine scharfe Linkskurve, direkt auf eine kleine Brücke zu, die über einen Bach führte. Das Gewässer war so dicht von Bäumen und Büschen eingewachsen, dass man den Wasserlauf nur erahnen konnte. Kurz vor der Brücke bog Herr Soyer rechts ab auf einen Weg, der parallel zum Bach verlief. Schmehweiher, schoss es Walter durch den Kopf. Wir gehen zum Schmehweiher. Das Gewässer hatte auch einen offiziellen Namen, doch alle nannten ihn, nach dem Besitzer des angrenzenden Hofes, Schmehweiher. Walter kannte den kleinen See, der früher ein viel besuchter Badesee gewesen war. Er selbst hatte hier Schwimmen gelernt. Mit seiner Mutter. Längst vergessene Erinnerungen strömten in sein Bewusstsein und veränderten Walters Wahrnehmung. Er suchte nach Stellen, die er kannte. Bäume, Steine, Wegmarken. Er war diesen Weg in seiner Jugend so oft gelaufen, dass er jeden Kiesel hätte kennen müssen, doch über die Jahre hatte sich das Bild geändert.

Sie kamen an einer Obstplantage mit Hagelnetz vorbei, die dort damals noch nicht gestanden hatte. Eine Viehweide schloss sich an, auf der eine Herde Kühe glücklich graste. Und dann der erste Blick auf den Weiher. Walter verschlug es den Atem, so mächtig waren die Erinnerungen. Das Wasser schimmerte leicht grünlich im Sonnenlicht, die Oberfläche vollkommen glatt, die Bäume des gegenüberliegenden Ufers spiegelten sich in ihr.

Der Weg endete auf einer freien Fläche, die offensichtlich als Parkplatz benutzt wurde. Überall waren schlammige Fahrzeugspuren in den Pfützen des letzten Regens zu sehen. Ein großer Schaukasten enthielt verblasste Prospekte eines Angelvereins, der den Weiher gepachtet hatte. Die alten Holzstege waren verschwunden, neue stabilere aus Gitterrosten, hatten sie ersetzt.

Direkt am Wasser stand eine Bank, die einen wunderbaren Blick über den See bot, doch Herr Soyer steuerte auf einen steinernen Tisch mit Bänken zu. Sogar ein Mülleimer war daneben aufgestellt. Er wurde nicht oft geleert, stellte Walter fest und rümpfte die Nase.

Walter stellte zwei kleine Flaschen Wasser auf den Tisch, die er vorsorglich eingepackt hatte. Herr Soyer griff gierig danach und nahm einen großen Schluck.

„Danke. Das tut gut", seufzte er und wischte sich den Mund an seinem Hemdsärmel trocken.

„Ich hatte ganz vergessen, wie schön es hier ist", sagte Walter, während er über das Wasser blickte.

„Geht mir genauso. Ich glaube, ich war hier das letzte Mal mit einem Klassenausflug vor dreißig Jahren. Wir haben gegrillt und gebadet. Damals brauchte man noch nicht die Einverständniserklärung der Eltern, wenn irgendwo eine Pfütze mit mehr als fünf Zentimetern

Tiefe war."

Walter nickte verständnisvoll.

„Wusstest du, dass sie den See kurz nach dem Krieg leerlaufen ließen? Sie haben vermutet, die Nazis hätten Waffen darin versenkt."

Das hörte Walter zum ersten Mal. „Und? Haben sie was gefunden?"

„Einiges. Auch Waffen. Aber auch ein paar Autowracks und die Reste von einem keltischen Fischerboot."

„Kelten? Hier?", staunte Walter.

„Ja. Die waren hier in der Gegend überall. Gar nicht weit von hier im Wald sind noch ein paar Grabhügel aus dem siebten oder achten Jahrhundert vor Christus. Die haben hier sicher auch schon geangelt."

„Ich auch", überlegte Walter. Als Jugendliche hatten sie sich oft eine einfache Angel gebastelt: ein Stück Nylonschnur an einer Haselnussrute, die Haken selber gebogen aus kleinen Nägeln. Auf die scharfgefeilten Spitzen hatten sie Würmer gespießt, die sich panisch um das Metall gewunden hatten. Meist hatten sie etwas gefangen, und die Fische vor Ort ausgenommen und auf einem kleinen Feuer gegrillt. Was für Zeiten!

„Warum sind wir hier?", fragte Walter.

„Wegen dem Foto", antwortete Herr Soyer und zog das alte Polaroid aus seiner Hemdtasche. Er wischte es an seiner Hose ab und legte es vor Walter auf den Tisch.

„Hermann, Karl-Heinz, Xavier", er tippte mit dem Finger auf die Personen. „Das Foto wurde irgendwo hier aufgenommen."

Walter nahm das Bild und brachte es in die richtige Entfernung, um es ohne Brille scharf sehen zu können. Drei typische Bauernbuben mit kurzen Hosen und ärmellosen Leibchen. Barfuß. Alle die gleiche Topffrisur, vermutlich das Werk der Mütter. Xavier war der größte von ihnen. Er stand, etwas schlaksig, ganz rechts. Die Knie klebten wie Knubbel an seinen dürren Beinen. In der Mitte, mit verschränkten

Armen, stand Karl-Heinz. Walter hätte ihn nicht wiedererkannt. Er hatte ein markantes Gesicht und eine sportliche Figur. Die Mädchen hatten sicher Schlange gestanden. Hermann lehnte halb auf einem Fahrrad und grinste frech. Walter erinnerte sich, dass diese Fahrräder mit Hochlenker und dem geschwungenen Sattel einmal groß in Mode gewesen waren. Er blickte vom Foto auf den See und versuchte abzuschätzen, an welcher Stelle es aufgenommen worden war. Die Natur hatte sich über die Jahre verändert. In den über zwanzig Jahren waren aus Bäumchen, Bäume geworden. Am Rand des Bildes war ein Teil des Weges zu sehen, also war es nur wenige Meter von Walters jetziger Position gemacht worden.

„Da kommen Erinnerungen hoch", sagte Herr Soyer nachdenklich.

„Erinnerungen, die irgendwo verschwunden waren. Ich hatte dir doch neulich erzählt, was das alles für tolle Jungs waren. Vielleicht muss ich das korrigieren."

Walter zog die Stirn kraus. „Inwiefern?"

„Seit damals sind viele Jahre vergangen und da spielt einem das Gedächtnis schon mal Streiche. Es kommt nicht von ungefähr, dass alle von den „guten alten Zeiten" sprechen. Man erinnert sich nämlich viel lieber an die schönen Dinge, die man erlebt hat. Die schlechten werden mit der Zeit verdrängt."

„Und das war bei Ihnen auch so?"

Herr Soyer nickte. „Aber die Erinnerungen kamen zurück. Als ich das Foto gefunden hatte, fielen mir Sachen ein, an die ich jahrelang nicht gedacht hatte. Deshalb wollte ich auch mit dir hierher. Alte Erinnerungen auffrischen."

Walter war gespannt, was jetzt kam, wartete aber geduldig bis Herr Soyer die richtigen Worte fand.

„Manchmal waren die Jungs schon grausam gegenüber ihren Mitschülern. Wenn sie jemanden auf dem Kieker hatten, haben sie ihn das richtig spüren lassen. Klingt jetzt vielleicht harmlos, aber heute würde man das sicher Mobbing nennen."

„Haben sie andere Kinder verprügelt oder misshandelt?", fragte Walter.

„Ach, Zoff gab es immer mal und auch die ein oder andere Prügelei. Aber die drei haben manche Mitschüler richtig unter Druck gesetzt. Ich erinnere mich an zwei oder drei Beschwerden von Eltern, aber damals hat man das nicht weiter verfolgt. Es waren ja nur Kinder."

Walter nickte nachdenklich. Wenn die drei sich irgendein Opfer ausgesucht hatten, dass nach all den Jahren Rache wollte, würde das schwer nachzuvollziehen sein.

„Haben Sie noch Namen im Kopf?"

„Da sieht es leider schlecht aus. Ich habe mir schon das Hirn zermartert, aber mir ist niemand eingefallen. Dazu kommt, dass das Foto nach der Grundschulzeit gemacht wurde. Wenn du aus dieser Zeit Informationen haben willst, solltest du jemanden fragen, der da mit ihnen zu tun hatte. Vielleicht einen Lehrer aus der Schule in Oberzell …"

Herr Soyer verstummte und grübelte über etwas nach. Gerade als Walter etwas sagen wollte, hob er die Hand.

„Gerau, Philip Gerau. Den solltest du fragen", rief er, erfreut, weil ihm der Name eingefallen war.

„Ein Lehrer?", hakte Walter nach.

„Ja. Er war damals Sportlehrer in Oberzell und, glaube ich, ziemlich beliebt. Er hatte immer einen guten Draht zu den Kindern. Hat auch viele AGs gleitet."

„Arbeitet der noch an der Schule?"

Herr Soyer schüttelte den Kopf. „Er ist, wie ich, pensioniert. Das habe ich mitbekommen. Aber soviel ich weiß, wohnt er noch in Oberzell. Das müsste sich ja herausfinden lassen."

Walter speicherte den Namen des Lehrers in Gedanken ab, dann packten sie ihre Sachen zusammen und machten sich auf den Heimweg. Vorher machte Walter mit seinem Handy noch ein Selfie: er und Herr Soyer vor dem Schmehweiher, mit Balu im Vordergrund liegend.

Eine schöne Erinnerung an einen schönen Ausflug.

Und wenn du glaubst, es geht nicht mehr, kommt irgendwo ein Lichtlein her …

Blöder Spruch, dachte Walter, als er neben Eugen in dessen VW-Bus saß. Er hatte in Dürnast an der Haltestelle auf den Bus gewartet, als Eugen angehalten, und ihm angeboten hatte mitzufahren. Walter hatte erst die Formalitäten geklärt: kein Extra-Gefallen, kein gemeinsames Essen. Dann war er eingestiegen.

„Heute kann ich meine neuen Laufschuhe abholen", freute sich der ehemalige Lehrer. „Wegen den Achillessehnenproblemen brauchte ich was Spezielles, aber jetzt sind die Schuhe da."

„Prima", murmelte Walter, obwohl er gar nicht zugehört hatte.

Das Gespräch verlief weiter einsilbig, da Walter in Gedanken ganz woanders war. Er versuchte, das Gespräch mit Herrn Soyer zu ordnen, so dass er für seine Freunde gleich das Wichtigste zusammenfassen konnte.

Eugen war zielstrebig Richtung Marienplatz gefahren und stand nun fluchend in der Schlange vor dem Parkhaus.

„Das passt mir gut", rief Walter freudig und kletterte aus dem VW-Bus. „Danke fürs Mitnehmen", rief er über die Schulter und verschwand in der Menge in Richtung Markt.

Walter kam als letzter zu Francescos Kaffeebar und entschuldigte sich: „Ich hatte den dümmsten Taxifahrer in ganz Ravensburg."

Kripo-Hubert waren die Strapazen der letzten Tage anzusehen. Er war immer noch allein für die beiden Mordfälle und die Geschichte mit dem Bürgermeister zuständig und nahezu vierundzwanzig Stunden im Einsatz. Trotzdem fasste er kurz und prägnant sein Gespräch mit dem King zusammen.

„Irgendwie habe ich ein Déjà-vu", sagte er am Ende. „Es ist wie damals bei der Schwester vom Pfarrer: ich weiß, der Kerl hat Dreck am Stecken, aber die Morde passen ihm gar nicht in den Kram. Er hat dadurch keinen Vorteil, soweit ich das bis jetzt beurteilen kann. Mit diesem Finanzheini möchte ich aber auch noch sprechen."

„Mit Riedesser?", fragte Walter. „Mit dem muss ich eh einen Termin machen wegen der Finanzierung für ein neues Auto. Ich könnte ja vorsichtig ein paar Fragen stellen …"

Kripo-Hubert nickte. „Er wird dir aber nicht viel verraten dürfen. Bankgeheimnis. Aber versuch es ruhig. Wenn wir das Gefühl haben, dass mehr dahinter steckt, kann ich immer noch eine richterliche Anordnung besorgen."

„Ich hätte noch was: ich habe endlich das Foto", sagte Walter stolz, und das Polaroid machte die Runde. Über die Jahre hatte das Bild einen leichten Gelbstich bekommen, aber es war scharf und die Personen gut zu erkennen.

„Das nehme ich", sagte Kripo-Hubert und steckte es in eine kleine Beweismitteltüte.

„Ich habe es abfotografiert", fügte Walter hinzu, „ich schicke es nachher in unsere Whatsapp-Gruppe." Kripo-Hubert nickte.

„Dann bliebe noch die Pathologie", setzte Anne an und berichtete von der abschließenden Untersuchung. Vor allem das gefundene Gleitgel ließ alle aufhorchen.

„Erdbeergeschmack? Echt jetzt?" Streifenkollege Hans schüttelte den Kopf. „Das ist mehr Klischee, als ich vertragen kann."

„Ist aber so", sagte Anne barsch. „Wir müssen herausfinden, ob Karl-Heinz homosexuelle Kontakte hatte."

„Bei Hermann habt ihr kein Gel gefunden?", hakte Manni nach.

„Nein. Nichts. Dabei lag seine Leiche ja im Trockenen und war viel weniger verunreinigt. Wäre da etwas gewesen – Frau Dr. Kurz hätte es gefunden."

„Vielleicht hat er dazu gelernt", überlegte Walter.

„Er hatte vorgehabt, die Tierfigur in Hermann zu platzieren … vielleicht hat das aber nicht so funktioniert, wie er sich das vorgestellt hat. Bei Karl-Heinz hat er dann vorgesorgt."

Die Erklärung leuchtete allen ein.

„Wäre gut möglich", sagte Kripo-Hubert und klopfte mit beiden Händen auf den Tisch. „Aber etwas anderes beunruhigt mich." Er winkte die anderen näher heran und sprach dann leiser weiter. „Wenn wir davon ausgehen, dass es wahrscheinlich nicht um dieses Bauvorhaben geht, sondern um etwas aus der Vergangenheit, könnte der Täter noch ein weiteres Ziel haben."

Alle hörten aufmerksam zu.

„Erst hatten wir nur den Mord an Hermann. Ein toter Landwirt aus Taldorf. Jetzt kam Karl-Heinz hinzu. Zwei tote Landwirte aus Taldorf. Ich kann mir nicht vorstellen, dass sich jemand vorgenommen hat, alle Landwirte in der Region zu töten. Aber vielleicht geht es um ein paar ganz bestimmte Personen."

Er hob das Tütchen mit dem Polaroid in die Höhe.

„Wenn der Mörder es auf genau diese drei Jungs abgesehen hat, dann hat er zwei Drittel seines Planes schon erledigt."

Zufall, dachte Walter. Es konnte ein Zufall sein, aber er wusste selber wie unwahrscheinlich das war. Eine Bande mit drei Jungs, zwei wurden ermordet - da lag es auf der Hand, was kommen würde.

„Wir müssen uns um Xavier kümmern", folgerte Walter. „Wenn jemand diese Jugendbande auslöschen will, fehlt nur noch er."

Kripo-Hubert nickte. „Ich habe zwar fast keine Leute mehr frei, aber ich werde sehen, was ich machen kann. Zumindest ein Personenschützer sollte immer bei ihm sein. Und wenn ich die Putzfrau schicke …"

„Aber Hubert", unterbrach Manni leise, „die Bärbel ist schon über sechzig und hat ein steifes Bein …"

„Das war ein Scherz, Manni", entgegnete Hubert genervt und sah auffordernd in die Runde.

„Wir müssen mit Xavier reden", sagte Anne bestimmt. „Wenn es wirklich um diese Bande geht, ist er nicht nur das potentielle nächste Opfer, er könnte uns auch noch wertvolle Hinweise liefern."

„Gut", sagte Kripo-Hubert entschlossen. „Ich kümmere mich um Personenschutz für Xavier und werde auch mit Xavier reden. Es wäre schön, wenn du mitkommst, Walter. Ihr kennt euch ja ganz gut."

Walter nickte.

„Wir bleiben aber weiter an beiden möglichen Motiven dran. Walter, du kümmerst dich außerdem um ein Gespräch mit dem Bankmenschen. Manni und Hans: ihr könntet versuchen diesen Lehrer Gerau in Oberzell aufzuspüren. Findet ihn, redet mit ihm. Irgendwann müssen wir ja mal etwas finden, das uns weiter bringt."

Die Aufgaben waren verteilt und sie gingen zum gemütlichen Teil über.

„Wenn das hier alles vorbei ist, spendiere ich die Abschlussfeier", sagte Kripo-Hubert erschöpft. „Bin ich froh, wenn wieder alles normal läuft. Ich komme schon auf dem Zahnfleisch daher!"

„Apropos Zahnfleisch: da muss ich euch auch noch was erzählen", schaltete Manni sich ein.

„Ich war gestern beim Zahnarzt. Eine Krone ist runtergegangen und ich hatte Schmerzen wie ein Ochs. Also bin ich hin – zum ersten Mal seit über zehn Jahren. Da musste ich erst so einen Zettel ausfüllen: welche Krankheiten ich habe und welche Medikamente ich nehme. Das war nur so verdammt klein geschrieben, und ich hatte meine Brille nicht dabei. Trotzdem habe ich mich bemüht und alles eingetragen. Ich hab ja auch leichtes Asthma … also hab ich da ein

Kreuz gemacht."

Er legte eine kurze Pause ein, da er sich das Lachen kaum mehr verkneifen konnte.

„Dann liege ich auf dem blöden Stuhl und mein Arzt kommt rein. Und seine zwei Helferinnen. Alle in voller Weltraummontur – verhüllt bis auf die Augenschlitze, mit Schutzbrille und Mundschutz – das volle Programm. Da frag ich vorsichtig nach, ob das mittlerweile die Standardkleidung für Zahnärzte sei. Da sagt mir mein Zahnarzt …."

Manni konnte das Lachen endgültig nicht mehr zurückhalten. Erste Tränen liefen ihm übers Gesicht.

„Da … sagt mir … mein Zahnarzt … Das sei normal … bei Patienten die Aids haben."

Manni lachte, doch den anderen gefroren die Gesichtszüge ein.

„Du hast Aids?", flüsterte Anne betroffen.

„Aber nein", prustete Manni. „Ich war beim Ausfüllen des Zettels nur in der Zeile verrutscht. Aids steht da direkt unter Asthma …"

Jetzt konnte keiner mehr an sich halten. Sie lachten so ungehemmt, dass die Leute an den Nachbartischen irritiert herüber blickten. Anne beruhigte sich als erste. Die Tränen hatten ihre Schminke verlaufen lassen und sie tupfte sich mit einem Taschentuch um die Augen. Walter sah die dunklen Augenringe, die unter der Schminke zum Vorschein kamen.

„Geht es dir gut?", fragte er besorgt, doch Anne blickte ihn nur kalt an.

„Ob es mir gut geht?", zischte sie. „Frag doch deinen tollen Freund Elmar, ob es mir gut geht!"

Walter zuckte bei Annes Ton zusammen. „Was ist denn passiert, um Gottes Willen?"

„Mit Gott hat das nichts zu tun. Frag deinen Freund. Ich will jetzt nicht darüber sprechen!"

Sie wischte sich noch einmal mit dem Taschentuch durchs Gesicht und verabschiedete sich hastig. Walter sah ihr hinterher, wie sie sich ungestüm einen Weg durch die Menschen bahnte.

„Was ist denn mit unserem Küken los", fragte Manni.

Walter hob die Schultern. „Klingt nach Zoff im Paradies. Ich werde mit meinem Freund Elmar wohl mal ein ernstes Wörtchen reden müssen."

„Hast du noch Zeit, Walter?", fragte Kripo-Hubert und drängte sich neben ihn. „Ich würde gerne sofort zu Xavier fahren."

„Klar. Ich habe nichts vor", stimmte Walter zu. „Soll ich ihn vorwarnen? Ich habe seine Handynummer im iPhone."

Noch während sie zu Kripo-Huberts Auto liefen, versuchte Walter Xavier zu erreichen. Erst beim dritten Versuch klappte es, da der Landwirt mit seinem Traktor irgendwo im Taldorfer Sendeloch-Nirwana unterwegs war. Xavier war nicht begeistert, versprach aber bis in dreißig Minuten auf seinem Hof zu sein.

„Schönes Auto", lobte Walter beim Einsteigen Kripo-Huberts A6.

„Aber doch sicher wahnsinnig teuer …"

„Alles halb so wild. Den hab ich gebraucht gekauft. War ein echtes Schnäppchen."

„Bei Rafi?"

„Ach, du kennst Rafi? Dann solltest mal bei ihm vorbeischauen. Der kann dir fast alles besorgen. Toller Typ."

Walter verdrehte die Augen.

48

Balu und Kitty lagen faul auf der Terrasse. Nach ihrem letzten Ausflug ins Dorf genossen sie die Ruhe. Eine Leiche pro Woche war eindeutig genug.

„Na, ihr zwei Superdetektive", knurrte Eglon missgelaunt, als er sich zu ihnen setzte, *„müsst ihr nicht noch ein paar Tote finden oder wenigstens die Welt retten?"*

„Huh, da hat aber jemand schlechte Laune", gurrte Kitty. *„Wurdest du auf Trockenfutter umgestellt?"*

Eglon ließ zornig seine Barthaare nach vorne schnellen.

„Habt ihr eine Ahnung! Könntet ihr nicht mal hier ums Haus für Ordnung sorgen, anstatt tote Menschen in Güllegruben zu finden?"

„Was ist denn hier in Unordnung?", knurrte Balu, der die Aufregung nicht verstand.

„Ich hab's doch schon mal erzählt: irgendwas schleicht hier nachts rum. Und es beobachtet uns!!!"

„Hast du es denn gesehen?", fragte Kitty.

Eglon schüttelte den Kopf. *„Das ist es ja: ich spüre, dass ich beobachtet werde, kann aber niemand entdecken."*

Der rote Kater legte sich seufzend in die Wiese, wobei sein dicker Bauch zu beiden Seiten unter ihm hervorquoll.

„Ich war letzte Nacht draußen zum Pinkeln. Dachte mir nichts dabei. Da höre ich wieder ganz leise Geräusche, als würde sich jemand sehr vorsichtig anschleichen. Und dann spüre ich es … ich spüre, wie ich beobachtet werde."

„Du hast doch gute Augen und eine feine Nase", wandte Balu ein, *„und du findest nichts?"*

„Gar nichts. Nichts gesehen, nichts gerochen. Aber es war da!"

„Du willst uns doch nur eine Gruselgeschichte auftischen", vermutete

Kitty.

„Na super", zischte Eglon zurück, *„mir glaubt mal wieder niemand. Aber erinnert ihr euch an das Gewitter? Hä? Wer hat es schon vorher gespürt? Ich! Also solltet ihr vielleicht diesmal auch auf mich hören."*

Es war nicht zu leugnen, dass Eglon bei dem Unwetter Recht behalten hatte. Aber das hieß noch lange nicht, dass er nun zum Orakel von Taldorf wurde.

„Und auch wenn da was ist", spielte Balu Eglons Geschichte herunter, *„es muss ja nichts Gefährliches sein."*

„Du hast Nerven", regte sich Eglon auf. *„Solange ich nicht weiß, was mich verfolgt, betrachte ich es als Gefahr. Und deshalb habe ich seitdem kein Auge zugemacht."*

Daher weht der Wind, dachte Kitty. Der dicke rote Kater litt an Schlafmangel und machte alles und jeden dafür verantwortlich.

„Vielleicht war es Seppi auf Würmerjagd?", mutmaßte Balu.

„Haltet mich da raus", rief Seppi aus seinem Grill heraus. *„Ich hab's ihm schon gesagt: ich war das nicht! Ich schau doch keinem dicken Kater beim Pinkeln zu!"*

„Wir werden die Augen offen halten", gestand Kitty zu, um die Diskussion zu beenden.

„Wo sind eigentlich die Menschen?", fragte Eglon, und sah sich suchend um.

„Samstag ... Walter ist auf dem Markt", erklärte Balu. *„Und Liesl ... keine Ahnung. Du wohnst doch bei ihr!"*

Eglon zuckte ahnungslos mit den Barthaaren. *„Sie ist heute früh weggefahren. Ein Typ hatte angerufen, Rafi. Mit dem hat sie sich fünf Minuten unterhalten, dann ist sie mit dem Auto weg."*

„Ist noch Futter da?", fragte Seppi, der jetzt doch sein Nest verlassen hatte.

Balu zeigte mit der Nase zur Terrassentür, wo Walter für Kitty immer einen Napf mit Katzenfutter bereithielt. *„Bedien dich"*, forderte er seinen stacheligen Freund auf, der sich sofort über das Essen hermachte. Genau wie Eglon hatte auch Seppi in den letzten Wochen sichtbar zugenommen und sein Bauch streifte bereits am Boden.

„Bin gespannt, wer von den beiden als erster nicht mehr mit den Füßen auf den Boden kommt", lachte Kitty, doch weder Eglon noch Seppi reagierten.

„Walter ist heute ungewöhnlich lange weg", meldete sich Balu besorgt, doch Kitty beruhigte ihn.

„Das ist doch ihr Informations-Treff zu dem aktuellen Fall … den Fällen. Ich könnte mir vorstellen, dass sie mit den zwei Morden jetzt ganz schön Redebedarf haben, und Walter gehört nun mal dazu."

„Genau das ist, was mir gar nicht gefällt", knurrte Balu.

49

Auf dem Weg zu Xavier hatte Hubert mehrmals verwundert nachgefragt, ob das wirklich der richtige Weg sei. Xaviers Hof lag, etwas zurückversetzt im hinteren Teil von Wernsreute. Die Anfahrtwege waren nur geschottert, so dass man glauben konnte, es ginge nicht mehr weiter, bis man plötzlich vor dem großen Haus stand.

Xavier winkte seinen Besuchern aus seinem Traktor heraus zu und kletterte aus dem Führerhaus.

„Was gibt es denn so Wichtiges?", fragte er Walter direkt.

„Du hast mitbekommen, dass Karl-Heinz auch ermordet wurde?" Xavier nickte.

„In dem Zusammenhang hat mein Freund Hubert ein paar Fragen an dich. Er ist von der Kripo."

Die beiden gaben sich formell die Hand, und Xavier führte sie an eine alte Bierbank, die unter einem ausladenden Nussbaum vor sich hin faulte.

„Wir verfolgen im Zusammenhang mit den beiden Morden verschiedene Hinweise", begann Hubert. „Es gibt den Verdacht, dass die Morde mit dem neuen Bauvorhaben in Taldorf zusammenhängen, eine andere Theorie besagt, dass das Motiv des Täters auf die Jugend der beiden Getöteten zurückzuführen ist. In beiden Fällen könnten Sie für uns wichtige Informationen besitzen."

Xavier nickte. „Was zuerst?"

„Sprechen wir über das Bauvorhaben", legte Kripo-Hubert fest.

„Da gibt es nicht viel zu erzählen", sagte Xavier gleichgültig. „Das ist wieder so ein Geniestreich vom King." Er lächelte. „Über Jahrzehnte kam in Taldorf kein neues Baugebiet durch, aber der King kennt die richtigen Leute und hat es durchgeboxt. Durch alle Instanzen. Dazu noch der Riedesser, der sich um sämtliche finanziellen Dinge kümmert … die beiden sind schon ein unschlagbares Team."

„Geht es um viel Geld?"

Xavier zögerte. „Das ist relativ", sagte er zögerlich. „Alle Beteiligten verdienen daran, aber reich wird keiner, wobei der Löwenanteil sicher beim King liegt."

„Gibt es bei den Landwirten Unterschiede?", hakte Kripo-Hubert nach.

„Oh ja! Der meiste Grund für das Baugebiet gehört Hermann … gehörte Hermann", verbesserte er sich. „Rund halb soviel kommt wohl auf Karl-Heinz, und bei mir sind es eigentlich nur ein paar Quadratmeter."

„Ich dachte, dir gehören die ganzen Flächen da unten", hakte Walter ein.

„Das denken viele", winkte Xavier ab. „Alles nur gepachtet. Ich brauche die Flächen für mein Viehfutter. Das meiste gehörte Hermann und Karl-Heinz."

Kripo-Hubert überlegte, wie er seine nächste Frage formulieren sollte. „Hatten Sie irgendwie das Gefühl … also vielleicht auch nur eine Ahnung … dass da irgendwas …."

„… nicht rechtens ist?", half ihm Xavier weiter. „Nein. Wobei: man wundert sich manchmal, wie einfach so was auf einmal durchgeht. Ich selber wollte letztes Jahr eine neue Fahrzeughalle bauen … da habe ich bis heute keine Zusage. Aber das ist eben der King – der macht so etwas möglich."

„Ich habe gehört, dass Hermann und Karl-Heinz sich erst noch ein bisschen geziert haben?", sagte Walter vorsichtig. „Um was ging es da?"

Xavier zuckte mit den Schultern. „Ums Geld natürlich. Bei meinen paar Quadratmetern spielt das wirklich keine Rolle, hätten sie auch geschenkt haben können, aber bei den beiden anderen ging es schon um ordentliche Flächen. Außerdem beharrte Hermann auf ein eigenes Baugrundstück. Das wollte er für seine Kinder."

„Gab es eine Einigung?", wollte Kripo-Hubert wissen.

„Gab es", bestätigte Xavier. „Wie die genau aussieht, weiß ich nicht, aber die Bezahlung ging wohl etwas nach oben, und Hermann hat seinen Bauplatz bekommen. Alle waren zufrieden. Es gibt sogar schon Vorverträge."

Friede, Freude, Eierkuchen, dachte Walter, und trotzdem sind zwei Beteiligte tot. Wer profitierte davon?

„Weißt du, wie es nach dem Tod der beiden weitergeht?", fragte Walter.

„Bei Hermann ja", sagte Xavier. „Ich habe schon mit Edith gesprochen. Sie wollte alles so belassen, wie es vereinbart war, und sie ist ja die alleinige Erbin. Aber bei Karl-Heinz …", er machte eine unbeholfene Geste, „… ich weiß ja nicht einmal, wer da erbt. Der hatte keine Verwandten. Sind alle vor ihm gestorben. Wer den Hof bekommt, weiß ich nicht. Aber vielleicht hat er ja ein Testament gemacht."

„Hat er mal davon gesprochen?", fragte Walter.

Xavier nickte. „Erst neulich. Er sagte, dass er seinen Nachlass regeln wollte. Ob es noch dazu gekommen ist, kann ich nicht sagen."

Es entstand eine kurze Pause und Xavier entschuldigte sich. Wenig später kam er mit einer Flasche Wasser und drei Gläsern aus dem Haus zurück.

„Iaaaaah-iaaaah-iaaah", tönte es von irgendwoher.

„Du hast Esel?", fragte Walter verwundert.

„Nein, um Gottes Willen", lachte Xavier, „die gehören einem Jungen in der Nachbarschaft. Er hat die zwei Tiere zum Geburtstag bekommen."

„Wofür in Gottes Namen braucht man denn heute noch Esel?"

„Das würde ich auch gern wissen", sagte Xavier kopschüttelnd.

„Ähm … ich hätte da noch ein paar Fragen, wenn's recht ist", schaltete sich Kripo-Hubert wieder ein.

„Das mit dem Baugebiet habe ich soweit verstanden und ehrlich gesagt, bringt mich das im Moment nicht weiter. Deshalb das andere Thema: wie sieht es mit Ihrer Jugend aus, und der von den beiden Mordopfern?"

„Ich kenne die beiden, seit ich laufen kann", erzählte Xavier. „Schon unsere Eltern kannten sich über die Landwirtschaft, und so fanden wir früh zueinander. Wir waren damals beste Freunde, haben die Schule zusammen geschwänzt, Streiche ausgeheckt und sind den Mädels hinterher geschlichen. An was dachten Sie denn genau?"

Kripo-Hubert wusste nicht, wie er weiter fragen sollte, und legte stattdessen das Polaroid auf den Tisch. Xavier nahm es in die Hand und betrachtete es ausgiebig. Er lächelte.

„Oh Gott, ist das lang her. Sehen Sie – ich hatte mal richtig dichtes Haar. Woher haben sie das?"

„Ich war bei Lehrer Soyer. Ihr habt es ihm anscheinend geschenkt", antwortete Walter.

„Hmmmm … das stimmt. Ich erinnere mich. Wir waren kurz vor dem Schulabschluss. Wir haben dem alten Soyer oft genug Kopfschmerzen bereitet und wollten ihm als Erinnerung irgendetwas Nettes von uns schenken … etwas Besseres fiel uns nicht ein. Die Kamera gehörte meinem Vater."

„Gab es damals einen Vorfall, für den sich heute jemand an euch rächen würde?", wollte Walter wissen.

Xavier schob die Unterlippe vor, während er überlegte. Er setzte mehrmals an, unterbrach sich aber jedes Mal selbst. Wann immer ihm etwas einfiel, verwarf er es im nächsten Moment.

„Wir waren damals sicher keine Heiligen", sagte er schließlich, „aber das waren alles Kinderstreiche. Haben wir mal jemand das Pausenbrot geklaut? Natürlich! Haben wir den Strebern die Luft aus den Fahrradreifen gelassen? Klar! Haben wir der Pfarrerstochter ein paar Kröten in den Schulranzen gepackt? Haben wir! Aber das sind doch alles keine Sachen, die uns jemand bis heute nachtragen würde."

„Wie sieht es mit Tieren aus?", fragte Kripo-Hubert.

„Was für Tiere?"

„Iaaaaah-iaaaah-iaaah", trötete es erneut.

Kripo-Hubert musste ungewollt lächeln.

„Ich dachte an einen Frosch, oder eine Katze …"

„Puuuh, da fragen Sie mich jetzt was", sagte Xavier verlegen und kratzte sich am Kopf. „Das sind keine Tiere, die auf einem Bauernhof wichtig sind. Klar, Katzen hatten wir immer. Manchmal auch zu viele. Dann ging es auch schon mal etwas derber zu - bei einer Katzenplage hat man die kleinen früher meist ertränkt. Würde man heute auch nicht mehr machen … und Frösche? Klar, die waren überall! Haben Sie gewusst: wenn man einem Frosch eine Zigarette in den Mund steckt, inhaliert er so lange, bis er platzt. Er kann den Glimmstengel nicht ausspucken. Das haben wir damals auch mal probiert. War aber ne Mordssauerei. Ich weiß, das klingt jetzt alles brutal, aber so was haben früher alle Jungs auf dem Land gemacht. Das war eine andere Zeit."

Kripo-Hubert verzog angewidert das Gesicht. Er war zwar kein ausgesprochener Tierfreund, hatte aber trotzdem Mitleid mit den Kreaturen.

„Wie sieht es denn mit Mitschülern aus? Hatten Sie da nicht hin und wieder jemanden im Fadenkreuz?"

„Nicht wirklich", antwortete Xavier ohne zu überlegen. „Wir waren mit unserer Clique meist unter uns. Ganz selten waren mal andere Jungs dabei. Mädchen damals noch gar nicht." Er grinste. „Richtig Ärger gab es hin und wieder mit einer Bande aus Oberzell, aber das ist auch schon längst beigelegt. Zwei davon sind heute sogar gute Freunde von mir."

„Herr Soyer hat mir erzählt, dass ihr manche Mitschüler schon ganz schön rangenommen habt", gab Walter zu bedenken.

„Ach, der Lehrer wieder", schnaubte Xavier verächtlich. „Klar haben wir hin und wieder mal irgendwelchen Strebern zeigen müssen, wo ihr Platz ist, aber das war doch nichts."

„Nichts, was man heute vielleicht als Mobbing bezeichnen würde?", hakte Walter nach.

„Nee. Das gab es damals doch noch gar nicht. Ein bisschen ärgern, mal was wegnehmen … solche Sachen, ja, aber mehr war das für uns nie."

Für euch nicht, vielleicht aber für die Anderen, dachte Walter. Wenn die drei bei irgendwem zu weit gegangen waren, hatten sie das eventuell nie erfahren. Konnte daraus so ein Hass entstehen, der jemanden fünfundzwanzig Jahre später dazu treibt, seine Peiniger zu töten. Walter hielt es für möglich.

„Fallen dir zu den Mitschülern noch Namen ein?"

Xavier rollte mit den Augen. „Herrgott Walter, das ist Ewigkeiten her. Weißt du noch, wer in deiner Abschlussklasse alles dabei war?"

Walter überlegte kurz. „Du hast Recht, das ist lange her", gab er zu, „aber falls dir jemand einfällt, lass es uns bitte wissen. Das könnte wichtig sein – auch für dich!"

„Wieso für mich?", fragte Xavier überrascht.

„Nun, wir haben dieses Foto von Ihrer Clique damals", erklärte Kripo-Hubert und deutete auf das Polaroid, das noch immer auf dem Tisch lag. „Wie viele Personen sehen Sie?"

„Drei", antwortete Xavier, nicht ahnend, wohin das führen sollte.

„Und wie viele auf diesem Foto wurden ermordet?"

„Zwei!" Da viel bei Xavier der Groschen. „Sie meinen, ich könnte auch in Gefahr sein?"

Kripo-Hubert nickte bestimmt. „Wir müssen leider davon ausgehen. Deshalb würde ich Sie gerne unter Personenschutz stellen."

Xavier war entsetzt. „Was? Irgendein Polizist, der mir dauernd hinterher läuft? Vergessen Sie's!"

Er verschränkte trotzig die Arme vor der Brust und lehnte sich zurück.

„Es wäre nur ein Mann", versuchte Kripo-Hubert zu erklären, „der würde Ihnen mit gebührendem Abstand folgen. Wahrscheinlich würden Sie ihn die meiste Zeit auch gar nicht bemerken …"

Walter sah, dass Kripo-Huberts Bemühungen nichts brachten und beschloss Klartext zur reden.

„Xavier. Du bist doch ein vernünftiger Kerl! Überleg mal: zwei von eurer Bande sind tot, du bist noch übrig … möchtest du, dass wir als nächstes an deiner Tür klopfen, um deiner Frau zu sagen, dass du umgebracht wurdest, weil du zu stur warst Personenschutz anzunehmen?"

Das hatte gesessen. Xavier öffnete den Mund, brachte aber keinen Ton hervor. Seine Gedanken rasten auf der Suche nach einer Lösung. Dann gab er nach.

„Also gut. Personenschutz ist in Ordnung. Aber unauffällig, ja?"

Kripo-Hubert versicherte ihm nochmal, dass der Personenschützer diskret im Hintergrund bleiben würde. Nur wenn wirklich Gefahr im Verzug war, würde er sich einmischen.

Nachdem die Details geklärt waren, verabschiedeten sich Walter und Kripo-Hubert, doch Walter ging noch einmal zurück zu seinem

Freund, und flüsterte ihm etwas ins Ohr. Danach hatte Xavier tatsächlich ein Lächeln auf den Lippen.

„Was hast du ihm gesagt?", fragte Kripo-Hubert, als sie im Auto saßen.

„Dass so ein Personenschützer ganz nützlich sein kann …"

„Ach ja …?"

„Zum Beispiel als Fahrer, wenn er bei der Goschamarie zu viel getrunken hat!" Walter lachte, doch Kripo-Hubert verzog verzweifelt das Gesicht.

„Wenn das rauskommt, Walter … wir machen doch nicht das Taxi für besoffene Bauern!"

„Sieh es positiv", schmunzelte Walter, „jetzt freut er sich auf deinen Mann!"

50

Der Hänger war mit den Hinterlassenschaften des Sturms randvoll gewesen. Walter hatte zuerst die Berge aus seinem Garten aufgeladen, dann die von Liesl. Bei ihr war es etwas weniger gewesen, da sie noch keine größeren Bäume hatte, an denen Dagmar hätte wüten können. Auf Walters Rat hin hatte sie fünf kleine Apfelbäume gepflanzt, die jetzt erbärmlich aussahen. Walter war besorgt, ob die Pflanzen das überstehen würden.

Bei der Grüngutabladestelle in Bavendorf musste er sich mit seinem Traktor in die Warteschlange stellen. Jeder, der vom Unwetter betroffen war, brachte an diesem Samstag seinen Gartenabfall. Er traf einige Bekannte, doch für Gespräche blieb keine Zeit, da die Schlange der Wartenden immer länger wurde.

Wieder zu Hause parkte er den Traktor in der Garage und ging duschen. Obwohl er an diesem Tag schon genug erlebt hatte, wollte er noch eines erledigen: ein ernstes Gespräch mit Elmar. Wenn Anne so schlecht auf ihn zu sprechen war, musste etwas Schlimmes passiert sein. Er ahnte, wo er Elmar finden würde und machte sich in seiner neuen Lederhose auf den Weg zur Goschamarie.

Schon vor der Wirtschaft wusste Walter, dass er richtig lag. Elmars Fliesenlegerbus stand wieder direkt vor der Tür. Irritiert stellte Walter fest, dass Elmars neues Logo, das „E" im Supermandesign, mit einem Lackstift übermalt worden war. Ein dicker Stinkefinger prangte überlebensgroß auf dem Fahrzeug. Walter ahnte, wer dafür verantwortlich war und betrat mit gemischten Gefühlen die Gaststube.

Elmar saß mit seinem Bruder bereits am Stammtisch und hatte zwei Flaschen Bier vor sich. Von den anderen war noch keiner da. Aber auch sonst war es in der Gaststube ungewöhnlich ruhig. Walter entdeckte verwundert auf allen freien Tischen Schildchen mit der Aufschrift „Reserviert".

„Griaß di Walter", begrüßte ihn Marie herzlich. „Bischt aber friah drah heit. Hosch an Hunger mitbrocht?"

„Und was für einen", lachte Walter und rieb sich den Bauch. „Aber sag mal: kommt heute noch ein Bus? Alles reserviert?"

Marie blickte verstohlen nach links und rechts und nahm Walter zur Seite. „Noi, nadierlich it. Aber i hon d'Schnauze voll khett, dass jeder doher kommt wie er grad luschtig isch. Hocket oifach na und moinet des sei ganz selbschtverschtändich. Des isch jetzt vorbei!"

Walter hatte einen Verdacht, was die Wirtin sich ausgedacht hatte.

„I schtell jetzt fria am Obend iberall dia Schildla auf", erklärte Marie, „und wenn ois kommt, des mir it passt, sag i: dut mr loid – s'isch älles reserviert. Dänn kas abschtinka und i hon mei putzte ruah!"

Zufrieden strich sie sich die Schürze glatt. „Wa mechtsch denn hon? A Veschper? I het sonscht au no an Brota iebrig …"

Walter entschied sich für den Braten und setzte sich zu seinen Freunden an den Stammtisch.

Elmar war in einem fürchterlichen Zustand. Das weiße seiner Augen war rot geädert, dunkle Ringe unter Augen zeugten von einer harten Nacht. Der Aschenbecher quoll über, und seinem Augenaufschlag nach, waren das auch nicht die ersten zwei Bier.

Obwohl Walter vorgehabt hatte, streng mit seinem Freund zu sein, bekam er angesichts des Häufchen Elends, dass ihm gegenüber saß, Mitleid.

„Dir geht's nicht gut, oder?", fragte er und beobachtete wie sich Elmar bemühte seine Augen weiter zu öffnen.

„Nope. Gar nichts ist gut", lallte Elmar mit schwerer Zunge. „Walter, mein Freund … ich hab Scheiße gebaut."

Na, wenigstens sieht er es ein, dachte Walter, konnte sich aber nicht vorstellen, was er angestellt hatte. Er kannte seinen Freund. Und er kannte Anne. Ohne Grund wäre sie niemals so sauer.

„Willst du mir erzählen was geschehen ist?", fragte Walter.

„Hmmm …", nickte Elmar. „Ich erzähl dir die Geschichte vom größten Trottel in Taldorf und Umgebung." Er nahm einen großen Schluck aus einer der Bierflaschen. „Ich – gestern – Junggesellenabschied. In Ailingen. Hatte ich erzählt, oder?"

Walter nickte.

„Gut. Wir so erst mal Essen gegangen. Grundlage schaffen. Beim Griechen. Schön fett. Super. Dann weiter in Ailingen in die Gerbe-Bar. Da haben wir dann doch ein bisschen was getrunken. Bisschen viel halt." Elmar unterbrach erneut um zur Bierflasche zu greifen. „Aber dann war's auf einmal halb drei, und der Barkeeper hat uns rausgeschmissen. Also, was tun mit so einem angebrochen Abend? Mein Kumpel hat gleich getönt, er wüsste nen Laden, der noch auf hat. Garantiert. Mit ner ganz tollen Wirtin, hat er gesagt. Heidi heißt die. Da sind wir dann hin. Zur Heidi. Irgendwo in Friedrichshafen war das, weiß nicht mehr genau wo … musste ja nicht fahren."

Er zündete sich eine Lord an und inhalierte tief.

Walter dämmerte, welche Art Lokal Heidi betrieb – nur wenige Gaststätten haben so spät noch geöffnet. Passte ja auch zum Junggesellenabschied.

„Da war's ganz schön schummrig", nuschelte Elmar weiter. „Ganz gedimmtes Licht. Und überall kleine Ecken mit Sofas und so. Und mit vielen tollen Frauen. Ich hatte noch nicht mal das erste Bier in der Hand, da sitzt mir schon eine auf dem Schoß. Und was soll ich sagen? Die war fast nackt. Und echt hübsch. Ich denk mir gar nichts dabei und unterhalte mich mit der, da kommt auch schon die nächste und setzt sich dazu. Auch halb nackt. Mit Riesenoberweite. Dolores heißt sie, die mit den dicken Dingern. Zumindest hat sie das gesagt. Und eh ich's mich verseh, steht sie vor mir und drückt mein Gesicht zwischen ihre Titten. Toll, sagt mein Kumpel. Sie soll das nochmal machen. Also tu sie's. Und er macht ein Foto. Mit meinem Handy."

Elmar schien mit seiner Geschichte fertig zu sein und griff zu seiner Bierflasche. Sie war leer und er schnappte sich die zweite, trank einen großen Schluck und zündete eine weitere Lord an. Die Geschichte war natürlich schon etwas pikant, fand Walter. Aber wie hatte Anne davon erfahren? Sie war mit Sicherheit nicht in Heidis Etablissement aufgetaucht und hatte Elmar zur Rede gestellt.

„Und das hast du Anne erzählt?", fragte Walter.

„Nope. Natürlich nicht. Brauchte ich auch nicht."

Walter sah seinen Freund fragend an.

„Anne saß zu Hause und hat auf meinem iPad nen Film angeschaut. Aber ich hab ja die Cloud. Egal, wo ich mit welchem Gerät Fotos mache, die werden sofort in die Cloud geladen und auch an die anderen Geräte weitergegeben."

Natürlich. Walter konnte sich den Rest der Geschichte denken: Anne bemerkt, dass ein neues Bild in der Cloud ist, öffnet es, und sieht ihren Freund im Nahkampf mit einer Prostituierten. Da konnte sie sich den Rest denken.

„Hast du das Foto noch?"

Elmar fummelte umständlich sein iPhone aus der Tasche und öffnete die Fotogalerie. Walter nahm ihm das Smartphone aus der Hand und sah sich das Bild genau an. Es zeigte Elmar in einem seiner neuen Poloshirts mit dem Super-Elmar-Logo. Vor ihm stand eine ausgesprochen gutgebaute junge Frau und drückte Elmars Kopf mit beiden Händen zwischen ihre riesigen Brüste.

„Hmmm …", überlegte Walter. „Also … du könntest sagen, dass das jemand anders ist."

Elmar verstand nicht.

„Na – man sieht dein Gesicht doch gar nicht. Gerade mal noch die Ohren … das könnte jeder sein!"

„Mach dich nicht über mich lustig, Walter", seufzte Elmar und zoomte das Logo auf seinem Shirt größer. „Noch Fragen?"

Autsch, dachte Walter. Auch ohne das Logo hätte ihn natürlich jeder erkannt. Besonders Anne.

„Wie hat sie es aufgenommen?", fragte Walter vorsichtig.

„So ganz genau weiß ich das gar nicht", gestand Elmar niedergeschlagen. „Als ich nach Hause kam, war sie weg, und mein iPad lag zerdeppert in der Küche. Was sie Hübsches auf meinen Bus gemalt hat, hast du sicher schon gesehen. Seitdem geht sie nicht ans Telefon und beantwortet keine Nachrichten."

Das passte zu der Anne, die Walter am Morgen auf dem Markt getroffen hatte. Wütend, einfach nur stinkwütend.

„Ist denn sonst noch was passiert bei dieser Heidi? Also, ich meine … hast du … mit der Doppel-D-Dolores …"

„Natürlich nicht", entrüstete sich Elmar, ruderte aber zurück.

„Zumindest kann ich mich nicht daran erinnern."

„Und was hast du jetzt vor?"

Elmar lachte bitter und griff nach seiner Flasche. „Ich betrinke mich. Und zwar solange, bis mir etwas einfällt, wie ich das wieder hinbiegen kann. Aber im Moment redet Anne ja nicht mal mit mir!"

Er stieß mit seinem Bruder an und auch Walter hielt sein Bier dagegen. Er bezweifelte, dass Elmar auf diesem Weg eine Lösung finden würde, doch jeder hat ja so seine Methoden.

Die Tür zur Gaststube öffnete sich und vier junge Männer sahen sich nach einem freien Platz um. Irritiert blickten sie auf die vielen Reserviert-Schildchen. Jeder von ihnen hatte eine andere Haarfarbe, einer sogar einen Irokesenschnitt.

„Da deffeter it nah hocka", eilte Marie herbei. „Isch leider älles reserviert."

„Vielleicht wenn wir etwas warten?", fragte Lila.

„Oh noi – des wird heit sicher nix meh!", schmetterte Marie ab.

„Und wenn wir uns irgendwo dazusetzen?", klugscheißerte Blau.

„Au ganz schlecht", erwiderte Marie. „Heit hemmer ieberall ganz intime Gespräche. Da kasch du Zottl it oifach dazunah hocka!"

Die bunten Jungs zuckten mit den Schultern und machten kehrt.

„Siesch Walter", sagte Marie im Vorbeigehen, „wäga settige mach i des mit dene Schildle. Hosch gsäha wa dia fier Hoor khett hend? Der oi mit dem Wuschel oba hat ausgsäha wie a Schtinktier. Wärs meiner, i dät'm Gosch verschla!"

Wieder öffnete sich die Tür. Herein kamen Otto und Manne, zwei weißhaarige Rentner aus dem Vorderdorf, mit ihren Frauen. Auch sie wunderten sich über die vielen Reservierungen, doch Marie eilte herbei, und führte sie an einen Tisch. Dann kam auch Max, zusammen mit Peter und m'Dieterle.

„So, hocksch du jetzt immer doher?", fragte Marie s'Dieterle, als die drei am Stammtisch Platz genommen hatten.

„Ist alles reserviert, gell? Alles sonst reserviert, gell gell", laberte s'Dieterle drauflos.

„Lass ihn doch", beschwichtigte Walter. „Er gehört doch eigentlich auch dazu."

S'Dieterle klatschte begeistert in die Hände und begann hektisch aus den Bierdeckeln ein Häuschen zu bauen.

„Was macht dein Arm?", fragte Walter, und zeigte auf den Verband an Peters Ellenbogen.

Der rollte mit den Augen. „Wird langsam besser, aber es zieht sich.

Hat nur einen Vorteil: der Arzt meinte, ich soll zu den Schmerztabletten viel trinken." Er lachte und hielt mit der linken Hand die Flasche hoch, die Marie ihm hingestellt hatte.

Walter hatte mal irgendwo etwas über Schmerzmittel in Verbindung mit Alkohol gehört, konnte sich aber nicht mehr erinnern, ob das dann gut oder schlecht war. Egal, dachte Walter, als er mit Peter anstieß, denn eines war es ganz bestimmt nicht: sein Problem.

„Ist schon verrückt", sagte Max und zündete seine Zigarre an. Diesmal eine besonders große. „Von dem Unwetter siehst du schon so gut wie nichts mehr. Aber jetzt kommt die nächste Plage."

„Hast du etwa Ratten?", fragte Theo entsetzt.

„So ähnlich. Der Gutachter von der Versicherung war da. Hat mir gleich mal erzählt, was alles nicht von der Gebäudeversicherung abgedeckt ist. Das sind schon so Wegelagerer! Erst drehen sie dir ne Versicherung an und loben in höchsten Tönen, wie gut du jetzt abgesichert bist. Wenn dann mal was passiert, zeigen sie dir nur noch, was alles nicht versichert ist. Ich hätte mir das andersrum gewünscht."

„Da bin ich ja mal gespannt", sagte Walter, „bei mir kommt auch der Gutachter. Wegen meinem 205er. Der hat bei Faxe vor der Garage den ganzen Hagel abbekommen."

„Aber der war doch vorher schon Schrott", ging Theo dazwischen. „Und da zahlen die dir den Hagelschaden?"

Walter hob beschwichtigend die Arme. „Wie gesagt: ich bin gespannt, was der Gutachter feststellt. Aber mein Versicherungsmensch hat mir bestätigt, dass der Schaden abgedeckt ist."

Theo schüttelte ungläubig den Kopf. „Wir sind allmählich schon so eine Bananenrepublik. Da müssen wir uns nicht wundern, wenn die Versicherungen immer teurer werden, wenn so was durchgeht."

Er hob seine leere Flasche in die Höhe, die von Marie umgehend gegen eine volle ausgetauscht wurde. Dazu stellte sie ein Tablett voller Sprudelgläser auf den Tisch und füllte sie großzügig mit Obstler.

„Des goht denn auf mi. Isch no a Verdauerle wäga dem Uhwetter."

Jeder nahm sich ein Glas. Außer Elmar – der hatte sein Tagesprogramm beendet und sich zum Schlafen auf den Tisch gelegt.

Nach und nach füllte sich die Gaststube mit – dank der Reservierungsschildchen – ausgewählten Gästen. Ein Radfahrerpärchen stakste in klappernden Spezialschuhen hinter Marie her und setzte sich umständlich an den zugewiesen Tisch. Die Frau machte einen sportlich durchtrainierten Eindruck, ihr Begleiter jedoch wirkte bei jeder Bewegung linkisch und unbeholfen. Beide trugen noch ihre Sportbrillen und die Fahrradhelme, die sie erst jetzt abnahmen. Die Frau schüttelte den Kopf um ihre Haare aufzulockern, der Mann ersetzte die Sportbrille durch eine normale und sah sich im Lokal um.

„Du schau mal", flüsterte Peter und zupfte Walter am Ärmel. „Der Typ da drüben … den kenn ich!"

Walter drehte sich beiläufig um und musterte den Mann. So um die sechzig, schätzte er, klapperdürr und riesig. Der Kopf schien auf dem dünnen Hals irgendwie aufgesetzt.

„Also, ich kenne den nicht", sagte Walter gleichgültig. „War der schon mal hier?"

„Nee", zischte Peter. „Der ist nicht von hier. Ich glaube, das ist dieser Fernsehtyp, der diese Millionärssendung moderiert."

Walter hatte die Quizsendung vielleicht ein oder zweimal gesehen, konnte sich aber nicht an den Moderator erinnern. Er schaute nochmal kurz hin, doch das Gesicht sagte ihm nichts. Während Walter sich seinem Schnapsglas widmete, beobachtete Peter, wie Marie an den Tisch der beiden Fremden ging.

„Sodele … wa därfs denn sei?", fragte sie höflich.

„Ick wees nich", antwortete der Mann mit breitem Berliner Dialekt.

„Bia wär fürs erste prima. Und vielleicht hättense ne Karte für uns?"

Marie lehnte sich mit den Unterarmen auf den Tisch. „Oh Birschle, bischs erschte Mol do, hm? Also: a Bier kasch hon, aber a Kärtle hon i dir it. Des gibt's do it. I mach dir a Veschper mit ordentlich Wurscht und Rauchfloisch, oder du kasch au no an Brota hon. Musch di blos entscheida."

Der Mann sah seine Begleitung unschlüssig an und zuckte mit den Schultern.

„Det eene is so jut wie et andere. Wat isn besser?"

Marie legte den Kopf schief, um besser zu verstehen. „Woisch Kerle, du hosch an ganz scheene Sprochfähler. Kasch du it normal hochdeitsch schwätza, so wia i au?"

Der Mann räusperte sich und versuchte es erneut.

„Das eine ist so gut wie das andere … also Vesper und Braten … Was ist denn besser?"

Marie strahlte und tätschelte dem Fremden die Schulter.

„Des hosch jetzt aber schee gsagt. Aber bei därra Entscheidung ka i dir it hälfa."

Wie die meisten im Lokal hatte auch Marie den beliebten Fernsehmoderator sofort erkannt, und hatte nun ihren Spaß.

„Zwoi Meeglichkeite hosch: a) a Veschper, und b) an Brota. Wänn du do jetzt sälber it weiterkommsch, dät i dir empfähle an Joker zum nämma."

Der Moderator kapierte, was gespielt wurde, und ließ sich lächelnd darauf ein.

„Soll ich denn lieber wen anrufen, oder ist das eher was für den Publikumsjoker?"

Marie drehte sich zu den anderen Gästen, die mittlerweile alle interessiert lauschten.

„Wa moinet r? Telefon oder Publikum?"

„Publikum!!!", riefen alle wie aus einem Mund.

„Ein Einzelner oder alle?", fragte der Mann.

„Alle!!!", kam die Antwort einstimmig.

„Also, frog mr s'ganze Publikum: was soll des Fernsähmahle jetzt bschtella? Veschper oder Brota?"

„Vesper!!!", tönte es lautstark.

Die meisten lachten und wendeten sich dann wieder ab. Marie lächelte ihren Gast an und notierte auf ihrem Block die Bestellung.

„Dänn hemmer des au gregelt. Derfs sonscht no was sei?"

„Danke, das reicht erst mal", lächelte der Mann. „Ich bin übrigens der Günther!" Er streckte ihr die Hand entgegen, die Marie lächelnd schüttelte. „Und i bin d Marie. Schee, dass do bisch."

Wieder mal eine nette Geschichte, dachte Walter. Wüssten die Paparazzi, wer hier ein und ausging, würden sie den ganzen Hof belagern.

„Wie kommt der Fernseh-Günter hierher?", fragte er Peter, der sich anscheinend in der Szene auskannte.

„Wenn ich mich recht erinnere, kommt seine Frau gebürtig aus Friedrichshafen. Vielleicht haben sie Verwandtschaft besucht und eine kleine Radtour hierher gemacht."

„Woher weißt du so was?", wollte Walter wissen.

Peter hob entschuldigend die Schultern. „Ich war in letzter Zeit viel beim Arzt, und da gibt's diese Heftchen: Gala, Tina, Bild der Frau … da steht so was drin."

Am Tisch roch es plötzlich sehr nach einem entfleuchten Furz und alle starrten grimmig s'Dieterle an. Der wusste zuerst nicht, was los war, doch als die Dunstwolke seine Nase erreichte, wehrte er sich lautstark.

„Nee nee, ich war das nicht, gell! War ich nicht gell! Niemals nicht!"
Sein Leugnen war glaubhaft und so wandten sich die Blicke nun
Elmar zu, der leise schnarchend auf der Tischplatte lag. Schuldig,
dachten alle. Auch sein Bruder Theo, der sich erhob, um den Abend
für Elmar zu beenden. Anne würde ihren Freund an diesem Abend
sicher nicht abholen.

„Ich bring ihn mal heim. Besser wird das nicht mehr", sagte er
grinsend und rüttelte an seinem Bruder, bis er ansprechbar war. Er
legte sich Elmars Arm um die Schulter und bugsierte ihn zur Tür
hinaus, die Marie ihnen aufhielt.

„Machet's guat, ziernet nix, kommet wieder!"

Durch die noch offene Tür kam Xavier mit einem Fremden in die
Gaststube.

„Noch frei?", fragte er und zeigte auf die Plätze, die eben noch von
Elmar und Theo belegt waren.

„Natürlich", lud Max ein. „Wer zahlt ist immer herzlich
willkommen!"

Xavier lachte, vor allem um auszudrücken, dass er nicht im Traum
daran dachte, irgendetwas zu zahlen, was er nicht bestellt hatte.
Marie war sofort bei ihm. „Jo Xavier, schee dass do bischt. Wen hosch
uns dänn mitbrocht?"

„Ein Freund", antwortete Xavier ausweichend, doch Walter ahnte,
dass es der zugeteilte Personenschützer war. Ganz schön jung, dachte
er. Vielleicht dreißig? Eher jünger. Doch wenn man genau hinsah,
fielen seine durchtrainierten Oberarme auf. Er hatte kurze, blonde
Haare und sah aus, als wäre er noch nie an der Sonne gewesen.

„Isch doch immer schee, wänn jemand an Freund mit doher bringt",
sagte Marie und legte dem jungen Mann freundlich eine Hand auf die
Schulter. „Wie hoischt dänn?"

„Äh … mein Name ist … Kevin", stotterte er. Offensichtlich hatte er nicht mit einer derartigen Begrüßung gerechnet.

„I bin d'Marie", sagte die Wirtin und schob Kevin das Schnapsglas hin, dass eigentlich für Elmar eingeschenkt war.

„Des trinksch auf mi, dänn sinn mir au Kumpels."

Alle schauten Kevin erwartungsvoll an, doch der druckste verlegen herum. Erst als Xavier ihm etwas ins Ohr flüsterte, nahm er das Glas mit einem tiefen Seufzer in die Hand und trank.

„Was hast du ihm gesagt?", fragte Walter leise.

„Dass das hier einfach dazu gehört, und dass er, wenn er seinen Job gut machen will, mitmachen muss."

Walter wurde das Gefühl nicht los, dass der junge Personenschützer bei diesem Job mehr über das Leben lernte, als er erwartet hatte. Er fragte sich auch, wer hier am Ende wen heimfahren würde. Kevin hatte den Schnaps noch nicht ganz leer und hatte schon glasige Augen. Eindeutig nichts gewohnt.

„Wie macht er sich so?", fragte Walter leise.

„Der Kevin? Ganz gut. Aber der ist ja noch ein Kind. Meine Mutter hat ihn vorhin in die Finger bekommen und erst nach drei Stück Kuchen wieder gehen lassen. Ich fürchte, er bekommt bei mir ein Gewichtsproblem."

„Und ein Alkoholproblem", ergänzte Walter und zeigte auf den Personenschützer, der seinen Schnaps geleert hatte und mit streng debilem Gesichtsausdruck versuchte normal zu erscheinen.

Marie stand am Tisch vom TV-Günter und zählte auf, was er gehabt hatte.

„Zwoi Veschper, jeder zwoi Bier … hender a Brot khett?"

„Zusammen vier Scheiben. Was bin ich Ihnen schuldig?" Der Moderator hatte bereits einen Fünfzigeuroschein vor sich auf den

Tisch gelegt.

Marie sah ihn mit schmalen Augen an. „So oifach goht es do hanna it!" Sie drehte sich zu den anderen Gästen um und zählte noch einmal laut auf, was auf seiner Rechnung stand. Alle hörten aufmerksam zu.

„Und wa moinsch du, wa des jetzt koscht? A) zeah Eiro B) zwanzig Eiro C) dreißig Eiro oder D) …"

Marie musste sich das Lachen verkneifen.

„… oder D) Basst scho!"

Die Gäste lachten und warteten gespannt auf TV-Günters Antwort.

„Wie sieht's denn aus? Habe ich noch einen Joker?"

„Klar. Du kasch no oin ausm Publikum froga. An Oinzelna!"

TV-Günter sah sich konzentriert im Raum um und zeigte dann plötzlich aufs Dieterle.

„Der! Der muss es wissen", rief er.

Alle Augen richteten sich aufs Dieterle, der verschreckt sein Bierdeckelhaus einstürzen ließ.

„Also, gell",begann s'Dieterle schüchtern, „ … hä hä … ich würde sagen … D) … Passt schon!"

„RICHTIG!", rief Marie und alle jubelten laut, während sie den Fünfzigeuroschein einsteckte.

Wie aus dem Nichts standen auf einmal zwei große Gläser Schnaps vor TV-Günter und seiner Begleitung.

„Des goht aufs Haus. Ihr sollet it verzella, dass mir geizig wäret!"

Walter trank den letzten Schluck aus seiner Flasche und den Rest Schnaps.

„Freunde – mir reicht's für heute", sagte er und erhob sich. Er erreichte die Tür zusammen mit TV-Günter und winkte Marie zum Abschied zu.

„Machet's guat, ziernet nix, kommet wieder", rief sie über die Tische hinweg.

„Entschuldigung – ich müsste mal noch für kleine Jungs. Wo ist denn hier die Toilette?", erkundigte sich TV-Günter bei Walter, der ihn lächelnd bis zum Bach geleitete. Walter genoss das verdutzte Gesicht des Moderators, der sich erst verschreckt umschaute, dann aber doch auspackte und den Dingen ihren Lauf ließ.

Manne und Otto hatten sich mit ihren Frauen ebenfalls auf den Heimweg gemacht. An der Kreuzung wurden sie von TV-Günter und seiner Begleitung auf dem Fahrrad eingeholt.

„Entschuldigung", rief er den beiden Weißhaarigen zu, „welcher ist denn der schnellste Weg nach Friedrichshafen?"

Manne und Otto schauten sich teilnahmslos an.

„Das ist nicht so einfach, junger Mann", sagte Otto, nachdem er lange überlegt hatte. „Es geht hier entweder a) nach links, oder b) nach rechts. Müssen Sie aber selber rausfinden … Sie haben ja alle Joker aufgebraucht."

TV-Günter hörte das Lachen der beiden Alten noch von Weitem, während er zielstrebig in die falsche Richtung fuhr.

51

Es war ein Bilderbuchsonntag. Die Augustsonne stand hoch am Himmel und hauchte der geschundenen Natur neues Leben ein. Auf Walters Rasen spitzten die ersten grünen Halme durch die vertrocknete, braune Decke. Der Regen war bitter nötig gewesen, auf das Unwetter hätte Walter gern verzichtet. Seine Apfelbäume standen wie nackte Vogelscheuchen mit weit ausgebreiteten Armen in seinem Garten.

Liesl hatte einen Apfelkuchen gebacken, der Jahreszeit entsprechend. Normalerweise hätte Walter ihr ein paar frühreife Äpfel dafür gegeben, doch diesmal hatte sie das Obst kaufen müssen.

„Die sind aber auch lecker", lobte Liesl die Äpfel und spießte ein großes Stück Kuchen auf ihre Gabel.

„Hmmm …", kommentierte Walter mit vollem Mund, „… ist aber halt nicht das Gleiche."

Liesl warf ihm einen warnenden Blick zu und Walter verkniff sich weitere Bemerkungen über die Qualität des Obstes.

„Gab's in der Wirtschaft gestern was Neues?", fragte Liesl beiläufig.

„Ja, leider. Elmar und Anne haben Zoff."

„Die waren doch so verliebt … was ist passiert?"

Walter schluckte und spülte mit einem Schluck Kaffee nach.

„Elmar war doch auf diesem Junggesellenabschied. Das ist etwas aus dem Ruder gelaufen. Irgendwann spät nachts sind sie in einem Puff in Friedrichshafen gelandet und Anne hat das herausbekommen. Über diese Cloud vom Handy. Da hat sie ein Bild von Elmar und einer Nu … äh … Prostituierten gesehen."

„Na, dann ist sie zurecht sauer", sagte Liesl bestimmt.

„Aber er hat doch gar nichts gemacht", nahm Walter seinen Freund in

Schutz. „Sie haben sich mit den Damen dort nur ein bisschen … naja … unterhalten …"

Walter dachte an das Foto: Elmar versunken, zwischen Dolores' Doppel-D-Brüsten. Vielleicht war „unterhalten" doch nicht die richtige Umschreibung.

„Irgendwas wird schon dran sein", widersprach Liesl, „sonst wäre Anne nicht sauer. So gut kenne ich das Mädel!"

Walter merkte, wie Liesl eindeutig Partei ergriff und wählte vorsichtshalber ein anderes Thema.

„Xavier hat jetzt einen Personenschützer am Hals. Kevin. Er hat ihn gestern mit zu Marie gebracht."

Liesl sah erstaunt auf. „Mit in die Wirtschaft? Ich dachte, die sollen eher unauffällig im Hintergrund bleiben."

Walter zuckte ahnungslos mit den Schultern. „Ist wohl doch nicht alles so wie im Tatort."

Balu, der am Rand der Terrasse lag, bellte zweimal.

„Besuch", sagte Walter und erhob sich. Doch bevor er zur Haustür gehen konnte, hörte er ein weiteres Bellen, diesmal nicht von Balu. Walter erkannte den Klang.

„Komm hinten rum, Georg. Wir sind auf der Terrasse!", rief er, und kurz darauf kamen Georg und Chiara um die Ecke. Die junge Hündin stob sofort mit Balu in den Garten, wo sie ausgelassen spielten. Georg setzte sich zu Walter und Liesl, die ihm ein Stück Kuchen anbot.

„Immer gerne", sagte Georg und betrachtete das Backwerk. „Ihr habt noch Äpfel?"

„Gekauft", antwortete Walter.

„Verstehe."

„Wie sieht's denn bei dir mit Sturmschäden aus?", fragte Liesl während sie Georg Kaffee einschenkte.

„Halb halb", antwortete er knapp. „Die Hälfte meiner Ernte ist futsch.

Aber immerhin habe ich noch etwas zu ernten. Bei anderen sieht's schlimmer aus."

Georg hatte das Kuchenstück mit der Gabel in vier gleichgroße Teile zerlegt und mit wenigen Bissen verschlungen. Wortlos zeigte er auf den Kuchen, woraufhin Liesl ihm ein weiteres Stück auf den Teller schob.

„Das mit Karl-Heinz ist eine schlimme Sache. Noch ein Bauer tot. Innerhalb von ein paar Tagen. Wurde er auch getötet?"

Walter nickte stumm, doch Georg wartete geduldig auf eine ausführlichere Antwort. Mit einem Seufzer legte Walter seine Kuchengabel auf den Teller und erzählte Georg, was sie bisher herausgefunden hatten, zumindest das, was er für unbedenklich hielt. Die Spielzeugfiguren und auch das Gleitgel verschwieg er. Er vertraute Georg und glaubte nicht, dass er etwas mit den zwei Morden zu tun haben könnte, aber sicher ist sicher. Er berichtete auch von seinem Treffen mit Herrn Soyer und ihrem Ausflug zum Schmehweiher.

„Da gehe ich oft spazieren. Wunderschöne Ecke", schwärmte Georg.

„Es gibt da auch noch einen alten Trampelpfad durch den Wald. Das ist Chiaras Lieblingsstrecke. Wie geht es denn dem alten Soyer?"

„Immer noch ganz der Alte – nur ein paar Kilos mehr. Auf dem Dachboden hat er eine riesige Modelleisenbahn."

„Wer's braucht", murmelte Georg kopfschüttelnd.

Walter stand auf und ging ins Haus. „Warte kurz – ich hab ein Bild gemacht."

Mit seinem iPhone in der Hand kam er zurück und reichte es Georg. „Schön!", kommentierte er. „Selfie. Mit dem Fotografieren hast du es nicht so …"

Walter zog die Stirn kraus. „Was? Wieso?"

„Du musst beim Selfie aufpassen, dass deine Finger nicht ins Bild kommen", erklärte Georg und zeigte auf einen dunklen Schatten am oberen Rand des Bildes.

„Ein bisschen rumknipsen kann mit diesen Dingern ja jeder", er zeigte auf Walters iPhone, „aber richtig gute Bilder machen die Wenigsten." Walter nahm Georg grummelnd das Gerät aus der Hand und brachte es zurück ins Haus. So schlecht ist das Bild gar nicht, dachte er. Und es ist ja auch nur ein bisschen Finger drauf.

Doch irgendetwas anderes störte ihn plötzlich. Es fühlte sich an, als habe er gerade etwas übersehen. Etwas Wichtiges. Er öffnete noch einmal das Bild und betrachtete es genau. Da war der Weiher, er und Herr Soyer, Balu natürlich, der blaue Himmel und der Wald im Hintergrund. Und sein Finger. Doch sonst nichts. Nachdenklich legte er sein iPhone weg und ging wieder nach draußen.

„Bei dem alten Sportlehrer kann ich dir vielleicht helfen", sagte Georg. Walter hatte erwähnt, dass sie auch mit ihm sprechen wollten.

Walter blickte überrascht auf. „Weißt du, wo der heute lebt?"

„Klar. Er war ja mal eine kleine Berühmtheit."

Walter verstand nicht.

„Erinnerst du dich nicht? Er war einige Jahre im Taldorfer Ortschaftsrat. Hat sich da aber nicht sehr beliebt gemacht."

„Natürlich", rief Walter. „Ich wusste, ich hab den Namen Gerau schon irgendwo gehört."

„Und der wohnt immer noch in Oberzell. Hat sich damals ein kleines Häuschen am Waldrand gekauft und renoviert. Ist ganz hübsch, aber wenn du nicht weißt, wo du suchen musst, findest du es nicht."

Georg beschrieb Walter den genauen Weg zu Geraus Haus, doch Walter musste mehrfach nachfragen, da er einige Abzweigungen nicht kannte. Das Haus lag wirklich sehr abgeschieden.

„Aha – lerne ich den auch mal kennen", sagte Georg und zeigte auf Seppi, der mit seinem dicken Bauch in Richtung Futternapf unterwegs war.

„*Mahlzeit*", grüßte der Igel für die Menschen unverständlich, hielt im nächsten Moment aber inne.

„*Hey Balu! Kannst du dich mal von deiner Freundin losreißen? Du musst mir helfen! Der Napf ist leer!*"

Balu kam mit Chiara angalopiert.

„*Einer hätte gereicht. Ich brauche nicht gleich das ganze Rudel*", meckerte Seppi und stellte sich provokativ vor die leere Schüssel.

„*Uhu, schon wieder so gut gelaunt*", begrüßte Balu seinen Freund.

„*Schön, dich zu sehen*", sagte Chiara höflich, wurde aber von Seppi ignoriert.

„*Na schön*", seufzte Balu und setzte sich neben den Igel vor den leeren Napf.

Balu bellte zweimal.

„Was hat denn dein Hund?", fragte Georg.

„Dem geht's gut", erkannte Walter sofort, „aber das Katzenfutter für den Igel ist leer. Ich mach das mal schnell."

Walter ging ins Haus und holte ein Beutelchen Nassfutter, dass er vor Seppis Nase in den Napf schüttete.

„Der Igel ist aber ganz schön zutraulich", wunderte sich Georg.

Liesl lachte. „Was du fütterst, das bleibt dir. So ging es mir auch mit Eglon. Solange er bei mir ausreichend zu fressen kriegt, geht er nicht weg. Manchmal verlässt er nicht mal mehr das Haus."

Walter wollte irgendwas darüber sagen, dass man Katzen nicht überfüttern sollte, da sie sonst ihrer ureigensten Aufgabe – dem Mäusejagen – nicht mehr nachkämen, verkniff es sich aber, als er an sein schlechtes Vorbild in Sachen Tierfütterung dachte.

„Danke für Kaffee und Kuchen", sagte Georg und stand auf. Chiara war sofort bei ihm und sie machten sich auf den Heimweg. Walter begleitete die beiden noch bis vor das Haus, wo das Garagentor immer noch weit geöffnet einen leeren Stellplatz präsentierte.

„Immer noch kein neues Auto?", erkundigte sich Georg.

Walter schüttelte resigniert den Kopf.

„Ich wüsste da jemand, der dir vielleicht weiterhelfen kann."

„Sag jetzt nicht, ich soll zu Rafi gehen …", knurrte Walter.

„Rafi? Wer ist Rafi?", fragte Georg überrascht. „Nein, geh mal zum Josef."

„Josef in Herrgottsfeld?" Walter verstand nicht, was er dort sollte.

„Der hat ein gutes Händchen für Autos. Fährt immer Riesenkisten. Er hat mir mal erzählt, dass er da günstig drankommt."

So einen SUV, wie Josef zu fahren pflegte, wollte Walter zwar nicht, aber wer an so was ran kam, sollte mit einem kleinen Wagen auch kein Problem haben.

„Danke für den Tipp", sagte Walter.

Georg hob nur die Hand zum Gruß und lief mit Chiara gemütlich davon.

52

Wenn du denkst, du denkst, dann denkst du nur, du denkst …

Wer denkt sich so einen bescheuerten Liedtext aus, fluchte Walter innerlich und hämmerte auf seinen Radiowecker ein. In den letzten Wochen war er schon mehrmals kurz davor gewesen, den Sender zu wechseln. Immer öfter missfiel ihm die Musikauswahl. Morgen noch, setzte Walter eine Frist, wenn dann wieder so ein Müll kommt, bist du weg.

Mit mäßiger Laune setzte er Kaffeewasser auf und entließ Balu in den Garten. Kühle Luft strömte herein und ließ Walter frösteln. Er zog sich eine leichte Strickjacke über und sah auf das Thermometer. Nur sechzehn Grad. Ein Kälteeinbruch im Vergleich zu den letzten Wochen. Über Nacht war die Wärme des Tages in den wolkenlosen Himmel entwichen, doch Walter ahnte, dass dies nicht von Dauer war.

Zweimal Bellen.

Walter öffnete die Eingangstür und kurz darauf setzte sich Jussuf an den Küchentisch. Noch immer etwas verstimmt nippte Walter stumm an seinem Kaffee.

„Ey – was iss los Walter? Sagsch ja gar nix?", unterbrach Jusuf das Schweigen.

Walter machte eine abwertende Geste. „Bin mit wohl mit dem falschen Bein aufgestanden", gab er zu. „Mir ist noch nicht so nach reden."

Jussuf nickte. „Stille Wasser sind trüb …"

„Tief, Jussuf. Stille Wasser sind tief", korrigierte Walter.

„Egal. Ich meine der Gleiche."

„Das Gleiche."

„Genau."

Wieder sagte keiner ein Wort.

„Ach – eh ich vergess: dein Mord ist heute in Zeitung!", verkündete Jussuf.

„Wie? Welcher Mord? Der an Hermann oder an Karl-Heinz."

„Na beide", rief Jussuf und stand auf. „Warte ich hol ein Zeitung."

Kurz darauf schlug Walter die Zeitung am Regionalteil auf: „Bauernsterben in Taldorf", lautete die markante Schlagzeile. Walter schluckte und überflog den Artikel.

Es war nur eine Frage der Zeit gewesen, bis die Presse die Morde aufgriff, doch Walter wunderte sich über die Größe des Artikels. Lag vermutlich am Sommerloch.

In aller Kürze erklärte der Verfasser des Artikels die wenigen Fakten der beiden Fälle, die er auf Nachfrage von der Polizei erhalten hatte. Natürlich blieben die Tierfiguren unerwähnt. Zwecks mangelnder Informationen erging er sich im zweiten Teil des Artikels in wilden Mutmaßungen zum Täter und den möglichen Motiven. Auf die Idee, dass beide Morde von einem Täter begangen wurden, kam er nicht. Am Ende verfiel er sogar fast ins Komische, als er vermutete: „Das ist also das echte Bauernsterben in unserer Region."

Walter schüttelte den Kopf. Was für ein Mist. Er vermutete einen pickligen Praktikanten als Verantwortlichen für diesen Schund.

Jussuf hatte ihn beim Lesen beobachtet. „Stimmt nicht so, was da steht?"

„Die grundsätzlichen Fakten stimmen, aber der Rest ist an den Haaren herbeigezogen", erwiderte Walter und pfefferte die Zeitung in den Holzkorb. Er hoffte, dass sie wenigstens als Anzünder taugte.

Sie stellten ihre Tassen in die Spüle und gingen nach draußen, wo Jussuf ihm half die Zeitungen in seinen Handkarren zu laden.

„Was macht eigentlich Auto?", erkundigte sich der Türke vorsichtig, da er nicht wusste, wie Walter auf das Thema mittlerweile reagierte. „Da gibt es tatsächlich was Neues", lächelte Walter und erzählte von der zu erwartenden Zahlung von der Versicherung. Dabei verbesserte sich seine Laune schlagartig.

„Deshalb muss ich heute auch noch auf die Bank. Muss mit meinem Anlageberater darüber reden, wie ich ein neues Auto am besten bezahle."

Jussuf schüttelte betrübt den Kopf. „Hast du immer noch nicht kapiert? Neues Auto teuer – viel Geld kaputt. Gehst du einmal mit mir zu Rafi, dann willst du nix anderes mehr."

Walter lehnte dankend ab, bedankte sich aber trotzdem für das erneute Angebot, um Jussuf nicht vor den Kopf zu stoßen.

„Muscht du wissen, Walter", sagte Jussuf gleichgültig. „Aber lass disch von Bankmann nicht über der Sofa ziehen!"

„Es heißt: über den Tisch ziehen", korrigierte Walter kopfschüttelnd.

„Genau! Dem musst du die Leviten blasen!"

„Die Leviten lesen, Jussuf!"

„Ja. Und wenn er dumm tut, tuschst du ihm den Marsch lesen!"

„Bitte Jussuf, jetzt heißt es: den Marsch blasen!"

„So ein Scheiß!", schimpfte der Türke. „Ich bin doch kein Tuten!"

„Du meinst sicher „Duden" …"

Jussuf hob die Hand zum Gruß und fuhr ohne ein weiteres Wort vom Hof.

Walter erledigte seine Zeitungsrunde in Rekordzeit, Balu stets an seiner Seite. Etwas außer Atem saß er am Ende auf den Treppenstufen vor der Wirtschaft und genoss seinen Schnaps, der wie gewohnt auf dem Fenstersims gestanden hatte.

Im Hof parkte immer noch Elmars Fliesenlegerbus mit dem

riesenhaften Stinkefinger auf der Seite. Walter fragte sich, ob das Fahrzeug seit Samstag hier stand, oder ob Elmar erneut eingekehrt war. Sein Freund hatte einen echten Durchhänger, und Walter hoffte, dass er sich bald wieder fing, und dass er und Anne sich wieder vertrugen. Böse Geschichte. Walter schüttelte den Kopf. Derartige Erlebnisse lagen bei ihm so weit zurück, dass er sich kaum mehr daran erinnern konnte. Wozu auch.

Plötzlich fiel ihm wieder ein, was Georg über sein Bild mit Herrn Soyer gesagt hatte. Rumgeknipse, ha! Er stellte sein halbleeres Schnapsglas beiseite und holte sein Smartphone aus der Tasche. Beim Einschalten blendete ihn das helle Licht des Displays und er machte es etwas dunkler.

Der Schatten seines Fingers war nun kaum mehr zu sehen. Walter zoomte noch etwas heran und der Schatten rutschte ganz aus dem Bild. „Sieht doch toll aus", lobte er sich selbst, und nahm sich vor, dieses Bild entwickeln zu lassen. Liesl wusste, wie das funktionierte. Er freute sich auf Georgs Gesicht, wenn er ihm das fertige Foto zeigen würde. Ohne Finger. Tolle Technik. Früher hätte man an so einem Fehler nichts mehr ändern können. Da kam es ganz auf den Fotografen an.

„Scheißndreckn!" Die Erkenntnis kam so plötzlich, dass sich Walter mit der Hand vor die Stirn schlug. „Was bin ich doch für ein Idiot!" Er leerte den Schnaps in einem Zug und eilte nach Hause.

Balu hatte während Walters kurzer Pause Kitty besucht, die vor der Scheune Wache hielt. Er erschrak, als Walter plötzlich aufsprang und nach Hause rannte.

„Was hat er denn?", fragte Kitty besorgt.

„Ich glaube, er hatte mal wieder einen Geistesblitz", antwortete Balu und rappelte sich auf.

„Ist das gut oder schlecht?", wollte die Tigerkatze wissen.

„Wenn ich das nur wüsste …"

Er galoppierte hinter Walter her und kam gerade noch rechtzeitig, bevor alle Türen verschlossen waren. Er rollte sich auf seinem Schlafplatz ein, behielt aber die Tür im Auge. Sein Instinkt befahl ihm wachsam zu sein.

Zwei kalte Augen hatten das Treiben genau beobachtet.

53

Frau Dr. Kurz zog den Reißverschluss über Karl-Heinz zu. Die Autopsie war abgeschlossen. Auf das Drängen ihrer Assistentin hin, hatte sie für die beiden Taldorfer Morde alles andere hinten angestellt. Unfallopfer konnten warten. Sie füllte die Begleitpapiere aus, die für die Überführung der Toten in die Leichenhalle benötigt wurden.

Anne kam fast eine halbe Stunde zu spät zur Arbeit und versuchte sich hinter ihrem Tablet-PC zu verstecken. Ohne Erfolg.

„Oh, mein Gott, wie sehen Sie denn aus", fragte Dr. Kurz entsetzt.

Annes Haare waren strähnig und ungekämmt, ihre Augen vom vielen Weinen zugequollen. Ihre fröhliche Ausstrahlung war verschwunden. Als sie Dr. Kurz ansah, begann ihr Kinn zu beben und sie fiel ihr um den Hals, als sie ihr die Arme entgegenstreckte.

Anne schluchzte und heulte, während ihre Chefin ihr sanft über den Rücken streichelte und versuchte, sie zu beruhigen.

„Schon gut", flüsterte sie immer wieder, „schon gut."

Erst nach mehreren Minuten versiegten Annes Tränen. Vielleicht waren auch einfach keine mehr da.

„Was ist denn los?", fragte Dr. Kurz und reichte Anne eine Box mit Papiertaschentüchern.

Nachdem sie sich lautstark die Nase geputzt hatte, langte sie nach ihrem Handy und zeigte Dr. Kurz das Bild.

„Boah, das sind ja Riesendinger", entfuhr es der Ärztin wenig gefühlvoll.

Anne nickte.

Dr. Kurz zoomte das Bild etwas größer. „Und was ist das kleine da zwischen den Titten?"

„Das", schluchzte Anne, „… das ist mein Freund!" Sie rang mit sich, um nicht erneut loszuheulen.

„Sind Sie sicher? Man sieht das Gesicht ja gar nicht … nur ein bisschen was von den Ohren …"

„Ich bin mir sicher", quälte Anne heraus. „Das ist sein Poloshirt!" Sie zoomte auf das große „E" auf Elmars Brust.

„Steht das „E" für „Erotik"", wollte Dr. Kurz wissen und löste mit der Frage bei Anne einen neuen Heulkrampf aus.

Nach und nach erzählte Anne ihrer Chefin die ganze Geschichte, immer wieder von Weinkrämpfen unterbrochen.

„Was soll ich denn jetzt machen", jammerte Anne, als sie geendet hatte.

Dr. Kurz kräuselte die Stirn. „Haben Sie denn schon mit ihm geredet!"

„Nachdem was er mir angetan hat? Natürlich nicht."

„Hat er denn versucht mit Ihnen zu reden?"

„Weiß ich nicht", gab Anne kleinlaut zu. „Ich hab das Handy seit Samstag nicht mehr angemacht."

„Und genau damit sollten Sie anfangen", stellte Dr. Kurz fest und verschränkte die Arme vor der Brust. „Sie müssen miteinander reden. Ganz offensichtlich mögen Sie diesen Kerl doch, sonst ginge es Ihnen nicht so dreckig. Also reden Sie mit ihm und fragen ihn, was da passiert ist. Vielleicht war es ja gar nichts …"

Anne hielt ihr wortlos das Handy mit dem Foto unter die Nase.

„Also gut, irgendwas war … aber vielleicht war's ja nicht so schlimm", versuchte die Ärztin zu schlichten.

Für einen Moment schien es zu funktionieren, doch kurz darauf liefen schon wieder Tränen über Annes Wange.

„Da fällt mir doch tatsächlich ein Witz ein …", begann Dr. Kurz und Annes Augen blickten panisch zur Ausgangstür.

„Hiergeblieben", hielt ihre Chefin sie zurück. „Der wird ihnen sicher gefallen! Also: Ein Junge vom Land will zum ersten Mal in den Puff."

„Buhuuuuu ….", heulte Anne auf.

„Psst …. Also, er nimmt seine Ersparnisse und fährt mit dem Bus in die Stadt. Dort fragt er sich durch, bis er schließlich vor einem Haus mit Rotlicht steht. Vor der Tür lehnt eine leichtbekleidete Frau mit riesigen …"

„Buuuhuuuuu …"

„Oh - Entschuldigung … also vor der Tür steht eine sehr leichtbekleidete, hübsche Frau und fragt den Jungen, was er will. Der sagt, dass er alles haben will, was er für sein Geld bekommt und hält der Dame einen Zehneuroschein hin. „Für zehn Euro kannst du dir da hinten in der Ecke einen runterholen", lacht die Frau und schickt den jungen Mann weg. Nach einer Viertelstunde steht er erneut vor der Frau und hält ihr die zehn Euro hin. „Was willst du denn schon wieder hier?", fragt sie ärgerlich. Doch der junge Mann hält ihr weiter den Schein hin und sagt: „Zahlen!""

Anne verstummte.

„Verstehen Sie, Anne? Der wollte echt zahlen!" Frau Dr. Kurz trommelte sich mit beiden Händen auf die Oberschenkel und ihr liefen Tränen übers Gesicht.

Anne fand den Witz fürchterlich. Aber doch irgendwie lustig. Also… schon ein bisschen. Ganz allmählich verzerrte sich ihr Gesicht zu einem Lächeln, dann ein Prusten, ein Glucksen, und endlich: hemmungsloses Gelächter. Anne lag ihrer Chefin erneut in den Armen, diesmal lauthals lachend und schon bald um Luft ringend.

Remtsma aus dem Labor hörte das Gelächter schon, bevor er die Tür öffnete. Er trat vorsichtig ein und sah die beiden Frauen, die sich herzhaft lachend vor einem geschlossenen Leichensack in den Armen lagen.

„Was wollen Sie?", fragte Dr. Kurz schluchzend. „Etwa zahlen?"
Das schrille Gelächter, war noch lauter als zuvor und beide Frauen
krümmten sich vor Lachen.

Remtsma schloss die Tür und ging kopfschüttelnd in sein Labor
zurück.

54

Noch bevor er ins Bett gegangen war, hatte Walter Kripo-Hubert eine Nachricht geschickt. Sie mussten unbedingt nochmal mit Xavier reden. Auf dem Foto von Herrn Soyer war ihnen ein entscheidender Hinweis entgangen. Leider hatte Kripo-Hubert an diesem Tag keine Zeit mehr, um nach Taldorf zu kommen, aber Manni und Streifenkollege Hans sagten zu, um vierzehn Uhr da zu sein. Er hatte versucht, Xavier zu erreichen, doch der schien wieder in einem Funkloch zu stecken.

Straffes Programm, dachte Walter, als er sich mit seinem alten NSU Dreigangrad die Steigung nach Hütten hinaufkämpfte. Vor dem Treffen am Nachmittag musste er noch auf die Bank. Riedesser hatte ihm für elf Uhr einen Termin reserviert.

„Scheißndreckn!", fluchte Walter, als die Pedale beim Schalten eine halbe Umdrehung durchdrehten, dabei knirschte es ungesund in der hinteren Radnabe. Geh du ruhig auch noch kaputt, dachte Walter grimmig, dann habe ich gar kein Fahrzeug mehr.

Er erreichte die Bank in Bavendorf eine Viertelstunde zu früh. Walter lehnte sein Fahrrad an das Geländer der Eingangstreppe und ärgerte sich, da er das Ringschloss zu Hause vergessen hatte. Wird schon gut gehen, dachte er, und ging hinein.

„Walter, schön, dass Sie da sind", begrüßte ihn Riedesser und blickte kurz auf seine Armbanduhr.

„Ich bin zu früh, ich weiß", entschuldigte sich Walter, doch Riedesser geleitete ihn lächelnd in sein Büro.

Er nahm hinter seinem Schreibtisch Platz und erweckte den PC zum Leben. Der Monitor war so ausgerichtet, dass Walter nicht sehen konnte, was er anzeigte. Neben einem Becher mit Stiften und einem

Stapel Visitenkarten stand ein gerahmtes Foto. Eine hübsche Frau lächelte Walter entgegen, links und rechts von ihr strahlten zwei Kinder bis über beide Ohren.

„Hübsche Familie", sagte Walter und zeigte auf das Foto.

„Ja. Danke", lächelte Riedesser etwas bitter. „Leider sind wir getrennt. Meine Frau und die Kinder leben in der Nähe von Frankfurt."

„Das tut mir leid", murmelte Walter und lehnte sich in seinem Stuhl zurück.

„Was kann ich denn für Sie tun?", begann Riedesser förmlich.

„Ich muss mir ein neues Auto kaufen und brauche etwas von meinem Geld."

„Dann schauen wir mal", sagte Riedesser beiläufig und hackte auf seine Tastatur ein. „Hmmm … ich sehe da kein Problem. Finanziell sieht es bei Ihnen bestens aus. Sie sollten sich aber überlegen, ob sie das neue Auto nicht finanzieren wollen oder dafür einen Kredit aufnehmen."

Walter sah überrascht auf. „Warum? Ich habe doch genug Geld!"

Riedesser lehnte sich mit einem professionellen Lächeln zurück.

„Sehen Sie Walter: Sie haben Ihr Geld sehr gut angelegt. Sie haben durchweg Renditen zwischen drei und vier Prozent, was heutzutage super ist."

Walter war mit der Niedrigzinspolitik vertraut, verstand aber nicht, was das mit seinem Autokauf zu tun haben sollte. Wozu einen Kredit aufnehmen, wenn man genug Geld hat?

„Und deshalb soll ich einen Kredit aufnehmen?"

Riedesser nickte. „Ich nehme mal an, Sie brauchen so um die dreißigtausend?"

„Fünfzehn", erwiderte Walter.

„Umso besser", freute sich der Bankberater. „Fünfzehntausend Euro kann ich Ihnen aktuell für 0,4 Prozent Zinsen geben."

Walter meinte, sich verhört zu haben. „0,4 Prozent. Das ist ja geschenkt."

Riedesser lächelte. „Deshalb rate ich Ihnen ja dazu. Lassen Sie ihr gut angelegtes Geld, wo es ist und nehmen Sie den Kredit. Dann haben sie weiterhin die Rendite von fast vier Prozent, während sie für das geliehene Geld nur 0,4 Prozent zahlen müssen."

Walter verstand die Rechnung, war aber trotzdem überrascht. Er hatte davon gehört, dass man sich zur Zeit günstig Geld leihen konnte – manche Banken boten sogar schon Negativzinsen an, bei denen man weniger zurückzahlen musste, als man geliehen hatte – wie die Bank da noch Geld verdienen konnte, war ihm allerdings schleierhaft. Er dachte an Hermann und dessen Kredit, den Edith hätte zurückzahlen sollen, als er gestorben war. Warum hatte sich Hermann darauf eingelassen, wenn man so leicht an Kredite heran kam?

„Das scheint ja sehr einfach zu sein. Aber wenn ich das fragen darf: was war denn das bei Hermann?"

Riedesser blickte von seinem Monitor auf. „Was meinen Sie?"

„Ich weiß, dass Sie ihn ebenfalls beraten haben. Trotzdem hat er einen Kredit bei einer seltsamen Internetbank aufgenommen. Willkins-Bank? Heißt die so? Egal. Warum hat er das nicht über Sie gemacht?"

„Nun, das ist jetzt natürlich zu persönlich, als dass ich Ihnen Einzelheiten verraten dürfte, aber ich kann Ihnen versichern, dass diese Bank sehr ordentlich arbeitet. Hermann wollte von uns einen Kredit, den wir ihm so nicht geben konnten, da er bereits mehrere Verpflichtungen gegenüber dieser Bank hat. Wir haben da unsere Regeln. Aber ich konnte ihn an die Willkins-Bank vermitteln, die zwar etwas höhere Zinsen nimmt, dafür aber auch bereit ist, ein höheres Risiko zu gehen."

„Sie haben das vermittelt?"

Riedesser nickte. „Wie gesagt: mehr darf ich Ihnen darüber wirklich nicht sagen. Ich weiß natürlich, dass Sie mit der Polizei zusammenarbeiten, deshalb helfe ich gern, aber für mehr Details bräuchte ich einen Richter, der das Bankgeheimnis aufhebt."

Walter war enttäuscht, da er im Grunde nichts Neues erfahren hatte, musste sich aber damit abfinden.

„Um auf Ihr Anliegen zurückzukommen", schwenkte Riedesser um, „ich würde Ihnen empfehlen das Auto auf jeden Fall mit einem Kredit zu finanzieren. Wie gesagt: 0,4 Prozent. Aber unter uns ..." Riedesser beugte sich nach vorne und sprach dann leiser weiter. „Ich würde auch im Autohaus nach einer Finanzierung fragen. Die machen bei bestimmten Modellen sogar Angebote mit 0,0 Prozent Zinsen. Da können wir natürlich nicht mithalten. Wollte ich Ihnen nur sagen ... als langjähriger guter Kunde."

Walter bedankte sich für die Beratung und ließ sich von Riedesser zur Tür begleiten.

„Wenn Sie noch Fragen haben, dürfen Sie mich gerne jederzeit besuchen", bot der Berater ihm an und schüttelte drucklos Walters Hand.

Eine von Walters Angewohnheiten war es, wenn irgendwie möglich, auf dem Rückweg nicht den gleichen Weg zu nehmen wie auf dem Hinweg. Das war in diesem Fall nicht schwer: er war über Hütten hergekommen, also wählte er den Weg über Herrgottsfeld, um nach Hause zu radeln. Er wollte nachsehen, ob Josef zu Hause war. Er hatte Georgs Tipp, sich wegen eines neuen Autos an ihn zu wenden, nicht vergessen.

Sein Fahrrad stand glücklicherweise noch dort, wo er es abgestellt hatte. Ein Zeichen für den gegen Null tendierenden Wert seines Drahtesels.

Er fuhr ein Stück die Bundesstraße entlang und überquerte sie erst später, um dem steilen Kirchenbuckel auszuweichen. Danach war das Gelände fast eben und er kam gut voran. In Ettmannschmid musste er kurz ins Gras ausweichen, da ihm ein riesiger Traktor mit Mähwerk entgegenkam. Auf der folgenden Geraden kam ihm ein leichter Rückenwind zu Hilfe, sodass er fast nicht treten musste.

Als er Josefs Hof erreichte, kamen die Erinnerungen an ihren letzten Fall wieder hoch. Er sah sich wieder auf dem Parkplatz stehen, und Annemarie, die mit ihrem Golf auf ihn zuraste. Er dachte an Balu, der ihn in buchstäblich letzter Sekunde weggestoßen hatte, und spürte tiefe Dankbarkeit. Er nahm sich vor seinem Freund heute ein besonderes Leckerli zukommen zu lassen.

Auf der Hofstelle war es ruhig. Nur vereinzelt muhte eine Kuh. Die Tür zum Wohnhaus stand offen und Walter streckte vorsichtig den Kopf hinein.

„Hallo, jemand da?", rief er in den dunklen Flur.

„Ja. Hier in der Küche!", antwortete eine Frauenstimme. „Komm einfach rein."

Annemarie stand am Herd, auf dem zwei Töpfe vor sich hin köchelten.

„Hallo Walter", sagte sie verlegen. Nach dem was passiert war, suchte sie nach den richtigen Worten. „Das … ist … also … entschuldige bitte nochmal …"

Walter hob die Hand. „Stop", sagte er bestimmt. „Lass es gut sein. Es ist alles in Ordnung."

Sie hatten sich seit jenem Tag nur zweimal gesehen und nicht die Gelegenheit gehabt, länger miteinander zu sprechen. Doch Walter fand, dass alles gesagt war.

Annemarie lächelte verzagt und wurde etwas lockerer. „Dann vielleicht einen Kaffee?", bot sie an und griff nach der Pulverdose.

Walter dachte daran, wie Annemarie Pfarrer Sailers Kaffeepulver mit einer höheren Dosis Koffein versehen hatte, und zuckte unwillkürlich zusammen.

Annemarie bemerkte seine Reaktion und hob entschuldigend die Hände.

„Noch zu früh?", fragte sie unsicher.

„Eindeutig zu früh", gab Walter zu. „Eigentlich wollte ich sowieso zu deinem Mann."

„Oh, den findest du hinten an seinem neuen Melkroboter. Der schickt gerade dauernd Fehlermeldungen. Lauf einfach über den Hof. Du kannst ihn nicht verfehlen."

Walter bedankte sich und ging in die angegebene Richtung. Er entdeckte Josef in dem vollautomatisierten Melkstand, wo er versuchte eine gutgenährte Kuh aus dem Gatter zu schieben. Als er Walter sah, hob er die Hand zum Gruß.

„Ich komme gleich zu dir Walter. Ich muss nur erst diese blöde Kuh hier rauskriegen."

Er schnaufte schwer, während er immer wieder an der Kuh herumdrückte. Die stellte sich stur und gab erst nach mehreren Minuten den Melkstand frei.

„Ärger mit dem Roboter?", erkundigte sich Walter.

Josef putzte die Hände an seiner Latzhose ab. „Hör mir auf", schimpfte er. „Wenn alles läuft, ist das eine super Sache. Aber im Moment tauchen immer wieder Fehler auf."

Er zeigte auf einen kleinen Futtertrog, der aus der Maschine herausragte. „Da kommen Leckerlies raus, damit die Kühe freiwillig zum Melken kommen. Damit die aber nicht dauernd zum Fressen kommen, registriert der Computer, wann welche Kuh zuletzt da war, und verweigert ihr die Leckerlies, wenn sie zu früh wiederkommt. Soweit die Theorie. Bei der Kuh gerade eben hat der Computer versag und laufend Leckerlies nachgelegt. Dass die da nicht mehr rauswollte, war klar. Die hat fast einen ganzen Eimer verdrückt, das Mistvieh."

Josef ging zu einem Bierkasten, der neben dem Melkstand im Schatten stand, und zog eine Flasche heraus.

„Auch eins?", fragte er.

Walter sah kurz auf die Uhr und nickte. Schon kurz vor Mittag. Warum nicht? Irgendwo auf der Welt ist es immer schon vier Uhr.

„Aber du wolltest sicher nicht den Melkroboter anschauen, oder?"

„Eigentlich nicht … wobei das auch interessant ist. Mein Problem ist: ich brauche ein neues Auto, und ich dachte an einen Gebrauchten. Georg hat mir gesagt, dass du da recht fit bist."

Josef zündete sich eine Zigarette an. „War ich Walter. Aber das hab ich aufgegeben. Bin im Internet ein paarmal so beschissen worden, dass ich keinen Bock mehr habe. Aber dafür hab ich jemanden gefunden, der auf dem Gebiet echt spitze ist!"

Sag es nicht, dachte Walter.

„Der Typ heißt Rafi. Der besorgt dir jedes Auto. Und auch echt günstig. Ich kann dir ja mal seine Nummer geben."

War klar, dachte Walter und hielt Josef zurück, der auf seinem Handy nach Rafis Nummer suchte.

„An den komme ich schon ran. Ich kenne seinen Cousin", erklärte Walter.

Sie unterhielten sich noch kurz über die neuesten Vorfälle in Taldorf, dann verabschiedete sich Walter und radelte nach Hause. Liesl hatte versprochen zu kochen. Da wollte er pünktlich sein.

„Das war einfach nur lecker", lobte Walter und legte Messer und Gabel auf den leeren Teller.

„Das freut mich", flötete Liesl und begann den Tisch abzuräumen. Sie hatte Walters Lieblingssalat zubereitet. Kopfsalat, mit Essig und Öl angemacht, dazu kleingeschnittene Zwiebeln, ein paar rote Bohnen und oben drauf: warme, mit Knoblauch angebratene Champignons aus der Pfanne.

Liesl verzichtete gern mal auf Fleisch, was Walter am Anfang komisch vorgekommen war, doch mittlerweile genoss auch er die meist sehr bekömmlichen und leichten Gerichte.

„Ist noch Platz für eine Sünde?", fragte Liesl verschwörerisch. „Ich hätte Vanilleeis mit Salzkaramell im Angebot."

Walter lief das Wasser im Mund zusammen. Diese Kombination war das Leckerste, was er je gegessen hatte.

Irgendwo im Garten bellte Balu zweimal.

Walter sah erschreckt auf die Uhr. „Eigentlich habe ich noch eine halbe Stunde", murmelte er nachdenklich, und rief Liesl in der Küche zu, dass er gleich wieder da sei.

„Ich weiß, wir sind zu früh", entschuldigte sich Manni, nachdem Walter ihm geöffnet hatte. „Aber wir waren gerade in der Nähe. Hätte sich nicht gelohnt wegen einer halben Stunde nochmal in die Stadt zu fahren."

Walter schloss die Tür hinter sich und zeigte auf Liesls Haus. „Wir sind gerade drüben beim Essen. Ihr kommt gerade richtig für den Nachtisch."

Manni hatte sofort ein Leuchten in den Augen und rieb sich über die

Uniformjacke, die am Bauch gefährlich spannte. Streifenkollege Hans zog eine lädierte Packung Zigaretten aus seiner Hosentasche. „Ich komme gleich nach."

Liesl begrüßte Manni mit einer Umarmung und kurz darauf auch Streifenkollege Hans. Auf einem Tablett balancierte sie vier Schälchen an den Esstisch.

„Göttlich", schwärmte Manni mit vollem Mund. „Dieses Salzkaramell ist ja der Hammer. Hätte nicht gedacht, dass das so gut zum Vanilleeis passt."

Die Schälchen leerten sich schnell und Liesl wollte sie wegräumen, doch Manni zog seins zurück.

„Moment", grinste er und leckte glücklich die letzten Reste heraus. „Ich weiß: macht man eigentlich nicht, aber ich konnte nicht widerstehen."

Sie gingen nach draußen und setzten sich auf Liesls Terrasse. Streifenkollege Hans lief ein wenig umher und gönnte sich eine weitere Zigarette.

„Worum geht's denn jetzt?", kam Manni auf Walters Nachricht zu sprechen.

„Es geht um das Foto von den drei Jungen am Schmehweiher", erklärte Walter. „Ich glaube, wir haben etwas übersehen. Ich würde es gerne nochmal Xavier zeigen."

Manni runzelte die Stirn. „Aber auf dem Foto war doch nichts drauf außer den drei Jungs."

„Lass dich überraschen", grinste Walter und holte sein Handy heraus.

„Ich probiere nochmal Xavier zu erreichen", erklärte Walter und drückte auf Wahlwiederholung. Bei seinen letzten Versuchen hatte ihm eine unterkühlte Frauenstimme verkündet: „Der gewählte Teilnehmer ist derzeit leider nicht erreichbar", doch nun tutete es knisternd aus dem kleinen Lautsprecher.

„Ja?", meldete sich Xavier. Im Hintergrund war der Motor eines Traktors zu hören, so dass er schreien musste.

„Walter hier!"

„Wer?"

„Wa-lter!!!" Er schrie jetzt ebenfalls gegen den Lärm an.

„Mach mal den Motor aus, Kevin!", hörte man Xavier rufen, und der Lärm erstarb.

„Jetzt kann ich dich verstehen, Walter. Was gibt's denn?"

„Ich würde dir gerne nochmal das Foto zeigen. Hast du ein paar Minuten Zeit?"

„Das alte Foto vom Schmehweiher? Ich hab dir doch schon alles dazu gesagt …", entgegnete Xavier genervt.

„Ja, hast du. Ich glaube nur, wir haben etwas übersehen. Also: hast du Zeit für uns?"

Xavier schwieg ein paar Sekunden, bevor er weitersprach. „Also gut. Ich komme gleich zu dir. Bin eh gerade in der Nähe." Vom Telefon weggewandt rief er: „Kevin! Mach mal ne halbe Stunde allein weiter. Ich muss kurz weg."

Man hörte keine Antwort, doch kurz darauf startete ein Traktor.

„Dann bis gleich", rief Xavier und die Verbindung wurde unterbrochen.

Ein dumpfes Grollen kündigte Xaviers Ankunft an. Als er seinen riesigen Traktor auf dem Parkplatz abstellte, wackelte das ganze Haus. Walter kam ihm vom Garten aus entgegen.

„Komm hier lang. Wir sitzen auf der Terrasse."

Xavier folgte der Aufforderung und setzte sich nach einer knappen Begrüßung auf einen Gartenstuhl im Schatten.

„Ein Bier?", bot Walter an.

„Aber gerne. Wenn's geht kalt. Eiskalt", bestellte Xavier, ohne sich Gedanken darüber zu machen, dass er mit zwei Polizisten am Tisch saß.

Nach einem ersten großen Schluck sah er Walter erwartungsvoll an.

„Was ist denn jetzt mit dem Foto", kam er zur Sache.

Walter öffnete das Bild auf seinem iPhone und hielt es Xavier unter die Nase.

„Was siehst du?", fragte Walter.

Xavier sah konzentriert auf das Bild und streckte es etwas weiter weg. Walter vermutete, dass er ebenfalls eine Brille brauchte.

„Hmmm … das Gleiche wie beim letzten Mal. Das sind Hermann, Karl-Heinz und ich. Dahinter der Schmehweiher. Rundrum Bäume …" Er gab Walter das Handy zurück.

„Was ist mit der vierten Person", fragte Walter.

Xavier sah ihn fragend an, griff nochmal zum Handy und suchte das Bild ab.

„Da sind nur wir drei drauf", stellte er kopfschüttelnd fest. „Sonst niemand. Sag mir, was das soll!"

Walter lächelte und steckte sein Handy weg. „Natürlich siehst du nur drei Personen. Aber es gibt noch eine Person, die da ist, die man aber nicht sieht. Die Person, die das Foto gemacht hat."

Xavier schien zu begreifen, was Walter von ihm wollte, und auch Manni und Streifenkollege Hans reckten neugierig die Köpfe.

„Diese alten Polaroidkameras hatten keinen Selbstauslöser, mit dem man dieses Foto hätte machen können. Irgendwer muss die Kamera in der Hand gehabt haben. Xavier, wer war damals noch mit euch am Schmehweiher und hat auf den Auslöser gedrückt? Versuch dich bitte zu erinnern."

Xavier legte die Stirn in Falten und legte den Kopf in den Nacken, während er überlegte. Er ließ sich Zeit und Walter wollte schon nachhaken, als der Landwirt die Hand hob.

„Der Ficker", rief er erfreut. „Ich bin mir ganz sicher. Das Foto hat der Ficker gemacht."

Manni und Walter sahen sich fragend an. „Der Ficker? Wer um Gottes Willen soll das sein?", wollte Manni wissen.

„Das war einer aus unserer Klasse. Der hat uns sicher ein Jahr lang genervt. Ist uns immer hinterher geschlichen und wollte dazu gehören. Den haben wir ein paarmal schön auflaufen lassen." Xavier verzog belustigt das Gesicht.

„Und sein Name war Ficker?", fragte Walter.

„Fast. Er hieß zum Nachnamen Wicker. Aber seine Eltern waren so dämlich und nannten ihn Ralf. Wenn du das am Stück sagst – RalfWicker – dann klingt es automatisch wie Ficker. Also haben wir ihn alle so genannt."

„Kann ich davon ausgehen, dass er seinen Spitznamen nicht mochte", mischte sich Streifenkollege Hans ein.

Xavier zog die Schultern hoch. „Keine Ahnung! Hat uns auch nicht interessiert. Der war eh nur lästig. Und dann auch oft ein bisschen komisch."

„Inwiefern?", fragte Walter.

„Na ja, so verklemmt. Und verdruckst. Ich weiß noch, als Hermann sein neues Bonanzarad hatte, da haben wir ihn damit mal einen Frosch überfahren lassen. Da hat er sich total angestellt, wegen einem dämlichen Frosch."

Der Frosch. Da war er. Walter hielt die Luft an. Doch bevor er nachhaken konnte, hob Xavier erneut die Hand.

„Und da war noch etwas komisch: als er den Frosch endlich platt gemacht hatte, lief ihm der Rotz vor lauter Heulen aus der Nase, aber weiter unten, da hatte er einen Stän … äh … er hatte ein Erektion. Was haben wir gelacht! Der Kerl ist mit einer Hand am Sack abgehauen."

Streifenkollege Hans, Manni und Walter sahen einander an. Sie hatten die beiden ermordeten auf dem Foto und einen getöteten Frosch. Und sie hatten endlich einen Namen. Ralf Wicker. So, wie Xavier die Geschichte erzählt hatte, war es für die drei Bauernbuben damals nur ein Zeitvertreib, ein harmloser Streich. Sie hatten sich nichts dabei gedacht, doch für Ralf Wicker musste es die Hölle gewesen sein.

„Ich hatte dich doch gefragt, ob ihr manche Schüler auch gemobbt habt", tastete sich Walter weiter vor. „Meinst du nicht, das würde bei diesem Wicker zutreffen?"

„Ach was", widersprach Xavier verärgert. „Das waren doch nur Kinderstreiche. Wir haben den Ficker auch nie angerührt. Und dem hätten ein paar Schläge sicher gut getan."

Die wären ihm wahrscheinlich sogar lieber gewesen, als eure schlechten Streiche, überlegte Walter. Konnte es sein, dass die drei Bauernburschen diesen Jungen so gequält hatten, dass er sich nach fünfundzwanzig Jahren an ihnen rächte? Seine körperliche Reaktion auf die Tierquälerei, die Erektion, sprach doch dafür, dass er unter der Aktion viel mehr gelitten hatte, als die drei bemerkt hatten. Und dann die Todesart: er hatte den Frosch mit dem Fahrrad überrollt. Hermann wurde vom Traktor überrollt. Das konnte kein Zufall sein.

Doch ein Puzzlestein fehlte noch: die Katze. Karl-Heinz war in seiner eigenen Güllegrube ertränkt worden.

„Kannst du dich noch an weitere Treffen mit diesem Wicker erinnern, bei dem irgendein Tier getötet wurde?", fragte Walter.

Xavier hielt Walter seine leere Flasche hin. „Noch ein Bier würde helfen", grinste er und nahm dankend eine volle Flasche entgegen.

„Das ist schon verdammt lang her, Walter. Wir haben oft Schnecken mit der Steinschleuder beschossen. Wenn du triffst, quellen die ganzen Eingeweide raus … meinst du das?"

Walter schüttelte den Kopf. „Ich dachte an … eine Katze. Fällt dir da was ein?"

„Mit einer Katze? Nee, da klingelt nichts." Xavier trank einen großen Schluck aus seiner Flasche und unterdrückte einen Rülpser. „Aber einmal war der Ficker dabei, als Karl-Heinz einen Sack kleine Kätzchen in den Weiher geworfen hat. Sein Vater hatte ihm die mitgegeben. Die wären eh verreckt. Die Mutter war vom Mähwerk zerhackt worden. Die Kleinen hatten keine Chance."

Das ist es, dachte Walter. Die Katze, ertränkt, wie Karl-Heinz. Sie waren endlich auf der richtigen Spur. Walter wurde immer unruhiger. Sie waren kurz davor die Morde aufzuklären. Sie mussten nur noch diesen Wicker finden, und das sollte in der heutigen Zeit ja kein Problem sein.

„Wie hat er denn auf die Kätzchen reagiert?", fragte er.

„Der Ficker? Hat wieder geheult wie ein Schlosshund ... und ja ... jetzt erinnere ich mich, er hatte wieder ne dicke Hose. Der hat schon nicht ganz richtig getickt." Xavier schüttelte angewidert den Kopf.

„Was ist denn aus ihm geworden?", wollte Manni wissen, der aufmerksam zugehört hatte.

„Weiß ich nicht. Der war auf einmal weg." Er kratzte sich am Hinterkopf. „Ich glaube, der ist mit seinen Eltern weggezogen. Ich hab ihn nie wieder gesehen – das wüsste ich."

„Euer alter Sportlehrer – Philip Gerau – könnte der noch etwas über Ralf Wicker wissen?", fragte Walter.

„Der Gerau? Bestimmt! Der hat sich mit den Freaks immer gut verstanden. Der hat einige AGs geleitet ... da haben sich die ganzen Komischen getroffen."

„Was meinst du mit „die Komischen"?", hakte Manni nach.

„Eben solche wie der Ficker. Mit denen keiner was zu tun haben wollte. Die nicht richtig getickt haben ... aber he", Xavier trank sein Bier leer, „ich muss dann mal wieder was tun. Kevin kann nicht alles alleine machen."

Manni runzelte die Stirn. „Ist Kevin nicht dein Personenschützer?"

„Klar", bestätigte Xavier. „Aber was soll der immer nur untätig um mich rumschleichen? Hab ihm den kleinen Traktor erklärt und er macht das gar nicht schlecht."

Xavier verabschiedete sich und donnerte mit seinem Monster-Traktor vom Hof.

Nach diesem Gespräch nahmen auch Manni und Streifenkollege Hans gerne ein Bier.

„Walter, das hast du richtig gut gemacht", lobte Manni. „Die vierte Person auf dem Foto – da wäre ich nie draufgekommen."

„Wir haben endlich einen Namen. Und die Geschichten passen zu den Morden ..." Walter verstummte.

„Was ist?", fragte Manni, der sein Zögern bemerkt hatte.

„Eine Geschichte fehlt uns noch: Xaviers Geschichte. Wenn wirklich dieser Wicker dahinter steckt, hat er vermutlich auch Xavier auf seiner Liste."

„Aber er hat doch jetzt Personenschutz", wandte Streifenkollege Hans ein.

„Ob das ausreicht? Xavier nimmt das mit dem Personenschutz nicht ernst: er hat Kevin voll auf dem Hof eingespannt. Gestern Abend hat er ihn bei der Goschamarie regelrecht abgefüllt. Also ich mache mir Sorgen!"

Manni und Streifenkollege Hans warfen sich einen vielsagenden Blick zu.

„Wir sehen mal, was wir tun können", versprach Manni. „Ich treffe mich nachher noch mit Hubert und erzähle ihm von unserem Gespräch. Das war wirklich eine super Idee, Walter."

Manni und Streifenkollege Hans standen auf und brachten ihre leeren

Flaschen in die Küche.

„Hubert soll sofort nach diesem Ralf Wicker fahnden, und wir kümmern uns um den ehemaligen Sportlehrer. Vielleicht weiß der ja, wo der Junge abgeblieben ist."

Walter gab seinen Freunden noch die Wegbeschreibung zum Haus des ehemaligen Sportlehrers, die er von Georg erhalten hatte, dann verabschiedeten sich die beiden Polizisten mit einem Schulterklopfer und einem Bierrülpser. Müssten die sich jetzt nicht selber blasen lassen, überlegte Walter belustigt, als die beiden davon fuhren.

„Scheint, als kämen Walter und seine Freunde diesmal ohne unsere Hilfe aus", schnurrte Kitty an Balus Seite. Sie hatten, scheinbar uninteressiert, am Rand der Terrasse im Schatten gelegen und alles mitangehört.

„Das wäre schön", raunte Balu nachdenklich. *„Die Polizei muss nur noch diesen Wicker finden und dann war's das. Ich glaube nur, dass wird gar nicht so einfach."*

„Wieso?", fragte Kitty. *„Sie haben die Geschichten und sie haben den Namen. Der Rest ist doch nur noch ein bisschen Recherche."*

Balu schüttelte den Kopf. *„Du vergisst, dass die Morde hier passiert sind. Der Täter wusste ganz genau, wo er Hermann und Karl-Heinz finden konnte. Er kommt von hier!"*

„Und?"

„Na, hast du jemals von einem Ralf Wicker gehört? Entweder, Walter und seine Freunde sind auf einer völlig falschen Fährte, oder …"

„… oder der Täter weiß sich gut zu verstecken und ist mitten unter uns", vervollständigte Kitty.

56

Walter hatte in der letzten Nacht kaum Schlaf gefunden. Endlich hatten sie eine Spur, noch besser: sie hatten einen Namen. Er hatte keinen Zweifel, dass Kripo-Hubert den Mann innerhalb kürzester Zeit finden würde. Immer wieder dachte er an die Geschichten vom Schmehweiher, die Xavier erzählt hatte. Was die Jungs mit den Tieren gemacht hatten, kam ihm aus heutiger Sicht grausam vor, doch er wusste, dass das früher nicht ungewöhnlich war. Er hatte schon viele ähnliche Geschichten gehört.

Ralf Wicker. Der Name kam Walter immer wieder in den Sinn. Sein ganzes Leben hatte er in Taldorf verbracht, und war sich sicher, ihn noch nie gehört zu haben. Er nahm sich vor am Abend seine Freunde am Stammtisch zu fragen, vielleicht kam er ja jemand bekannt vor.

Auch die zweite Runde Schlaf hatte Walter keine Erholung gebracht, doch seine Laune besserte sich, als er die Nachricht von Faxe las: „Heute elf Uhr. Gutachter bei mir … wenn du Zeit hast."

Er war gespannt, was die Versicherung zu zahlen bereit war. Mit schlechtem Gewissen erinnerte er sich daran, dass er sich immer noch nicht um ein neues Fahrzeug gekümmert hatte.

„Scheißndreckn", schimpfte er, während er mit seinem klapprigen NSU Fahrrad nach Alberskirch strampelte. Es schien, als hätte er nur die Wahl zwischen einem Neuwagen und Rafi. Der allgegenwärtige Rafi. Er war geneigt, die Fünfzehntausend für einen Neuwagen aufzubringen, stutzig machte ihn nur, dass alle mit Rafi so zufrieden waren. Die Aussicht ein paar Tausend Euro sparen zu können, war für Walter einfach zu verlockend.

Faxe und der Gutachter standen bereits vor der Werkstatt. Sie beschäftigten sich mit einem anderen Fahrzeug.

„Auch Hagelschaden", fragte Walter und zeigte auf den Wagen.

„Nee", verneinte Faxe, „der gehört unserem Karle aus Alberskirch. Er hat es nicht mehr so mit dem Rückwärtsfahren. Hat mal wieder Kontaktparken gemacht."

„Mit dem bin ich fertig", rief der Gutachter. „Du kannst den anderen herfahren!"

Faxe schüttelte den Kopf, wodurch seine langen Haare aufgeregt hin und her hüpften.

„Der andere fährt gerade nicht. Er steht gleich da drüben." Faxe zeigte zu der Parkbucht, in der die Reste von Walters 205er lagerten.

Walter folgte dem Mann und blickte traurig auf das, was von seinem Auto übrig war.

„Sie sind der Besitzer?", fragte der Gutachter, und Walter nickte stumm.

„Uiuiui … um was geht es hier? Einen Totalschaden?"

„Es geht um den Hagelschaden", rief Faxe aus der Werkstatt heraus.

„Um den Rest kümmere ich mich später."

„Na, dann viel Spaß", murmelte der Gutachter und machte sich an die Arbeit.

Nach nur zehn Minuten war er fertig und zeigte Faxe seinen Bericht.

„Ach komm – da kannst du doch sicher noch was machen?", drängte Faxe. „Der Wagen ist sonst ja top in Schuss … fast schon ein Sammlerstück."

Der Gutachter sah den Mechaniker skeptisch an, tippte dann aber erneut auf seinen Tablett-PC ein.

„Passt dir das besser?" Er hielt Faxe das Display unter die Nase.

„Perfekt. Jetzt hast du dir dein Bier verdient."

Walter folgte Faxe zum Kühlschrank. „Was hast du denn noch

rausgeholt?", fragte er leise.

„Der war erst bei achthundert als Restwert. Er hat es auf zwölfhundert geändert. Mehr bekommst du auf keinen Fall."

Zwölfhundert Euro? Walter war baff. Sein 205er würde nie mehr auch nur einen Meter fahren, und trotzdem zahlte die Versicherung so viel Geld für den Hagelschaden. Wie war das Sprichwort mit dem geschenkten Gaul nochmal, überlegte Walter … er würde Jussuf fragen.

Der Gutachter tackerte ein paar Papiere zusammen und drückte sie Faxe in die Hand.

„Das Ganze hab ich dir auch noch als pdf geschickt", erklärte er für Walter unverständlich.

„Ich bin dann weg. Ach ja: tolle Schuhe", sagte der Gutachter, und fragte sich im selben Moment, warum er das gesagt hatte.

„Danke", erwidert Faxe bescheiden. „War mir wie immer ein Vergnügen!"

„Zwölfhundert?", staunte Liesl als Walter ihr von dem Gutachter erzählte. „Dann kannst du dich jetzt wirklich nach einem neuen Auto umschauen. Wir könnten nochmal ins Autohaus gehen", bot sie an.

„Lass mal", lehnte Walter ab. „Da weiß ich ja, was mich erwartet. Das läuft mir nicht weg. Ich wollte noch was anderes probieren." Er erwähnte nicht, dass er sich für einen Besuch bei Jussufs Cousin entschieden hatte. Wenn sogar Kripo-Hubert bei ihm einen Wagen gekauft hatte und zufrieden war, sollte das bei seinen geringen Ansprüchen doch auf jeden Fall funktionieren. Er würde Jussuf bitten, einen Termin zu vereinbaren.

„Danke fürs Essen übrigens", sagte Liesl ironisch.

Walter hatte noch von Alberskirch aus angerufen, und verkündet, er bringe das Mittagessen mit. Auf dem Heimweg hatte er sich in

Bavendorf im Frischeländle zwei rekordverdächtige Leberkäswecken einpacken lassen. Der kleine Umweg hatte sich gelohnt, fand Walter. Liesl, die Leberkäse nur mit viel Senf herunterbekam, biss in ihr Brötchen, und der Senf lief ihr über die Finger. Fluchend leckte sie sie ab. „Erinnere mich daran, nie wieder etwas ohne Besteck zu essen", schimpfte sie, doch Walter grinste nur.

Auch während des Essens schielte er immer wieder auf sein Handy, doch das Display blieb dunkel. Er rechnete ständig mit der Nachricht, dass sie Ralf Wicker gefunden hatten. Auch von Manni und Streifenkollege Hans erwartete er eine Nachricht über ihr Treffen mit dem ehemaligen Sportlehrer. Er knüllte die leere Leberkästüte zusammen und warf sie in den Müll. Noch immer keine Nachricht. Vielleicht war er einfach zu ungeduldig.

57

Trotz Georgs Wegbeschreibung hatten sich Manni und Streifenkollege Hans mehrfach verfahren. Das Navigationssystem ihres Dienstwagens behauptete stur, sie befänden sich auf einer Wiese. Nach einer scharfen Rechtskurve, um eine Gruppe alter Eichen herum, endete der Feldweg abrupt vor einem hübschen kleinen Haus. Es sah alt aus, war aber liebevoll restauriert worden. Der hintere Teil des Gebäudes schmiegte sich an den angrenzenden Wald an. Ein Hexenhaus , dachte Manni, und sah instinktiv auf den Boden, als hoffte er, Hänsels Brotkrumen zu entdecken. Er kannte diese Art von Häusern: sie waren früher als Alterswohnsitz gebaut worden. Nicht zu groß, damit sie leicht zu pflegen und zu heizen waren, aber doch mit allem ausgestattet. Dazu genug Grund für einen großen Garten, um sich selbst mit dem Nötigsten versorgen zu können. Hier waren Kartoffeln, Zwiebeln und Salat jedoch längst einem dekorativen Rosengarten gewichen.

Solche Häuschen waren sehr begehrt, wusste Manni, und heute kaum mehr zu bezahlen.

Der gekieste Weg führte zu einer dunklen Eingangstür, die so alt war, wie das Gebäude selbst. Auf der Suche nach einer Klingel entdeckte Manni einen Ring, der an einer Kette hing, die durch eine kleine Öffnung in der Wand verschwand. Er zog den Ring kräftig nach unten. Der Klang der eisernen Glocke kam ihm unpassend laut vor. Sie hörten Schritte hinter der Tür und ein Schlüssel drehte sich im Schloss.

Ein grauhaariger Mann öffnete blinzelnd die Tür.

„Ja bitte?"

„Herr Gerau?", fragte Manni bestimmt. Der Mann nickte.

„Wir sind von der Polizei und würden Ihnen gerne ein paar Fragen über einen Ihrer Schüler stellen."

Der alte Mann musterte Manni und Streifenkollege Hans misstrauisch. Erst als Manni ihm seinen Ausweis zeigte, schien er beruhigt.

Statt sie hineinzubitten, zeigte der alte Lehrer mit einer Hand in den Garten, wo ein paar Stühle und eine verschlissene Hollywoodschaukel um einen kleinen Tisch herum angeordnet waren.

„Um wen geht es denn?", fragte er, nachdem sie sich gesetzt hatten.

„Wir suchen einen Schüler, der ungefähr vor fünfundzwanzig Jahren bei Ihnen war. Ralf Wicker. Sagt Ihnen der Name etwas."

Lehrer Gerau machte ein nachdenkliches Gesicht und rieb sein Kinn zwischen Daumen und Zeigefinger. „Wicker, Ralf Wicker. Irgendwas klingelt da."

Abwesend spielte er mit dem Ende seines eleganten Seidenschals, während Manni und Streifenkollege Hans geduldig auf eine Antwort warteten.

„Ist nicht so leicht, wissen Sie", begann er zu erzählen. „Im Laufe meiner Dienstjahre, habe ich hunderte von jungen Menschen kennengelernt. Aber ja, der Name sagt mir tatsächlich etwas, obwohl er nicht lange an unserer Schule war."

„Er ist von der Schule geflogen?", hakte Streifenkollege Hans nach.

„Nein, nein. Wenn ich mich recht erinnere, ist er weggezogen. Seine Eltern arbeiteten beide in einer Firma, die dicht gemacht hat. Sie haben woanders neue Arbeit gefunden. Ist für so einen jungen Kerl natürlich nicht einfach. Ich weiß noch, wie traurig er damals war, als er weg musste."

Manni räusperte sich. „Haben sie den Jungen danach nochmal gesehen, oder etwas von ihm gehört?"

„Nein. Nichts." Lehrer Gerau hob entschuldigend die Arme. „Mein Job ging ja auch weiter und ich hatte immer noch genügend Kinder, um die ich mich kümmern musste."

„Man sagte uns aber, sie hätten einen besonders guten Draht zu ihren Schülern gehabt", wandte Streifenkollege Hans ein. „Auch gerade zu den … etwas schwierigeren."

„Ja, das stimmt schon", beeilte sich der alte Lehrer zu sagen, „aber der Wicker war ja in keiner Weise schwierig. Er tat sich ein bisschen schwer mit anderen Kindern, war eher ein Einzelgänger, aber der Junge selber war ein toller Kerl."

Schon wieder alles tolle Kerle, dachte Manni. Das hatte Herr Soyer auch über die beiden Mordopfer gesagt, hatte das dann aber doch korrigiert. Die Zeit beschönigt die Realität.

„Hatte er denn mit irgendwelchen Mitschülern Ärger?", fragte Manni.

„Das weiß ich beim besten Willen nicht mehr." Er lächelte entschuldigend. „Ich bin jetzt über siebzig. Über die Jahre geht leider einiges verloren."

„Sagen Ihnen die Namen Hermann, Karl-Heinz und Xavier etwas? Alle drei aus Taldorf", versuchte Manni die Erinnerungen des Lehrers aufzufrischen.

„Aber ja", antwortete er sofort. „Das war ein heißes Trio. Bauernbuben, wie man sie sich vorstellt. Die haben uns Lehrer damals ganz schön auf Trab gehalten." Er lächelte. „Solche Jungs gibt es heute gar nicht mehr. Richtige Naturburschen. Wenn es im Sommer heiß wurde, haben sie die Schule geschwänzt und sind baden gegangen, und wenn irgendwo ein Fest war, brauchte man auch nicht mit ihnen rechnen. Natürlich gab es auch damals schon die Schulpflicht, aber die Eltern haben sie immer in Schutz genommen … „der Junge musste auf dem Hof helfen" und ähnliche Ausreden."

Die gute alte Zeit, dachte Manni. Er selbst war ähnlich aufgewachsen und dachte gerne an seine Jugend zurück.

„Hatte Ralf Wicker mit diesem Trio Kontakt?", hakte Manni nach.

Lehrer Gerau überlegte kurz, schüttelte dann aber entschieden den Kopf. „Das waren zwei verschiedene Welten. Der Wicker war ein typischer Arbeiterjunge, Hermann, Karl-Heinz und Xavier wilde Bauernbuben. Haben die sich gekannt? Ganz bestimmt. Sie sind sich ja in der Schule täglich über den Weg gelaufen, aber ich kann mir nicht vorstellen, dass die irgendwas zusammen unternommen haben. Ich habe zumindest nichts mitbekommen."

Streifenkollege Hans rutschte unruhig auf seinem Stuhl hin und her. Vermutlich verlangte seine Lunge ein neues Rauchopfer.

„Wissen sie noch, wo die Familie Wicker gewohnt hat?", fragte er.

„Ungefähr, ja. Die hatten eine Wohnung in der Gebhard-Fugel-Straße hier in Oberzell. In einem von den Häusern neben der Bäckerei. Die Hausnummer weiß ich nicht."

Streifenkollege Hans deutete ein Nicken an und wollte sich erheben, doch Manni bedeutete ihm mit einer Geste, noch zu warten.

„Herr Gerau, eine letzte Frage noch: können Sie sich vielleicht noch an irgendeine Besonderheit erinnern? Irgendetwas, das mit Ralf Wicker zu tun hat?"

Der alte Mann ließ sich mit seiner Antwort erneut Zeit, schüttelte dann aber den Kopf.

„Er war ein ganz normaler Junge. Einer von vielen. Er war ziemlich clever – war mein bester Schüler in der Schach-AG – aber sonst … ich hoffe, er hat sein Talent genutzt und richtig Karriere gemacht."

Manni und Streifenkollege Hans sahen sich an und verständigten sich stumm.

„Das war's dann auch, Herr Gerau. Vielen Dank für Ihre Zeit", verabschiedete sich Manni.

Lehrer Gerau begleitete sie noch bis zum Auto und warf Streifenkollege Hans, der sich eine Zigarette anzündete, einen mürrischen Blick zu, und ging zum Haus zurück.

Streifenkollege Hans lehnte am Heck ihres Wagens und inhalierte tief.

„War jetzt nicht so ergiebig, oder?"

„Nicht wirklich", stimmte Manni gleichgültig zu. „Aber immerhin wissen wir, wo er gewohnt hat. Über das Einwohnermeldeamt sollten wir an die Eltern rankommen, und dann hoffentlich auch an den Jungen."

Manni überlegte, ob es richtig war, Ralf Wicker immer noch als Jungen zu bezeichnen, schließlich musste er heute auch um die vierzig Jahre alt sein. Doch durch die Erzählungen von Lehrer Gerau und den anderen, hatte er stets das Gesicht eines Teenagers vor sich.

„Es ist komisch: ich habe das Gefühl, der Lehrer hat uns nicht alles erzählt."

„Wie kommst du darauf?", fragte Streifenkollege Hans.

„Weil seine Version eine ganz andere war, als die von Xavier. Entweder sprechen die über zwei verschiedene Personen, oder einer belügt uns."

„Vielleicht hat der Lehrer es einfach nur vergessen? Ist ja nicht mehr der Jüngste …"

„Pfff", schnaubte Manni, „ich hatte nicht den Eindruck, dass er in seiner Erinnerung Lücken hatte, es hörte sich eher so an, als würde er sehr genau überlegen, was er sagte. Und noch was ist mir aufgefallen …"

Streifenkollege Hans hob interessiert die Augenbrauen.

„Er hat uns nicht ins Haus gebeten, sondern gleich in den Garten mitgenommen."

„Vielleicht hatte er nicht aufgeräumt?"

„Schau dir den Rasen an", sagte Manni und zeigte auf die makellose grüne Fläche. „Der schneidet das Gras mit der Nagelschere. Die Rosen sehen besser aus, als die im Garten von Schloss Neuschwanstein. Das ist ein Pedant. Sicher sieht es drinnen genauso geschleckt aus. Dem war seine Wohnung nicht peinlich – der wollte uns nur einfach nicht reinlassen."

Streifenkolleg Hans schnippte seine Zigarette ins Gras. „Sollen wir ihn deshalb verhaften?"

„Natürlich nicht", lenkte Manni ein. „Aber merken wir uns einfach: es war komisch."

Sie stiegen ein und fuhren auf dem gleichen holprigen Weg zurück, auf dem sie gekommen waren.

„Wenn möglich, bitte wenden", assistierte das Navi.

Die beiden Männer standen am Fenster und beobachteten, wie sich die Polizisten unterhielten. Eine bodenlange Gardine verhinderte, dass man sie von außen sehen konnte.

„Was wollten die?", fragte der Jüngere.

„Dich wollten sie. Haben mich über dich ausgefragt. Ich fürchte, du hast einen Fehler gemacht."

Der Jüngere hatte geahnt – sogar gewollt - dass die Polizei irgendwann auf ihn kommt, deshalb hatte er ja die Tierfiguren hinterlassen. Dass es so schnell ging, hatte er nicht erwartet. Er musste sich beeilen, wenn er sein Werk vollenden, und noch rechtzeitig davonkommen wollte. Die Flucht hatte er schon lange vorbereitet. In wenigen Stunden wäre er auf und davon, unerreichbar für die deutsche Justiz. Doch er war noch nicht fertig.

„Ich habe keinen Fehler gemacht", stellte er klar. „Es läuft alles wie geplant."

„Okay", sagte der Ältere gleichgültig. „Und wie willst du an Xavier rankommen? Er hat jetzt Personenschutz."

„Dieser Milchbubi?" Der Jüngere rümpfte die Nase. „Ich werde meine Chance bekommen. Und ich werde sie nutzen."

58

Die Bürotür seines Chefs war nur angelehnt, doch Kripo-Hubert klopfte trotzdem an.

„Komm rein, Hubert", bat er hustend, und drückte seine Zigarette im Aschenbecher aus.

„Bitte sag mir, dass ihr mit dem Fall endlich weiter kommt."

„Wir kommen voran, Dirk", bestätigte Kripo-Hubert. „Wir haben endlich einen Namen."

Sein Chef zog eine Augenbraue hoch. „Ich hoffe, dieser Name ist nicht Andreas König?"

„Nein. Es sieht so aus, als hätte der King nichts damit zu tun."

„Das freut mich. Hätte mir gerade noch gefehlt, dass ich mich mit dem halben Geldadel von Ravensburg und dem Rathaus rumschlagen muss. Also: wer ist es? Habt ihr ihn schon?"

Kripo-Hubert setzte sich auf den Stuhl vor dem Schreibtisch. Er war absichtlich etwas niedriger eingestellt als der Stuhl seines Chefs, um die Machtverhältnisse im Raum klarzustellen. Kripo-Hubert war das egal.

„Der Mann heißt Ralf Wicker …", begann er, wurde aber von seinem Chef unterbrochen.

„Der heißt wirklich Ficker?"

„Nein. Das klingt nur so, wenn man Vor- und Nachname am Stück spricht. Er heißt Wicker, Ralf Wicker."

„Weiter!"

„Wir vermuten, dass er auf einem Rachefeldzug ist. In seiner Jugend haben ihm die Mordopfer übel mitgespielt. Jetzt zahlt er es ihnen heim. Wir haben aber aktuell zwei Probleme …" Hubert hustete in sein Faust, da der Zigarettenrauch im Hals kratzte.

„Zwei Probleme:", fuhr er fort. „Erstens hat dieser Wicker wahrscheinlich noch einen Landwirt auf seiner Liste, und zweitens können wir ihn nicht finden."

Sein Chef runzelte die Stirn. „Wie nicht finden? Heute kann man jeden finden. Gerade mit so einem auffälligen Namen … da spuckt der Computer für ganz Deutschland doch keine fünfzig Ergebnisse aus."

„Elf. Es gibt elf Ralf Wickers in Deutschland, aber keiner davon ist unser Mann. Das habe ich überprüft. Bis auf zwei sind alle im falschen Alter, und diese Beiden wohnen mehrere hundert Kilometer weit weg, und waren in den letzten Wochen weder verreist noch plötzlich verschwunden."

„Und wie geht es weiter?", wollte sein Chef wissen.

„Ich habe von Manni gerade die Adresse bekommen, wo die Wickers früher gewohnt haben. Ich versuche über das Einwohnermeldeamt wenigstens an seine Eltern ran zu kommen."

„Was ist mit dem möglichen weiteren Opfer?"

„Ich habe ihm Personenschutz zugeteilt."

„Bei unserer Personallage? Wen hast du geschickt - die Putzfrau?"

„Nein, die Bärbel hat ein schlimmes Knie … egal … ich habe Kevin geschickt."

Kripo-Huberts Chef rümpfte die Nase. „Den Frischling? Ist der für so was überhaupt ausgebildet?"

„Ist er", nickte Kripo-Hubert, „und er ist der Einzige, den wir übrig hatten."

„Bitte kein weiterer Mord in Taldorf. Hast du die Zeitungen gesehen? Sie fangen an nachzufragen, ob die Morde zusammenhängen. Was soll ich denen denn sagen, wenn jetzt noch ein Bauer abgeschlachtet wird?"

„Dirk, du weißt, ich gebe mein Bestes. Wenn du noch ein oder zwei Mann zu Kevins Unterstützung abstellen könntest, wäre mir echt wohler."

Kripo-Huberts Chef öffnete das Fenster und zündete sich eine neue Zigarette an.

„Du kennst die Lage: ich habe niemanden übrig. Nächste Woche wird es besser, wenn die anderen aus dem Urlaub zurückkommen, aber vorher geht nichts. Ich dachte, ich könnte dir vielleicht jemanden von der Drogenfahndung zuteilen, aber die haben gerade selber alle Hände voll zu tun. Die haben am Bahnhof gestern zwei Jugendliche mit extrem starken Joints erwischt, und keiner weiß, wo das Zeug auf einmal her kommt."

„Wie testen die das eigentlich?", fragte Kripo-Hubert interessiert.

„Rauchen die die Joints selber oder übernimmst du das für sie?"

Sein Chef zeigte mit dem Finger auf ihn, grinste aber. „Nicht frech werden, Hubert!"

Kripo-Hubert stand stramm und salutierte übertrieben. „Jawohl, Chef!"

„Wegtreten", befahl er lachend. „Du kommst erst wieder, wenn dieser Fall aufgeklärt ist!"

59

Balu und Kitty hatten eine Runde durchs Dorf gedreht, diesmal ohne eine Leiche zu finden. Nach einem Abstecher zum Wassernapf lümmelten sie faul im Rasen.

„Wo steckt eigentlich Eglon?", fragte Balu und blickte zu Liesls Haus.

„Leidet er immer noch unter Verfolgungswahn?"

„Scheint so. Er traut sich kaum mehr vor die Tür." Kitty setzte sich auf und versuchte ihre Schwanzspitze zu putzen, die immer wieder unkontrolliert wegzuckte.

„Hast du denn ehrlich nichts bemerkt?"

„Da ist nichts", antwortete Balu und tappte mit seiner Vorderpfote auf Kittys Schwanz, damit er still hielt.

„Danke", schnurrte die Tigerkatze und fuhr mit der Zunge durch ihr Fell.

„Ich glaube ja, er hat noch ein Trauma aufzuarbeiten, weil er den alten Pfarrer vermisst", mutmaßte Balu.

„Wer bist du? Dr. Freud auf vier Beinen?", lästerte Kitty.

„Was soll es denn sonst sein", rechtfertigte sich der Wolfsspitz. *„Huhu – gruselig … ich werde beobachtet und weiß nicht von wem … was für ein Quatsch."*

„Macht euch ruhig lustig über mich." Eglon drückte sich zwischen den Josatbüschen hindurch und setzte sich neben Balu.

„Irgendwann bekomme ich heraus, wer mir nachstellt und dann gnade ihm Gott!"

Eglon hatte seine Ohren angelegt und seine Augen zu Schlitzen verengt.

„Ich war's nicht", rief Seppi aus seinem Grill heraus, zeigte sich aber nicht.

„Natürlich nicht", maunzte Eglon zurück. *„Dich hätte ich erwischt."*

Walter und Liesl sammelten unter Walters Hochstämmen die letzten abgeschlagenen Äste und Äpfel ein, die bei der ersten Aufräumaktion liegengeblieben waren. Walter wusste, dass seine alten Bäume zäh waren – sie würden im Frühjahr neu austreiben – für Liesls Setzlinge hatte er nicht so viel Hoffnung.

„Juhuuuuu!", tönte es von der Straße her.

Walter fuhr herum und entdeckte Eugen, der im grellen Neonoutfit auf der Durchgangsstraße joggte. Er wedelte wild mit den Armen und stand kurz darauf hechelnd am Zaun.

„Hallo … ihr … zwei", keuchte er angestrengt. „Immer noch … am Aufräumen?"

Walter nickte nur, doch Liesl kam freudestrahlend herbeigeeilt.

„Eugen – schon wieder voll im Training?", fragte sie verwundert.

Der ehemalige Gymnasiallehrer nickte. „Ich liege mit dem Training noch zurück … wenn ich jetzt nicht Gas gebe … brauche ich bei dem Halbmarathon gar nicht antreten."

Liesl zeigte besorgt auf seinen Fuß. „Aber ist das nicht noch zu früh für Ihre Achillessehne?"

Eugen winkte ab. „Alles bestens! Die ist, dank der Spritze vom Doc, wie neu."

Er winkelte im Stehen ein Bein an und zog den Fuß am Turnschuh nach hinten, um den Oberschenkel zu dehnen.

„Muss mich nur immer gut warm machen und dann …", er keuchte kurz auf, als er mehr Zug auf den Oberschenkel gab, „… und dann sorgfältig dehnen."

„Aha", sagte Liesl.

„Aha", stimmte Walter zu.

Eugen wechselte die Position. Er nahm eine weite Schrittstellung ein und beugte seinen Oberkörper auf das nach vorne ausgestreckte Bein hinab. Walter erinnerte sich an den Anblick von Eugens knochigem

Hintern und was da noch so durchschimmerte. Er wandte sich abrupt ab und drehte Liesl an den Schultern in eine andere Richtung, um ihr den Schock zu ersparen.

„Was …", setzte Liesl verwirrt an, doch weiter kam sie nicht.

SCHRACKS.

Es klang, als hätte jemand ein Bündel getrockneter Weidenruten zerbrochen.

Walter wirbelte herum und sah Eugen, der mit weit aufgerissenen Augen zu Boden ging. Ungläubig hielt er seinen rechten Fuß umklammert und japste nach Luft.

„Das darf nicht sein!", schrie er. „Bitte nicht!"

Liesl beugte sich besorgt zu ihm hinunter, unschlüssig was sie tun sollte.

„Was ist passiert, Eugen? Wo tut es weh?"

Er nickte in die Richtung seines Fußes, den er immer noch fest umklammerte.

„Es ist die Achillessehne. Die ist ab. Bitte ruft einen Notarzt."

Eugen begann zu wimmern, was Walter eigentlich gefiel, trotzdem zückte er sein Handy und wählte die Notrufnummer. Er erklärte, was passiert war und lauschte den Anweisungen.

„Kann ich denn irgendwas für Sie tun?", fragte Liesl mitfühlend, doch Eugen schüttelte den Kopf.

„Wenn die Sehne ab ist, hilft nur noch eine schnelle OP. Muss aber schnell gehen, bevor sich der Wadenmuskel zusammenzieht. Walter – wann kommt der Notarzt?"

Walter hatte das Gespräch beendet und steckte das Handy ein.

„Sie sind in zehn Minuten hier", versprach er. „Wir sollten Sie vors Haus schaffen, damit die Sanitäter Sie gleich einladen können. Können Sie laufen?"

Eugen verdrehte die Augen. „Machen Sie Witze? Meine Achillessehne ist ab!"

„Wie sieht's mit Hopsen aus?", probierte es Walter. „Der linke Fuß
funktioniert doch noch …"

Nur ein tödlicher Blick.

Walter suchte fieberhaft nach einer Lösung. Ein Trage oder Bahre
wäre gut – hatte er aber nicht. Für gewöhnlich transportierte er
schwere Dinge mit der Sackkarre – nicht das Richtige. Die Schubkarre!
Walter freute sich über seine gute Idee und rannte zum Schuppen, wo
die Schubkarre geparkt war. Er holperte mit ihr über die Wiese, wobei
eine kleine Pfütze in der Karre, die noch vom Unwetter übrig war, hin
und her spritzte.

„Hilf mir Liesl", bat Walter, und griff Eugen unter die Achsel. „Nimm
du die andere Seite. Wir müssen ihn da rein kriegen."

Liesl nickte und hakte sich bei Eugen ein.

Als sie ihn hochzogen, schrie er vor Schmerz. „Aah! Seid ihr
wahnsinnig. Das tut so weh!"

„Ist gleich vorbei", tröstete Walter und vergewisserte sich, das Eugen,
mit Liesls Hilfe, stehenblieb. Er packte die Schubkarre und visierte
Eugen von hinten an. Er nahm etwas Schwung und rammte ihm das
Blech der Karre von hinten in die Kniekehle des linken Beines, auf
dem er stand.

Eugen schrie auf, fiel aber, wie von Walter berechnet, in die Wanne
der Schubkarre.

„Sind Sie verrückt?", winselte er, und auch Liesl blickte ihn
vorwurfsvoll an.

„Ging nicht anders", antwortete Walter kurz und hob die Schubkarre
an. Er versuchte, so wenig Unebenheiten zu erwischen wie möglich,
aber ganz ohne ging es nicht. Eugen, der wie ein gestrandeter
Oktopus in der Wanne lag, schrie jedes Mal auf. Mit Schreien
beschäftigt, entging ihm, dass er in einer Pfütze saß, die seine dünne

Joggingkleidung durchnässte.

Am Übergang vom Rasen auf den gepflasterten Parkplatz holte Walter wie gewohnt Schwung, um nicht an dem kleinen Randstein hängen zu bleiben. Durch den Katapulteffekt wurde Eugen einige Zentimeter in die Luft geschleudert und knallte bei der Landung unsanft auf den Wannenrand.

„Au! Verdammte Scheiße", schrie er und rieb mit einer Hand über die schmerzende Stelle am Kopf, während die andere immer noch seinen Fuß umklammerte.

Sieht ziemlich verkorkst aus, dachte Walter, schob seinen Patienten aber weiter, bis vor die Garage. Liesl war in ihr Haus gerannt und eilte nun mit einer Wolldecke zurück.

„Verdammt, ich will hier doch nicht schlafen!", heulte er verzweifelt.

„Und es friert mich auch nicht! Wir haben fast dreißig Grad."

Liesl zuckte mit den Schultern, und stellte sich, mit der Decke auf dem Arm, an die Hauswand, wo sich jetzt auch die Tiere eingefunden hatten. Balu, Eglon und Kitty – der Größe nach sortiert in einer Reihe. Keiner wollte das Schauspiel verpassen.

Das Martinshorn kündigte den Notarzt an und kurz darauf hielt der Krankenwagen mit Blaulicht vor Walters Haus.

Zwei junge Männer sprangen aus dem Wagen und gingen sofort zu Eugen. Sie schoben Walter beiseite und begannen mit ihrer Untersuchung.

„Wie heißen Sie?", fragte einer der beiden routiniert. „Wissen Sie, wo Sie sind?" Dabei leuchtete er Eugen mit einer Stabtaschenlampe in die Augen, um die Pupillenreflexe zu testen.

„Ich heiße … aaaaah!" Eugen schrie erneut auf, da der zweite Sanitäter, beim Versuch die Schubkarre zu umrunden, an sein Bein gestoßen war.

„Er heißt Eugen Heesterkamp", half Walter. „Wohnt vorne im Dorf!"

Der Sanitäter nickte dankbar.

„Haben Sie Kopfschmerzen? Tut Ihnen sonst etwas weh?"

„Es ist … ahhh … mein Fuß … und mein Kopf … ich muss doch in Lindau dabei sein!", brabbelte Eugen gequält.

Die beiden Sanitäter warfen sich einen vielsagenden Blick zu und ließen eine Bahre aus ihrem Fahrzeug gleiten.

„Ist er öfter so … verwirrt?", fragte einer der Männer an Walter gewandt.

Walter zuckte mit den Schultern. „Manchmal. Dann rennt er in diesen komischen Klamotten durch die Gegend."

Der Sanitäter warf noch einmal einen Blick auf Eugen und schüttelte mitleidig den Kopf.

„Menschen in diesem Alter sind manchmal so unvernünftig."

„Ich bin nicht alt!", krähte Eugen aus seiner Schubkarre heraus.

„Er hat sich eingenässt!", rief der zweite Sanitäter mit Blick auf die Pfütze in der Blechwanne.

„Ich hab nicht gepinkelt", wetterte Eugen lautstark. „Da war Regenwasser in dieser beschissenen Schubkarre."

Wieder nickten sich die beiden Sanitäter vielsagend zu und breiteten eine wasserdichte Folie auf der Bahre aus. Dann wurde Eugen umgebettet. Unter wüstesten Beschimpfungen hoben sie den ehemaligen Gymnasiallehrer auf die Bahre. Sie schnallten ihn an und schoben ihn in den Krankenwagen.

„Hier Wagen 10-12. Wir kommen gleich mit einem älteren Patienten rein", informierte einer der Sanitäter die Leitstelle. „Macht einen verwirrten Eindruck, Schmerzen im Bein, Verdacht auf Schädelprellung, eingenässt."

„Ich bin nicht verwirrt … und das ist Regenwasser", heulte der festgeschnallte Eugen auf seiner Bahre.

„Wagen 10-12, habe verstanden. Wir bereiten alles vor", tönte die

Antwort blechern aus dem Armaturenbrett.

Der Sanitäter kam auf Walter zu und reichte ihm die Hand. „Das haben Sie sehr gut gemacht", lobte er. „Toll, dass Sie so auf Ihre älteren Mitmenschen achtgeben."

„Ich bin nicht alt!" Eugens Stimme war nun nur noch ein Wimmern.

„Walter – schauen Sie bitte nach Sissi-Anna-Katherina solange ich weg bin", war das letzte was Eugen rief, bevor die Türen geschlossen wurden.

Der Krankenwagen rollte vom Hof und schaltete kurz darauf sein Martinshorn an.

„Was für eine Aufregung", seufzte Liesl erschöpft und kuschelte sich an die Decke, die sie immer noch auf dem Arm hatte.

„Aber jetzt ist er in guten Händen", sagte Walter zufrieden und fuhr seine Schubkarre zurück in den Garten. In Gedanken war er schon auf dem Weg zur Goschamarie. Das hatte er sich heute wirklich verdient.

Walter ärgerte sich, dass er es versäumt hatte, ein Foto von Eugen in der Schubkarre zu machen. Er hätte daran sicher noch jahrelang Freude gehabt. Zu spät. Er war kurz nach Eugens Abtransport zu dessen Haus gelaufen, um nach der Schildkröte zu sehen. Sissi-Anna-Katharina hatte friedlich in ihrem Gehege gesessen und ein Bananenstück hochgewürgt. Kurz überlegte Walter die Schildkröte samt Zaun und Häuschen mitzunehmen, wusste aber nicht, wie er alles zu Fuß transportieren sollte. Da fiel ihm der Hasenstall mit Freilauf ein, der seit Jahren in seinem Schopf lagerte. Genau richtig für eine Schildkröte, hatte Walter gedacht, und sich die strampelnde Sissi-Anna-Katharina unter den Arm geklemmt.

Der Hasenstall war in erstaunlich gutem Zustand gewesen, sodass Walter das Reptil einfach darin absetzte, und zwei Schälchen mit Wasser und Obst hineinstellte. Er hatte keine Banane mehr gehabt, Apfelschnitze und Weintrauben mussten genügen.

Zufrieden hatte er sein Werk betrachtet und war ins Haus gegangen, um sich umzuziehen.

Auf dem Weg zur Wirtschaft schritt er fröhlich voran, Balu immer an seiner Seite. Die Sonne stand schon tief und es kühlte merklich ab, war mit knapp über zwanzig Grad aber noch sehr angenehm. Die ersten Fledermäuse tanzten auf der Jagd nach Motten um eine Straßenlaterne und das Abendkonzert der Grillen zirpte von der angrenzenden Wiese herüber. Herrlich, dachte Walter, und lief bewusst langsamer. Er bewunderte einen Garten, der keinerlei Spuren von Orkan Dagmar aufwies. Bei genauer Betrachtung, stellte Walter fest, dass alle Pflanzen frisch gesetzt waren. Ein teurer Spaß.

Vor der Goschamarie parkte wieder Elmars Fliesenlegerbus. Das neue Logo war verschwunden, genauso wie der riesenhafte Stinkefinger. Kitty, die auf ihrem Heuballen gewartete hatte, gesellte sich zu Balu und Walter und gemeinsam betraten sie die Gaststube.

Mit bester Laune setzte Walter sich zu seinen Freunden am Stammtisch, während Balu und Kitty ihre Stammplätze unter der Eckbank einnahmen.

Max sorgte mit seiner Zigarre für Sichtweiten unter fünf Metern, unterstützt von Elmar, der mit seinen Zigaretten nur einen kleinen Beitrag leistete. Walter wunderte sich, dass die Fenster geschlossen waren, doch es machte ihm nichts aus. Auch Peter und Theo saßen ungewöhnlich friedlich dabei.

Ungefähr die Hälfte der Tische war belegt, auf den anderen standen Reserviert-Schildchen. An einem Ecktisch entdeckte Walter den King. Die Runde um ihn war durch die beiden Morde auf einen Einzeltisch geschrumpft. Der King, Riedesser von der Bank, Xavier und der Orts-Vincenz. Walter fragte sich, wer nun die Interessen von Karl-Heinz und Hermann vertrat. Fast hätte er Personenschützer Kevin übersehen, der hinter Xavier müde auf einem Stuhl lümmelte. Er wirkte abgekämpft und seine Augenlider kämpften zitternd gegen die Schwerkraft. Vor ihm auf dem Tisch stand ein Sprudelglas, das Marie gerade mit Obstler auffüllte.

Am Tisch daneben versuchte s'Dieterle wieder einen kleinen Turm zu bauen, diesmal mit Kronkorken.

„Griaß di Walter", begrüßte ihn Marie strahlend und brachte zwei geöffnete Flaschen Bier. „Wie sieht's mitm Hunger aus?"

„Ich nehme das vegetarische Vesper", grinste er, und bekam dafür von Marie einen Klaps in den Nacken.

„It frech werra, Birschle", murmelte sie im Weggehen.

„Du siehst eindeutig wieder besser aus, Elmar", lobte Walter seinen Freund. Die dunklen Augenringe waren verschwunden und er sah einigermaßen nüchtern aus. „Hast du dich mit Anne versöhnt?"

Elmar kippte seine Hand hin und her. „Halb-halb, würde ich sagen. Irgendwann ist Anne endlich ans Telefon gegangen und wir haben uns am Abend getroffen. Sie hat drei Stunden nur gequatscht … das können auch nur Frauen."

Walter wusste was sein Freund meinte. „Also seid ihr wieder zusammen?"

Elmar hob die Arme. „Wir waren ja nie wirklich auseinander. Das war jetzt halt mal ein kleiner Streit. Ich hab mich für alles entschuldigt und Anne gibt mit noch eine Chance." Elmar beugte sich näher zu Walter. „Aber mit ein paar Auflagen", flüsterte er, „ich hab jetzt fast Hausarrest."

Er machte ein unglückliches Gesicht und zündete eine Lord an.

Die hat dich ganz schön im Griff, dachte Walter, und konnte sich ein Lächeln nicht verkneifen.

„Eine kleine Strafe hast du auch verdient, oder meinst du nicht?"

„Irgendwie schon", gab Elmar zu. „Ich hoffe nur, sie zieht das nicht ewig durch."

„Hetsch halt it so ein Scheiß gmacht, hetsch au koin Ärger", mischte sich Marie ein, die Walters Vesper brachte. Obwohl er die vegetarische Variante bestellt hatte, lag trotzig ein riesiges Stück Rauchfleisch auf seinem Teller.

„Und deinen Bus hast du neu lackieren lassen?", fragte Walter mit vollem Mund und ließ heimlich zwei kleine Stücke Rauchfleisch unter den Tisch fallen.

„Nee – musste ich gar nicht. Das neue Logo war nur mit Folie aufgeklebt, die hab ich einfach runtergemacht. Weiß eh nicht, ob das eine so gute Idee war."

„Küss mich, halt mich, lieb mich …", trällerte Elmars Klingelton und er nahm hastig das Gespräch entgegen.

„Ja Schatz … natürlich Schatz … aber ganz bestimmt … bin gleich da … ich dich auch."

Er stand auf und steckte das Handy ein. „Ich muss los. Die Liebe zieht mich nach Hause."

Er legte einen Zwanzigeuroschein neben sein halbvolles Bier und hastete zur Tür.

„Muss Liebe schön sein", sagte Max und versuchte mit dem Zigarrenrauch ein Herz zu formen. Es wurde wie immer nur ein Kringel.

Am Nebentisch freute ein sich ein älteres Ehepaar über den riesigen Vesperteller, den Marie ihnen servierte. Der Mann hatte die normale Variante gewählt, seine Frau die vegetarische. Während die Frau misstrauisch in der Wurst herumstocherte, schnitt ihr Mann sich eine dicke Scheibe vom Rauchfleisch ab.

„Das ist wirklich lecker", lobte er das Fleisch. „Ist das denn Schweinefleisch oder Rindfleisch?"

Marie sah ihn fragend an und stemmte die Arme in die Hüften.

„Ob dees a Sau war oder a Kuah? Jo schmecksch du des it, Kerle?"

„Ähm … nein", stotterte der Mann irritiert.

„Dänn isch des doch au scheißegal!"

Die Frau roch skeptisch an der Leberwurst und rümpfte die Nase.

„Wissen Sie", sagte sie vorsichtig, „ich habe irgendwie meine Zweifel daran, dass diese Wurst wirklich vegetarisch ist. Was ist denn das?"

„Des isch a Läberwurscht", sagte Marie bestimmt.

„Aber Leber ist doch nicht vegetarisch", zeterte die Frau.

Marie lächelte nur. „Derfsch it älles so beim Noma nämma, Mädle. Oder glaubsch du, imma Jägerschnitzel isch an Jäger?"

Ringsum wurde gelacht. Die Frau schob ihre Leberwurst unauffällig auf den Teller ihres Mannes.

„Bei dir war heute der Krankenwagen", stellte Max fest. „Was war los? Irgendwas mit Liesl?"

Walter winkte ab. „Aber nein. Nur Eugen. Dem ist beim Dehnen die Achillessehne gerissen."

„Nicht gut", kommentierte Max sachlich. „Das heißt OP und zwei bis drei Monate Reha, bis er wieder fit ist."

„Dänn sauet er scho it so deppert durchs Dorf. Isch ja scho fascht peinlich manchmol", mischte sich Marie ein.

Walter verspürte einen leisen Anflug von Mitleid. „Er wollte im Oktober beim Halbmarathon in Lindau mitlaufen."

„Kann er vergessen", knurrte Max. „Warum übertreibt er es überhaupt so? Will er jemanden beeindrucken?"

„Je oller, desto doller", kicherte Theo und sah dabei Peter an, der immer noch seinen Verband am Ellbogen trug.

„Fang mir nicht so an", knurrte Peter zurück. „Ich finde schon etwas, wo ich dich auch mit dem kaputten Arm schlagen kann."

„Meine Herren, darf ich Ihnen eine Runde ausgeben?", fragte der King, der zum Stammtisch gekommen war, und zeigte auf einen freien Stuhl.

„Wer zahlt, ist immer willkommen", zitierte Max eine Taldorfer Lebensweisheit. „Gibt's denn was zu feiern?"

Der King quetschte sich mit seinem massigen Körper in die Runde.

„Allerdings", lächelte er. „Wir haben heute die Bestätigung für das neue Baugebiet bekommen. Taldorf wird demnächst einige Einwohner mehr haben."

Er wandte sich zur Theke und malte mit der Hand einen Kreis in die Luft. „Marie – eine Runde für den Stammtisch!"

Das ging aber verdammt schnell, wunderte sich Walter, und sah fragend zum Orts-Vincenz, der noch immer mit Riedesser, Xavier und dem schalfenden Personenschützer an dem Ecktisch saß, doch der grinste nur und zuckte mit den Schultern.

„Ich hätte gedacht, dass es schwieriger wird … wegen Hermann und Karl-Heinz …", sagte Walter vorsichtig, und sah dem King in die Augen.

Doch der lächelte breit und hob die Arme. „Was soll ich sagen? … es sind eben alles vernünftige Menschen hier im Dorf. Hermanns Witwe hatte keinerlei Interesse die alten Vereinbarungen anzufechten, und was Karl-Heinz angeht … die Stiftung hat es ebenfalls befürwortet."

Walter stutzte. „Die Stiftung?"

„Die Stiftung von Pfarrer Sailer", erklärte der King. „Karl-Heinz hatte ein Testament, in dem er seinen gesamten Besitz der Stiftung hinterlassen hat. Er hatte ja keine Verwandten."

Alle am Tisch sahen sich fragend an. Warum tauchte Pfarrer Sailers Stiftung zurzeit immer wieder auf? Erst half sie Edith den Kredit zurückzuzahlen, nun vermachte ihr Karl-Heinz seinen ganzen Besitz. Dabei hatte man noch niemand von der Stiftung gesehen.

„Hatten Sie direkten Kontakt mit der Stiftung?", fragte Walter.

Der King nickte. „Gleich nach Karl-Heinz' Tod. Die Kanzlei, die die Stiftung vertritt, hat mir einen Brief geschickt. Darin wurde die Sachlage geschildert und darauf verwiesen, dass sie das neue Baugebiet befürworten. Sie haben versichert, sie würden sich in vollem Umfang an die zuvor gemachten Absprachen halten. Und so war es auch."

„Wer hat den Brief unterschrieben?", hakte Walter nach.

„Einer der Anwälte: Dr. Werner Dietrich. Das ist ne echte Promikanzlei, die der alte Pfarrer für seine Stiftung engagiert hat. Die machen sonst nur große Fälle. Haben erst neulich Microsoft vor dem europäischen Gerichtshof vertreten."

Walter blieb der Mund offen stehen. Warum um Gottes Willen kümmerte sich so eine Kanzlei um die Vorfälle in Taldorf? Vielleicht war Pfarrer Sailer ja über seine Schwester, die bis zu ihrer Inhaftierung das Familienunternehmen geleitet hatte, zu der Kanzlei gekommen.

„Sodele – do kommt die Runde vom King", Marie stellte ihr schwerbeladenes Tablett auf den Tisch und verteilte die Flaschen.
„Wa isch mit dene do hinda?", fragte Marie und zeigte auf den Ecktisch.
Der Orts-Vincenz und Riedesser winkten grinsend herüber.
„Hmm", brummte der King, „dann bring denen auch noch eins. Und der Schlafmütze noch einen Schnaps … was anderes trinkt der ja nicht." Der angesprochene Personenschützer schreckte kurz auf und lächelte debil herüber.
„Zum Wohl", rief der King und streckte seine Flasche zum Anstoßen in die Mitte. „Auf die neuen Häuser in Taldorf."
Die anderen hielten ihre Flaschen halbherzig dagegen. Es war ihnen anzusehen, dass sie noch nicht wussten, ob sie sich über diese Entwicklung wirklich freuen sollten.

Der King zeigte einen königlichen Durst und leerte sein Bier aufs zweite Mal.
„Ich verschwinde", tönte er und knallte die leere Flasche auf den Tisch. „Wir sehen uns demnächst ja öfter", versprach er, was in Walters Ohren auch leicht nach einer Drohung klang.
Er bezahlte direkt bei Marie am Tresen, die den Hunderteuroschein ohne Restgeld in ihren Geldbeutel steckte.
„Geizig ist er nicht", flüsterte Walter, als Marie bei ihm vorbei kam.
„Wenn der öfter kommt, verdoppelt sich dein Umsatz."
„Woisch Walter, Geld isch it älles", philosophierte sie.

Kurz darauf verließen auch Riedesser und Xavier das Lokal. Sie hatten Mühe den total betrunkenen Personenschützer unter den Achseln zu packen und nach draußen zu schleppen.

Grinsend kam der Orts-Vincenz an den Stammtisch und setzte sich auf den Stuhl, den der King gerade frei gemacht hatte.

„Hätte nicht gedacht, dass ich noch erlebe, dass in Taldorf gebaut wird", nuschelte er in den Hals seiner Bierflasche.

„Wie viele Häuser werden es denn?", fragte Theo.

„Im ersten Bauabschnitt sind sechs Häuser geplant", antwortete der Orts-Vincenz.

Ganz schön viel, dachte Walter, und versuchte sich das Vorderdorf mit den Neubauten vorzustellen.

„Aber wenn die weiteren Abschnitte fertig sind", sprach der Orts-Vincenz weiter, „sind es zweiunddreißig."

Walter prustete einen Schluck Bier, über den Tisch.

„Seid ihr wahnsinnig?", fragte er, während er mit seinem Taschentuch den Tisch abwischte.

Der Orts-Vinzenc hob die Schultern. „So was bekommt nur der King hin. Ich habe selber nicht so recht dran geglaubt. Das wird jetzt richtig groß … fast bis zu dir hinten Walter."

Walter wurde schlecht. „Bis zu mir?", stammelte er fassungslos. „Aber … aber … das geht doch nicht."

„Beruhig dich. Ein kleiner Grünstreifen bleibt. Ungefähr dreißig Meter."

Dreißig Meter – drauf geschissen, dachte Walter. Dreißig Meter waren gar nichts, wenn es um neue Nachbarn mit schreienden Kindern und kläffenden Hunden ging. Dreißig Meter. Ein Witz.

Der Orts-Vincenz sah, wie sich Walters Blick verfinsterte.

„Was machst du denn für ein Gesicht Walter?"

„Hmpf … könnte ich Gesichter machen, hätte ich dir schon längst ein neues verpasst", knurrte er agressiver, als er beabsichtigt hatte.

Der Orts-Vincenz nahm abwehrend die Arme hoch und rutschte unmerklich ein Stück von Walter weg.

Da ist das letzte Wort noch nicht gesprochen, grübelte Walter. Wenn die glauben, die könnten hier in Taldorf machen, was sie wollen, haben die sich geschnitten. Ich habe auch Beziehungen … und Freunde bei der Polizei.

Plötzlich erinnerte er sich, dass er immer noch nichts von Kripo-Hubert gehört hatte. Manni und Streifenkollege Hans hatten zwischenzeitlich die spärlichen Infos, die sie bei dem Gespräch mit Lehrer Gerau erfahren hatten, in einer Nachricht zusammengefasst. Immerhin hatten sie die alte Adresse von Wickers Eltern. Von Kripo-Hubert kam bisher keine Reaktion. Also nichts Neues von Ralf Wicker. Walter holte sein iPhone hervor, doch es war keine Nachricht eingegangen. Auch kein Anruf in Abwesenheit. Lag es am Empfang, fragte sich Walter, doch zwei kleine Balken vermeldeten ausnahmsweise eine brauchbare Signalstärke.

„Komisch", murmelte Walter und steckte das Handy wieder weg.

„Was ist komisch?", fragte der Orts-Vincenz. „Das mit den Häusern?"

„Das auch", winkte Walter ab. „Aber ich erwarte eine Nachricht." Er zögerte kurz. „Du könntest mir auch bei etwas weiterhelfen."

„Willst du auch bauen?"

„Nein. Wozu denn? Ich suche nach Informationen über eine Familie Wicker."

Der Orts-Vinzenz überlegte kurz, schüttelte dann aber den Kopf.

„Sagt mir nichts."

„Sollte es aber. Ein Ehepaar mit Kind. Haben in Oberzell bei der Bäckerei gewohnt."

„Wicker, Wicker … Wicker …" Der Orts-Vinzenz runzelte die Stirn.

„Ach, der Ficker aus unserer alten Skatrunde", rief er erfreut.

„Warum Ficker?", wollte Walter wissen.

„Der hieß bei uns allen so. Seine Eltern hatten ihn blöderweise Adolf getauft. Sprichst du den Namen am Stück – AdolfWicker – klingt das automatisch wie Ficker."

Wie der Vater, so der Sohn, dachte Walter.

„Weißt du, wo der abgeblieben ist?"

Der Orts-Vincenz nickte langsam. „Das weiß ich sogar auf den Quadratmeter genau."

Walter sah ihn fragend an.

„Der liegt auf dem Friedhof in Eschborn. Ist in der Nähe von Frankfurt. Wir hatten mit unserer Skatrunde vor ein paar Jahren das Dreißigjährige und ich wollte ihn zum Jubiläumsfest einladen. Da habe ich erfahren, dass er gestorben ist. Hat mich aber nicht gewundert."

„Warum nicht?", fragte Walter.

„Weil er gesoffen hat wie ein Loch. Und das ist noch untertrieben. Der hat schon morgens angefangen. Bei den Skatrunden am Abend war er meist nicht mehr zurechnungsfähig. Deshalb haben wir ihn ein wenig aufs Abstellgleis gestellt. Irgendwann kam er dann einfach nicht mehr."

„Eigentlich würde mich mehr interessieren, wo sein Sohn abgeblieben ist."

„Der kleine Ficker? Ich denke mal, der ist mit seinen Eltern damals weggezogen. Der Alte hatte irgendwann keinen Job mehr und musste sich was Anderes suchen. Vermute mal, es war irgendwo da bei Eschborn. Genau weiß ich's aber nicht."

Das war doch immerhin etwas, dachte Walter, und sah noch einmal auf sein iPhone. Keine neue Nachricht. Vielleicht wusste Kripo-Hubert einfach nicht, wo er suchen sollte? Dann könnte der Hinweis auf Eschborn entscheidend sein. Er musste unbedingt seine Freunde verständigen.

Marie reagierte sofort auf seinen hochgereckten Geldbeutel und brachte eine Tüte für die Reste, die noch auf Walters Teller lagen.

„An Zehner dät i nemma", sagte Marie bestimmt.

Walter gab ihr den Schein. „Ich hatte aber drei Scheiben Brot."

„Basst scho. Dr Rescht hot dr King zahlt."

Der Orts-Vincenz bezahlte ebenfalls und verließ mit Walter, Balu und Kitty die Gaststube.

Marie winkte ihnen nach. „Machets guat, ziernet nix, kommet wieder!"

Während die beiden Männer am Bach standen und den Wasserstand aufbesserten, trotteten Balu und Kitty voraus. Sie hatten den ganzen Abend mit großen Ohren unter der Eckbank verbracht.

„Ich hasse die Vorstellung, dass im Dorf gebaut wird", nörgelte Balu.

„Ich find's gut", entgegnete Kitty. *„Da ist doch endlich mal wieder was los. Und neue Leute sind auch immer spannend."*

„Aber bis es soweit ist ... die ganzen Laster, die durchfahren, der Dreck auf den Straßen, unendlich viele Handwerker und Bauarbeiter … ich brauch's nicht."

Die Tigerkatze sah ihren Freund herausfordernd an. *„Erinnerst du dich noch an die Bauarbeiten an Liesls Haus? Eigentlich ging es doch ganz schnell vorbei und jetzt habt ihr eine tolle Nachbarin."*

„Und Eglon", spottete Balu.

„Richtig: und Eglon."

Balu dachte an Walters Gespräch mit dem Orts-Vincenz. *„Meinst du, sie finden diesen Wicker?"*

„Irgendwann? Bestimmt", antwortete Kitty nachdenklich. *„Die Frage ist nur: finden sie ihn rechtzeitig?"*

Balu stutzte. *„Was soll denn noch passieren? Sie haben ihn doch schon* fast."

„Von drei Jungs auf dem Foto ist noch einer übrig", fasste Kitty zusammen. „Wenn der Mörder wirklich hier in der Nähe lebt, hat er auch mitbekommen, dass sie ihm auf den Fersen sind. Wenn er seine Arbeit vollenden will, muss er das schnell tun."

61

„Das beste Gras, das wir je hatten", seufzte Hans-Peter glücklich und zog an seinem Joint. Er saß im Schneidersitz in dem Wagen, in dem sie die Pflanzen zum Trocknen aufgehängt hatten. Sidney lag völlig zugedröhnt in seinem Schoß. Hans-Peter nahm dem Kapuzineräffchen vorsichtig den rauchenden Joint aus der Hand, damit keine Asche auf seine Oberschenkel fiel.

Er war gestern bei Hermanns Witwe gewesen und hatte ihr seinen Anteil ausgezahlt. Den vollen Betrag. Er fand, das war er seinem Freund schuldig. Sie hatte sich über den prall gefüllten Umschlag gewundert und natürlich geahnt, dass es nicht um Elefanten—Mais ging. Daraufhin hatte er ihr von dem kleinen Arrangement zwischen ihm und ihrem Mann erzählt, und Edith hatte bis zum Schluss aufmerksam zugehört: wo der Samen herkam, wo der beste Standort war, welchen Dünger man verwendete und so weiter. Er hatte ihr Angeboten einen Joint zu testen und so hatten sie kurz darauf mit verklärtem Blick in der Pergola hinter dem Haus gesessen.

„Ich brauche das Geld und du brauchst das Gras", hatte sie genuschelt. „Würdest du das Arrangement mit mir weiterführen?" Sie hatten ihren Deal mit einem Handschlag besiegelt, da Verträge auf Papier in dieser Branche nicht üblich waren.

Hans-Peter war zufrieden. Der Nachschub war gesichert. Er hatte in Ravensburg einige Proben verteilt und das Geschäft lief daraufhin wie selten zuvor. In den letzten paar Tagen hatte er fast fünfhundert fertiggedrehte Joints an den Mann gebracht. Zehn Euro das Stück. Sidney, der die meiste Arbeit gehabt hatte, hatte schon eine wunde Zunge vom Blättchenlecken.

Dingeldingeldingel.

Madame Ballotelli schlug mit einer Eisenstange eine überdimensionale Triangel. Das Zeichen, dass das Abendessen fertig war. Karl-Heinz verspürte aber nicht den geringsten Appetit. Er hob Sidney aus seinem Schoß und bettete ihn liebevoll auf ein altes Handtuch. Er selbst nahm seine Jacke und knüllte sie zu einem Kopfkissen. In dem Moment als er seinen Kopf auf die Jacke legte, war er eingeschlafen.

62

„Und am Ende der Straße steht mein Haus am See, Orangenbaumblätter liegen auf dem Weg …"

Walter verpasste Peter Fox einen harten Schlag, der daraufhin sofort verstummte. Normalerweise war er immer schon ein paar Minuten vor seinem Radiowecker wach, doch diesmal riss ihn der kratzige Lautsprecher aus einem unruhigen Traum.

Die Bagger waren angerückt und hatten das ganze Dorf umgegraben. Erst nur die freien Flächen, dann hatten sie begonnen die alten Häuser einzureißen. Otto und Manne, zwei weißhaarige Rentner, waren, mit Hacken bewaffnet, auf die Maschinen losgegangen, doch die riesigen Schaufeln hatten sich unbeirrt durch ihre Häuser gefressen. Sie hatten sich durch das ganze Dorf gewühlt und auch die Kirche nicht verschont. Als der Turm eingestürzt war, hatte der Boden gezittert. Am Ende waren nur noch ein paar Häuser im Hinterdorf übrig gewesen, doch auch die hatten die Bagger im Visier gehabt. Walter hatte in seinem Traum laut geschrien, als die erste Schaufel in das Dach der Wirtschaft eingetaucht war.

Dann war Peter Fox gekommen. Der edle Retter, grummelte Walter. Musste der unbedingt was über ein Haus singen?

Er schlurfte müde die Treppe hinunter und heizte den Ofen an. Er warf einen Blick auf sein iPhone. Noch bevor er ins Bett gegangen war, hatte er Kripo-Hubert geschrieben, was er bei dem Gespräch mit Orts-Vincenz erfahren hatte, doch an den grauen Häkchen sah Walter, dass er die Whatsapp-Nachricht noch gar nicht gelesen hatte. Wahrscheinlich lag er, wie alle vernünftigen Menschen, um diese Zeit friedlich schlummernd in seinem Bett.

Balu bellte im Garten zwei Mal und kurz darauf fuhr Jussuf vor.

„Das isch aber große Scheiße für dich", sagte Jussuf teilnahmsvoll, nachdem ihm Walter von den Bauplänen im Dorf erzählt hatte.

„Immerhin bauen sie ja nicht direkt neben mir", sagte Walter niedergeschlagen. „Trotzdem: das wird das ganze Dorf verändern. Der gute King stopft sich die Taschen voll und wir müssen uns damit abfinden."

„Des einen Freud, des anderen Leid", säuselte Jussuf.

Walter sah überrascht auf. „Das war ja vollkommen richtig. Du machst Fortschritte."

Jussuf lächelte. „Ischt viel Übung. Stetes Klopfen höhlt den Stein."

Walter verzichtete auf eine Korrektur, um seinen Freund nicht zu verärgern.

„Eh ich's vergesse", sagte Walter und entsperrte sein iPhone. „Gib mir mal die Nummer von Rafi. Ich wollte doch mal bei ihm vorbeischauen."

Jussuf diktierte ihm eine unendlich lange Telefonnummer, hob dann aber mahnend den Finger.

„Aber: gehscht du nicht allein zu Rafi!"

„Warum denn nicht? Ist er gefährlich?" Walter hatte spontan das Bild eines, bis an die Zähne bewaffneten, Mafiosi vor Augen.

„Iwo, aber Rafi isch richtige Handelmann."

„Händler", korrigierte Walter.

„Du nimmsch mich mit, dann sag ich Cousin, dass du Bruder bist."

„Aber wir sind doch nicht verwandt", wandte Walter ein.

„Eh – bei uns muscht nicht verwandt sein für Bruder. Guter Freund isch auch Bruder", lächelte Jussuf und nahm Walter in den Arm.

„Ich werde auf dein Angebot zurückkommen", freute sich Walter.

„Muss mal sehen, wann ich Zeit habe."

Jussuf stellte seine leere Kaffeetasse in die Spüle. „Ok. Rafi hat fascht

immer Zeit. Nur nix Freitagvormittag." Er sah Walters fragenden
Blick und erklärte: „Freitag isch Rafi immer bei Yoga. Da darfscht net
stören!"

Na prima, dachte Walter, und begleitete Jussuf nach draußen. Ein
türkischer Gebrauchtwagenhändler, der jeden Freitag zum Yoga geht.
Würde er das in einem Buch lesen, er würde es ins Feuer werfen.

Balu hatte Ulf schon am Vorabend entdeckt und freute sich, den
Freund in der Nähe zu haben. Er war überrascht gewesen, denn er
hatte heimlich Chiara besucht, und nicht mitbekommen, wie Walter
den Schildkröter geholt hatte.

„Hey Ulf …", winselte er leise, *„ … bist du schon wach?"*

„Jetzt schon", beschwerte sich der Schildkröter. *„Was gibt's denn, das
nicht bis später warten kann?"*

„Hey, wollte nur hören, ob es dir gut geht."

„Es geht mir gut. Zufrieden?" Ulf war offensichtlich kein Frühaufsteher.

„Du könntest wenigstens kurz rauskommen", nörgelte Balu.

„Geht nicht. Ich hab mich noch nicht gekämmt."

Balu fiel darauf nichts ein und wendete sich von dem kleinen Gehege
ab. An den Geräuschen vor dem Haus erkannte er, dass ihre Tour
gleich losging. Vielleicht war sein Freund später besser drauf.

63

Die Nacht war wieder warm und trieb Walter den Schweiß aus den Poren. Eine dichte Wolkendecke hatte die Temperaturen hoch gehalten. Sie legten an Pfarrer Sailers Haus, das nach wie vor leer stand, eine Trinkpause ein. Walter sah sich um. In Alberskirch waren in den letzten Jahren einige neue Häuser gebaut worden. Aktuell war ein Gebäude mit sechs Wohnungen fertig geworden und schon bezogen. Walter überlegte, wann die Bauarbeiten begonnen hatten, konnte sich aber nicht genau erinnern. Es war schnell gegangen, war alles, was ihm einfiel. Auch hier hatte man sich nicht vorstellen können, dass neu gebaut wurde, doch musste Walter zugeben, dass es passte. Der Ort hatte sich zum Positiven verändert, und mehr Einwohner bedeutete auch mehr Dorfleben. Würde das auch in Taldorf so kommen?

An Faxes Garage war der Platz, auf dem Walters 205er gestanden hatte, leer. Walter wurde traurig, als er sich sein Auto in einer Schrottpresse vorstellte, aber das war nun mal der normale Weg. Ihm war bewusster denn je, dass er sich nach einem neuen Fahrzeug umsehen musste, und nahm sich vor, möglichst bald mit Rafi zu telefonieren.

An Eugens Haus schob er die Zeitung in das dafür vorgesehene Rohr. Musste er den ehemaligen Lehrer mit seiner gerissenen Achillessehne eigentlich besuchen? Der hatte ihn damals im Krankenhaus ja auch besucht. Halt, dachte Walter, Eugen hatte selber einen Termin bei einem Arzt gehabt, und war nur vorbeigekommen, weil er eh gerade da war. Walter hatte in nächster Zeit noch nicht einmal in der Nähe des Krankenhauses zu tun. Damit war für ihn das Thema erledigt.

„*Das können die doch nicht einfach machen*", wieherte Bimbo erregt, nachdem Balu ihm von den Bauplänen erzählt hatte.

„*Das war damals in den Siebziger- und Achtzigerjahren schon ein Einschnitt, als die Häuser der Straße entlang gebaut wurden, aber das ...*", er schüttelte seinen massigen Kopf, „*das ist unvorstellbar.*"

Balu verstand Bimbos Aufregung. Vieles würde sich verändern. Bimbos Stall läge auf einmal mitten im Dorf, der Verkehr vor seiner Tür würde sich verdoppeln, wenn nicht verdreifachen.

„*Das werden wir Tiere sicher nicht aufhalten können*", sagte Balu. „*Ich denke, nicht mal die Menschen im Dorf können sich dagegen wehren.*"

Bimbo hatte eine Idee. „*Könnten wir nicht die Spuren der beiden Morde so verändern, dass sie auf diesen King hinweisen? Dann wird er verhaftet und die ganze Bauerei ist vergessen ...*"

„*Er war es nicht*", ging Balu dazwischen und brachte Bimbo auf den neuesten Stand der Mordermittlungen. Der Wallach hörte aufmerksam zu.

„*Das klingt so, als wäre der Fall demnächst abgeschlossen*", sagte er, nachdem Balu geendet hatte. „*Walter und seine Freunde müssen nur noch diesen Wicker finden, dann war's das.*"

Balu schüttelte den Kopf. „*Aber genau das ist das Problem. Sie wissen, wie der Mann heißt, sie wissen, wo er gewohnt hat, wo er hingezogen ist – trotzdem können sie ihn nicht finden. Walters Freunde bei der Polizei sind bestimmt nicht blöd, und wenn die den Mann nicht finden können, ist er wahrscheinlich cleverer, als alle denken.*"

Als Walter Balu eingeholt hatte, liefen sie gemeinsam ins Hinterdorf, wo Walter seinen Schnaps vom Fenstersims der Wirtschaft nahm. Balu saß zu seinen Füßen und hielt Ausschau nach Kitty, doch die Tigerkatze tauchte nicht auf.

Walter zog zum wiederholten Mal sein Handy heraus. Immer noch keine Nachrichten von Kripo-Hubert. Verdammt. Konnte es denn so schwierig sein diesen Mann zu finden? Sie hatten alles, was sie brauchten, trotzdem tat sich nichts. Er dachte an die beiden Mordopfer. Beides angesehene Mitglieder der Dorfgemeinschaft. Er glaubte nicht mehr an einen Zusammenhang mit den Bauplänen im Dorf. Die Geschichten, die sie von Xavier erfahren hatten, passten einfach zu gut. Der Mörder rächte sich für das, was die drei Jungs ihm damals angetan hatten. Alles andere machte keinen Sinn. Und noch etwas wurde Walter klar: egal, wohin sie die Suche nach Ralf Wicker führen würde, die Spur würde in Taldorf enden. Hier waren Hermann und Karl-Heinz getötet worden. Der Mörder war hier unter ihnen.

Ping.

Walters iPhone zeigte eine neue Nachricht an. Kripo-Hubert war offensichtlich unter die Frühaufsteher gegangen.

„Deine Info war Gold wert! Wir haben ihn!"

64

Kripo-Hubert war extra früh ins Büro gekommen. Er wollte im Fall der Taldorfer Morde endlich weiterkommen. Er hatte den gestrigen Nachmittag mit der Suche nach Ralf Wicker verbracht – ohne Erfolg. Als er am Morgen Walters Nachricht gelesen hatte, war er wie elektrisiert gewesen: eine neue Spur.

Die Lage im Büro hatte sich seit Montag deutlich verbessert, da Kollege Berger aus dem Urlaub zurück war. Wortlos hatte Kripo-Hubert ihm die Akte, mit der Aufschrift „Leg-das-Messer-hin-Fall", auf den Schreibtisch geknallt. Berger war, im Gegensatz zu ihm, politisch ambitioniert, und würde mit dem Bürgermeister und der Presse viel Freude haben. Nun konnte er sich voll und ganz auf die Taldorfmorde konzentrieren.

Noch war er allein im Büro. Erst in zwei Stunden würden die Kollegen eintrudeln. Er startete seinen Computer, dessen Festplatte mit einem leisen Surren den Dienst antrat. Er setzte Kaffee auf und begann erneut die Suche nach Ralf Wicker.

Wenn er im Alter von vierzehn Jahren aus Taldorf weggezogen war, musste er auch in Eschborn nochmal zur Schule gegangen sein. Kripo-Hubert tippte ein paar Begriffe in die Suchzeile bei Google. Drei Schulen wurden ihm angeboten, von denen jedoch nur eine in Frage kam. Die Heinrich-von-Kleist-Schule bot in einem großen Gebäudekomplex Haupt- und Realschule, sowie Gymnasium an. Kripo-Hubert klickte sich durch die Archivseiten der Hauptschule, jedoch ohne Erfolg. Seitenweise lächelten ihn glückliche Kinder bei Schulfesten, Sportevents und Preisverleihungen an. Bei den wenigsten Fotos waren die Namen der Personen vermerkt.

Dann Realschule. Wieder lachende Kinder. Ein längerer Artikel über einen Gebäudeanbau, der Platz für fünfzig neue Schüler schaffen sollte. Es folgte eine lange Liste mit erfolgreichen Schülern bei den Bundesjugendspielen. Er überflog die Liste, vor allem in den Jahren, in denen der junge Wicker hätte auftauchen können. Wieder nichts. Er seufzte tief und dehnte den Rücken, der schon jetzt schmerzte. Er stand auf und schenkte sich frischen Kaffee ein.

„Morgen", sagte Manni fröhlich, und warf eine Tüte mit Brötchen auf den Schreibtisch. „Ich hoffe, du hast was Wichtiges, wenn du uns so früh herbei orderst."

Kripo-Hubert hatte geahnt, dass die Recherche aufwändig werden würde, und hatte eine Nachricht an Manni und Streifenkollege Hans geschickt, in der er um Unterstützung bat. Er hatte bereits am Vortag mit seinem Chef gesprochen, der ihm die Hilfe durch seine Freunde von der Bereitschaftspolizei ohne Widerspruch genehmigt hatte. „Hauptsache, du bringst endlich Ergebnisse", hatte sein Chef geknurrt.

„Das klingt nach viel stumpfsinniger Arbeit", nörgelte Manni, nachdem Kripo-Hubert ihm erklärt hatte, worum es ging. Er startete einen Computer an einem der freien Schreibtische und ging dann zur Kaffeemaschine.

„Wer kommt noch?", fragte er beiläufig.

„Nur noch Hans", erklärte Kripo-Hubert. „Walter möchte ich nicht hier ins Revier holen, und Anne muss zu Dr. Kurz in die Pathologie." Manni zuckte mit den Schultern. „Soll mir Recht sein. Ob ich jetzt blöd Streife fahre oder hier vor dem Rechner sitze – das schenkt sich nichts."

Das Büro füllte sich langsam mit den Polizisten, die ihren Dienst antraten. Streifenkollege Hans kam erst eine knappe Stunde später. „Hatte nicht mit Frühdienst gerechnet, sorry", murmelte er und schenkte sich einen Kaffee ein. Nach einer kurzen Einweisung saß auch er an einem Schreibtisch, dessen Besitzer murrend an einen anderen auswich.

Bis zur Mittagspause hatten sie in tausende glückliche Kindergesichter geblickt – von der Einschulung bis zu ihrem Abschluss, dazwischen unendlich viele Schulfeiern und andere Aktivitäten.

„Ich geh mal eine rauchen", murmelte Streifenkollege Hans und verließ das Büro.

„Na super", giftete Manni. „Erst frisst er die ganzen Brötchen und dann geht er rauchen …"

„Lass ihn", beruhigte Kripo-Hubert. „Jeder tut, was er kann. Mir brennen auch schon die Augen. Lass uns nachher mal eine kleine Pause einlegen. Irgendwo schön was essen gehen."

Nach zehn Minuten, Manni tippte auf mindestens zwei Zigarettenlängen, kam Streifenkollege Hans zurück und setzte sich wortlos an seinen Arbeitsplatz. Während die Finger seiner Freunde die Tastaturen zum Glühen brachten, beschränkte er sich auf ein sanftes Drehen am Scroll-Rädchen seiner Maus. Plötzlich richtete er sich auf.

„Hab ihn", zischte er.

Manni und Kripo-Hubert stürmten herbei und sahen ihm über die Schulter. Auf dem Bildschirm war ein alter Zeitungsausschnitt zu sehen, den irgendwer mit wenig Interesse für Bildqualität, eingescannt hatte.

„Abschlussklasse 1997 mit Traumnoten", lautete die Überschrift. Auf dem Bild waren um die vierzig Schüler zu sehen, die sich in einer Sporthalle für das Abschlussfoto aufgestellt hatten. Unter dem Bild standen ein paar Zeilen, die wegen der schlechten Qualität kaum zu lesen waren, doch Streifenkollege Hans schien damit kein Problem zu haben.

„Besonders gute Abschlüsse erreichten: blabla blabla blabla ...", übersprang er die unwichtigen Namen. „Besonders freuen wir uns über die hervorragende Leistung von Ralf Wicker, mit der Bestnote 1,0. (unterste Reihe, erster von links)"

Alle drei drückten ihre Nasen fast auf den Bildschirm, doch Streifenkollege Hans schob sie zurück, und zoomte das Bild des Schülers größer.

„Da haben wir dich, Freundchen", sagte Kripo-Hubert, und blickte in das Gesicht eines jungen Mannes, der ihnen freundlich entgegenlächelte. Ein ganz normaler Junge. Wahrscheinlich achtzehn Jahre alt. Er hielt sein Abschlusszeugnis stolz in die Kamera.

„Der hat wirklich ein Einser-Abitur hingelegt, wow", staunte Manni. „Das ist weit weg von dem Bürschchen, von dem Xavier uns erzählt hat."

Kripo-Hubert nickte. „Dann wissen wir aber auch, wo wir weitersuchen müssen!"

„Ach ja?", fragte Streifenkollege Hans skeptisch.

„Überleg mal: was macht man mit einem Einser-Abi?"

„Studieren!", sagten alle drei gleichzeitig.

Kripo-Hubert saß schon wieder am PC und ließ die Tastatur klappern. „Los geht's. Nehmt euch die Unis vor. Eschborn ist nicht weit von Frankfurt weg – probieren wir es da als erstes."

Die Müdigkeit war verflogen und alle drei saßen konzentriert vor den Bildschirmen. Als sie nach zwei Stunden noch immer nichts hatten, rief Kripo-Hubert bei Wickers Gymnasium an und ließ sich mit dem Direktor verbinden, den er um eine Kopie des Abschlusszeugnisses bat. Wenn sie wussten, in welchen Fächern er besonders gut gewesen war, konnten sie vielleicht auf sein Studienfach schließen. Doch der Direktor versicherte, dass das nichts bringen würde.

„Bei einem Einser-Abi war der Junge in allen Fächern spitze. Aber sie haben Glück: ich kann mich an Wicker erinnern."

Kripo-Hubert hielt den Atem an.

„Das war mein erster Abiturjahrgang an dieser Schule", fuhr der Direktor fort, „damals war ich noch normaler Lehrer. Aber der Name Wicker ist ja nicht so häufig … und dazu noch diese Abschlussnote. Ich hatte ihm damals gratuliert und gefragt, was er machen wollte und er sagte, er habe sich in Frankfurt für ein BWL Studium eingeschrieben."

„Wissen Sie an welcher Uni?", fragte Kripo-Hubert hastig und schrieb eifrig mit.

Abschließend bedankte er sich für die Hilfe und legte hektisch auf.

„Die Schnitzeljagd geht weiter! Wir müssen uns mit der Uni in Frankfurt in Verbindung setzen."

Die Homepage der Uni war ernüchternd. Man schmückte sich mit allerlei Erfolgen in Ausbildung und Forschung, über die Studenten war nichts zu lesen. Keine Jahrgangsfotos, keine Bestenlisten. Eine einzige Telefonnummer war als Kontakt angegeben, doch die war dauernd belegt.

„Uns läuft die Zeit davon", schimpfte Kripo-Hubert und schaute in die müden Gesichter seiner Freunde.

„Hans – versuch du schon mal das Einwohnermeldeamt dranzukriegen", befahl er. „Manni, check noch mal unsere internen Datenbanken. Grenze die Suche auf Frankfurt ein."

Erneut griff er zum Hörer und hatte endlich ein Freizeichen. Es dauerte eine gefühlte Ewigkeit bis sich eine Frauenstimme meldete.

„Uni Frankfurt, Sekretariat. Sie sprechen mit Frau Schiffmann. Was kann ich für Sie tun?"

Kripo-Hubert erklärte in kurzen Sätzen den Sachverhalt.

„Über unsere Studenten kann ich leider keine Auskunft geben", säuselt Frau Schiffmann gelangweilt. „Da bräuchte ich eine richterliche Anordnung."

„Die kriegen Sie", brüllte Kripo-Hubert, „bleiben Sie dran! Hallo …?"

Frau Schiffmann hatte aufgelegt.

Wie eine Dampflok schnaufend stürmte Kripo-Hubert in das Büro seines Chefs.

„Dirk, ich brauche eine richterliche Anordnung von dir … sofort!"

„OK, worum geht's", fragte er, und wählte noch während Kripo-Huberts Erklärung die Nummer des zuständigen Richters. Nur fünfzehn Minuten später kam die Anordnung per Mail und Kripo-Hubert wählte erneut die Nummer der Hochschule.

„Uni Frankfurt, Sekretariat. Sie sprechen mit Frau Schiffmann. Was kann ich für Sie tun?"

„Wagen Sie nicht aufzulegen", zischte Kripo-Hubert giftig in den Hörer. „Ich habe die richterliche Anordnung. Geben Sie mir Ihre Mail-Adresse und ich schicke sie durch."

Nachdem Frau Schiffmann das pdf ausgedruckt, und sorgfältig studiert hatte, gab die Sekretärin endlich ihre spärlichen Informationen preis.

„Ralf Wicker. BWL Student. Abschluss bei uns neunzehnhundertsiebenundneunzig. Summa cum laude."

„Und weiter?", fragte Kripo-Hubert gereizt.

„Nichts weiter", entgegnete Frau Lang.

„Haben Sie denn keine Ahnung, wo er heute steckt?"

„Dafür sind wir wirklich nicht zuständig. Ich habe auch keine Informationen darüber. Auf Wiederhören!"

Kripo-Hubert starrte auf den tutenden Telefonhörer in seiner Hand und fuhr sich genervt durch die Haare.

„Das darf doch nicht wahr sein", schimpfte er. „Wie sieht's bei euch aus? Was gefunden?"

„Leider nein", seufzte Manni und Streifenkollege Hans schüttelte den Kopf.

Was konnten sie jetzt noch versuchen, zermarterte Kripo-Hubert sich den Kopf. Dieser Wicker war wie ein Phantom: wenn er kurz auftauchte, war er im nächsten Moment schon wieder verschwunden.

„Wie kann es sein, dass Wicker nirgends gemeldet ist? Wir wissen, wo er zur Schule gegangen ist und wo er studiert hat, aber dann taucht er nirgends mehr auf?"

„Vielleicht ist er ausgewandert, und für die Morde unter falschem Namen wieder eingereist?", versuchte es Streifenkollege Hans vorsichtig.

„Du hast wohl zu viel Goodbye Deutschland geschaut …", motzte Manni seinen Kollegen an, doch Kripo-Hubert hob die Hand.

„Er muss ja gar nicht ausgewandert sein", sagte er nachdenklich.

„Hans, du sagtest, er könnte unter falschem Namen wieder eingereist sein. Was, wenn er nie weg war, und einfach seinen Namen geändert hat?"

Alle waren still.

„Den Namen würde ich auch loswerden wollen", sagte Streifenkollege Hans und hob eine Zigarette in die Höhe um seine nächste Pause anzukündigen.

„Dann versuchen wir es jetzt beim Standesamt in Frankfurt", spornte Kripo-Hubert Manni an. „Namensänderungen muss man gesondert beantragen. Wenn er das gemacht hat, finden wir ihn – egal wie er jetzt heißt."

Doch nach wenigen Minuten war klar, dass kein Ralf Wicker je einen Antrag auf eine Namensänderung gestellt hatte. Kripo-Hubert ließ sich enttäuscht in seinen Stuhl fallen, der unter seinem Gewicht gefährlich knirschte. Ihre Hetzjagd war zu Ende. Die Beute war entkommen.

Er sah auf die Uhr und erschrak. „Schon kurz nach vier. Ich glaube, wir sollten für heute Feierabend machen", sagte er resigniert.

Manni und Streifenkollege Hans nickten zustimmend und griffen nach ihren Jacken.

Die Tür wurde aufgestoßen und Anne kam herein.

„Ich hab Feierabend und dachte, ich schau noch kurz rein. Hab ich was verpasst?", flötete sie gut gelaunt, erkannte aber im nächsten Moment, wie abgekämpft ihre Freunde waren.

„Wir hatten ihn fast", sagte Kripo-Hubert müde. „Aber eben nur fast."

Anne ließ sich von ihren Freunden erzählen, wie sie die Spuren von Ralf Wicker verfolgt hatten, am Ende jedoch keinen Erfolg gehabt hatten.

„Das mit der Namensänderung wäre eine gute Erklärung für sein Verschwinden", überlegte sie laut.

„Nee", sagte Manni wortkarg. „Haben wir doch schon gecheckt."

Doch Anne fiel noch eine weitere Möglichkeit ein. Sie dachte an ihren ehemaligen Chef in der Pathologie, Dr. Lang. Der hatte mit seinem Namen auch einiges durchgemacht. „Was, wenn er geheiratet hat, und den Namen seiner Frau angenommen hat?"

Alle starrten sie mit offenem Mund an.

„Los - nochmal das Standesamt in Frankfurt", brüllte Kripo-Hubert Manni zu, der sofort zum Hörer griff, doch nach wenigen Sekunden schüttelte er den Kopf.

„Sie rufen leider außerhalb unserer Bürozeiten an!", tönte es blechern aus dem kleinen Lautsprecher.

„Scheiße!", brüllte Kripo-Hubert und pfefferte seinen Kugelschreiber in den Papierkorb.

„Darf ich mal?", fragte Anne und schob sich an Kripo-Huberts PC. Sie brauchte ein paar Minuten, doch dann lehnte sie sich zufrieden zurück. Sie hatte einen kostenlosen Testzugang bei der Frankfurter Zeitung eingerichtet und sich in das Archiv eingeloggt. Die Informationen waren umfangreich, doch die Suchfunktion machte die Recherche einfach.

In den Hochzeitsanzeigen, der in Frage kommenden Jahre, war sie fündig geworden.

„Wir freuen uns unsere Hochzeit bekannt zu geben! Sandra und Ralf Riedesser (geb. Wicker)"

65

„Er war die ganze Zeit da … vor unseren Augen", sagte Kripo-Hubert, nach einer kurzen Zusammenfassung. Er hatte seinen Chef dazu geholt, der gerade auf dem Weg zu einem Essen mit dem Bürgermeister gewesen war.

„Gut gemacht", lobte er, und öffnete das Fenster. Ohne zu fragen, zündete er eine Zigarette an. „Habt ihr ihn schon?"

„Wir haben seine aktuelle Adresse", antwortete Kripo-Hubert. „Und ich denke, wir sollten uns beeilen. So wie die Dinge stehen, könnte Riedesser noch einen dritten Mord geplant haben."

Sein Chef nickte. „Dieser Xavier. Hatten wir dem nicht unsere Putzfrau als Personenschutz geschickt?"

Kripo-Hubert schüttelte den Kopf. „Die hat doch ein schlimmes Knie. Ich habe Kevin geschickt. Den Frischling. Leider erreiche ich ihn gerade nicht, aber das muss nichts heißen … das Mobilfunknetz in Taldorf und Umgebung ist eine Katastrophe."

Streifenkollege Hans hatte sich ebenfalls eine Zigarette in den Mund gesteckt und war auf dem Weg zum Fenster, doch Kripo-Huberts vernichtender Blick stoppte ihn.

„Dirk, wir müssen Riedesser finden … so schnell wie möglich", drängte Kripo-Hubert.

Sein Chef sah demonstrativ auf seine Armbanduhr.

„Natürlich. Aber ich bin sicher, ihr schafft das auch ohne mich, oder? Du weißt ja: Termine, Termine, Termine."

Hauptsache nicht arbeiten, kochte es in Kripo-Hubert, doch er presste stumm die Lippen zusammen.

„Wir schaffen das. Wir brauchen aber den Haftbefehl von dir."

Sein Chef blickte erneut auf seine Uhr.

„Huhu … ich bin schon recht spät dran … weißt du was: verhaftet den Mann, ich reiche den Haftbefehl morgen nach."

„Und ein Durchsuchungsbefehl für seine Wohnung, falls er nicht da ist?", hakte Kripo-Hubert nach.

„Mach ich, mach ich … aber alles morgen."

Er schnippte seine halbgerauchte Zigarette aus dem Fenster und ging zur Tür.

„Hubert – ich verlasse mich auf dich!", sagte er zufrieden, und verließ das Büro ohne die Tür zu schließen.

„Dann liegt es bei uns!", begann Kripo-Hubert. „Riedesser ist allein, das sollte für uns drei kein Problem sein!" Er machte eine kreisende Handbewegung, die ihn selbst, Manni und Streifenkollege Hans einbezog.

„Und was ist mit mir?", fragte Anne enttäuscht.

„Ich brauche dich hier, während wir zu Riedesser fahren. Wir müssen unbedingt Walter informieren. Er ist in Taldorf … womöglich sitzt er gerade mit Riedesser an einem Tisch bei der Goschamarie."

Anne nickte.

„Probier es auch noch mal bei Kevin auf dem Handy und bei Xavier. Die sollten auch Bescheid wissen." Er hatte die Telefonnummern bereits auf ein Blatt Papier geschrieben und reichte es Anne.

Dann hob er die Hand. „Und noch was: wir sollten versuchen Riedessers Frau zu erreichen. Vielleicht weiß sie noch etwas, das uns weiterbringt."

„Ich versuche sie zu finden, aber vorher rufe ich die anderen an", versprach Anne.

Kripo-Hubert, Manni und Streifenkollege Hans verließen entschlossen das Büro. Jeder von ihnen trug seine geladene Dienstwaffe.

66

„Wir haben ihn", hatte Kripo-Hubert geschrieben. Seitdem war keine weitere Nachricht mehr eingegangen. Walter hatte sich nach seiner Zeitungsrunde zwar schlafen gelegt, aber kein Auge zugemacht. Er lauerte ständig auf ein Lebenszeichen seines Handys, das er ausnahmsweise auf seinen Nachttisch gelegt hatte. Irgendwann war er dann doch eingenickt, nur um kurz darauf panisch hochzuschrecken. Viertel nach acht.

„Scheißndreckn", fluchte er und stieg aus dem Bett.

Balu begrüßte ihn wie immer, erfreut, so früh schon hinaus in den Garten zu dürfen, und Walter setzte Kaffeewasser auf. Kühle Morgenluft strömte in die Küche und lockte Walter auf die Terrasse. Wieder ein Blick aufs Handy. Nichts.

„Heute unter die Frühaufsteher gegangen", lästerte Liesl, die mit Arbeitshose und Gummistiefeln in ihrem Garten unterwegs war.

„Konnte nicht schlafen", knurrte Walter und rückte die Gartenstühle an den Tisch.

„Kaffee?", fragte er und erntete dafür ein breites Lächeln.

„Die Pause tut gut", seufzte Liesl, und schüttete einen Schluck Milch in ihren Kaffee. „Jetzt erzähl schon … was lässt dich nicht schlafen?"

Walter fasste zusammen, was er am Abend zuvor erfahren hatte.

„Wir haben ihn, hat Hubert nur geschrieben. Aber seitdem habe ich nichts mehr von ihm gehört."

Liesl legte den Kopf schief. „Vielleicht ein gutes Zeichen … eventuell haben sie Wicker schon verhaftet."

Walter liebte Liesls Optimismus, glaubte in diesem Fall aber nicht daran.

„Die hätten mir Bescheid gesagt. Ich glaube, da geht etwas ganz anderes vor."

Liesl sah ihrem Freund an, welche Sorgen er sich machte, und nahm vorsichtig seine Hand.

„Die melden sich schon, sobald etwas passiert. Bis dahin musst du auf andere Gedanken kommen. Du machst dich sonst nur verrückt. Lust mir im Garten zu helfen?"

Walter hatte eigentlich zu gar nichts Lust, da er ständig an Ralf Wicker und seine Freunde dachte, doch er konnte Liesl einfach nichts abschlagen.

„Natürlich helfe ich dir", lächelte er und verschwand im Haus, um sich für die Gartenarbeit umzuziehen. Sein iPhone ließ er in der Küche zurück.

„Wo warst du heute morgen?", fragte Balu vorwurfsvoll, als Kitty sich zu ihm auf die Terrasse setzte.

„Ich war beschäftigt", antwortete sie kurz und leckte sich die rechte Vorderpfote.

„Um die Uhrzeit? Sag nur, du hast einen Kater am Start …"

Kitty langte mit der Pfote nach ihrem Freund, ohne die Krallen auszufahren.

„Was denkst du denn? Nein, ich habe mich um Eglons Problem gekümmert."
„Und? Was gefunden?"

Kitty schaute zur Seite.

„Leider nein. Aber ich muss ihm Recht geben: irgendwer ist da. Als ich auf der Lauer lag, habe ich hin und wieder leise Geräusche gehört, und dieses Gefühl beobachtet zu werden, hatte ich auch."

Balu rümpfte die Nase. *„Jetzt spinnt ihr beide"*, kläffte er unhöflich.

„Wenn Eglon nicht bald mit diesem Mist aufhört, knöpfe ich ihn mir vor."
„Dabei hat er Recht", brummte Ulfs tiefe Stimme aus dem Hasengatter herüber.

Kitty und Balu setzten sich an das Gitter und begrüßten ihren Freund mit Nasenstupsern.

„Oh bitte", jammerte Balu, *„fang du nicht auch noch an."*

Doch Ulf ließ sich nicht beirren. *„Seit ich hier bin, habe ich genau das gleiche Gefühl. Aber ich fühle mich nicht bedroht. Es ist nur … also … ich komme mir ständig beobachtet vor."*

Balu wollte gerade etwas erwidern, als Seppi müde unter einem der Jostabüsche hervorkroch.

„So ein Mist", schimpfte er grantig. *„Was müssen Walter und Liesl im Garten rumklappern. Da kann doch kein Igel schlafen."*

Er watschelte lustlos zu seinen Freunden und blickte am Hasengatter erstaunt auf.

„Oh, wir haben Besuch", sagte er etwas freundlicher.

Ulf hob zum Gruß den rechten Vorderfuß, wodurch er nach vorne kippte und fast einen Kopfstand machte. Bei dem Anblick musste selbst Seppi lachen.

„Wie kommst du her?", fragte der Igel. *„Du kannst ja schlecht hergelaufen sein."*

Die Tiere erzählten ihm, was mit Eugen passiert war, und dass Walter sich eine Weile um Ulf kümmern würde.

„Mir soll's recht sein", grummelte Eglon dazwischen, der nun ebenfalls auf die Terrasse kam. *„Ulf frisst mir wenigstens nichts weg … der steht ja nur auf Bananen!"*

„Ich hasse Bananen", donnerte der Schildkröter mit seinem Bass.

„Wenigstens hat Walter das kapiert. Er gibt mir Äpfel und Trauben. Und ein bisschen Salat. Wunderbar."

Eglon betrachtete die kleine Runde, die sich mittlerweile um den alten Hasenstall versammelt hatte, und schüttelte den Kopf.

„Wenn ich mich hier umsehe, wird das ein richtiger Streichelzoo", lästerte er.

„Komm ruhig her und streichel mich …", sagte Seppi verschlagen und richtete seine Stacheln auf.

„Hättest du wohl gerne", erwiderte der rote Kater. „Da fasse ich lieber den Typ mit dem Wohnwagen auf dem Rücken an."

„Haltet mich da raus", rief Ulf und zerquetschte eine überreife Weintraube. Sie platzte unter dem Druck seiner Kiefer auf, und Saft spritzte auf Eglons Schwanzspitze.

„Na spitze", schimpfte der Kater und leckte über die Tropfen weg. „Bähh … wie kann man so was nur essen!"

„Alles Geschmackssache", verteidigte sich der Schildkröter.

„Gutes Stichwort", sagte Seppi auf dem Weg zum Katzenfutternapf, den Walter frisch aufgefüllt hatte.

„Was macht Walter eigentlich im Garten? Sollte der nicht einen Mörder fangen?", fragte Eglon.

„Sag das nicht zu laut", beschwor Balu den Kater. „Von mir aus kann er die nächsten Jahre da im Garten rumwursteln … solange er seine Freunde von der Polizei ihren Job machen lässt."

„Haben sie den Täter denn endlich?", fragte Eglon neugierig.

„Sie haben zumindest seinen Namen", erklärte nun Kitty. „Jetzt müssen sie ihn nur noch finden."

„Das scheint ja diesmal nicht so spannend zu sein", sagte Eglon enttäuscht. „Sagt mir Bescheid, wenn es was Neues gibt."

Der Kater stemmte sein nicht unerhebliches Körpergewicht auf die Beine und wackelte davon.

„Da hat er die Ruhe weg", nörgelte Balu, „aber nachts Angst haben, weil er sich beobachtet fühlt …"

„Ich glaube aber auch, dass die Geschichte diesmal harmlos abläuft", pflichtete Kitty Eglon bei.

Sie konnte nicht ahnen, wie sehr sie sich irrte.

67

Kripo-Hubert, Manni und Streifenkollege Hans hatten ihren Dienstwagen eine Straße entfernt von Riedessers Wohnung in Oberzell geparkt. Sie versuchten unauffällig zu wirken, doch sie waren allein auf dem Gehweg unterwegs, und spürten, wie sie durch zugezogene Vorhänge misstrauisch beobachtet wurden.

„Nette Gegend", versuchte Manni die Anspannung zu lockern.

„Das ist das Haus", sagte Kripo-Hubert knapp.

Es war ein Einfamilienhaus, doch sie fanden zwei Briefkästen und zwei Klingelknöpfe. Kripo-Hubert sah seinen Freunden ernst in die Augen, dann drückte er auf die Taste neben dem Namen „Riedesser". Nichts passierte. Er drückte erneut – wieder keine Reaktion. Einmal noch. Wieder nichts.

„Soll ich …?", fragte Manni und brachte sich in Position um die Tür mit der Schulter einzurennen.

„Vergiss es", hielt in Streifenkollege Hans zurück und zeigte auf die massive Türzarge. „Das schaffst du nie!"

Kurzentschlossen drückte Kripo-Hubert auf die andere Klingel.

„Remtsma". Nach kurzem Warten wurde ein Schlüssel im Schloss gedreht.

„Ja?", fragte eine etwa vierzigjährige Frau. Sie war offensichtlich am Kochen gewesen, eine verschmierte Schürze war um ihre Hüfte gewickelt.

Kripo-Hubert stellte sich und seine Freunde vor und wurde eingelassen.

„Der Herr Riedesser wohnt in unserer Einliegerwohnung im ersten Stock", stammelte Frau Remtsma überrumpelt. Irgendwoher kenne ich diesen Namen, dachte Manni, kam aber nicht darauf woher.

„Was wollen Sie überhaupt von ihm?", fragte Frau Remtsma.

„Wir müssen dringend mit ihm sprechen", antwortete Kripo-Hubert sachlich, „und wir haben einen Durchsuchungsbefehl." Er hoffte, dass sie das Papier nicht sehen wollte. „Alles Weitere braucht Sie nicht zu interessieren."

Frau Remtsma überlegte kurz, dann zuckte sie mit den Schultern und ging in ihre Wohnung.

„Ich hole nur den Zweitschlüssel", rief sie über die Schulter.

Als sie die Tür zu Riedessers Wohnung aufgeschlossen hatte, schob Kripo-Hubert die Frau vom Eingang weg und ging mit gezogener Waffe an ihr vorbei. Manni und Streifenkollege Hans folgten ihm, ebenfalls die Pistolen im Anschlag.

Schnell hatten sie einen Überblick über die kleine Zweizimmerwohnung. Sie war leer.

„Verdammt", knurrte Kripo-Hubert. „Wo steckt der Kerl?"

„Haben Sie es schon in der Bank versucht?", mischte sich Frau Remtsma vom Flur aus ein. „Er macht manchmal Überstunden!"

Manni sah auf die Uhr. „Um kurz vor acht?"

„Ok. Da eher nicht", kam aus dem Flur.

Die Wohnung war klein, aber sehr ordentlich, geprägt vom Stil eines schwedischen Möbelhauses. Ein modernes Sofa stand vor einem riesigen Flachbildfernseher, daneben ein Bücherregal mit Fachliteratur. Kripo-Hubert nahm ein Foto in die Hand, das oben auf dem Regal stand.

Es zeigte eine hübsche Frau mit zwei lachenden Kindern an ihrer Seite. „Ist wohl seine Frau", mutmaßte er.

„Ex-Frau. Er ist geschieden", korrigierte es aus dem Flur.

Er stellte das Foto zurück.

Die Wohnung war nicht nur ordentlich, sie wirkte fast steril. Selbst auf der kleinen Küchenzeile waren keine Spuren des Bewohners zu entdecken. Im Schlafzimmer dasselbe. Das ordentlich gemachte Bett und die verspiegelten Schränke hätten in der Ausstellung eines Möbelhauses stehen können.

„Wohnt der überhaupt hier?", dachte Streifenkollege Hans laut.

Die Antwort kam aus dem Flur. „Natürlich. Seit zwei Jahren. Aber er ist halt schon sehr ordentlich, der Herr Riedesser. Wir hatten noch nie einen besseren Mieter."

Das wird sich noch zeigen, dachte Kripo-Hubert grimmig, und sah sich ratlos um.

„Hier finden wir nichts. Er ist ausgeflogen. Vielleicht ahnt er, dass wir ihm auf der Spur sind und versteckt sich irgendwo. Ich glaube nicht, dass er in nächster Zeit auftaucht."

Sie verließen die Wohnung und entschuldigten sich bei der Vermieterin für die Umstände. Kripo-Hubert gab ihr seine Karte, mit der Bitte, ihn sofort anzurufen, wenn Riedesser auftauchte. Sie steckte die Karte ehrfürchtig ein, und Kripo-Hubert hatte keinen Zweifel, dass sie die ganze Nacht auf der Lauer liegen würde.

Bevor sie gingen, drückte Frau Remtsma jedem ein Glas selbstgemachte Hagebuttenmarmelade in die Hand. Dann schloss sie ihre Eingangstür und man hörte das Einrasten der Sicherheitskette.

68

Der Nachmittag mit Liesl hatte Walter gut getan. Gemeinsam hatten sie ein neues Beet angelegt und einige Büsche herausgerissen, die nach dem Unwetter nicht mehr schön anzuschauen waren. Walter hätte auch den angeschlagenen Lavendel entsorgt, dessen Wurzeln Liesl liebevoll mit einigen Steinen abgedeckt hatte, doch sie hatte ihn zurückgehalten. Sie hing an dem duftenden Strauch.

Es war eine ganze Menge Gartenmüll zusammengekommen, den Walter kurzer Hand auf seinen Hänger geworfen und in Bavendorf bei der Grüngutsammelstelle entsorgt hatte, die mittwochs glücklicherweise geöffnet hatte.

Liesl hatte sich mit einer Einladung zum Abendessen bedankt und einen wunderbaren Ceasars Salad zubereitet.

„Vielen Dank", seufzte Walter zufrieden und strich sich über den Bauch.

Liesl schaute empört. „Du bedankst dich? Du hast den ganzen Nachmittag in meinem Garten geschuftet, da war ein gutes Essen das Mindeste."

Sie gab ihm unaufgefordert ein Bier und sie stießen an.

„Sag mal … läuft dein Fernseher drüben?", fragte Liesl und spitzte die Ohren.

Tümdüm tüdeldüm dü düüü düüü …

„Das ist doch die Tagesschaumelodie …", erkannte sie, doch Walter war schon aufgesprungen.

„Scheißndreckn! Das ist mein Handy!" Mit dem Bier in der Hand rannte er aus der Tür. „Ich komme gleich wieder."

„Hallo?", rief er, nach Atem ringend, in sein iPhone.

„Endlich gehst du ran, Walter", meldete sich Anne erleichtert. „Wo warst du denn?"

„Bei … Liesl … Handy … vergessen!" Er bekam immer noch kaum Luft.

„Dann hör mir mal zu", setzte Anne an. „Wir haben Wicker gefunden! Es war nicht einfach, aber wir haben ihn. Und jetzt halt dich fest: er heißt nicht mehr Ralf Wicker sondern Ralf Riedesser."

Walter stockte der Atem. „Riedesser? Mein Riedesser von der Bank? Der Anlageberater-Riedesser?"

Anne bejahte und erzählte Walter kurz, wie schwierig es gewesen war, Riedessers Weg zurückzuverfolgen, und das Kripo-Hubert, Manni und Streifenkollege Hans ihn in seiner Wohnung nicht angetroffen hatten.

„Oh Gott, vielleicht ist er hier in Taldorf? Er war in letzter Zeit öfter bei der Goschamarie", rief Walter.

„Tu nichts Unüberlegtes", mahnte Anne. „Da ist nämlich noch was: ich kann auch Xavier und seinen Personenschützer nicht erreichen."

Vielleicht sitzen alle ganz entspannt bei der Goschamarie und trinken zusammen Bier, wollte Walter sagen, wollte es aber nicht glauben.

„Ich geh kurz in die Wirtschaft und sehe nach", sagte er entschlossen. „Da wird mir schon nichts passieren. Sag du den anderen Bescheid. Ich melde mich, sobald ich was weiß."

Noch bevor Anne etwas erwidern konnte, hatte Walter das Gespräch beendet. Er verzichtete auf die Lederhose und rannte zur Gartentür hinaus.

„Ist etwas passiert?", fragte Liesl besorgt, als er vorbeihastete.

„Erzähle ich dir später! Muss kurz zur Goschamarie! Wichtig!"

Walter rannte auf der Straße ins Dorf. Balu war ihm sofort gefolgt und wich nicht von seiner Seite.

„Kommsch doch no?", begrüßte ihn Marie freudig, als er die

Gaststube betrat.

Walter schnaufte wie eine Dampflock und sah sich in der Wirtschaft um. Viele Tische waren belegt, doch keine Spur von Riedesser, Xavier oder seinem Personenschützer.

„War … der Riedesser … heute da? … und der Xavier … ?", brachte er stoßweise hervor.

„Dr Xavier war do. Isch vorhär ersch ganga. Zum Jaga hot er wella!"

„Und Riedesser?", hakte Walter nach.

Marie überlegte. „Ja scho. Der isch erscht beim Xavier danna ghockt, isch dänn aber frieher ganga."

Sie legte Walter beruhigend die Hand auf die Schulter. „Aber jetzt verzehl doch amol. Wa isch dänn bassiert? Du schnaufelesch jo wia a Dampflock?"

„Muss ich dir ein andermal erzählen", hetzte Walter. „Ich muss los!"

Walter sprintete die Treppenstufen vor der Wirtschaft hinunter und rannte zurück nach Hause.

„Was ist denn mit Walter los?", fragte Kitty besorgt von ihrem Heuballen herunter.

„Sie haben den Mörder", hechelte Balu. *„Es ist dieser Riedesser von der Bank. Komm mit, dann erzähl ich's dir unterwegs!"*

Schon auf dem Weg hatte Walter versucht Anne anzurufen, hatte sich aber zweimal verwählt. Vor seinem Haus schnaufte er durch und drückte in Ruhe auf die Kurzwahltaste.

„Sie waren beide da", sagte er ohne sich zu melden. „Der Riedesser und der Xavier waren heute Abend bei der Goschamarie. Saßen sogar an einem Tisch."

„Und wo sind sie jetzt?", fragte Anne schnell.

„Keine Ahnung! Der Riedesser ist früher gegangen. Marie meinte, Xavier wollte noch auf die Jagd gehen."

„Wo hat er sein Jagdrevier?", fragte Anne.

„Ich weiß es nicht", gab Walter zu. „Ich fahre zu Xaviers Hof. Irgendwer wird mir schon sagen können, wo er heute zum Jagen hin wollte. Gib du den anderen Bescheid. Ich melde mich, sobald ich etwas erfahren habe."

Walter beendete das Gespräch und riss das Garagentor auf. Die Garage war leer.

„Scheißndreckn!"

69

„Oh happy day …", sang Hans-Peter leise vor sich hin und schnürte ein Geldbündel mit einem Gummi zusammen. Noch nie hatte er mit seinem kleinen Nebenerwerb so viel verdient: fast dreißigtausend Euro waren zusammengekommen. Er legte den Stapel Fünfziger zu den anderen in die Holzkiste.

„Dreißigtausend …", murmelte er. „Das sind nach Abzug der Steuern …" Er lachte auf und hielt sich die Hand vor den Mund. „Ups … ich zahle ja gar keine Steuern!"

Er hatte seine Einnahmen gezählt und das restliche Gras aus dem Wagen geholt. Am Wochenende hatten sie in Neuhaus die letzte Vorstellung, danach wurde der Zirkus abgebaut, und für die Reise zum nächsten Ort brauchten sie den Wagen. Seine Ware lagerte nun in alten Elefantenfutterkisten, die direkt neben deren Käfig stand. Die friedlichen Dickhäuter mochten ihren Tierpfleger und fummelten ständig mit ihren sanften Rüsseln an ihm herum.

Während Hans-Peter die Banknoten sortiert hatte, hatte Sidney ihm zugesehen und nebenbei hundertfünfzig Joints gedreht. Hans-Peter war stolz auf das kleine Kapuzineräffchen, das jetzt allerdings ungeduldig kreischte, und auf der Kiste mit den getrockneten Pflanzen herumhüpfte.

„Du wartest auf deinen Lohn, hmmm?", fragte Hans-Peter liebevoll und streichelte ihm zärtlich den Kopf. „Eine gute Idee", lobte er und öffnete die Kiste. Sidney beruhigte sich sofort und kam schnuppernd näher. Hans-Peter zog einige Blätter heraus und reichte sie dem Äffchen, das daraus geschickt eine Tüte bastelte, die er gierig in den Mund steckte und anzündete.

„Und ich?", beschwerte sich Hans-Peter, und griff nach dem Joint, doch Sidney drehte sich meckernd weg.

„Dann dreh ich mir halt selber einen", grummelte er und griff nach ein paar Blättern. Die Kiste ließ er offen.

Eine Viertelstunde später drückte er den Joint aus und lehnte sich im Heu zurück. Das ungewöhnlich starke Gras von Hermann entfaltete auch bei Hans-Peter sofort seine berauschende Wirkung. Er schloss die Augen und fiel in einen samtig weichen Traum. Er träumte von einer heißen Nacht mit seiner Ex-Frau. Es war nicht alles schlecht gewesen.

Luna, die älteste der drei Elefantenkühe, schob ihren Rüssel durch die Gitterstäbe und durchsuchte Hans-Peters Hosentasche vorsichtig nach einem Leckerlie.

„Oh ja …", seufzte der Tierpfleger beseelt, „mach weiter … Petra … bitte hör jetzt nicht auf!"

Luna, erfreute über die Ansprache, tastete sich an seinem Körper weiter vor.

Sidney hatte Lunas Annäherungsversuch beobachtet und sah ihre Enttäuschung, als sie keine Leckerlies fand.

Auf dem Boden vor der Kiste lagen zwei Blätter Gras, die Hans-Peter aus der Hand gefallen waren. Sidney hob sie auf und winkte Luna zu. Sofort lenkte sie ihren gelenkigen Rüssel in seine Richtung. Sanft umschloss sie die Blätter mit der Rüsselspitze und schob sie in ihr faltiges Maul. Dem Futterneid folgend kamen nun auch die anderen beiden Elefanten ans Gitter. Sidney war schon immer großzügig gewesen, und griff sorglos in die Kiste, um die Hanfblätter an die Dickhäuter weiterzureichen.

Die Wirkung blieb nicht aus. Belustigt sah Sidney wie die Elefanten lebhaft mit ihren Rüsseln hin und her schlenkerten und sich gegenseitig immer wieder mit den Köpfen anstießen. Das

Kapuzineräffchen gönnte den Elefanten den Spaß. So lustig war das Leben im Zirkus normalerweise nicht. Den ganzen Tag standen die Tiere in ihrem Käfig herum. Nur zum Training und den Vorführungen durften sie heraus.

Sidney machte einen langen Zug an seinem Joint.

Freiheit – ja das war das höchste Gut, philosophierte das Äffchen im Rausch. Unbegrenzte Freiheit! Beim Anblick der drei bekifften Elefanten wurde er tieftraurig. Für sie war Freiheit ein Fremdwort. Nie würden sie durch die endlosen Savannen ihrer Heimat ziehen, niemals mit dem Rüssel im saftigen Gras einer Wiese wühlen.

Irgendjemand musste etwas unternehmen, befand Sidney, und da sonst niemand da war, entschloss er sich, es selbst zu tun.

Schwankend lief er zur Käfigtür. Er hatte Mühe an den Gitterstäben nach oben zu klettern, einmal wäre er fast abgestürzt. Endlich erreichte er das Schloss, indem wie immer der Schlüssel steckte. Niemand klaute Elefanten. Mit beiden Händen drehte er den schweren Schlüssel herum und die Tür schwang einen spaltbreit auf.

Die Elefanten hatten ihn teils interessiert, teils amüsiert, beobachtet und kamen nun neugierig zur Tür. Vorsichtig schubste Luna sie mit dem Kopf weiter auf und stand unschlüssig vor dem unverhofften Tor in die Freiheit. Sidney war weiter nach oben geklettert und sprang mit einem beherzten Satz auf Lunas Kopf. Er setzte sich hinter ihre Ohren, wie er es bei den Menschen in der Manege gesehen hatte.

Kapuzineräffchen sind wirklich sehr lernfähig.

Er presste seine winzigen Schenkelchen gegen Lunas Hals und feuerte sie quiekend an. Langsam wagte das riesige Tier den ersten Schritt nach draußen. Sie erwartete jeden Moment von einem der Menschen zurückgedrängt zu werden, doch da war nur Hans-Peter, der murmelnd im Heu lag.

„Oh Petra … warum hast du aufgehört? … komm wieder zu mir!"

Enthemmt durch ihr ungewöhnliches Futter beschloss Luna diese Chance nicht verstreichen zu lassen und verließ erst den Käfig, dann das Stallzelt. Ihre drei Artgenossen folgten ihr schwankend.

Sie kletterten die niedrige Böschung zur Bundesstraße hinauf und liefen in Richtung Ravensburg.

Ein Autofahrer, der ihnen entgegenkam, hupte erschreckt und verriss das Lenkrad. Er war etwas zu schnell gefahren und kam erst nach zwei umgefahrenen Leitpfosten zum Stehen. Er zückte sofort sein Handy und rief die Polizei an.

Luna und ihre Freundinnen trampelten vergnügt weiter. Am Adler in Hefigkofen machten sie auf dem Parkplatz eine kurze Pause. Da die Wirtschaft wegen eines Brandes seit einiger Zeit geschlossen war, parkten keine Autos davor.

Die Elefanten suchten nach Futter – Gras macht hungrig – doch die wenigen Sträucher im angrenzenden Garten schmeckten nicht. Ganz ihrer Rolle als Leitkuh verpflichtet, blies Luna zum Abmarsch und sie trabten fröhlich in Richtung Dürnast. Sie blieben auf dem Landwirtschaftsweg, bis dieser an der Fußgängerampel in Dürnast endete. Kaum setzten sie den Fuß auf die Straße, kam ihnen ein LKW entgegen. Vor Schreck blendete der Fahrer auf und ließ sein mächtiges Horn erklingen.

Luna wich erschreckt nach links aus und trabte mit ihren Freundinnen die Straße nach Alberskirch hinauf. Sidney, der nicht mit dem plötzlichen Richtungswechsel gerechnet hatte, klammerte sich schreiend an Lunas Ohr und winkte dem LKW-Fahrer, wie er es bei Hans-Peter unzählige Male gesehen hatte, wütend mit der Faust zu.

Sie kamen an die ersten Häuser in Alberskirch und entschieden sich einen schmalen Abzweig zu nehmen, der zu dieser Stunde schon im Dunkeln lag.

Der direkte Weg nach Hergottsfeld.

70

Kripo-Hubert, Manni und Streifenkollege Hans fuhren schweigend in Richtung Polizeipräsidium. Sie waren enttäuscht, dass sie Riedesser nicht erwischt hatten.

Kripo-Huberts Handy klingelte. Da er am Steuer saß, gab er es an Manni weiter.

Der sah kurz auf das Display, bevor er das Gespräch annahm und auf Freisprechen stellte. „Anne – gibt's was Neues?"

„Allerdings", antwortete sie aufgeregt, und berichtete, was sie von Walter erfahren hatte.

„Egal wo ihr gerade seid – ihr müsst umkehren und wieder nach Taldorf fahren. Walter wollte zu Xaviers Hof und herausbekommen, wo er heute Nacht zum Jagen hin wollte. Ich hoffe, er meldet sich bald. Sobald ich was höre, melde ich mich wieder bei euch. Xavier und Kevin habe ich übrigens immer noch nicht erreichen können."

Noch während Anne sprach, hatte Kripo-Hubert auf der Straße gewendet. Es herrschte wenig Verkehr und er kam ohne Blaulicht und Martinshorn aus.

„Wir sind auf dem Weg. Sonst noch was?"

„Ja. Ich habe Riedessers Ex-Frau erreicht, und das war sehr aufschlussreich."

„Warum? Hat er früher schon ein paar Leute umgebracht?", fragte Kripo-Hubert sarkastisch.

„Nein. Aber sie hat mir erzählt, warum sie sich von ihm hat scheiden lassen … er hat sie betrogen, und sie hat in dabei erwischt … mit einem Mann."

„Oha", entfuhr es Manni, der sofort an das Gleitgel mit Erdbeergeschmack denken musste.

„Falls Walter wieder anruft, sag ihm bitte, er soll nichts unternehmen", sagte Kripo-Hubert bestimmt. „Wir sind in Kürze bei ihm. Wenn er Empfang hat, soll er uns über Whatsapp seinen Standort schicken, damit wir ihn einfacher finden. Meinst du, er kann das?"

„Klar kann Walter das", behauptete Anne, hatte aber keine Ahnung, ob Walter diese Funktion jemals benutzt hatte.

„Ihr hört von mir", beendete Anne das Gespräch.

„Sieht aus als hätten wir heute vielleicht doch noch Glück", lächelte Streifenkollege Hans auf der Rücksitzbank.

Plötzlich wurde das Autoradio laut. Kripo-Hubert hatte es fast lautlos gestellt, doch die Verkehrsansage-Funktion hob die Lautstärke automatisch an.

„Achtung Autofahrer! Auf der B33, Markdorf Richtung Ravensburg, sind zwischen Neuhaus und Dürnast Elefanten auf der Fahrbahn. Ich wiederhole …"

„Was zum Teufel …", fluchte Kripo-Hubert. „Drehen denn heute Nacht alle durch?"

Um seine Entschlossenheit zu untermauern, schaltete er jetzt doch Blaulicht und Martinshorn an, während sie aus Ravensburg herausrasten.

71

„Scheißendreckn", schimpfte Walter, während er sich die Steigung nach Hütten hinaufquälte. Ohne Auto war ihm nur sein altes Fahrrad geblieben, dass unter der Belastung quietschte und knarzte. Er hatte den kürzesten Weg gewählt: erst Richtung Hütten, dann über den alten Damm den Feldweg entlang zu Xaviers Hof. Balu und Kitty waren ihm immer einige Meter voraus.

Ich hätte Balu zum Schlittenhund ausbilden sollen, dachte Walter, als es auf dem Damm steiler wurde, dann könnte er mich jetzt ziehen.

Im schwachen Licht seiner Fahrradlampe, die erlosch, als er stehenblieb, erreichte er Xaviers Hof. Er ließ das Fahrrad ins Kies fallen und rannte zur Eingangstür. Mit der einen Hand drückte er den Klingelknopf, mit der anderen hämmerte er an die Tür. Eine gefühlte Ewigkeit passierte nichts, dann ging im Hausflur das Licht an.

Xaviers Mutter öffnete die Tür einen Spalt, ohne die Sicherheitskette auszuhängen. Sie war allem Anschein nach schon im Bett gewesen: im Morgenmantel, mit einer altmodischen Schlafhaube auf dem Kopf und viel zu großen Filzpantoffeln, blinzelte sie durch den Türspalt.

„Jo um Gotts Willa – wa machsch du denn do Mitta in dr Nacht fier an Aufschtand?", fuhr sie Walter in breitestem Schwäbisch an.

Walter versuchte seinen Atem unter Kontrolle zu bringen, was ihm nur mäßig gelang.

„Ich suche … ich suche Xavier! Ist er noch … hier?"

Die Alte kniff die Augen zusammen. „Warum willsch du des wissa? Hotr äbbs agschtellt, dr Bua?"

Walter schüttelte den Kopf. „Aber nein … er könnte in Gefahr sein. Bitte … wo ist er?"

Xaviers Mutter zog die Schultern hoch. „Ha beim Jaga! Hot die letschte Wocha s Wild agfuttret, jetzt sott ers au mol schiaßa!"

„Wo?", fragte Walter schnell.

„Was wo?", blaffte Xaviers Mutter.

„Na – wo Xavier heute beim Jagen ist."

„Ach so, des moinsch. Doba ischer, aufm Waldwiesle in Herrgottsfeld. Sottsch an aber it schteera. Sonscht verlaufet d'Reh!"

Walter bedankte sich bei der alten Dame und entschuldigte sich für die späte Störung, als ihm noch etwas einfiel.

„Hat er seinen Personenschützer dabei?"

„Der Kevin?", fragte die alte Frau verwundert. „Warum sott där mit zum Jaga? Noi, der flacket im Bett und schloft sein Rausch aus." Sie lachte und schob die Tür zu. Wenige Sekunden später erlosch das Licht im Hausgang.

Walter holte sein Handy hervor und drückte die Kurzwahltaste.

„Ich weiß, wo Xavier zum Jagen hin ist", sagte er, als Anne sich gemeldet hatte.

„Er ist oben in Hergottsfeld. Auf der Waldwiese. Ich weiß, wo das ist."

„Die anderen sind schon unterwegs zu dir", erklärte Anne. „Kannst du über Whatsapp deinen Standort verschicken?"

Walter bejahte.

„Dann schick ihnen den Standort, an dem du auf sie wartest."

„Das brauchen wir nicht", entgegnete Walter hastig.

„Wir treffen uns auf dem Hof vom Josef. Den kennen ja alle noch. Ich bin in fünf Minuten da. Sag ihnen das. Und noch was: Xavier ist allein da draußen. Sein toller Personenschützer liegt im Bett und schläft seinen Rausch aus."

Er schob das Handy in die Hosentasche und zog sein Fahrrad hoch. Mit Schwung sprang er auf den Sattel und verfehlte das linke Pedal, und schlug mit dem Knöchel dagegen.

„Scheißendreckn", schimpfte er und blinzelte eine Schmerzträne weg.

Sein Hemd klebte mittlerweile schweißgetränkt an seinem Oberkörper, doch er trat in die Pedale als gäbe es kein Morgen. Kurz bevor er Josefs Hof erreichte, drohten seine Oberschenkelmuskeln zu krampfen und er wurde etwas langsamer. Trotzdem erreichte er den Hof als erster und lehnte sein Fahrrad an die Wand von Josefs Haus. Nur Sekunden später lenkte Kripo-Hubert seinen Wagen in die Einfahrt. Walter öffnete die hintere Tür und ließ sich schwitzend auf den Sitz fallen.

Streifenkollege Hans rümpfte die Nase. „Schon mal was von Körperhygiene gehört?"

Walter schaute ihn nur giftig an und beugte sich zu Kripo-Hubert vor. „Ein Stück weit können wir noch fahren. Dann geht's in den Wald. Ich zeige dir, wo es lang geht."

Er lehnte sich erschöpft zurück und atmete ein paarmal tief durch.

„Ach ja – schön, dass ihr da seid!"

72

„Waidmanns heil", freute sich Xavier leise. Er hatte die Rehe in den letzten Wochen auf der kleinen Waldwiese angefüttert. Die Bilder seiner Wildkamera hatten gezeigt, dass sie die vergangenen fünf Nächte arglos die Futterstellen aufgesucht hatten. Jetzt war es Zeit, etwas mit nach Hause zu bringen. Er hatte es auf einen der jungen Böcke abgesehen. Noch als es hell war, hatte er sich auf seinem Jägerstand verschanzt und wartete seitdem geduldig auf das Wild. Sein Gewehr hielt er geladen, aber noch gesichert, in der Hand.

Die Dämmerung war gekommen und dann die Nacht, doch bisher war kein Reh aufgetaucht. Er sah ungeduldig auf die Uhr. Hatten die Tiere sich für heute ein anderes Abendprogramm ausgedacht? Er nahm den Feldstecher mit Restlichtverstärker zur Hand und suchte den Waldrand ab.

„Psst", zischte es unter dem Jägerstand.

Das kann doch nicht wahr sein, dachte Xavier. Welcher Depp kommt jetzt hierher und ruiniert mir die Jagd?

„Psst", machte es erneut, und Xavier lugte über den Rand des Jägerstandes hinunter.

Unten stand ein Mann, den er im schwachen Mondlicht aber nicht erkennen konnte.

„Wer ist da?", flüsterte Xavier unfreundlich. „Was wollen Sie?"

„Kommen Sie mal runter. Es ist wichtig! Wirklich wichtig!"

Xavier seufzte und schulterte sein Gewehr. Für heute war die Jagd vorbei. Seine Beine waren steif vom langen Sitzen und er hatte Mühe die Tritte auf der Holzleiter zu treffen. Unten angekommen drehte er sich wütend zu dem Fremden um.

„Was soll diese Sch…".

Weiter kam er nicht, da ihn etwas hart am Hinterkopf traf.

Als er wieder zu sich kam, stöhnte er auf und tastete mit der Hand nach der schmerzenden Stelle an seinem Kopf. Er starrte in das blendende Licht einer Taschenlampe, die auf sein Gesicht gerichtet war.

„Wer sind Sie?", röchelte er benommen. „Und was soll das?"

„Wer ich bin?", fragte eine vertraute Stimme. „Schau her – erkennst du mich?"

Der Fremde richtete die Taschenlampe von unten auf sein Gesicht, was unheimlich aussah.

„Sie?", fragte Xavier überrascht, als er Riedesser erkannte.

„Ja ich", antwortete Riedesser mit ruhiger Stimme. „Aber erkennst du mich denn auch? Erkennst du, wer ich wirklich bin?"

Die Gedanken schwirrten in Xaviers Kopf. Er konnte nicht klar denken.

„Wer sollten Sie denn sein? Und warum haben Sie mich niedergeschlagen?"

„Damit du nicht irgendeinen Blödsinn anstellst", antwortete Riedesser lächelnd und deutete auf Xaviers Gewehr, das er in der Hand hielt.

„Du hast schon immer gern mit Gewehren gespielt, nicht wahr? Und jetzt überleg nochmal ganz genau: wer könnte ich sein?"

Xavier überkam eine Ahnung, wem er hier gegenüber stand. Er hätte ihn nach all den Jahren niemals wiedererkannt, doch so wie die Dinge lagen, gab es keinen Zweifel.

„Du bist der Ficker", zischte er leise.

„Nenn mich nicht Ficker", fuhr ihn Riedesser an und schlug ihm mit dem Gewehrkolben hart gegen die Schulter. „Nenn mich nie mehr bei diesem Namen!"

„Hier", flüsterte Walter und zeigte auf einen Waldweg.

Kripo-Hubert lenkte den Wagen an den Rand und stellte den Motor ab. Ihr Fahrzeug blockierte trotzdem die Straße. Der Wald reichte an dieser Stelle bis an die Fahrbahn.

Sie stiegen aus und versuchten, so gut es ging, keine Geräusche zu machen. Sie drückten die Türen vorsichtig zu, anstatt sie zuzuschlagen. Kripo-Hubert leuchtete mit einer großen Stabtaschenlampe in den Waldweg und sah Walter fragend an.

„Da rein", bestätigte Walter. „Ungefähr hundert Meter."

Kripo-Hubert nickte und signalisierte Manni und Streifenkollege Hans ihm zu folgen. Walter, Balu und Kitty bildeten in sicherem Abstand die Nachhut.

„Aufstehen", befahl Riedesser und stieß Xavier mit dem Gewehrlauf in die Seite.

Er kam nur mühsam auf die Beine. In seinem Kopf pochten heftige Schmerzen.

„Und jetzt?", fragte Xavier. „Bringst du mich auch um? Wie Hermann und Karl-Heinz?"

„So ist der Plan", sagte Riedesser grimmig und bedeutete Xavier mit einer Geste auf die Wiese hinauszulaufen.

Kripo-Hubert hob die Hand und lauschte. Er hatte Stimmen gehört. Er kniete ab, und winkte Manni und Streifenkollege Hans herbei.

„Da vorne", flüsterte er und deutete auf die zwei Schatten, die langsam auf die Waldwiese gingen.

Er zeigte auf Manni und auf ein Gebüsch am rechten Rand der Lichtung, dann auf Streifenkollege-Hans und auf ein Gebüsch zur Linken. Beide nickten und schlichen davon. Kripo-Hubert ging weiter geradeaus, wo er zwar keine Büsche als Deckung hatte, dafür eine

Gruppe von alten Fichten. Er drückte sich an einen Stamm und sah vorsichtig zur Wiese.

„Warum tust du das, um Gottes Willen?", rief Xavier mit zitternder Stimme.

„Weil ihr mich zu dem gemacht habt, was ich bin. Wegen euch habe ich diese Seuche, die mein Leben ruiniert hat."

„Aber was haben wir denn getan? Wir haben dich nie angerührt!" Xavier war den Tränen nah.

„Wenn ihr mich mal nur verprügelt hättet", fauchte Riedesser. „Ihr habt mich zu Dingen gezwungen, mit denen ich nicht leben konnte. Sie haben mich in meinen Träumen verfolgt, jede Nacht. Immer wieder habe ich es durchleben müssen."

Xavier erinnerte sich an das Gespräch mit der Polizei und die Geschichte mit dem Frosch.

„Was? Du meinst das mit dem blöden Frosch?"

„Nur ein blöder kleiner Frosch", sagte Riedesser gefährlich leise. „Er hat mich angesehen, als ich ihn mit dem Fahrrad überfahren habe. Ich sah, dass er nicht sterben wollte, aber ich habe ihn umgebracht, weil Hermann es mir befohlen hat."

„Du hättest es nicht tun müssen", entgegnete Xavier.

„Ach wirklich? So wie ihr mich bedrängt und angefeuert habt? Ich wollte doch immer nur dazu gehören … aber für euch war ich nur der blöde kleine Ficker!"

„Deshalb hast du Hermann überfahren …", erkannte Xavier.

„Und er hat mir dabei in die Augen gesehen – wie der Frosch. Ich habe ihn niedergeschlagen und bin mit dem Traktor gerade soweit auf ihn drauf, dass er nicht weglaufen konnte. Als er wieder zu sich kam, habe ich ihm erzählt, warum er sterben musste. Dann habe ich ihn ganz langsam überfahren. Er hat alles mitbekommen. Ich hörte jeden einzelnen Knochen brechen."

„Und bei Karl-Heinz war es wegen den Katzen?", fragte Xavier ungläubig.

Riedesser zuckte mit den Schultern. „Er hat sie in dem Sack einfach in den Weiher geworfen und ertränkt. Unschuldige, kleine Kätzchen. Er sollte am eigenen Leib spüren, wie sich das anfühlt. Im Nachhinein ärgert es mich, dass er in dieser Nacht so betrunken war. Er hat sich kaum gewehrt, als ich seinen Kopf in die Güllegrube gedrückt habe."

„Und? War es das wert?", fragte Xavier.

„Es ist ein Prozess", setzte Riedesser an. „Nach Hermann konnte ich schon spüren, dass die Heilung begonnen hat, bei Karl-Heinz war es noch viel stärker. Du bist der Letzte."

„Was denn für eine Heilung?", rief Xavier. „Von was von einer Krankheit laberst du da?"

„Ich labere nicht!", brüllte Riedesser aggressiv.

„Diese ganzen Grausamkeiten haben in mir etwas ausgelöst, das ich nicht kontrollieren kann. Es war, als hätte mein Leben plötzlich eine andere Richtung eingeschlagen und ich konnte nichts dagegen tun. Mein Körper machte auf einmal Dinge, die nicht … die nicht … nicht richtig waren."

„So wie du damals nen Ständer bekommen hast?", hakte Xavier nach.

Riedesser antwortete nicht und starrte hasserfüllt auf sein Gegenüber.

„Dafür kannst du uns doch nicht verantwortlich machen", rief Xavier.

„Natürlich kann ich das. Seit damals trage ich diese Seuche in mir. Ich habe versucht, dagegen anzukämpfen. Ich habe geheiratet, zwei Kinder gezeugt, aber immer wieder wurde ich rückfällig. Meine Frau hat mich deswegen verlassen, mitsamt den Kindern. Sie wollen nichts mehr mit mir zu tun haben."

Riedesser verstummte, Tränen liefen über sein Gesicht.

„Du bist schwul", sagte Xavier leise.

„Nein, bin ich nicht. Das ist nur diese Krankheit. Wenn ich fertig bin, wird sich der Prozess umkehren und mein Leben wird wieder ganz normal."

Es entstand ein Moment des Schweigens. Xavier ahnte, dass er bei Riedesser mit Vernunft nicht weiterkam. Er suchte fieberhaft nach einem Ausweg, doch Riedesser hatte das Gewehr, und allmählich schien die Zeit abzulaufen. Zeit, dachte Xavier, wenn ich überhaupt noch eine Chance haben will, muss ich auf Zeit spielen.

Er lachte verbittert.

„Was gibt's da zu lachen?", giftete Riedesser prompt.

„Deine Fantasie in allen Ehren", sagte Xavier ruhig, „aber ich möchte jetzt doch zu gerne wissen, was du mir vorwirfst. Frosch, Katze … vielleicht Hahn und Esel? Dann werden es am Ende die Bremer Stadtmusikanten!"

Riedesser stieg die Zornesröte ins Gesicht und er machte ein paar Schritte nach vorne.

„Mach dich nicht über mich lustig, sonst …"

„Sonst was?", unterbrach Xavier. „Sonst erschießt du mich? Das hattest du doch sowieso von Anfang an vor. Ich wundere mich, dass du es noch nicht getan hast!"

Riedesser atmete tief durch, um sich zu beruhigen.

„Du musst erst erfahren, warum du sterben musst. Nur wenn du erkennst, was du getan hast, wird es funktionieren."

„Na, da bin ich aber gespannt!", erwiderte Xavier flapsig.

Kripo-Hubert hatte jedes Wort verstanden und erkannte, dass Xavier Zeit schindete. Gut so. Als sich eine Wolke vor den Mond schob, löste er sich von seinem Baumstamm und schlich im Schutz der Dunkelheit auf die Wiese. Er ahnte seine Freunde in ihren Verstecken, und vertraute darauf, dass sie im Notfall helfen würden.

Walter war ebenfalls ein Stück näher an die Waldwiese gekommen, verharrte aber in sicherer Entfernung. Er hatte Balu an seine Seite befohlen. Er wollte nicht, dass sein vierbeiniger Freund etwas Unüberlegtes tat. Kitty, die nur wenige Meter entfernt unter einer Brombeerranke lauerte, nahm Walter gar nicht wahr.

„Du bist der Vogel", sagte Riedesser bestimmt und holte eine kleine Vogelfigur aus der Tasche. „Erinnerst du dich?"
Xavier hatte kein Ahnung und schüttelte den Kopf.
„Du hattest dieses kleine Luftgewehr. Wir waren bei euch auf dem Hof, und du sagtest, dein Vater hätte dir aufgetragen, so viele Spatzen wie möglich abzuschießen, weil sie den Hühnern die Körner wegpickten."
Xavier wusste immer noch nicht, worauf Riedesser hinauswollte.
„Du hast die Vögel reihenweise aus den Bäumen geschossen. Sie fielen auf die Wiese wie reifes Obst. Nur bei einem hattest du schlecht gezielt und ihn nur am Flügel erwischt. Er hüpfte durch das hohe Gras und ich bin sofort hingerannt. Ich habe ihn eingefangen und gesehen, dass dein Schuss ihn nicht schwer verletzt hatte."
Endlich erinnerte Xavier sich.
„Der war so gut wie tot", versicherte er. „Auch wenn es vielleicht harmlos aussah – so ein kleiner Vogel überlebt das nicht…"
„Du hast ihn mir aus der Hand geschlagen", schrie Riedesser.
„Während er versuchte davon zu hüpfen, hast du nachgeladen und ihm noch eine Kugel verpasst. Und noch eine …"
„Und wie soll das jetzt funktionieren?", fragte Xavier genervt. „Muss ich jetzt auf einen Baum klettern, damit du mich runterschießen kannst?"
„Das wäre wohl zu viel erwartet", zischte Riedesser und legte das Gewehr auf Xavier an.

Der erste Drogenrausch ihres Lebens verging so schnell wie er gekommen war. Sie waren die letzte Stunde fast ununterbrochen gerannt und Luna ließ erschöpft den Rüssel hängen. Sidney in ihrem Nacken protestierte quietschend, doch sie ignorierte das Kapuzineräffchen. Auch ihre beiden Freundinnen schnauften schwer und schlossen unschlüssig zu ihr auf. Auf dem Weg, den sie gekommen waren, kamen sie nicht weiter, da ein Auto die Straße blockierte. Rechts ging ein Waldweg ab und noch während Luna überlegte, was sie tun sollte, stieg ihr der Geruch von saftigem Wiesengras in die lange Nase. Ihr knurrender Magen gab den Ausschlag für ihre Entscheidung. Vorsichtig tastete sie sich auf dem Waldweg vorwärts, gefolgt von den anderen beiden Elefanten. Der Duft nach Futter wurde immer stärker und Luna erhöhte freudig das Tempo.

Peng.

Ein Schuss peitschte durch die Nacht und versetzte die Elefanten in Panik. Sie trompeteten mit erhobenen Rüsseln und stürmten vorwärts. Sie achteten weder auf herabhängende Äste noch auf dornige Ranken. Sie rannten immer weiter auf die kleine Lichtung am Ende des Weges zu.

Balu spitzte verwirrt die Ohren, als er die fremdartigen Geräusche hörte. Was zum Teufel war das? Schwere Schritte kamen immer näher und ließen den Waldboden erzittern. Kitty sprang aus ihrem Versteck und ging hinter Walter in Deckung, der sich verwirrt umblickte. Als er Luna und ihre Freundinnen auf sich zukommen sah, erstarrte er ungläubig, und brachte sich in letzter Sekunde hinter einem Baum in Sicherheit, ehe die Dickhäuter an ihm vorbei rannten.

Xavier ging schreiend zu Boden. Riedesser hatte ihn mit einem gezielten Schuss ins Bein getroffen.

„Und jetzt hüpf, mein Vögelchen, hüpf", rief er schrill und setzte das Gewehr zu einem weiteren Schuss an.

Xavier versuchte wegzukriechen und zog das verletzte Bein hinterher. Er wusste, dass er keine Chance hatte. Hier und jetzt würde alles enden.

„Leg – die – Waffe – hin!", rief Kripo-Hubert bestimmt, und bemerkte erstaunt, dass er fast wörtlich den Ravensburger Oberbürgermeister zitiert hatte. Doch bei Riedesser schien dieser psychologische Kniff keine Wirkung zu zeigen. Er wirbelte herum, das Gewehr immer noch im Anschlag.

„Haltet euch da raus", keifte er. „Niemand hält mich noch auf …"

Kripo-Hubert wusste, dass Riedesser ihn in der Dunkelheit nur erahnen konnte, trotzdem starrte er mit großen Augen in seine Richtung. Kripo-Hubert hielt seine Pistole fest umklammert und lauerte auf eine Gelegenheit. Sobald Riedesser das Gewehr nicht mehr auf ihn richtete, würde er schießen.

Riedessers Haltung änderte sich. Er starrte immer noch in Kripo-Huberts Richtung, doch sein Mund stand offen und die Augen weiteten sich.

„Was zum Teufel …", stammelte Riedesser und ließ das Gewehr sinken, während er ein paar Schritte rückwärts ging.

Jetzt bemerkte auch Kripo-Hubert, dass hinter seinem Rücken etwas vor sich ging. Er warf einen kurzen Blick über die Schulter und traute seinen Augen nicht: drei Elefanten kamen auf die Waldwiese gerannt, direkt auf Riedesser zu. Sie hoben ihre Rüssel in die Höhe und trompeteten laut, als bliesen sie zum Angriff. Riedesser stand noch immer wie versteinert da. Langsam sanken seine Arme nach unten.

Kripo-Hubert nutzte seine Chance.

Der Schuss traf Riedesser so heftig an der Schulter, dass er herumwirbelte und ins Gras stürzte. Sein Gewehr lag nur einen Meter von ihm entfernt in der Wiese. Kripo-Hubert ignorierte die Elefanten und rannte auf das Gewehr zu, als er von Balu überholt wurde. Der Wolfsspitz schoss mit unglaublicher Geschwindigkeit an ihm vorbei und zog das Gewehr am Trageriemen zur Seite, gerade als Riedesser sich danach streckte.

„Es ist vorbei", sagte Kripo-Hubert mit vorgehaltener Waffe, als er vor Riedesser stand.

Walter trat vorsichtig aus dem Wald heraus. Das Bild, das sich bot, war surreal. In der Mitte der Wiese lagen zwei verletzte Personen. Manni und Streifenkollege Hans waren bei ihnen. Kripo-Hubert stand vor Riedesser und zielte immer noch mit der Pistole auf ihn. In gut zehn Metern Entfernung rupften die drei Elefanten mit ihren Rüsseln Gras aus der Wiese und schoben es sich in ihre Mäuler. Saß auf dem einen Elefanten ein Affe? Walter schüttelte den Kopf und ging zu seinen Freunden.

„Ruf zwei Krankenwagen, Walter", befahl Kripo-Hubert, ohne Riedesser aus den Augen zu lassen. Der warf sich vor Schmerz hin und her und presste beide Hände auf die Schusswunde in seiner Schulter. Walter bezweifelte, dass von ihm noch Gefahr ausging. Er rief den Notarzt und schilderte kurz die Situation. Als er das Gespräch beendete, stellte er fest, dass er hier LTE hatte. Drei Balken. Mitten im Wald. Frechheit.

Manni hatte Xavier am Bein einen Druckverband angelegt und bat Walter bei ihm zu bleiben. Er rannte zu ihrem abgestellten Wagen und schaltete das Blaulicht ein, damit der Krankenwagen sie leichter finden konnte. Dann funkte er in die Leitstelle und bat um Verstärkung. Und einen Elefantenfänger.

73

Die Krankenwagen hatten die beiden Verletzten ins Ravensburger Krankenhaus gebracht. Beide waren sofort operiert worden. Die herbeigerufene Verstärkung war hauptsächlich damit beschäftigt gewesen, die Elefanten bei Laune zu halten. Das kleine Kapuzineräffchen, das die Dickhäuter ständig antrieb, war keine Hilfe gewesen. Nach einiger Zeit war der Tierpfleger vom Zirkus Balotelli mit ein paar Gehilfen eingetroffen. Walter hatte Hans-Peter sofort erkannt, als der kleine Affe glücklich auf seine Schulter sprang. Sie hatten die Transportwagen der Elefanten dabei, mit denen die Tiere sonst von Stadt zu Stadt gefahren wurden.

Walter hatte den jungen Tierpfleger bewundert, der von den Tieren mit sichtlicher Freude begrüßt wurde. Nachdem er eine Hand voll Leckerlies verteilt hatte, folgten ihm die Tiere ohne Widerwillen. Der Pfleger nahm den Rüssel des ersten Elefanten in die Hand, woraufhin die anderen sich den Schwanz ihres Vordermannes schnappten. Im Gänsemarsch verließen sie die Waldwiese, als wäre es nur das Ende einer weiteren Zirkusvorstellung.

Walter und seine Freunde verließen die Waldwiese als letzte. Auch Balu und Kitty fuhren im Streifenwagen mit. Sein Fahrrad wollte Walter in dieser Nacht nicht mehr sehen.

„Ei Walter – das isch nich nett", murrte Jusuf in seine Kaffeetasse, nachdem Walter ihm von den Geschehnissen der letzten Nacht erzählt hatte.

„Was meinst du?", fragte Walter müde. Er hatte nur zwei Stunden geschlafen.

„Du kannst mir doch nett so verarschen!"

„Hab ich nicht. Es ist alles genau so passiert", beharrte Walter.

„Escht jetzt – mit Elefanten und so?" Jussuf schüttelte den Kopf. „Das glaubt dich niemand!"

Walter legte nachdenklich den Kopf schief. „Weißt du … du hast Recht. Wenn ich an gestern Abend zurückdenke, kommt mir alles wie ein druchgeknallter Traum vor. Aber bitte glaub mir: so ist es passiert. Ich vermute, du kannst es morgen in der Zeitung lesen."

Walter hoffte nur, dass er nicht wieder in die Schlagzeilen geraten würde. Das letzte Mal hatte ihm gereicht.

Nach seiner Zeitungsrunde war Walter todmüde ins Bett gefallen und sofort eingeschlafen. Erst um kurz nach zwei wurde er von seinem Handy geweckt.

„Hubert hier. Hab ich dich geweckt?"

„Nicht doch", log Walter. „Was gibt's?"

„Wollte dir nur sagen, dass Xavier und Riedesser die OPs gut überstanden haben. Ich war schon im Krankenhaus und habe die Aussagen aufgenommen."

„Kam bei Riedesser noch was raus?"

„Eher nicht. Er redet ziemlich wirres Zeug. Ist ein Fall für die Psychiater. Eigentlich unglaublich, dass der Kerl jahrelang ganz unscheinbar auf der Bank gearbeitet hat."

Walter kam der Gedanke, dass er die Anlagen, die Riedesser ihm für sein Geld empfohlen hatte, besser noch mal überprüfen sollte.

„Wie geht es Xavier?", erkundigte sich Walter.

„Ganz gut soweit. Bei ihm war es ein glatter Durchschuss. Die Ärzte sind sich sicher, dass er wieder ganz gesund wird."

„Wenigstens das", sagte Walter erleichtert und beschloss in diesem Moment Xavier im Krankenhaus zu besuchen. Er bedankte sich bei Kripo-Hubert für den Anruf und beendete das Gespräch.

Vor seinem Besuch bei Xavier wollte er noch zu Liesl. Er musste ihr die ganze Geschichte erzählen, bevor sie es in der Zeitung las.

Er traf Liesl im Garten und lud sie gut gelaunt zu einem Kaffee auf der Terrasse ein. Schweigend hörte sie sich die Geschichte bis zum Ende an. Dann kam sie zu Walter und umarmte ihn so fest, dass er keine Luft bekam.

„Was machst du auch immer für Sachen?", jammerte sie in seine Schulter. „Was da wieder hätte passieren können …"

„Ist es aber nicht", beruhigte Walter sie. „Und jetzt ist es vorbei: Xavier hat überlebt und der Mörder ist gefasst. Die Geschichte ist zu Ende."

Liesl drückte sich leicht von Walter weg und wischte eine Träne ab. „Bis der nächste Mord passiert …"

„Ach was. Hier in Taldorf passiert doch nichts", lächelte Walter, bemerkte aber selbst, dass das, angesichts der Ereignisse in diesem Jahr, nicht der Wahrheit entsprach.

„Ich würde nachher gern ins Krankenhaus fahren und Xavier besuchen", wechselte Walter das Thema. „Ähm …", er räusperte sich verlegen, „… ich könnte einen Fahrer brauchen …"

„Das mache ich gerne", freute sich Liesl. „Dann können wir doch auch Eugen besuchen."

Und schon war Walters gute Laune dahin.

74

Walter hasste Krankenhäuser. Die Erinnerungen an seinen eigenen Aufenthalt vor wenigen Wochen waren noch zu frisch. Der leicht süßliche Geruch nach Desinfektionsmittel und ungeduschten Patienten ließ ihn schaudern.

Xavier lag halb sitzend in seinem Bett. Das operierte Bein war verbunden und lagerte auf einem Extrakissen.

Nach einer kurzen Begrüßung sprachen sie über die vergangene Nacht. Xavier litt noch immer unter den Folgen der Narkose und musste hin und wieder eine Pause machen.

„Du hattest Glück", sagte Walter. „Riedesser hätte dich auch sofort erschießen können."

„Hmmm …", brummte Xavier nachdenklich. „Wärt ihr nicht gekommen, hätte er das bestimmt auch getan." Er versuchte sich aufzurichten, doch der Schmerz ließ ihn zusammenzucken.

„Ich zermartere mir die ganze Zeit das Hirn, ob wir damals zu dem Ficker … äh … Riedesser … wirklich zu hart gewesen sind. Klar, wir waren Kinder, aber hätten wir nicht spüren müssen, dass das für ihn zu viel war? Vielleicht wäre dann alles anders gekommen …"

Walter zuckte mit den Schultern. „Das werden wir wohl nie erfahren. Ich habe aber meine Zweifel, dass er unter anderen Umständen ein ganz normales Leben geführt hätte. Er konnte nicht damit leben, dass er homosexuell war. Er hat sogar geheiratet und hatte zwei Kinder. Wenn du mich fragst, war er eine tickende Zeitbombe. Er wollte irgendwem die Schuld an seinem unglücklichen Leben geben und hat euch dafür ausgewählt."

Xavier nickte.

„Die Polizei hat mir heute Morgen erzählt, wie knapp alles war, und dass sie mich ohne deine Hilfe nie auf der Waldwiese gefunden hätten. Vielen Dank dafür Walter. Du hast mir vermutlich das Leben gerettet."

Walter blickte verlegen auf seine Hände und spürte das Blut in seinen Wangen.

Die Zimmertür wurde schwungvoll aufgestoßen.

„Soooo – Zeit für unsere schöne Thrombose-Spritze", verkündete die Krankenschwester mit rauer Stimme. Es war dieselbe Schwester unter der Walter vor einigen Wochen gelitten hatte. Ihr Oberlippenbart war noch dichter geworden.

„Oh, hat da jemand Sehnsucht nach mir?", fragte sie süffisant, als sie Walter erkannte.

„Um Gottes Willen … nein! Auf keinen Fall", beeilte Walter sich zu sagen und hielt abwehrend die Arme vor den Körper.

„Ich bin auch schon wieder weg. Muss noch jemand anders besuchen. Mach's gut Xavier", rief Walter und entwischte durch die Tür. Er hätte nie gedacht, dass er Eugen jemals als das kleinere Übel ansehen würde.

Der ehemalige Gymnasiallehrer bot ein trauriges Bild. Sein operiertes Bein hing in einer Schlinge, die in Walter unangenehme Erinnerungen weckte. Zusätzlich war Eugens Kopf bandagiert. Der Verband war etwas heruntergerutscht und verdeckte zur Hälfte die Augen. Hochschieben konnte er ihn nicht, da beide Arme am Bett fixiert waren.

„Das wird schon wieder", sagte Liesl gerade und tätschelte Eugen das gesunde Bein.

„Wie geht es denn unserem Marathonläufer?", fragte Walter mit falschem Lächeln und setzte sich auf einen der kleinen Besucherhocker.

„Geht so", grummelte Eugen. „Die OP lief gut, aber aus irgendeinem Grund glauben die, ich wäre nicht ganz richtig im Kopf und eine Gefahr für mich selbst. Schauen Sie mal …" Er hob die Arme ein Stück an und rüttelte an seinen Fesseln. „Die haben mich angebunden! Als ob ich mich mit meinem frisch operierten Bein vom Acker machen würde."

Durch die Bewegungen seines Kiefers beim Sprechen war der Kopfverband noch weiter heruntergerutscht und verdeckte ein Auge nun völlig.

Piraten-Look, dachte Walter grinsend. Man muss auch mal ein Auge zudrücken können.

„Der Schildkröte geht es gut", sagte Walter, da ihm nichts anderes einfiel. „Hat sich gut in meinem Garten eingelebt."

„Danke Walter, ich weiß wirklich zu schätzen, dass Sie sich um Sissi-Anna-Katherina kümmern …"

Eugen wollte noch weitersprechen, wurde aber von einem Arzt unterbrochen, der mit einem Klemmbrett in der Hand, das Zimmer betrat.

„Würden Sie bitte kurz nach draußen gehen?", bat er Walter und Liesl höflich. „Ich mache nur kurz Visite bei Herrn Heesterkamp."

Nach wenigen Minuten kam er wieder heraus. „Sie können jetzt wieder zu dem Patienten", sagte er, hielt aber Walter zurück, während Liesl sich wieder zu Eugen setzte.

„Könnte ich Sie kurz sprechen?", flüsterte der Arzt und schob Walter von der geöffneten Tür weg.

„Sind Sie seine nächsten Angehörigen?"

Walter überlegte kurz. „Hmmm … wohl das, was dem am Nächsten kommt …"

„Gut. Ähm … diese Frage ist jetzt etwas heikel … also verstehen Sie mich bitte nicht falsch … benimmt Herr Heesterkamp sich öfter … so seltsam?"

„Immer", bestätigte Walter. „Ich habe ihn eigentlich noch nie normal erlebt."

„Verstehe. Lebt er denn mit irgendeiner Frau zusammen? Ehefrau oder Tochter?"

Walter sah den Arzt fragend an. „Nein, nein. Er ist ganz allein in seinem Haus. Weshalb?"

„Tja, das dachte ich mir. Es ist wohl schlimmer, als ich erwartet habe. Herr Heesterkamp spricht immer davon, dass er nach Hause müsse. Eine Sissi-Anna-Katharina würde auf ihn warten. Aber das ist natürlich nur eins seiner Hirngespinste."

Walter grinste innerlich und verzichtete darauf den Arzt über die Schildkröte aufzuklären. Seine Revanche für die Diät, die Eugen ihm bei seinem Krankenhausaufenthalt beschert hatte.

„Falls Sie ihm etwas Gutes tun wollen: erlauben Sie ihm Marschmusik zu hören, möglichst laut", erklärte Walter. „Die liebt er. Dabei hat er seine hellsten Momente. Auch wenn es nicht viele sind."

Der Arzt machte sich eifrig Notizen und bedankte sich für die Informationen.

„Es ist so schön zu sehen, dass Menschen wie Sie für Herrn Heesterkamp da sind", sagte der Mediziner gerührt und verabschiedet sich von Walter mit Handschlag.

„Das tue ich wirklich gerne", grinste Walter.

Die Nachricht, dass der Mörder gefasst war, hatte sich wie ein Lauffeuer herumgesprochen, und alle wollten wissen, was genau passiert war. Max und Theo hatten Walter angerufen und er hatte versprochen am Abend zur Goschamarie zu kommen.

Auch das hatte sich herumgesprochen und so war die Gaststube bis auf den letzten Platz belegt. Manche teilten sich sogar einen Stuhl.

Walter hatte vorher mit Kripo-Hubert telefoniert und sich vergewissert, was er erzählen durfte. Er hatte ihm grünes Licht gegeben. Tatsächlich hatten sie noch einiges über Riedesser erfahren und Kripo-Hubert hatte Walter empfohlen Anne mitzunehmen, die die neuesten Fakten kannte.

„Mei Walter", begrüßte ihn Marie, „i bin so froh, dass eich nix bassiert isch! Komm her!" Sie umarmte Walter lange und klopfte ihm dabei leicht auf den Rücken.

„Aber jetzt hock di na, und verzehl. I bring dir glei deine Bier!"

Balu und Kitty drängten sich zwischen den Beinen hindurch auf ihren Stammplatz unter der Eckbank. Walter schob sich auf seinen Platz am Stammtisch, den seine Freunde für ihn freigehalten hatten, und begann zu erzählen. Alle lauschten gebannt Walters Ausführungen, nur Anne, die mit Elmar gekommen war, unterbrach ihn gelegentlich und ergänzte ein paar Details.

Als Walter von den Geschehnissen auf der Waldwiese erzählte, hätte man eine Stecknadel fallen hören können, so gespannt waren seine Zuhörer. Als er von den Elefanten erzählte, waren doch einige „Aahs" und „Ooohs" zu hören. S'Dieterle war von den Dickhäutern begeistert und klatschte Beifall. „Nicht wirklich echte Elefanten?", rief einer der Gäste skeptisch. Walter erklärte, wie die Tiere aus dem Zirkus in

Neuhaus abgehauen waren und zufällig den Weg nach Herrgottsfeld gefunden hatten.

„Das hätte ich dem Riedesser nie zugetraut", überlegte Max, nachdem Walter geendet hatte. „Was muss passieren, dass man zwei Menschen umbringt?"

„Dazu haben wir noch ein bisschen was herausbekommen", übernahm Anne. „Die Kollegen auf dem Revier haben den ganzen Tag recherchiert. Riedesser hat damals eine Studienfreundin geheiratet, die auch prompt schwanger wurde. Während seine Frau sich später um das Kind gekümmert hat, hat Riedesser eine rasante Karriere hingelegt. Als Bester seines Jahrgangs konnte er sich aussuchen, wo er arbeiten wollte, und entschied sich für die Deutsche Bank. Da hat er sich schnell nach oben gearbeitet und war schon nach kurzer Zeit für die großen Firmendeals verantwortlich. Er hat Unsummen verdient. Nach ein paar Jahren hat er aber gekündigt und mit einigen Freunden eine eigene Bank gegründet. Die Willkinsbank. Die Firma hat sich ausschließlich um Großprojekte gekümmert, die mindestens im dreistelligen Millionenbereich lagen. Für Riedesser lief alles prächtig und er war auf dem Weg einer der einflussreichsten Männer im Land zu werden … bis seine Frau ihn im Bett mit einem Mann erwischt hat."

„Diese Willkinsbank … war das nicht die Bank bei der Hermann den Kredit für den neuen Stall hatte?", fragte Theo.

„Richtig", nickte Anne. „Riedesser hatte sich nach der Trennung von seiner Frau zwar komplett aus dem aktiven Geschäftsbetrieb zurückgezogen, blieb aber im Aufsichtsrat. Wir vermuten, dass er Hermann den Kredit mit dieser Todesklausel untergejubelt hat, weil er sich Hermanns Hof unter den Nagel reißen wollte. Als Trophäe vielleicht. Er hatte die Morde wohl damals schon geplant."

„Da hat ihm die Stiftung vom Pfarrer aber einen schönen Strich durch die Rechnung gemacht", stellte Max fest.

„Ich denke schon", sprach Anne weiter. „Bei der Stiftung konnten wir leider mit noch niemandem sprechen, aber das wird auch noch interessant sein. Um zurück zu Riedesser zu kommen: nach seiner Scheidung war er fast ein Jahr verschwunden, und tauchte dann bei der Bank in Bavendorf auf. Die konnten ihr Glück gar nicht fassen, dass eine Koryphäe wie er bei ihnen als Anlageberater arbeiten wollte, und haben ihn sofort eingestellt."

„Da war er auch echt nicht schlecht", mischte sich Elmar ein. „Als ich mich selbständig gemacht habe, hat er mir mehrmals geholfen. Ohne Riedesser wäre ich heute wahrscheinlich bankrott."

Mehrere der Zuhörer nickten.

„Eine Sache konnten wir allerdings noch nicht aufklären. Riedesser hat heute in einer ersten Aussage behauptet, er habe in einer Beziehung gelebt ... und zwar mit seinem ehemaligen Sportlehrer."

Das war auch Walter neu. „Mit dem Gerau? Echt jetzt? Aber der hat Manni und Hans doch erzählt, dass er Wicker ... oder Riedesser ... ist ja egal ... dass er ihn seit Jahren nicht gesehen hätte."

„Und das behauptet er immer noch", antwortete Anne. „Er sagt, Riedesser wolle sich wahrscheinlich auch an ihm, seinem alten Lehrer, rächen. Anders könne er sich die Behauptungen nicht erklären. Da steht jetzt Aussage gegen Aussage, und das wird schwer zu beweisen sein."

„Vielleicht hatte er schon früher was mit dem Jungen ...", überlegte Max laut, doch Anne hob die Hand.

„Wie gesagt, da wird es schwer im Nachhinein etwas zu beweisen. Wenn da früher schon etwas zwischen den beiden lief, ist das wahrscheinlich nicht zu belegen. Außerdem wäre es schon lange verjährt."

„Was passiert denn jetzt mit Riedesser?", fragte der Orts-Vincenz, der ebenfalls unter den Gästen war.

„Sobald er aus dem Krankenhaus rauskommt, muss er ins Gefängnis. Aber das dauert noch einige Wochen. Seine Verletzung an der Schulter ist doch recht kompliziert. Und so wie es aussieht, wird er eher in einer Psychiatrie landen, als im normalen Strafvollzug – aber das muss der Richter entscheiden. Die Anklage wird auf zweifachen Mord hinauslaufen, hinzu kommt ein geplanter dritter Mord. Dann auch noch die Körperverletzung mit einer Schusswaffe … das alles reicht locker für lebenslänglich. Aber wie gesagt: ich tippe auf die Psychiatrie."

Es kamen noch ein paar Fragen, die Anne und Walter gerne beantworteten, dann löste sich das Gedränge um den Stammtisch allmählich auf, und die Gäste zogen sich an ihre Tische zurück. Überall wurde über den Fall diskutiert, doch alle waren froh, dass das Bauernsterben, wie die Zeitungen getitelt hatten, nun vorüber war. Der Orts-Vincenz hatte bei Marie bezahlt und kam zum Stammtisch, um sich zu verabschieden.

„Was ist mit dem King los?", fragte Walter. „Hatte der heute keine Zeit?"

Der Orts-Vincenz zuckte gleichgültig mit den Schultern. „Ich glaube, der ist wegen der ganzen Sache ziemlich geschockt. Immerhin war der Riedesser bei dem neuen Baugebiet seine rechte Hand. Er wird wohl alles gründlich überprüfen, um nicht am Ende die Baugenehmigung zu verlieren." Er drehte sich zum Tresen um. „Marie – bring den Jungs mal eine Runde Schnaps auf mich!", bestellte er und zeigte auf den Stammtisch.

„Bring i sofort", rief Marie. „Auf wen gohts dänn? Soll is wieder uff d'Gmoind schreiba, oder zahlsches doch amol sälber?"

Der Orts-Vincenz fischte mit hochrotem Kopf einen Zwanzigeuroschein aus der Tasche und verabschiedete sich.

Theo und Peter hatten unterdessen einen Streit über die Druckkraft ihrer Holzspalter begonnen und keiften sich lautstark an.

„Du mit deinem Zwölftonnen-Spalter. Das braucht doch kein Mensch. Du verbrauchst nur doppelt so viel Strom wie ich", lästerte Peter und lehnte sich lässig auf seinen bandagierten Arm, was er sofort bereute.

„Wer nur ein paar kleine Stämmchen spalten will, kommt mit so einem Hobby-Gerät schon durch, aber ich mache ja richtiges Holz. Bei mir kommen auch fette Brocken drauf", schrie Theo mit geschwollener Halsschlagader zurück.

Max, der ruhig vor seinem Bier saß, reichte es.

„Jetzt haltet mal die Luft an", bellte er seine Freunde an. „Das ist ja nicht auszuhalten mit euch zwei Streithähnen!"

Peter und Theo sahen sich verdutzt an.

„Luft anhalten?", fragte Peter leise.

Theo verstand und nickte lächelnd.

„Neue Wette:", rief Theo, „jetzt und hier geht's drum, wer länger die Luft anhalten kann!"

Einige Gäste klatschten und freuten sich auf das Spektakel.

„Elmar", forderte Theo seinen Bruder auf, „du bist wieder der Wettkampfleiter."

Elmar ging zum Tresen und schnappte sich ein Weinglas, das er für das Startsignal brauchte.

(Anmerkung des Autors: hier bleiben wir ausnahmsweise wieder beim Schwäbischen!)

„Endlich ischs wieder soweit: unsere zwoi Wetthammel hent wieder a Wette am Laufa!", kündigte Elmar an. Doch bevor er weitersprechen konnte, kam Marie zu ihm und riss ihm das Weinglas aus der Hand.

„Brauchsch it moina, dass mir des Gläsle zsammaschlaga kasch. Do – nimmsch des!"

Sie drückte ihm eine kleine Kuhglocke in die Hand. Ein Werbegeschenk ihrer Brauerei.

Elmar betrachtete die Glocke in seiner Hand, zuckte mit den Schultern, und fuhr fort.

„S'goht drum, wär länger d'Luft ahebe ka. Isches der armbandagierte Peter mitma Bruschtkaschte wie an Häge, oder dr drohitg durchdrainierte Theo." Er trank einen Schluck Bier. „Wänn i des Gleckle leit gohts los. Boide duant Luft ahalta. Där, där zeerscht schnauft hot verlora. Wie immer goht's umd Ehr und an Kaschta Bier!"

Die beiden Kontrahenten hatten sich am Stammtisch etwas Platz gemacht und bereiteten sich mit tiefen Atemzügen auf den Wettkampf vor. Alle Gäste kamen zum Stammtisch und bildeten einen Kreis.

Elmar hob das Glöckchen hoch.

„Auf die Plätze ... fertig … Los!"

Er schüttelte das Glöckchen hin und her, das einen erstaunlich hohen Ton hervorbrachte.

Alle verstummten und beobachteten Theo und Peter, die verkniffen die Luft anhielten. Die ersten Sekunden schienen ihnen nichts auszumachen, doch dann änderte sich Theos Gesichtsfarbe und Peter rutschte unruhig auf seinem Stuhl hin und her. Nach gut einer Minute wurden ihre Augen größer und huschten hin und her. Theo wandt sich auf seinem Stuhl hin und her, während Peter mit den Fäusten auf den Tisch trommelte. Keiner wollte aufgeben, doch der Sauerstoffmangel wurde immer größer.

Plötzlich verdrehte Peter die Augen und kippte ohnmächtig vom Stuhl.

„Sieger! Sieger!" schrie Theo nach einigen tiefen Atemzügen und trommelte mit seinen Fäusten auf den Stammtisch ein. „Sieger! Sieger!"

Krach. Ein großes Stück brach unter seinen Schlägen aus der Tischplatte. Er hielt verdattert das Brett in der Hand und spürte Maries stechenden Blick.

Sie baute sich Nase an Nase vor ihm auf und stemmte die Arme in die Hüften. „Und des zahlsch du, Birschle. Bevor des it gricht isch hosch du do hinna koin Platz me!"

Marie stapfte wütend davon, während Theo sich setzte und versuchte, das Brett an seinen Platz zu schieben. Es hielt nicht.

„Dumm gelaufen", grummelte Max während er Peters Wangen tätschelte, der immer noch bewusstlos war. „Sollen wir den Notarzt rufen?"

„Ahwaa …", schimpfte Marie und schüttete Peter ein Glas kaltes Wasser ins Gesicht, der sofort die Augen aufriss und wie ein Fisch nach Luft schnappte.

„Hab ich gewonnen?", fragte er unsicher, aber alle schüttelten den Kopf. „Scheiße", schimpfte er, „bring den Kasten Bier, Marie! Der geht dann leider auf mich."

Marie stemmte den Kasten Bier auf den Tisch und alle langten freudig zu. Auch Elmar griff sich eine Flasche und drehte sich zu Anne, um ihr einen Kuss zu geben, doch die drehte verärgert den Kopf zur Seite. „Immer noch nicht alles in Ordnung?", fragte Walter leise.

Elmar zog die Nase kraus und stellte das Bier zurück in den Kasten. „Sagen wir es so: ich bin auf Bewährung." Als Ersatz steckte er sich eine Lord in den Mundwinkel.

Max hatte sein Zigarrenetui hervorgeholt und hielt es Theo und Peter auffordernd hin.

„Kommt, ihr zwei Wettkönige. Die habt ihr euch verdient."

Die beiden bedankten sich und griffen zu. Wenige Minuten später stiegen die Rauchwolken zur Zimmerdecke und bildeten einen undurchdringlichen Schleier, der über den Köpfen sanft vor sich hin waberte.

Walter sah sich in der Runde um und seufzte zufrieden. Gab es etwas Schöneres, als mit diesen Freunden am Tisch zu sitzen? Vielleicht ein gutes Essen mit Liesl, fiel ihm grinsend ein. Er dachte an das neue Baugebiet und die vielen neuen Menschen, die kommen würden. Was würde sich ändern? Würden sie auch in zehn Jahren noch hier in der Wirtschaft sitzen und über Theos und Peters Wetten lachen? Er schüttelte die düsteren Gedanken weg und leerte sein Bier. Er hatte einen anstrengenden Tag hinter sich und sehnte sich nach seinem Bett. Er wollte bezahlen, doch Marie schüttelte den Kopf.

„Heit hoschs dr verdient, Walter. Des basst so!"

Als Walter aufstand, öffnete sich die Tür und der Alte betrat die Gaststube. Er war seit Jahren der erste Vorstand des Musikvereins Taldorf und obwohl er noch recht jung war, wurde er von allen „der Alte" genannt. Er war ein seltener Gast bei der Goschamarie, doch jeder kannte und schätzte ihn.

Er kam direkt auf Walter zu. „Dachte mir, dass du heute hier bist", sagte er nach einer freundlichen Begrüßung. „Können wir uns kurz unterhalten?"

Walter hatte keine Ahnung, was der Alte von ihm wollte, zeigte aber bereitwillig zur Ausgangstür.

„Ich wollte eh gerade gehen. Lass uns draußen reden."

Walter erhob sich und drehte sich im Türrahmen noch einmal um, während Balu und Kitty schon hinausstürmten. „Gute Nacht allerseits", rief er laut in die Gaststube und die meisten hoben ihre Hand zum Gruß.

Marie winkte ihm vom Tresen aus zu: „Machets guat, ziernet nix, kommet wieder!"

Ende.

Nachspiel

„Die wollen WAS?", quietschte Liesl mit weit aufgerissenen Augen.

„Bauen", antwortete Walter.

Er hatte von seinem Gespräch mit dem Alten erzählt. Der Vorstand des Musikvereins hatte Walter einleitend die beengte Lage des Musikvereins geschildert. Für die Proben nutzten sie zur Zeit den großen Dachboden der Schule in Taldorf, doch die Anzahl der Mitglieder war in den letzten Jahren so dramatisch angestiegen, dass die Proben, aus Platzmangel, in zwei Etappen erfolgen mussten. Daher hätte schon seit längerem die Idee eines eigenen Musikheims im Raum gestanden. Die Frage war nur gewesen, wo man bauen könnte, da in Taldorf keine Bauten genehmigt wurden.

Mit dem neuen Baugebiet war alles anders geworden. Einmal aufgelockert, war man auf der Gemeinde bereit, für den Musikverein die Regeln erneut anzupassen. Man hatte sich zusammengesetzt und den idealen Platz für das Musikheim gefunden.

„Aber warum denn genau neben unseren Häusern?", fragte Liesl.

„Sie wollten damit nicht ins neue Baugebiet. Da kommen nur Wohnhäuser hin. Außerdem hatten sie Bedenken wegen der Nachbarn ... Blasmusik ist nicht gerade leise. Hinzu kommt, dass sie das Grundstück hier sehr günstig kaufen könnten." Walter raufte sich die Haare. „Bin ich damit glücklich? Nicht wirklich. Aber ich werde keinen Einspruch gegen den Bau erheben. Irgendwo müssen die Musikanten ja hin. Wenn jeder nur dagegen schießt, wird das Musikheim nie gebaut, und das wäre für den Verein langfristig eine Katastrophe."

Liesl nickte. „Können wir los?"

Walter stand auf und schloss die Tür zum Garten. Balu, der auf der

Terrasse döste, befahl er brav zu sein.

Walter hatte endlich einen Termin bei Rafi gemacht. Seine Radtour in der Nacht, durch die ganze Gemeinde, hatte ihm klar gemacht, dass er ohne Auto nicht auskam. Liesl hatte sich als Fahrer angeboten. Auf dem Weg zu Rafi wollten sie Jussuf abholen, den Walter als Unterstützung dabei haben wollte.

„Jetzt geht los, jetzt geht los!", sang Jussuf, als er in Liesls Toyota auf die Rücksitzbank kletterte. „Bischt schon aufgeregt?", fragte er Walter, der den ganzen Wirbel nicht ganz verstand.

Jussuf und Liesl warfen sich einen vielsagenden Blick zu, den Walter nicht recht deuten konnte.

Nach einer kurzen Fahrt mit Jussuf als Navigationshilfe („Der da links", „vorne da rechts") erreichten sie Rafis Gebrauchtwagenzentrum – ein ehemaliger Bauernhof, dessen Fläche dicht an dicht mit Autos zugeparkt war.

Walter sah einen Mann auf sie zukommen: Model Bodybuilder, braun gebrannt, viele Goldketten. Seine Füße steckten in völlig unpassenden lila Cowboystiefeln.

Kurz bevor er bei ihnen war, grüßte er freundlich und stieg in einen klischeegerechten 3er BMW und fuhr davon.

Wie aus dem Nichts stand plötzlich ein anderer Mann an ihrem Auto und half Liesl lächelnd heraus. Schlichter Anzug, dunkler Teint, kurze schwarze Haare.

„Hallo, ich bin Rafi", begrüßte er sie und hielt auf Jussuf zu.

„Cousin – schön dich zu sehen. Ist schon verdammt lang her."

Jussuf umarmte Rafi auf Männerart.

„Was lange währt, ist irgendwann vorbei", verunglimpfte Jussuf die altbekannte Redewendung.

„Wie ich höre, gehst du immer noch in diesen fürchterlichen

Deutschkurs mit den Sprichwörtern und Liedern?"

Jussuf zog entschuldigend die Schultern hoch.

„Isch muss. War Geschenk von meiner Frau!"

Rafi nickte mitleidig und wandte sich Walter zu.

„Und sie sind Walter", stellte er mit einem strahlenden Lächeln fest.

Walter schüttelte ihm die Hand. „Bin ich. Und ich brauche ein Auto", sagte er bestimmt.

„Da will einer keine Zeit verlieren", lobte Rafi und lenkte die kleine Gruppe auf eine Scheune zu. „Aber keine Angst: Rafi …", dabei zeigte er auf sich selbst, „… Rafi findet für jeden das richtige Fahrzeug."

Während sie über das Gelände liefen schweifte Walters Blick über die parkenden Fahrzeuge. BMW, Mercedes, Opel … sogar ein alter Porsche. Mit jedem Meter schwand seine Hoffnung fündig zu werden.

An der Scheune öffnete Rafi das Tor, das quietschend zur Seite glitt.

„Hier drin bewahre ich meine ganz besonderen Stücke auf", sagte er geheimnisvoll und blickte zu Liesl. Hatte er Liesl gerade zugezwinkert, dachte Walter. Was soll das denn?

In der Scheune standen Ferraris, Hummer, und Lamborghinis ordentlich in Reihe und Glied. Ein riesiger Geländewagen, dessen Marke Walter nicht erkannte, blockierte eine ganze Ecke des Raumes.

Walter seufzte. „Nichts für Ungut, Rafi, aber hier ist nichts für mich dabei", sagte er enttäuscht.

Schon wieder zwinkerte Rafi Liesl zu. „Nicht gleich aufgeben Walter", lächelte er. „Einfach mal ganz genau hinschauen."

Mit einer Armbewegung lud er Walter ein, sich umzuschauen und stellte sich neben Jussuf und Liesl. Walter ging zögerlich von einem Fahrzeug zum nächsten.

Zeitverschwendung, dachte er vor einem leuchtendgelben Ferrari.

Unnötig, dachte er beim Betrachten eines Hummers, der so hoch war, dass er zum Einsteigen eine Leiter benötigt hätte.

Er wandte sich ab und wollte zurück zu den anderen gehen.

„Oh bitte Walter, sehen sie sich alles an. Auch da hinten – hinter dem riesigen Geländewagen sind auch noch ein paar Schmuckstücke."

Walter umrundete das Geländewagenmonster – und erstarrte. Mit großen Augen starrte er auf einen wunderschönen 205er. Cabrio. Rot. Ein Traum.

Wortlos ging er auf das kleine Auto zu, der Herzschlag dröhnte in seinen Ohren.

„Der ist das gleiche Baujahr wie Ihr alter Wagen", sagte Rafi, der Walter mit Liesl und Jussuf gefolgt war.

„Woher wissen Sie … das Baujahr ….?", fragte Walter stockend. Das Grinsen von Liesl und Jussuf beantwortete seine Frage.

„Das Fahrzeug ist wirklich in einem super Zustand", erklärte Rafi und öffnete die Fahrertür. „War nur als Zweitfahrzeug bei schönem Wetter im Einsatz. Vor zwei Jahren hat er ein neues Dach bekommen." Er klopfte auf das Verdeck. „Alles Tip Top!"

Walter schluckte einen Klos im Hals weg. Er blinzelte um sich eine Träne zu verdrücken.

„Was … ähm … soll er den Kosten?", fragte er vorsichtig.

„Fünfzehntausend …", setzte Rafi an, und erfreute sich an Walters entsetztem Gesicht. „Fünfzehntausend Mark hat der damals gekostet … und Sie bekommen ihn für … Fünftausend … AUTSCH!" Jussuf hatte seinem Cousin den Ellbogen in die Seite geboxt.

„Sie bekommen ihn für … fünftausend" - Jussuf kniff die Augen zusammen - „… Mark!"

Walters Herz machte einen Satz. Das waren ja nur zweitausendfünfhundert Euro. Mit den zwölfhundert Euro von der Versicherung war schon fast die Hälfte bezahlt.

Er sah zu dem 205er, dann zu Jussuf und Liesl. Er ging zu ihnen und umarmte sie.

„Das habt ihr eingefädelt, stimmt's", fragte er kehlig.

Liesl und Jussuf nickten nur und Walter kamen endgültig die Tränen.

„Danke! Danke, dass ihr meine Freunde seid!"

„Wo sind Walter und Liesl?", fragte Eglon und sah sich um.

„Auto kaufen", antwortete Balu gelangweilt. *„Sie haben einen Termin bei Jussufs Cousin. Ich hoffe, das klappt."*

Eglon setzte sich neben den Wolfsspitz und begann seinen Bauch zu putzen, der im Sitzen bis über seine Hinterpfoten waberte.

„Ich bin noch nie Auto gefahren", rief Ulf aus seinem Gehege heraus.

„Ist nicht so wichtig", murrte Eglon. *„Da hast du es viel besser, mit deinem eigenen Wohnmobil auf dem Rücken!"*

Balu hörte den schlechtgelaunten Unterton. *„Wirst du immer noch beobachtet?"*

„Keine Ahnung. Ist mir mittlerweile egal. Es ist nichts passiert. Wenn mich wirklich irgendwer beobachtet, dann soll er das halt tun. Hauptsache, er lässt mich in Ruhe."

„Falls dich doch jemand angreifen sollte, ruf nach mir. Ich habe auf der Waldwiese das Gewehr von diesem Riedesser ganz allein …"

„Nicht schon wieder!", unterbrach Eglon den Wolfsspitz.

Balu hatte jedem, der es hören wollte – oder auch nicht – von seinem mutigen Einsatz erzählt. Manchen hatte er es auch zwei, drei oder viermal erzählt.

„Ich kann es nicht mehr hören! Wenn hier wieder was passiert, sollten wir Ulf schicken … der ist viel bescheidener!"

„Danke", rief der Schildkröter aus seinem Pferch heraus und zerquetschte eine Weintraube. *„Bescheidenheit ist eine Tugend!"*

Eglon erhob sich wortlos und schlenderte in Liesls Garten. Das Lecken an seinem Bauchfell hatte seine Blase angeregt. Für sein kleines

Geschäft ging er in letzter Zeit gerne zu dem großen Lavendelbusch. Der Duft der Blätter regte ihn an.

Liesl hatte einige große Steine unter dem Lavendel ausgelegt. Sie sollten in den kühleren Monaten als Wärmespeicher dienen und die Pflanze vor hartem Frost schützen. Zwischen den Steinen war eine kleine Höhle entstanden, die genug Platz für die alte Erdkröte bot. Tagsüber versteckte sie sich in ihrem Loch, nachts zog sie los, um Insekten zu vertilgen. Sie wohnte erst seit einigen Wochen hier, fühlte sich aber sicher in ihrem Bunker, zumal das Aroma des Lavendels ihren sonst eindeutigen Krötengeruch überdeckte.

Wenn nur dieser bescheuerte rote Kater nicht wäre. Er kam schon wieder zu ihrem Busch. Sie musste mit ansehen, wie er in peinlicher Haltung sein Hinterteil reckte und direkt in den Eingang zu ihrem Unterschlupf pinkelte.

Danach schüttelte er sich und lief arglos davon.

Die großen kalten Glubschaugen der Kröte beobachteten ihn grimmig aus dem Dunkel ihres Erdlochs heraus.

Anne und Elmar lümmelten bequem auf der Couch und schauten fern. Elmar hatte extra das Millionen-Quiz mit dem TV-Günther auf seinem Festplattenrekorder aufgenommen.

„Und der war wirklich bei der Goschamarie?", staunte Anne.

„War er", nickte Elmar und versuchte etwas näher zu rutschen, doch Anne hielt ihn mit einem strengen Blick auf Distanz.

Dann kamen die ersten Fragen. Immer das gleiche Prinzip: A, B, C oder D.

Anne war überrascht, dass Elmar alle Antworten kannte. Manchmal sagte er die Lösung sogar schon, bevor die Auswahlmöglichkeiten kamen. Bewundernd ließ sie seinen nächsten Annäherungsversuch zu. „Du solltest dich für die Sendung bewerben, Elmar. Bei deinem Wissen machst du die Million!"

Elmar lächelte. „Ja. Vielleicht sollte ich das tun."

Es hatte sich gelohnt, die Sendung am Abend zuvor ohne Anne schon zweimal komplett anzusehen und die Antworten auswendig zu lernen.

Die Doppelbeerdigung von Hermann und Karl-Heinz hatte ganz Taldorf lahmgelegt. Die Stiftung von Pfarrer Sailer, die den Besitz von Karl-Heinz geerbt hatte, hatte die Kosten übernommen. Bei strahlendem Sonnenschein waren die beiden Landwirte zur letzten Ruhe gebettet worden. Die Schlange der Trauernden am Grab, die sich verabschieden wollten, hatte bis ins Dorf gereicht.

Nur dank des guten Wetters hatten alle Gäste beim anschließenden Totenmahl in der Landvogtei Platz gefunden. Die findige Wirtin hatte spontan ihren Biergarten geöffnet. Mit „Geschlagenen" und Kartoffelsalat fiel es den Trauergästen leichter Abschied zu nehmen, nicht wenige vertrauten aber auch auf die therapeutische Wirkung des ein oder anderen Bieres.

Auch Edith musste loslassen. Am Grab ihres Mannes hatte sie ihm im stillen Gebet mitgeteilt, dass sie den Hof weiterbetreiben würde, wenn auch in anderer Form. Sie hatte schon mit Xavier gesprochen, der den größten Teil ihrer Ackerflächen pachten wollte. Er hatte sich gewundert, warum sie drei abgelegene Äcker unbedingt behalten wollte.

„Die lagen Hermann besonders am Herzen", hatte sie argumentiert, und Xavier hatte es schulterzuckend hingenommen. Er würde auch den neugebauten Stall pachten. Edith wollte nichts mehr mit Kühen und Rindern zu tun haben.

Sie freute sich auf ihren neuen Geschäftszweig, den sie mit Hans-Peters Hilfe betreiben wollte. Der Tierpfleger war noch einmal bei ihr gewesen und sie hatten die Einzelheiten besprochen. Er hatte ihr auch schon den Samen für die neue Aussaht im Frühjahr dagelassen. Hermann hatte im vergangenen Frühjahr hundert Pflanzen gesät – in dem Papiertütchen in Ediths Schrank befanden sich dreihundert Körner. Zeit für Wachstum, dachte Edith, und streifte die schwarze Kleidung ab, die sie zur Beerdigung getragen hatte. Sie schlüpfte in einen bequemen Jogginganzug und lümmelte sich in der Pergola auf einen Liegestuhl und zündete sich einen Joint an.

Kripo-Hubert hatte Wort gehalten. Er übernahm die Kosten für das Abschlussfest, mit einem nicht unerheblichen Zuschuss aus einer geheimen Partykasse der Polizei. Sein Chef, Dirk, hatte das geregelt. Er hätte ihm nach der spektakulären Aufklärung der beiden Morde vermutlich auch die Hand seiner Tochter angeboten.

Leider verhinderte eine russische Kaltfront mit herbstlichen Temperaturen ein Grillfest in Walters Garten. Sie hatten daraufhin mit Marie gesprochen, die ihnen gerne die ganze Wirtschaft reserviert hatte.

Walter hatte trotzdem groß eingekauft. Mit seinem neuen Auto. Er hatte nicht vergessen, wie Balu im entscheidenden Moment wieder zur Stelle gewesen war. Diesmal zum Glück ohne selbst verletzt zu werden. Er hatte für ihn seine Lieblingshundefuttermarke gekauft und für die Katzen ein Premiumfutter in der Preisklasse argentinischer Rindersteaks. Das würde auch dem Igel schmecken. Für Eugens Schildkröte hatte er frisches Obst und Salat besorgt, aber keine

Bananen, da das Reptil sie nicht anrührte.

Die Tiere sollten auch ihr Fest feiern, fand Walter, und stellte noch einen extragroßen Wassernapf auf die Terrasse.

Chiara kam in den Garten gerannt, gefolgt von Georg, der ihre Leine abgenommen hatte.

„Du meinst, ich kann sie wirklich hier lassen?", fragte er nach einer kurzen Begrüßung.

„Die vertragen sich alle", beruhigte Walter seinen Freund. „Denk an unser letztes Fest."

Georg nickte, und als wenig später Liesl hinzukam, liefen sie gemeinsam ins Dorf.

„Geschlossene Gesellschaft", stand auf einer großen Tafel vor der Eingangstür. Kripo-Hubert, Manni und Streifenkollege Hans saßen schon am Stammtisch, geduldet von Max und Theo, die Walter natürlich auch eingeladen hatte. An einem der anderen Tischen entdeckte Walter den Orts-Vincenz und s'Dieterle, die bei Karle aus Alberskirch und Josef saßen. Sogar Herr Soyer war da. Auf dem Stuhl neben ihm stand sein Akkordeon. Walter bedauerte, dass Jussuf für den Abend abgesagt hatte, aber er hatte Abschlussfeier mit seinem Deutschkurs.

Als Walter mit Liesl am Stammtisch Platz genommen hatte, kam Xavier an Krücken hereingehumpelt. Sein Bein war bandagiert und geschient, und er musste sich vorsichtig zwischen den Tischen hindurch manövrieren.

„Setz dich zu uns", lud Walter ihn ein und schob einen Stuhl vom Tisch weg, damit Xavier mit seinem Bein nicht aneckte.

Als nächstes stakste Eugen, ebenfalls an Krücken, in die Gaststube.

„Wär hot dänn den Schofseckel eiglade", keifte Marie, die bisher alle herzlich begrüßte hatte.

Walter hob entschuldigend die Arme. „Er gehört doch irgendwie dazu", sagte er entschuldigend, doch Maries Gesicht sagte etwas anderes.

Endlich kamen auch Elmar, Anne, Peter und Theo und quetschten sich in die Runde am Stammtisch. Theo fuhr andächtig über die reparierte Tischplatte.

„Sieht aus, als wäre nichts passiert", lobte Walter die Reparatur.

„Hat mich auch eine Stange Geld gekostet", grunzte Theo. „Ein befreundeter Schreiner hat sich darum gekümmert."

Kripo-Hubert erhob sich und klopfte, unter Maries skeptischen Blicken, mit einem Messer an sein Weinglas.

„Nur ganz kurz", begann er förmlich. „Schon wieder gab es in Taldorf ein Verbrechen, genauer gesagt, sogar zwei. Dank der Hilfe von vielen von euch, die uns mit wichtigen Informationen versorgt haben, konnten wir die Fälle aber schnell aufklären. Was genau passiert ist, konntet ihr in den vergangenen Tagen in der Zeitung lesen."

Taldorf hatte es mit der filmreifen Aufklärung des Falles wieder auf alle Titelblätter geschafft. Meist mit dem strahlenden Gesicht von Kripo-Huberts Chef darauf. Nur ausgerechnet in der lokalen Zeitung war beim Druck ein Fehler passiert: über der Bildunterschrift „Ravensburger Chefermittler zufrieden mit der schnellen Aufklärung der Bauernmorde", prangte ein Portraitfoto der Elefantenkuh Luna.

„Vor allem möchte ich mich bei meinem kleinen Team bedanken, das am Ende dafür gesorgt hat, dass nicht noch ein Mord hinzu gekommen ist."

Er zeigte auf Xavier, der dankbar nickte.

„Ich hatte versprochen, ich bezahle das Abschlussfest, und so soll es sein. Heute geht alles auf meine Rechnung. Esst, trinkt und feiert! Ich danke euch!"

Alle Gäste klatschten und jubelten und es wurde mehrfach auf die

Polizei angestoßen - ein Novum bei der Goschamarie.

Eugen hatte sich neben Xavier geschoben, um ebenfalls sein Bein ausstrecken zu können.

„War es bei dir im Krankenhaus auch so schlimm?", fragte er Xavier mit verbitterter Miene, doch der schüttelte den Kopf.

„Bei mir war's super, aber ich bin ja auch privat versichert."

„Ich doch auch", ärgerte sich Eugen. „Aber die haben mich behandelt wie den letzten Volltrottel."

„A jeder so wie ers verdienet", rief Marie im Vorbeigehen.

Eugen schaute der Wirtin grimmig hinterher.

„Und stell dir vor", fuhr er fort, „am zweiten Tag kam ein Typ mit einem Ghettoblaster und ich musste von da an den ganzen Tag Marschmusik hören … in voller Lautstärke! Die reinste Folter!"

Walter hatte das Gespräch mitgehört und lächelte zufrieden.

„Ist noch was frei?", fragte Faxe, als er in die Gaststube kam, und Walter winkte ihn herbei. „Ich rutsche ein bisschen", sagte er und rammte mit seinem Stuhlbein gegen Eugens operierten Fuß. Der Lehrer heulte gequält auf, doch niemand beachtete ihn.

Faxe setzte sich zwischen Walter und Anne. Er griff lässig nach hinten und öffnete seinen Pferdeschwanz. Seine langen Haare fielen locker auf seine Schultern und verströmten den frischen Duft eines Herrenshampoos.

„Toller Duft", sagte Walter, und fragte sich im selben Moment, warum er das gesagt hatte.

„Danke", antwortete Faxe gleichgültig. „Und wer sind die neuen Gäste?"

Er zeigte auf Kripo-Hubert, Manni, Streifenkollege Hans und Anne. Walter stellte einen nach dem anderen vor und Faxe schüttelte fleißig Hände. Nur Anne war wie gelähmt. Sie hatte die Augen geschlossen und inhalierte mit offenem Mund den unwiderstehlichen Duft aus Faxes Haaren.

Als Faxe sie das zweite Mal ansprach, öffnete sie erschreckt die Augen. „Annananna!", stellte sie sich vor, schluckte schwer, und versuchte es noch einmal: „Annananna!"

„Sehr erfreut", ignorierte Faxe Annes Ausfallerscheinungen und drehte sich wieder zu Walter.

Elmar drückte mit dem Zeigefinger Annes Unterkiefer hoch, da ihr Mund noch offen stand.

Das Bier floss in Strömen, was selbst für die Polizisten kein Problem war, denn Kripo-Hubert hatte einen jungen Rekruten als Fahrbereitschaft eingeteilt. Jeder würde gut nach Hause kommen.

„Was passiert eigentlich mit Kevin?", erkundigte sich Walter besorgt nach dem jungen Personenschützer.

„Da musste ich bei meinem Chef ganz schön betteln", gab Kripo-Hubert zu, „aber er kommt wohl mit einem Verweis davon."

„Grüß ihn von mir", sagte Xavier von der Seite. „Jetzt, mit dem Bein, könnte ich ihn auf dem Hof gut brauchen."

Kripo-Hubert reckte den Daumen hoch, bezweifelt aber, dass Kevin noch mal bei Xavier auftauchen würde.

„Jo Mädls, dass ihr wirklichh kommet", rief Marie überschwänglich und begrüßte zwei Frauen, die die Gaststube betraten. Die eine der beiden war etwas älter, aber immer noch ein echter Hingucker. Die Jüngere war so hübsch, dass es einen kurzen Moment ruhig im Raum wurde. Selbst Karle aus Alberskirch und Georg starrten die neuen Gäste unverholen an.

Marie führte die beiden Frauen lächelnd zum Stammtisch. Elmar verschluckte sich an seinem Bier, als er erkannte, wer vor ihm stand.

„Derf i vorschtella: des isch a guate alte Freindin vo mir: d'Heidi. Und des isch …?"

„Dolores", vervollständigte die junge Frau mit undefinierbarem Akzent.

„D'Heidi hot au a Wirtschaft … im Hafa dinne … do hot se dr Elmar neilich bsuacht", erklärt Marie und zeigte auf Elmar, der am liebsten unter den Tisch gekrochen wäre.

„Elmar, mein Freund", freute sich Doloroes mit rollendem „R". „Es ist so schön dich wiederzusehen! Weißt du noch wie wir wumpidi-wumpidi-buh gemacht haben?"

Anne, blickte auf Dolores' riesigen Busen, und ahnte wen sie vor sich hatte.

„Was haben Sie mit meinem Elmar gemacht?", zischte sie gefährlich leise.

„Wumpidi-wumpidi-buh", lachte Dolores. „Kennst du nicht wumpidi-wumpidi-buh?"

Anne schüttelte verwirrt den Kopf und sah zu Elmar, der mit hochrotem Kopf zurückwich.

Dolores wechselt einen kurzen Blick mit Heidi und beugte sich zu Anne hinunter.

„So geht wumpidi-wumpidi-buh …"

Sie zog ihr T-Shirt hoch und entblößte ihre Doppel-D-Brüste. Noch bevor Anne reagieren konnte, zog Dolores ihren Kopf in das enge Tal zwischen den beiden „Ds".

Sie hielt ihren Kopf fest und schüttelte ihre Oberweite hin und her.

„Wumpidi-wumpidi-buh!", rief sie lachend, dann gab sie Anne wieder frei.

„Ist toll, oder?", trällerte Dolores und schob ihr T-Shirt wieder nach unten.

Alle lachten, doch Anne verharrte mit hochrotem Kopf und blickte zwischen Elmar und Doppel-D-Dolores hin und her.

„Du Schuft", maulte sie Elmar an. „Wumpidi-wumpidi-buh?"

Elmar hielt die Luft an, bereit den Todesstoß zu empfangen.

Anne stand auf und blickte ihm direkt in die Augen. „Warum machst du das nicht bei mir?", grinste sie, und drückte Elmar ihren Busen ins Gesicht, allerdings ohne ihr T-Shirt zu lüften.

„Wumpidi-wumpidi-buh!", rief Anne.

„Wumpidi-wumpidi-buh!", riefen die anderen Gäste im Chor.

„Gut gemacht", lobte Dolores und nahm Anne in den Arm.

Marie lud Heidi und Dolores ein zu bleiben, doch sie entschuldigten sich, da sie an diesem Abend noch arbeiten müssten. Ein Sprudelglas voll Schnaps leerten sie aber gerne, bevor sie gingen.

Nach dieser Einlage war die Stimmung bei der Goschamarie auf dem Höhepunkt. Herr Soyer klemmte sich, vom Trollinger motiviert, hinter sein Akkordeon und stimmte ein paar Volkslieder an, die jeder mitsingen konnte.

Der Zigarren- und Zigarettennebel wurde immer dichter, der Gesang immer lauter. Wieder einmal wurden bei der Goschamarie aus Fremden Freunde, bemerkte Walter, als er Kripo-Hubert im innigen Gespräch mit dem Orts-Vincenz beobachtete. So sollte es sein.

Marie hatte sich sogar dazu herabgelassen, Eugen ein Bier zu servieren. Dass er eigentlich nur Wein trank, wusste sie natürlich.

Als Walter und Liesl weit nach Mitternacht zum Ausgang schwankten, drehte sich Walter noch einmal um und ging an den Tisch vom Dieterle. Er legte ihm ernst die Hand auf die Schulter.

„Wir zwei sollten uns mal unterhalten", sagte er leise.

S'Dieterle sah ihn erschreckt an, nickte aber kaum sichtbar mit Kopf.

„Komm einfach bei mir vorbei."

Hans-Peter hatte Kartenhäuschendienst – Madame Balotellis härteste Strafe. Wie eine Furie hatte sie in sieben verschiedenen Sprachen auf ihn eingeschrien, in der Hoffnung, er würde eine davon verstehen. Natürlich hatte Hans-Peter verstanden: die Elefanten waren, neben dem Zelt selber, der wertvollste Besitz des Zirkus'. Wäre ihnen etwas zugestoßen, hätte das für ihr Unternehmen das Ende bedeutet.

Er konnte sich selbst nicht erklären, was in die ansonsten friedlichen Tiere gefahren war, doch das Fehlen einer größeren Menge Cannabisblätter machte ihn nachdenklich.

„Da hattest du deine Finger im Spiel", raunte er Sidney an, der schläfrig auf seiner Schulter saß und unschuldig grinste.

Madame Balotellis Zorn war verraucht, als die Reporter aufgetaucht waren. Die Elefanten wurden in den Medien zu grauen Helden, und fortan war jede Vorstellung ausverkauft. Ihr Aufenthalt in Neuhaus wurde spontan um zwei Wochen verlängert, doch der Kartenhäuschendienst blieb.

Sidney fummelte nervös an Hans-Peters Jackentasche herum, in der er seine Joints aufbewahrte.

„Noch eine halbe Stunde, Sidney", vertröstete er das Kapuzineräffchen. Er freute sich auf den Feierabend. Noch mehr freute er sich auf die Zusammenarbeit mit Edith. Sie machte einen geschäftstüchtigen Eindruck, und wer weiß: vielleicht war dies der Beginn einer wunderbaren Freundschaft.

„Hast du Lust auf einen Spaziergang?", fragte Liesl und räumte die leeren Kaffeetassen ab. „Heute ist es nicht mehr so windig."

„Gern", antwortete Walter und wischte sich ein paar Kuchenbrösel von der Oberlippe. „Aber ich muss vorher noch was erledigen."

Liesl war einverstanden und Walter machte sich auf den Weg. Balu ließ er im Garten zurück. Diesen Weg wollte er allein gehen.

Nach ein paar Minuten erreichte er die kleine Hütte am Rand von Taldorf. Walter konnte sich nicht vorstellen, wie man in so einem Ziegenstall leben konnte. Zwar schien das Dach dicht zu sein, doch zwischen den Brettern an den Wänden klafften zentimeterbreite Spalten.

„Bist du da?", rief Walter und wartete.

S'Dieterle schob misstrauisch die Tür auf und blinzelte in die Sonne.

„Oh Besuch, gell! Gell, Besuch, wie schön", brabbelte er. „Walter ist zu Besuch, gell! Ja schön, dass du da bist, gell!"

„Hallo Dieterle", sagte Walter ruhig, „… oder sollte ich lieber Dr. Werner Dietrich sagen?"

S'Dieterle zwinkerte nervös. „Ich … also … wer soll das sein?"

Walter legte den Kopf schief. „Muss das sein?"

Sein Gegenüber wurde ruhig und richtete sich auf. „Also gut", sagte s'Dieterle vollkommen klar. „Möchtest du rein kommen?"

Walter nickte und folgte dem Mann, der wie ein Fremder wirkte. Seine Haltung und Ausstrahlung hatten sich komplett geändert.

„Gemütlich haben Sie es hier", sagte Walter mit einem Blick auf die Strohsäcke und alten Kisten, in denen allerlei Unrat lagerte.

„Wir bleiben beim „Du", bitte", winkte Dr. Dietrich ab und zeigte auf das Gerümpel. „Das ist auch nur zur Tarnung."

Er schob einen Vorhang aus Rupfensäcken zur Seite, der Walter nicht aufgefallen war. Dahinter kam eine robuste Haustür zum Vorschein.

„Komm mit", forderte er Walter auf und öffnete die Tür.

Ein enger Flur führte in einen kleinen Wohnraum. Ein Schreibtisch und ein Sofa waren, neben einigen Bücherregalen, das einzige Mobiliar. Zwei Türen schienen in andere Räume zu führen.

„Nichts Großes", sagte Dr. Dietrich, der Walters Blick bemerkt hatte. „Ein kleines Bad und ein Schlafzimmer."

Walter betrachtete die Wände aus Naturziegeln, die an der Decke zu einem Gewölbe zusammenliefen.

„Das war mal ein Lager von den Mönchen", erklärt Dr. Dietrich. „Es sollte wohl ursprünglich ein Weinkeller werden, war aber zu trocken. Dann haben sie ihn für andere Sachen genutzt."

Walter war verblüfft, wie so ein Unterschlupf existieren konnte, ohne dass jemand davon wusste. Es musste viel Arbeit gewesen sein, ihn auszubauen.

„Ich weiß, was du denkst", lächelte Dr. Dietrich. „Wie man so was hinbekommt? Ganz einfach: mit viel Geld und guten Beziehungen. Du erinnerst dich an die Bauarbeiten für die neue Abwasserleitung vor sieben Jahren?"

Walter erinnerte sich.

„Damals wurde der Keller hier ausgebaut und auch an die Kanalisation angeschlossen. Inklusive Strom und Frischwasser."

Walter nickte anerkennend.

„Aber jetzt sag mir bitte, Walter: wie bist du dahinter gekommen?"

„Ausschlussverfahren", antwortete Walter lapidar. „In dem Fall tauchte immer wieder Pfarrer Sailers Stiftung auf, und schien auch noch außergewöhnlich gut informiert zu sein. Irgendwer musste eng mit der Stiftung zusammenarbeiten. Ich habe überlegt, wer in Frage kommt, und am Ende gab es nur eine Person, die überall dabei war, von der aber eigentlich niemand weiß, wer sie ist und was sie tut."

„Kompliment Walter", lobt Dr. Dietrich. „Ich hätte wohl vorsichtiger sein müssen, aber zu meiner Entschuldigung muss ich sagen, dass die Zeit teilweise wirklich knapp war."

Eine Frage beschäftigte Walter besonders. „Warum versteckt sich einer der besten Anwälte Deutschlands in einem alten Keller in Taldorf?"

Dr. Dietrich ließ sich mit der Antwort Zeit. „Nun, ich war einmal einer der Besten in meinem Job. Meine Kanzlei konnte sich vor Aufträgen gar nicht retten, und ich arbeitete fast rund um die Uhr. Dann starb meine Frau …"

Der Anwalt macht eine Pause und Walter verstand, was in ihm vor sich ging.

„… tja und dann kam der Zusammenbruch", erzählte er weiter. „Ich verlor total den Halt und landete in der Psychiatrie. Offiziell ein Burnout … aber was wissen die schon. Die haben mich mit so vielen Medikamenten vollgestopft, dass ich mir die Namen gar nicht merken konnte. Nach sechs Monaten meinten die Ärzte, sie könnten nichts mehr für mich tun und haben mich entlassen. Aber ich wusste noch immer nicht, was ich tun sollte. Dann traf ich durch Zufall meinen alten Freund Tiberius wieder."

Walter wusste, dass er von Pfarrer Sailer sprach.

„Er hat mir geholfen und mir eines Tages diesen wundervollen Keller gezeigt. Er hat mir angeboten, hier zu wohnen und somit für den Rest der Welt unterzutauchen. Den heimlichen Ausbau hat auch Tiberius geplant."

Dr. Dietrich ging zu einem kleinen Kühlschrank und holte zwei Flaschen Bier heraus. Eine davon gab er Walter.

„Und seitdem bin ich hier und würde mir nichts Anderes mehr wünschen. In manchen Fragen helfe ich den Kollegen in der Kanzlei noch – sie gehört mir ja schließlich – aber die haben nur eine Mail-Adresse von mir. Nicht mal eine Telefonnummer."

Walter war von Dr. Dieterles Geschichte fasziniert, konnte aber manches nicht verstehen.

„Wenn du mit der Stiftung zusammenarbeitest … warum hast du dann nichts gegen das neue Baugebiet unternommen? Ihr habt das Land von Karl-Heinz geerbt, da wäre es doch leicht gewesen den ganzen Bauwahn zu beenden."

Dr. Dietrich nahm einen großen Schluck aus seiner Flasche. „Der gute Tiberius hat die Stiftung ins Leben gerufen, um seiner geliebten Gemeinde und seinen Bewohnern zu helfen. Daher auch die schnelle Hilfe für Edith. Und daher auch die Zusage für das neue Bauprojekt."

Walter war fassungslos. „Das nennst du Hilfe? Hier werden bald die Bagger anrollen und alles platt machen!"

„Und was ist daran schlecht, Walter? Was ist dir lieber: ein Dorf, dessen Bewohner immer älter werden, bis auf den Straßen nur noch ein paar Rentner mit ihren Rollatoren unterwegs sind, oder ein Dorf, auf dessen Straßen Kinder spielen und Feste gefeiert werden? Wir Älteren klammern uns zu gern an das Gewohnte, da wir nicht bereit für Veränderungen sind. Aber das bedeutet Stillstand und letztendlich auch einen Rückschritt. Tiberius und ich waren uns darin einig, dass Taldorf eine Zukunft braucht."

Walter dachte über das nach, was er gerade gehört hatte, und ihn beschlich ein Verdacht.

„Dann ist das neue Baugebiet nicht nur auf dem Mist vom King gewachsen ... du steckst dahinter ... mit der Stiftung ..."

Dr. Dietrich hob bekennend die Arme und lächelte. „Zum Wohle der Gemeinde und seiner Bewohner."

„Es hat mich gefreut, dich kennenzulernen", sagte Walter, als er ins Freie trat. „Wir sollten uns öfter mal treffen."

„Gerne", sagte Dr. Dietrich und umarmte Walter zum Abschied. „Was meinst du: wirst du es den Anderen erzählen?"

„Wem wäre damit geholfen?", antwortete Walter. „Mir gefällt der Gedanke, dass ein Schutzengel über unser Dorf wacht. Deshalb: ich freue mich darauf, dich bei der Goschamarie auf ein Bier einzuladen, Dieterle."

Der Anwalt sackte wieder in sich zusammen und blinzelte mit den

Augen. „Ein Bier? Gell, schön. Ein Bier, Gell!"

Walter hob die Hand zum Gruß und machte sich auf den Heimweg.

„Du warst aber lang weg", beschwerte sich Liesl.

„Musste noch etwas mit einem Freund klären", antwortete Walter unbestimmt.

„Willst du darüber reden?"

„Nein – alles ist gut. Lass uns gehen!"

Sie liefen die kleine Anhöhe hinter Walters Haus hinauf zum Hummelberg. Balu und Kitty liefen einige Meter voraus. Die Sonne stand nur noch handbreit über den Bäumen im Osten, erreichte mit ihren letzten Strahlen aber noch das kleine Bänkle. Schweigend saßen sie nebeneinander und schauten auf Taldorf, dass ihnen zu Füßen lag.

„Hier wird sich viel verändern in den nächsten Jahren", sagte Walter mit einem Seufzer. „Grob geschätzt wird sich die Einwohnerzahl im Dorf verdoppeln. Das ist Wahnsinn!"

Er hatte sich vor ein paar Tagen die Pläne für das Bauvorhaben im Rathaus angesehen, und versuchte sich die Neubauten vorzustellen: die Ringstraße, die neu angelegt werden musste, und die Häuser, die sich an ihr aufreihten, der schmale Grünstreifen zu seinem Haus hin, und das neue Musikheim.

„Warum müssen die Musikanten direkt neben mir bauen?", dachte er laut.

„Hat dir der Alte doch erklärt", antwortete Liesl. „Das Grundstück ist günstig und liegt außerhalb des geplanten Wohngebiets."

„Aber ich wohne da", ereiferte sich Walter. „Warum muss ich noch so viel Neues mitmachen?"

„Ich glaube, du hast Angst davor etwas zu verlieren", vermutete Liesl leise. „Aber das wird nicht passieren. Das Dorf bleibt ja bestehen – es kommt nur etwas dazu. Eure ganzen Freundschaften enden doch nicht – vielleicht kommen neue Freunde hinzu. Die Goschamarie wird ewig bestehen…"

„… und da kommt nichts dazu", unterbrach Walter grinsend und beide mussten lachen.

„Sehen wir es positiv", versuchte sich Walter in Optimismus, „vielleicht ist manches Neue auch gar nicht so schlecht."

„So was wie wumpidi-wumpidi-buh?", grinste Liesl.

„Ja genau … wumpidi-wumpidi-buh …"

„Vielleicht sollten wir das mal versuchen …"

„Hmmm … vielleicht sollten wir das."

„Was hältst du von den Bauplänen?", fragte Kitty.
Balu hatte sich ins Gras gelegt und beobachtete eine Spinne beim Netzbau.
„Was soll ich davon halten? Es kommt, wie es kommt. Eines habe ich gelernt: reg dich nicht über Sachen auf, die du nicht ändern kannst!"
„Manchmal bist du richtig weise …", schnurrte Kitty.
„Ich weiß", grunzte Balu und schloss die Augen.

Frau Dr. Kurz arbeitete gern in der Pathologie. Ihre fröhliche Natur half ihr dabei, das Leid, das mit ihrer Arbeit häufig verbunden war, zu ertragen. Doch auch sie benötigte einen Ausgleich. Deshalb war sie seit vielen Jahren in verschiedenen Organisationen ehrenamtlich tätig. Zurzeit leitete sie eine Gruppe der anonymen Alkoholiker in Ravensburg. Es bereitete ihr Freude anderen zu helfen, was am Obduktionstisch eindeutig zu kurz kam.

Sie hatte liebevoll das kleine Buffet hergerichtet. Ein paar Schnittchen für den Hunger, dazu reichlich Wasser. Ihre Gruppe bestand bisher aus elf Personen, Männer und Frauen, heute erwartete sie einen neuen Teilnehmer.

Als alle da waren und im Stuhlkreis Platz genommen hatten, sprach sie den Neuen direkt an:

„Stell dich doch bitte kurz vor, damit wir dich kennenlernen können!"

„Hallo, ich bin Kevin und ich bin Alkoholiker", sagte der junge Personenschützer unsicher.

„Hallo Kevin!", antwortete die Gruppe im Chor.

Noch ein paar Worte …

War das mit den Elefanten zu viel? Tatsächlich kam mir die Idee dazu, als ich von einem Fall gelesen habe, der sich 1954 in der Nähe des bayerischen Bad Tölz ereignet hat. Genauso wie in meiner Geschichte ging damals alles gut aus. Doch die Story war so kurios, dass ich unbedingt Elefanten in meinem Buch haben wollte. Sidney, das kiffende Kapuzineräffchen war dagegen das Ergebnis von zu viel gutem Most. Darf ja auch mal sein.

Bedanken möchte ich mich bei meiner Familie, die sehr tolerant war, wenn ich mal wieder für Stunden vor meinem Laptop gesessen habe. Insbesondere meine Frau Tina hat mich immer wieder motiviert. Fragen wie „Immer noch nicht fertig?", führten mir vor Augen, wie sehr ich im Zeitplan hinterherhinkte.

Vielen Dank auch an meine vielen Freunde in und um Taldorf, die bereitwillig ihre Erlebnisse und Geschichten mit mir geteilt haben. Man kann sich vieles ausdenken, doch die Geschichten aus dem wahren Leben sind letztendlich unschlagbar.
Auch für die vielen Telefonate und Mails nach dem ersten Buch möchte ich mich bedanken. Die Tatsache, dass wildfremde Menschen nach dem Lesen des Buches bei mir anriefen, um mir ihre Erlebnisse bei der Goschamarie zu erzählen, zeigt, wie aktuell das Thema bis heute ist. Auch aus diesen Erzählungen ist die ein oder andere Idee in dieses neue Buch eingeflossen.

Ein riesiges Dankeschön geht an Claudia Kufeld aus Kierspe (NRW). Sie hat die Erstkorrektur übernommen. Glaubt mir: das war viel Arbeit. Ohne ihre Hilfe hätte ich die Veröffentlichung um einige Monate verschieben müssen.

Ein besonderer Dank geht an Andrea Rauch mit ihrer Bäckerei „B33 Frischeländle" in Bavendorf. Sie hat meinen Büchern einen festen Platz in ihrem Regal gegeben.

Und jetzt? Wird es noch einen dritten Taldorf-Krimi geben? Ein paar Ideen habe ich tatsächlich schon im Kopf. Ich freue mich aber immer über Anregungen und tolle Geschichten. Erzählt sie mir einfach, wenn ihr mich irgendwo trefft.

Bis bald.

Stefan Mitrenga

Der Autor

Stefan Mitrenga wurde am 22. März 1969 in Tettnang geboren. Er wuchs in Ailingen bei Friedrichshafen auf, wo er die Grundschule besuchte. Nach dem Abitur am Graf-Zeppelin-Gymnasium in Friedrichshafen 1988 absolvierte er seinen Wehrdienst in Sigmaringen. Es folgte eine Ausbildung an der Elektronikschule in Tettnang. Parallel dazu arbeitete er seit 1991 bei mehreren Radiosendern als Moderator und Redakteur und absolvierte in Weingarten ein Kompaktstudium Journalismus.
Er machte sich 2005 als Sprecher mit eigenem Tonstudio selbständig.
Seit August 1998 wohnt er mit seiner Familie in Dürnast in der Gemeinde Taldorf.
Seine Hobbies: Volleyball, Garten, Waldarbeit und gutes Essen.